ミーア・ヴィンシー/著
高里 ひろ/訳

不埒な夫に焦がれて
A Wicked Kind of Husband

扶桑社ロマンス
1530

A WICKED KIND OF HUSBAND
by Mia Vincy

不埒な夫に焦がれて

登場人物

カッサンドラ・デウィット——公爵の孫娘
ジョシュア・デウィット——伯爵の非嫡出児。実業家
チャールズ・ライトウェル——カッサンドラの父親
ルーシー——カッサンドラの妹
エミリー——カッサンドラの妹
ボルダーウッド子爵——カッサンドラの元婚約者
フィリス——ボルダーウッド子爵夫人
アラベラ——カッサンドラの友人。ハードバリー侯爵夫人
トレイフォード伯爵——ジョシュアの父親
ダス——ジョシュアの秘書
アイザック・デウィット——ジョシュアの弟

1

問題はブランデーから始まった。

いえ、公正を期して言うなら――それは人間のあらゆる失敗の責任をとらされるべきではないブランデーにたいする公正ということだけど――問題はもともとそこにあって、ブランデーはそれに光をあてただけなのかもしれない。

カッサンドラはブランデーの効果をみずから体験したことはなかったが、真夜中に舞踏室の入口から、枝付き燭台《しょくだい》の明かりのなかでひとり歌い踊るルーシーを見ていると、お酒が関係しているのは明らかだった。最初のヒント。ルーシーのダンスがいつものように優雅ではないということ。むしろそのワルツは――仮にワルツと呼べたとして――痙攣《けいれん》のような片足跳びやスキップで途切れ途切れになっていた。着ているのが母の前世紀の派手なドレスだというのもよくなかった。青い生地に金色の綾織《あやお》り模様の入ったスカートはルーシーの三倍も幅があり、床に引きずられて、いまにも彼女を転ばせそうだった。レースの袖《そで》は彼女の前腕までラッパ状に広がり、母の古い鬘《かつら》が頭の上でぐらぐらしている。

ふたつ目のヒントは、ルーシーが、処女を失った娘についての品のない歌を歌っていること。それ自体は驚くべきことではないけど、音程がはずれている。そしてルーシーが音程をはずす原因はひとつしか考えられない。

そして三つ目のいちばんわかりやすいヒント。ルーシーがブランデーの瓶をまるでダンスパートナーのように抱きしめていること。

カッサンドラがため息をつくと、手にしていた蠟燭《ろうそく》の炎が揺れた。こんなに疲れていなかったら――今晩もパパの書斎でむなしく暖炉の炎を見つめていたのでなければ――この光景をおかしいと思えたのかもしれない。でもここ一年で似たような光景があまりにも頻発している。ルーシーが醜態を演じるのにブランデーはぜったいに必要というわけではない。でもブランデーが助けになっているのは明らかだ。

「カッサンドラ！」ルーシーが彼女を見つけて言った。「わたし見事でしょう？」くるりと回ってとまり、両手を突きだす。残ったブランデーが瓶のなかでちゃぷんと音をたて、母の鬘が床に落ちた。危険なほど枝付き燭台の近くに。そしてルーシーは、両手を突きだしたまま、回転しはじめた。ブランデー、それに回転、それに長いスカート、それに蠟燭の火。何事もなくすむはずがなかった。

「〝見事〟も頭に浮かんだ言葉のひとつよ」カッサンドラはそう言いながら、近づいた。「ほかにもいくつかある」

「わたしはロンドンに行くの！」ルーシーは言った。「宮廷に出て王さまの愛人になるの！」

「あのお方はおつむがおかしいという噂《うわさ》だから、あなたのこともお気に召すかもしれない」カッサンドラはあいているほうの手を差しだした。「さあ、その瓶をこっちにちょうだい」

ルーシーは回るのをやめて、よろめき、挑むかのようにブランデーをらっぱ飲みした。

「どんな感じかしら？　愛人になるって」

「わたしもあなたも、そんなこと一生知らなくていいのよ」

「あら！　姉さんは妻になることさえ、どんな感じか知らないんでしょ、ミセス・デウィット。結婚して二年もたつのに！」

ルーシーはまた瓶からブランデーをごくりと飲み、よろめくと、新しい歌を歌いはじめた。「商売女のほうが女房よりいいから、結婚なんて苦労はしないほうがいい」という内容の歌だった。

もうどうすればいいのか。

たいていの場合、カッサンドラは自分がなんとかやっていると感じていた。過去を気に病んだり将来の心配をしたりしないように気をつけていた。自分の与えられたものへの感謝を忘れず、けっして手に入らないものへの切望は胸の奥にしまいこんで。領地経営では利益を出し、屋敷を円滑に切り盛りし、なにがあっても笑顔で対処するようにしてきた。母のいまいましい山羊《やぎ》を薔薇《ばら》の茂みから遠ざけておくことも。ほとんどの場合。

そう、ほとんどの場合はなんとかしてきた。

でもこれはほとんどの場合ではない。

「ブランデーをよこしなさい、ルーシー」

ルーシーは甲高い声をあげて飛びのき、予測されたことが起きた。スカートに足をひっかけ、投げだされた瓶が壁にあたって割れ、ルーシーは堅木張《かたぎば》りの床に倒れた。ブランデーのアルコールが空気中に充満し、蠟燭の火が不吉に揺れる。

カッサンドラは妹の怪我《けが》を心配して駆けよったが、ルーシーは肩を震わせて笑っていた。少なくともブランデーの問題は解決した。それだけでも大きな進歩だ。

「もうベッドに行きましょうか、見事なお方?」カッサンドラは言った。

ルーシーが見あげた。流れるような黒髪が肩にかかり、きれいな顔は酔いのせいでとろんとしている。「もっとブアンデーをちょうだい！　あれはパパのブアンデーだったのよ、知ってる?」

「ええ、知ってるわ。でもブランデーは二階にあるの」カッサンドラは嘘《うそ》をついた。

「だから上に行きましょう」

　どちらかが首の骨を折ることも、なにかを燃やしてしまうこともなく、カッサンドラはなんとかルーシーを説得して二階へと誘導した。階段のいちばん上の段が近づいてくると、ルーシーの部屋へと続く薄暗い廊下を焦がれるような思いで見やった。あと少しだ。

「あのブアンデーはフアンス産だったのよ。わたしフアンス人になりたい」ルーシーが言った。「フアンス人のほうが楽しそう！」

「きっとそうね」

「イングランド人はつまらない。サンネ・パークはつまらない。カッサンドラはつまらなーーい」

「そしてルーシーはみっともない」

「みっともない！」ルーシーはよろこんで叫び、最後の一段につまずいた。「みっともない！　みっともない！　みっともない！」

「静かにして。エミリーやミスター・ニューウェルやママを起こしちゃう」

「ママはぜったいに起きないわ。何年間も眠ったままだもの」

　お酒のなかに真実がある。

カッサンドラはなにも言わず、ルーシーに最後の一段をのぼらせようとした。さいわい、ルーシーはブランデーのお代わりのことは忘れたようだ。ついでに歩き方も。またつまずいて足を滑らせ、ふたりで階段を転がり落ちそうになったが、カッサンドラが踏みとどまり、なんとか妹をつかまえた。

「お願い、ミス・みっともない」彼女はルーシーを安全な二階の廊下に引きあげた。「あなたが死んでしまう前にベッドに行きましょう」

「チャーリーが死んだときも、みっともなかったの？　パパが死んだときも？」

カッサンドラははっとして手を放したが、ルーシーはぐらつきながらも倒れなかった。蠟燭の明かりに照らされたルーシーの顔はこわばっていた。最近よく見せる、クリスタルのように硬質で澄みきった表情だ。ふたりは長いあいだ見つめあい、そのあいだで蠟燭の火が揺れた。最初に目をそらしたのはルーシーで、甲高い声で笑いだした。

ドアが開いた。エミリーの部屋だ。カッサンドラから見えたのはドアのすき間からのぞくエミリーの青ざめた顔だけだった。ママのドアはしまったままだ。ミスター・ニューウェルはすぐ近くの部屋で目を覚ましているはずだが、出てこないだけの分別がある。

ルーシーはスカートをつまんで踊りながら自分の部屋へと向かった。

「わたしはアイルランドに逃げるから！」彼女は大声で言った。

カッサンドラはあとを追った。「アイルランド人はもうじゅうぶん苦しんだと思わないの？」

「海賊に誘拐されるかもしれない。運がよければ」

「わたしたちにとってもね」

ようやくルーシーは自分の部屋に入った。その勢いでベッドのところまで行って、ベッドの支柱にすがりつき、ぐらついた。カッサンドラは注意して蠟燭を置いた。

「ドレスを脱ぎましょうね」陽気な声で言った。彼女もパパのブランデーをとってきて飲めば笑えるのだろうか。

「かわいそうな、ママ・カッサンドラ！　わたしをいったいどうするつもり？　行儀が悪くて、みっともなくて、酔っぱらったルーシーを」

「わたしにできることはひとつよ」カッサンドラはなおも無理やり明るい声で言った。

「市場であなたを売ること」

「わたしを売るの？」ルーシーはこちらに向き直り、目を大きく見開いた。「いくらで売れると思う？」

「そのドレスを着たあなたはとてもきれいだから、二十ポンドから一ペニーもまけるつもりはないわ」

「二十ポンド」ルーシーはうっとりとくり返したが、また態度が変わった。カッサンドラのほうに身を乗りだし、野の獣のように歯をむきだしにした。「ハ！　本当に売ってくれればいいのに。そうしたら少なくともここから出ていける。姉さんはわたしが年をとって醜く退屈になるまでここに閉じこめておくつもりなんでしょう、自分がそうだから。自分の夫が妻を恥じて一度も屋敷を訪ねてこないから。自分の人生が終わってしまったから、わたしたちもみじめになればいいと思っているのよ。大嫌い！」

ルーシーの悪意があまりにも強烈だったので、カッサンドラはひゅうっと息を吐き、言い返すことができなかった。わたしはがんばっているのよ、あなたはそれがわからないの、と叫ぶこともできなかった。うちの家族は何年も前からほころびかけていて、わたしはそれをとめたいのに、どうすればいいのかわからない。どうしてこんなことになってしまったのかも。こんなことは望んでいなかったのに。でもこうなってしまった。それにわたしとミスター・デウィットの結婚をあざ笑うなんて、よくもそんなことを！　夫がよく知らない人だからなに？　パパが彼を選び、いい人だからと言ったのよ。わたしがサンネ・ハウスを相続するためには結婚している必要があるからって。そうすればパパが死んだあとで追いだされることはないからって。わたしはみんなのためにそうしたのだし、そのことはまったく後悔していない。たとえ二度と夫に会うことがなくても、彼の顔を思いだせなくても、これでよかった。よかったに決まっている、よかったのよ。

でも例によって、カッサンドラはなにも言わなかった。大声を出すことや大げさな身振りをすることはルーシーの得意分野だ。カッサンドラはおとなしく分別のある姉だった。

それに、結婚のことはルーシーではなく彼女自身の問題だ。ルーシーはどこかがひどく壊れている。カッサンドラには理解できないし、どうしたら治せるのかもわからない。ふたりをつつむ沈黙がぴしっと音をたて、ルーシーがふたたびけたたましい声で笑いだし、急に向きを変えて、つまずいた。さいわいなことに、顔から倒れこんだ先はベッドの上だった。もっとさいわいなことに、そのまま起きあがらなかった。

「ルーシーはだいじょうぶ？」戸口で小さな声がした。カッサンドラは一瞬、目をぎゅっとつむってから、ふり返り、エミリーに笑顔を向けた。エミリーは三つ編みにした赤毛の長いおさげを両手でひっぱっていた。優しいエミリー。もうすぐ十四歳になる。「ルーシーは酔っぱらっているの？」

「あしたになったら頭が痛いと言うでしょうね」カッサンドラは言った。陽気に、明るく。そう、わたしが明るくしていなければ。いつでも。

「心が痛いより頭が痛いほうがまし」エミリーは言った。

「え？」

「ルーシーがいつも言ってる」

「まあ」

「わたしは酔っぱらったことないわ」

「よかった」

「姉さんは？」

「いいえ、貴婦人はそんなことしないのよ」

カッサンドラは妹を抱きしめようと手を伸ばしたが、妹はあとじさった。

「ルーシーは楽しもうとしていただけじゃない！」エミリーが叫んだ。「どうしてほっといてあげないの？　どうしてそんな意地悪なの？」

エミリーは自分の部屋に駆けもどり、大きな音をたててドアをしめた。

カッサンドラは深呼吸して、追いかけなかった。ひとりずつ対応していかないと。

でもルーシーのベッドサイドテーブルの上に飾られていた菫《すみれ》の花を見て、その匂いをかいだとき、カッサンドラのほほえみは心からのものになった。その日の朝、小道沿いの生垣の根元に菫が咲きこぼれているのを見つけたのだ。このごろ昼のあいだ何度か太陽が顔をのぞかせるようになり、雲雀《ひばり》はうたい、鵲《かささぎ》が巣をつくっている。彼女は早春とともにやってきた甘美な高揚感に陶酔し、菫をたくさん摘んで、みんなの部屋に飾った。誰もが新たな季節を感じられるように。

ルーシーはたぶん気がつかなかっただろう。

ルーシーの足についた黒っぽいものに気づいた。小さな血痕。やっぱりガラスのかけらを踏んでしまったらしい。でも痛いと言わなかった。ひょっとしたら感じなかったのかもしれない。ひょっとしたら酔っぱらうことにも利点があるのかもしれない。

「ああ、そのドレスは憶えているわ。ボーモント家の舞踏会で着たのよ」戸口から母の声がした。ママも起きてしまった。カッサンドラはふり向いて母親を観察した。薄暗くてはっきりとはわからないけど、ママは正気のようだ。「その夜、あなたのお父さまと初めて会って、わたしたちはいっしょに笑って、ダンスして、恋に落ちたんだわ」ママは両手をぎゅっと合わせて幸せそうにため息をついた。「ルーシーが求めているのもそれだけよ。あの子の若さを満喫させてやりなさい」

「あなたまで《エト・トゥ》、ママ」

「なんて言ったの、ディア？」

「なんでもないわ」

母は遠くを見やり、カッサンドラに目を戻したとき、年齢も悲しみも曇らせることのできない輝くようなほほえみを浮かべていた。「あなたがデビューするときはきっとすごくきれいよ、ミランダ。それにすばらしい夫を見つけるでしょう。公爵しか考えられないわ！」

カッサンドラはずっとほほえんでいた。ほかにどうしようもなかったから。四人も娘がいたら見分けがつかなくなっても当然だ。ママが間違えるのもしかたがない。「わたしはカッサンドラよ、ママ。ミランダとわたしにはもう夫がいるのよ」どちらもすばらしい夫でも、公爵でもないけど、いることはいる。

「そう……だったわね」母はあやふやな口調で言った。

そしてまたにっこりして、さえずるような声で歌いはじめ、自分の部屋に戻っていった。あとで様子を見にいこう、とカッサンドラは思った。まずはルーシーだ。重たいドレスをひっぱって力の抜けた手足からはずし、冷えないようにシュミーズの上にベッドジャケットを着せた。ストッキングをくるくる巻いてぬがし、そっと血を洗い落として、ガラスの破片がないかどうか調べたが、なさそうだった。朝になったらもう一度たしかめよう。

上掛けをかけたルーシーのかすかないびきが聞こえてきて、カッサンドラは汚れた布と血のついたストッキングを化粧台の洗面器の横に置き、部屋を出て、ドアをしめた。そこで立ちどまった。あんなふうに布とストッキングを置いてきたことをすでに後悔していた。心のせまい、遠回しの非難なんて、よくない。でも、もうあの部屋に戻りたくなかった。ルーシーにあんなことを言われたあとでは。いいえ、言葉じゃない。あの子の目つきだ。完全な憎悪のまなざしだった。

カッサンドラは蠟燭を握りしめ、寒くて暗く、閉じたドアが並ぶ長い廊下を進み、誰もいない主寝室の前でとまった。ドアが開くとそこにパパがいて、いつものように満面の笑みを浮かべているところを想像した。ほおはピンク色で、薄くなりかかった赤毛はぼさぼさだ。「おやおや、カッサンドラ、ルーシー姫は今度はなにをしでかしたんだい？」父はいとおしそうに言うはずだ。「さあいっしょにケーキを盗みにいって、話を全部聞かせておくれ」

「ああ、パパ」カッサンドラはドアに向かってつぶやいた。「パパの代わりにみんなの面倒を見ようとしているけれど、みんなは面倒なんて見られたくないって。どうしてパパは……」

彼女はため息をついて、だれもいない廊下をふり返って見た。サンネ・パークは三百年前からここに立っているが、いまこの瞬間、彼女がここに立っているあいだに、煉瓦《れんが》がひとつひとつはずれて建物が崩れてきても驚きではない。うちの家族はいつも揺るぎなかった。朗らかで、愛情深くて、美しくて、人望も厚く、その中心にはママとパパがいて、ミランダ、チャーリー、カッサンドラ、ルーシー、エミリーのきょうだいがいた。でもひとり、またひとり、去っていった。死、結婚、憂鬱《ゆううつ》が奪っていった。カッサンドラは残っている家族だけでもまとめようとしているけど、みんなはまとまりたいとは思っていない。

ルーシーが家を出る日が来たのだ。去年は服喪中だった。でもカッサンドラは愚かで、臆病で、おまけに身勝手だったから、今年も先延ばしにできると思っていた。まずはルーシー、そして次はエミリーも。遅かれ早かれ、ふたりともいなくなって、カッサンドラは母とともに残される。妹たちが家を出るのは早いほうがいい。あの子たちのためには。わたしは母とふたりだけでもだいじょうぶ。サンネ・パークを愛しているし、母のことも愛している。それでじゅうぶんだ。たいていの場合は。

＊＊＊

カッサンドラは気をとりなおして、角を曲がり、ミスター・ニューウェルのドアをノックした。

「ミスター・ニューウェル？」そっと呼びかけた。「起きているんでしょう？　あの騒ぎで眠っていられるはずがないもの」

ごそごそする物音が聞こえて、ドアが開き、彼女の秘書が立っていた。蠟燭を手にもち、ガウンの紐を太ったお腹の上できちんと締めていた。親切そうなその顔に寝ていたしわがついていたし、かわいい禿《は》げ頭にかぶったナイトキャップも斜めにずれている。彼は心配そうにカッサンドラの肩の向こうの廊下に目をやった。ミスター・ニユーウェルは世界でいちばんおそれ知らずな兵士のひとりというわけではなかった。

「ミセス・デウィット？　なにかご用ですか？　ミス・ルーシーは、いま……」

「計画を立てないと。わたしはロンドンに行きます」

「ロンドンに？」彼はナイトキャップを直したが、手をひっこめるときにまた斜めにしてしまった。「でもミスター・デウィットは、あなたにはここにいてほしいとお考えです」

「実際のあの方の言葉は、『妻には国じゅうを駆けまわってほしくない、いまいる場所でじっとしていなさい』だったわ」

少なくとも、彼女がロンドンに行きたいと言ったとき、ミスター・ニューウェルが持ち帰ってきた手紙に書かれていた言葉はそうだった。ミスター・ニューウェルによれば、カッサンドラの夫は、すべての手紙を秘書たちに口述筆記させていて、秘書たちは賢明にも罵《ののし》り言葉を省略している。

「ミスター・デウィットには申し訳ないけど、どうしてもわたしが……」彼女は大げさに間を置いた。「『厄介者』にならないといけない状況なのよ」

「厄介者ですか。なるほど、ハハ！」ミスター・ニューウェルは困惑しているようだった。

「『まったくとんでもない厄介者』に」それはミスター・デウィットが、ミスター・

ニューウェルを紹介する手紙のなかでカッサンドラとその家族について表現した言葉だった。二年近く前のことだ。カッサンドラは夫の厄介者になるつもりはなかった。ただ、父が思いがけなく――おなじくらい思いがけないふたりの結婚から一か月もたたずに――亡くなって、彼女、つまり法律上は彼女の夫がサンネ・パークの領主となったとき、彼が実際に領地経営をおこなわないとしても、訪ねてくるのではないかとカッサンドラは考えた。せめて一度くらいは。

「ぼくは四か所の工場、三つの領地、千人の従業員、ますます大きくなる商船団をかかえている」と言うのが夫からの返事だった。「ウォリックシャーの奥地にあるちっぽけな屋敷を見にいく時間はない。ミセス・デウィットは薔薇の剪定《せんてい》も、豚の餌《えさ》やりも、自分でなんとかできるはずだ」

サンネ・パークは千エーカーの豊かな農地をもつチューダー朝様式の領主邸で、ここで育つ豚はイングランド中部でひっぱりだこだということは、関係ない。ミスター・デウィットのいるバーミンガムからは、一日とかからずに来られる距離だということも。

「ぼくたちは形だけの結婚に合意したはずだ」彼は続けた。「ミセス・デウィットはぼくの名前を得た。それなのにこれ以上なにを求めるのか理解できない」

とはいえ、夫は新たに〝婚姻関係担当秘書〟としてミスター・ニューウェルを雇い、彼と、明るい色の目をした灰色の子猫をこちらに寄越した。猫は、「妻が寂しがってばかなことをしないように」と加えたということだった。

ほんとに魅力的な男性だ。彼女の形だけの夫は。

実際、カッサンドラは夫とまったくつきあわなくていいことに完全に満足していた。その手紙でよくわかるように彼は行儀が悪く、スキャンダル雑誌によれば、品行も悪いらしい。カッサンドラは夫について、結婚式の日――彼女が彼に唯一会ったことのある日――よりは知っていることが増えた。ジョシュア・デウィットは裕福なやもめで、伯爵の非嫡出児なのだ――パパはそう言った。あれはカッサンドラの婚約者だった陽気で魅力的なボルダーウッド子爵がほかの女と駆け落ちした一週間後のことで、パパは書斎に彼女を呼んで、ミスター・デウィットと結婚するようにと頼んだ。

「ジョシュアはいい人間だよ、すべての道において」とパパは言った。「わたしはおまえを、自分が信頼していない男と結婚させるようなことはしない。弁護士によれば、兄チャーリーの亡きいま、娘がこのサンネ・パークを相続するには、結婚している必要があるんだ。それにジョシュアなら、わたしが死んだあとでおまえたち全員の面倒を見てくれると、わたしは信じている」

カッサンドラは父に笑った。「まあ、パパ！　どうして死ぬなんて言うの？　とても健康なのに」

でもパパがどうしてもと言うので、カッサンドラはミスター・デウィットと結婚した。そしてその一か月後、パパが亡くなった。もしミスター・デウィットがいい人間だとしても、彼女はいままで、その証拠をほとんど見たことがなかった。

それでもミスター・ニューウェルを送ってくれたことには感謝していた。叔父のように慈愛深く忍耐強い彼に、エミリーとルーシーはよくなついている。ミスター・トウィットは……。

やわらかな頭がひざにぶつかり、薄暗いなかで真っ黒になった猫の目が彼女を見あげていた。ミスター・トウィットがゴロゴロと喉を鳴らし、彼女のふくらはぎにからだをこすりつけて、もう寝る時間だと言っている。

「じつを言うと、ミスター・ニューウェル、ルーシーはもうとうの昔にロンドン社交界にデビューさせるべきだったのよ。現状では、公爵夫人である祖母に後ろ盾になってもらうのがいちばんだと思う。祖母は社交期《シーズン》中はロンドンに滞在しているから、わたしもロンドンに行く必要があるの」

ミスター・ニューウェルは気まずそうに足を踏みかえた。「ミスター・デウィットがどんな方か理解なさらないと。彼は言葉を飾りません。自分がなにかを決めたら、そのとおりになると考えます。前のときも彼の返事ははっきり〝ノー〟だったはずです」

夫がどれほど妻を法的に支配できるのかを考えれば、ミスター・デウィットが完全に彼女を無視していて、彼が求める唯一のことが、同様に彼女も夫を無視してじっとしていることだけなのは、とても幸運だと思っていた。彼女はそうしようと努めている。ほとんどの場合は。

「ミスター・デウィットには申し訳ないけど、ルーシーを社交界に出す必要のほうが、彼がわたしがいないふりをする必要よりも重要なの」

「お祖母さまにお手紙を書けばいいのでは？」

「それも考えたけど……」カッサンドラは年に四回、律儀に祖母に手紙を書いていた。そして祖母も律儀に返事をくれた。その文通の目的は、お互いが生存していると確認することだけだった。「お祖母さまとはあまりうまくいっていなくて、直接お目にかかってお話ししたほうがいいのよ。わたしの行動であなたが責められることはないから」カッサンドラは言った。「ミスター・デウィットをこわがる必要はないわ」

「こわがってはいません」ミスター・ニューウェルは急いで言った。「彼は思いやりのない人間ではありません。ただ……休んでいることがない方なのです。きっとすぐにあなたを送り返すでしょう」

「わたしがロンドンにいると知られなければいいのよ」ミスター・トウィットがカッサンドラの足の上に寝転がったので、彼女はその首をかくのをやめた。「夫はよく出張しているし、あなたはその日程を教わっているのでしょう？　今年のシーズンで彼がロンドンにいない時期を見つければいいわ」

「ふーむ。たしかに、リヴァプールへの出張のご予定だという知らせがありました。どれくらいロンドンに滞在すればいいんですか？」

「ルーシーの面倒を見てくれるように祖母を説得するだけでいいの」彼女は言った。

「慎重に計画すれば、わたしがミスター・デウィットに会うことはないわ」

2

「ミスター・デウィットは夫として申し分のない人よ」三週間後のあるよく晴れた日の午後、カッサンドラは友人のアラベラといっしょにロンドンのハイドパークを散歩しながら、言った。「好都合なことにお金持ちで、とびきり気前がよく、いつも他所《よそ》にいるの」

カッサンドラはアラベラのあやしむような、おもしろがっているようなまなざしを無視して、周囲のすばらしさに集中した。傍《かたわ》らにはロットン・ロウがあり、馬や馬車の騒がしい音が響いている。反対側にはサーペンタイン池があるし、ふたりのまわりは、色とりどりの美しい服とそれを見せびらかす時間をもつロンドンの人たち数千人でごった返していた。

〝散歩〟というのは、人々の進み具合を表現するには楽観的に過ぎる言葉だった。人混みを縫って歩くのには、即興でカドリールを踊るような動きが求められた。右にすり足でシャッセ、左に滑るようにグリッサード、ときには両足で踏み切ってジャンプするシソンヌも。

もっとも、レディ・ハードバリーことアラベラにはその必要はなく、彼女の前には魔法のように道ができた。

「不在は多くの女性たちが高く評価する夫の特徴ね」アラベラは言った。「わたしはまだハードバリーと結婚して間がないから、それほどありがたく思ったことはないけど、いずれは国をふたつに分けて、いつも反対側にいるようにする日がたぶん来るわね」

「想像できないわ、おたがいに夢中なのに」

「それもそうね。それにもし夫がいなくなって、彼を挑発できなくなったら、わたしはなにを楽しみにすればいいの？」

淡い色合いの装いをした若い娘たちが腕を組みあわせて近づいてきて、アラベラに挨拶《あいさつ》しようとした。

カッサンドラはほほえむ準備をした。ようやく、会話だわ！　でもアラベラはあごをあげただけでふたりを軽蔑《けいべつ》の目で見た。

レディたちは急に公園の反対側に行く用事を思いだして、そそくさと離れていった。アラベラは満足げな笑みを浮かべ、歩きつづけた。

「どうして話したらいけないの？」

「おもしろくない人たちよ」

「アラベラ、会話させてくれるって言ったじゃない」カッサンドラは立ちどまって抗議したが、あやうく優雅に着飾った紳士三人組とぶつかりそうになり、彼らはあわてて転びそうになってアラベラに会釈し、逃げていった。「あなたがだれとも話をさせてくれなかったら、わたしはどうやって知り合いをつくったらいいの？」

「どんな会話でもいいわけじゃないわ」アラベラは人混みをざっと見渡した。彼女は並はずれた長身なので、うらやましいほど遠くが見えるはずだ。「いちばん大事なのは、わたしといっしょにいるかぎり、あなたも見られているということ」

じっさい、だれもがアラベラをひと目見たがっていた。彼女はハードバリー侯爵と結婚してロンドン社交界の階段をのぼり、てっぺんにしっかり旗を立てた。たしかに、まわりの人々は見ないふりをして、こちらを見ていた。憧《あこが》れとおそれが混じりあった表情で、〝レディ・ハードバリー〟、〝カッサンドラ・ライトウェル〟、〝デウィット〟、〝ボルダーウッド〟などの言葉をささやきあっていた。

「〝見られる〟というのは、〝ゴシップの種になる〟という意味なのね」カッサンドラは言った。「避けられないけど」

「避けてはだめよ。ゴシップの種にならなかったら、存在していないのと同じことなんだから。この散歩道を歩くことと、今夜劇場でわたしのボックス席にあなたが坐ることで、あしたロンドンじゅうの応接間でおこなわれるすべての社交の訪問において、あなたの名前が出ることになるのだから」

「大変。その訪問のうちどれくらいの時間がわたしに与えられるの？　一分くらい？」

「うぬぼれないの、カッサンドラ。あなたはそんなにおもしろくないわ」アラベラはおもしろがっているように横目でちらりと彼女を見た。「もっとも家族の歴史を考慮すれば……三十秒くらい？　それに、そうね、会話の総数である三千をかけると、少なく見積もっても千五百分間。ほとんどの人はその半分でも注目を集められるなら、猿にだってキスするわ」

「まあ、それは……二十五時間のゴシップよ。わたしの」カッサンドラはパラソルを回して、世界に向かってほほえんだ。「わたしってばなんてすばらしいの、社交界にそんな大きな貢献をするなんて」

社交界！　人々のなかにいるのはなんてわくわくするんだろう！　前にハイドパークを歩いたとき、彼女はミス・カッサンドラ・ライトウェルで、ボルダーウッド子爵のハリーと婚約していた。そしてチャーリーとパパも生きていた。それから――いえ、昔は昔、いまはいまよ。そしていま、ミスター・デウィットがリヴァプールへの出張から戻るまでには三週間近くある。彼女はその一分一秒を有効につかうつもりだった。

それがこの散歩の目的だった。まずは自分が社交界にスムーズに復帰して、それからルーシー。でもまだ社交界の一員というより、動物園を訪れた見学者のように感じている。アラベラは彼女の案内人だ。

「あそこにいる男の人」アラベラが示した洒落者《しゃれもの》の紳士が首に締めているクラヴァットは、あまりにも複雑な結び方で、結ぶのに三時間はかかるだろうと思われた。「先週、ロード・オリヴァーの妻と姦通《かんつう》した罪で有罪になったのよ。陪審は損害賠償金を二万ポンド近くに決めたけど、もちろん彼には払えないわ。あちらにいる赤毛の方はレディ・ヤードリーよ」快活でふっくらした三十代くらいの女性がとりまきに囲まれていた。「先日のレディーズ・ディベート・ソサエティでは彼女に出し抜かれそうになったわ。そしてあのすばらしい鹿毛色《かげいろ》の雌馬に乗っているハンサムな紳士は、あなたの愛人にぴったりよ」

カッサンドラはつまずいたが、とっさに片足を斜めに出すジュテにして転ばずにすんだ。「いまなんて?」

「あら、ちゃんと聞いていたのね」アラベラは小さな声で笑った。それはかわいらしかった。アラベラは結婚する前はほとんど笑わなかった。

「とにかく、あなたの結婚の誓いになにか意味があるわけでもないし。相続のために結婚したんだから。それに彼だって――そういえば彼はどうして結婚したのだった？」

「パパが頼んだからよ。でもわたしは愛人をつくるつもりはないのよ。たとえつくれても。ミスター・デウィットに愛人がいるという噂《うわさ》があるとしても。どうして義務でもないのに、男の人とベッドをともにしないといけないの？」

「それは……ああ、まあいいわ。ところでこの前、あなたのミスター・デウィットを見かけたわ」アラベラは続けた。「わたしは紹介されてはいないのだけど。みんな彼をどう考えたらいいのかわからないみたい。実業家だから彼を不愉快に思っているけど、彼の投資で儲《もう》けられるから受け入れている。人々の噂では、彼は紳士ではない。だけど忘れてはいけないのは、彼のお父さまは伯爵で、父親の重婚のせいで非嫡出児にならなければ、彼もいずれは伯爵になるはずだったということ。彼のほうは、好きなところに行って、好きなことを言っているけど、だれも彼のじゃまはしないんですって。ちなみに」アラベラは意味ありげにつけ加えた。「彼はすごくハンサムよ」

そうなの？　一度だけ会ったのは、二年前の結婚式の日で、カッサンドラはほとんど彼のことを見られなかった。彼女はまだハリーに捨てられた悲しみに打ちひしがれ、失った将来を嘆いていた。

「彼は黒髪でぶっきらぼうだということしか憶えていないわ」彼女は言った。「彼もわたしとおなじで、知らない相手と結婚するのが気まずいのだろうと思っていた」

カッサンドラが憶えているのは待ったことだ。ミスター・デウィットのバーミンガムの屋敷の応接間で、花婿が自分の結婚式に到着するのを待っていた。パパは牧師とおしゃべりしながら、大主教を説得して発行してもらった特別許可証をひらひらさせていた。応接間は使われていないせいで空気がよどんでいた。そして時間の合っていない時計が彼女の独身生活の最後を刻んでいた。ようやく、花婿が一陣の風のように入ってきたけど、パパが紹介する間もなく、ミスター・デウィットは牧師にこう言ったのだ。「さっさと始めよう。ぼくはそんなに暇ではないんだ」

そしてそのあと、そうよ、そのあとも。彼女は待っていた。暗闇で、毛布の下で身を縮めて、この結婚を成立させるために彼が必要なことをなすのを。「できるだけすばやく痛くないようにしよう」寝室に入ってきた彼はそう言った。結婚式の夜に乙女が花婿から聞きたい言葉ではなかった。彼女はずっと目を固くつぶっていた。彼の手はやさしく、温かく、不快ではなかったし、彼が何度か力を抜くようにと言って、彼女はそうしようとしたけど、でも行為そのものは……。

痛くなかったわけではないけど、さいわいにもすぐに終わった。彼が動きをとめて悪態をつくあいだ、呼吸に集中していた。夫がベッドから出たとき、彼女はじっと寝たままで彼のほうを見なかった。彼が話しかけてきたときも。「きみが楽しめたとは思わない」彼は言った。「慰めになるかどうかわからないが、ぼくも楽しめなかった。

これでいいんだ」どういう意味かとは尋ねなかった。ただ彼にいなくなってほしかった。そのとおりになり、あくる朝目覚めたとき、彼はすでに出かけていた。パパといっしょにサンネ・パークに帰り、その後は二度と夫と会うことはなかった。

　少し歩いたところでアラベラがカッサンドラのひじをつかみ、方向を変えながら、言った。「あっちに行きましょう」

「だれを避けているの？」カッサンドラは訊《き》いた。

「わたしはだれも避けていないわ。あなたがレディ・ボルダーウッドと鉢合わせしたくないと思って。だめよ、あっちを見たら」

　カッサンドラはどうにか歩きつづけた。脚がふわふわしてまるで宙に浮いているような感じだった。

「レディ・ボルダーウッドに会いたくないだろうと思ったのは合っていたでしょ？」アラベラが言った。

「いずれは会うことになると思うけど、きょうでなくてよかった」

　それでもカッサンドラは、ボルダーウッド子爵夫人をちらっと見ずにはいられなかった。彼女の人生を盗んだ女だ。色白のレディだった。手のこんだ黄色のドレスが小柄で均整のとれた体形をよく引き立てている。

「きれいな人ね」カッサンドラは思い切って言ってみた。

「きれいに見える顔なのよ、よく見るときれいではないとわかるわ」

「それにとてもおしゃれだわ」

「ボルダーウッド子爵夫妻はたしかに洒落《しゃれ》者の仲間たちといっしょにいるわね」アラベラが言った。「そんな余裕があるのかどうかは別の話だけど。あの夫妻は最近では賭け事で生活していて、日々借金がかさんでいるそうよ」

カッサンドラのなかで意地の悪いよろこびが踊った。抑えつけようとしたけど、あの人はカッサンドラが兄の喪に服しているときに、彼女の婚約者と駆け落ちした女だ。

「彼女のゴシップなんていけないわ」カッサンドラは言った。

アラベラは気にしなかった。「ほかの人の欠点を話すのはいいことよ。わたしたちが自分の欠点と折り合いをつけるためにも。それにね、カッサンドラ、あなたが見せかけほど善人でないのは、わたしたちふたりともわかってるでしょ。あなたの元婚約者と駆け落ちした女が苦労してると思ったら、少しはうれしくない？」

「ハリーが苦労したほうがうれしいわ。いえ、ロード・ボルダーウッドが」カッサンドラは打ち明けた。「盗んだ彼女より、盗まれた彼のほうが悪いと思う」

「いずれふたりに会うときがあったら、あなたの夫の財産についてちゃんと言いなさいね」

「そんな下品なこと！」

「でも楽しいわ」アラベラはいたずらっぽい目でカッサンドラを見て、彼女の背後にいるだれかにほほえんだ。「まあ、見て。ダマートン公爵が、かわいらしいミス・シートンといっしょに。公爵は彼女に求婚しているけど、彼女の家族は彼の離婚歴を気にして乗り気ではないんですって。さあ、これこそ、あなたに必要な会話よ」

＊　＊　＊

カッサンドラがレオポルド・ホールトン――いまは第六代ダマートン公爵――に会ったのは、彼がサンネ・パークの近所のベル家をよく訪れていた十年以上前のことだった。そのあいだに彼は公爵位を相続し、大きくなって、醜聞になった結婚と離婚を経験したが、いまでも昔とおなじ、鋭い頭脳を隠すのんびりした雰囲気をまとっていた。

「初めまして、レディ・ハードバリー」公爵がアラベラに言い、彼女はマナーにのっとって優雅に会釈を返した。「そしてミス・カッサンドラ、いや、ミセス・デウィット」彼は穏やかな笑みを彼女に向けた。「またお目にかかれて光栄だよ。デウィットはきみがロンドンに来るとは言っていなかった」

こんなふうに夫の話を聞くと面食らってしまう。やはり彼は実在の人物なのだと思えてくる。

「ミスター・デウィットはとても忙しい方だから」彼女は言った。「もっと興味深い話題がたくさんあるのでしょう」

「ぼくにはご婦人の話よりも興味深い話題は思いつかないな。ハードバリーはずっと奥方の話をしているのはたしかだ」彼は礼儀正しく腕をひと振りして連れの婦人を紹介した。「おふたりとも、ミス・シートンはご存じかな？」紹介が交わされ、感じのよいおしゃべりが始まった。

世間話を始めていくらもしないうちに、カッサンドラは近くの騒ぎに気づいた。人混みの喧噪《けんそう》が高まっている。ふり向くと、長身で黒髪の紳士が人々のあいだを抜けて彼らのほうに突進してくるのが見えた。手に持った巻紙を振りまわしている。

「ちくしょう、ダマートン！」男は数ヤード離れたところから言った。自分が会話に割りこんでいることも、公爵に無礼な呼びかけをしたことも、貴婦人の前でそんな言葉をつかったことも、まったく気にしていないようだった。「なんでおまえはどこか一か所にいないんだ？　そうすればぼくが探しまわって時間を無駄にすることもないのに」

「小さな鈴を用意するといい」公爵は平然と提案した。「それを鳴らして、出かけた先からぼくを呼びだすんだ」

「すばらしいアイディアだ！」男はくるっとふり返ると、苦笑いを浮かべて彼のあとからついてきた、こざっぱりした服装の褐色の肌の紳士に大声で言った。「メモしておけ。〝遠くに行った人間を呼ぶ鈴〟だ」

まじまじと見るのは失礼だが、カッサンドラは目を離すことができなかった。その男の人がとまってからも、彼のまわりの空気はつむじ風のように動き、その活力の昂《たかぶ》りが彼女を強く引きつけた。身に着けているものは高級品だった。ブーツも、ぴったりした鹿革のズボンも、並外れて広い肩を完璧につつむように仕立てた黒いコートも。でもそのブーツには埃《ほこり》がついていて、クラヴァットの結び方はあまりにも簡素でおしゃれとは言い難く、なにより衝撃的だったのは、その精悍《せいかん》な顔の下半分が、労働者か、あまりにも自堕落で剃刀《かみそり》よりも酒に親しむ人間のような無精ひげに覆われていることだった。上等なビーバーハットが黒髪を隠し、左の耳たぶには金色の輪がきらめている。カッサンドラは彼をどう考えたらいいのか、まったくわからなかった。

「いいか、ダマートン。ブリストルでものすごい知らせを聞いたんだ」男は続けた。「サマセットにいるぼくの部下が、デンマーク生まれの新しい科学――電力の研究に協力しているんだ！　どんどん実用化が近づいている」

公爵はあからさまな咳《せき》払いをして、手振りで貴婦人たちを示した。「その話は、こちらの方々にはいささか……?」

「方々?」男は顔をしかめて、まるで謎の〝方々〟の証拠を探すかのように漠然と周囲を見回し、ダマートンの手の動きをたどって、三人の貴婦人に目をとめた。

「それで?」彼は純粋にとまどっているようだったが、次にこう言った。「方々なんて知ったことか!」そのとんでもない言葉に、ミス・シートンが息をのんだ。

アラベラがひじでつついてきたが、カッサンドラは友人を見られなかった。ほかの人々の行儀が悪いのを見物するのはアラベラのお気に入りの気晴らしだった。カッサンドラはこの奇妙に人を引きつける男を見つめることしかできなかった。活力は魅力的だけど、この驚くほどの無礼は不愉快だった。

「一分も無駄にできないぞ! 蒸気は偉大だった、ガスもすごかった、だが電気を自在につかえたら? 文明を永遠に変えてしまうだろう!」

男の黒い目は興奮で輝き、勢い余って手を振りまわしたので、持っていた巻紙がミス・シートンにあたりそうになった。

ふたたび、アラベラがひじでカッサンドラに合図した。さっきよりも強く。でもふたたび、カッサンドラは無視した。

「それはわかった」ダマートンは言った。「だがこの方々には……きみももう少し……」

「なんだ？　なんだよ？」

「もう少し礼儀正しくするべきです」カッサンドラはつい言ってしまった。ああどうしよう。いつも妹たちをたしなめてばかりいるから、自分まで礼儀知らずになってしまった。

でも男は小さく首を振っただけで、また話しはじめた。まるでカッサンドラがなにも言わなかったかのように。

「寝ぼけたことを言うなよ、ダマートン。歴史上もっともおもしろい時代だというのに、礼儀のためだけに貴婦人たちと無駄話をしろと言うのか？　そんなばかげたことに浪費するような時間はないぞ」

もう聞いていられない！

「サー、あなたが時間がないと文句を言う時間を節約すれば、礼儀正しくする時間がもっと増えるかもしれませんわ」カッサンドラは、ふだんはルーシーにたいして使う、巧みに言いくるめるような口調で言った。

彼はますますしかめっ面になり、さっと彼女のほうを向き、彼女の顔にまじまじと目を走らせた。カッサンドラは失礼な観察にも断固としてひるまなかった。でも心のどこかでは、自分がこの行儀の悪い、身だしなみの乱れた人と公共の場で口論を始めたことに驚愕《きょうがく》していた。

「ぼくをたしなめたのか？」彼は言った。

「わたしはただ、礼儀正しくふるまうほうが、礼儀に文句を言うよりも時間がかからないはずだと言っただけです」

アラベラに腕をぎゅっと握られた――まったく彼女らしくない――けど、カッサンドラは強烈な黒い目から目をそらせなかった。

公爵が笑った。「彼女に一本取られたな」

「効率の問題なんだ」彼は言った。「きみはすでにぼくの時間をおおいに無駄にしている」

「もしあなたが礼儀正しく挨拶していたら、わたしたちのどちらもこの時間を無駄にすることはなかったはずです」

「もしぼくが礼儀正しく挨拶していたら、きみはそれを、人気の舞踏会や流行《はや》りのボンネットといったぼくの知らないくだらないものについてペラペラ話す許可だと思うだろう。それになにを笑っているんだ、ダマートン？」

彼はふり向いて公爵をにらみつけたが、公爵はにこやかな笑みを浮かべていた。そのとき、おそろしい疑いがこみあげてきた。公爵は意味ありげに楽しそうで、アラベラは痛いほど腕をつかみ、ミス・シートンは目を真ん丸にしていて、カッサンドラの肌の下に泡立つような感覚が走った。そんな、ありえない。

「きみたちはほほえましいカップルだな」公爵は言った。

男は鼻を鳴らした。「仲人役は必要ない。ぼくはもう結婚している」

「わたしもです」カッサンドラも思わず言ったが、頭がぼうっとして、男を見なくてすむように公爵のクラヴァットピンをじっと見つめていた。黒髪で、ぶっきらぼうで、行儀の悪い男。

そんな、まさか、嘘《うそ》でしょ。

「きみたちが結婚しているのはわかってるよ」公爵はふたりを代わる代わる見た。「だがきみたちは、お互いに結婚しているとわかっているのか？」

嘘。

カッサンドラは目をつぶった。人々の喧噪がはるか向こうに遠ざかっていった。どこかで、だれかがフレンチホルンを吹いている。ここは暑すぎる。ドレスがきつすぎる。でも家のなかにいるわけじゃないから、世界も、まぶたにあたる太陽も閉めだすことはできない。隣にいる男も。

わたしの夫。

深呼吸をして目をあけると、顔をしかめた彼にまじまじと見られていた。

そういうこと。これがわたしの夫なのね。ミスター・ジョシュア・デウィット。考えてみれば、すぐわかりそうなことだった。たしかに彼がロンドンにいるとは思っていなかったし、結婚式のときにはきれいにひげを剃《そ》っていたし、帽子もかぶっていなかった。あのときもこのひどいイヤリングをしていたとしたら、彼女はそれに気がつくほど長く彼を見ていなかったということだけど。たとえこのはっきりした精悍な顔立ちを忘れていても、まるで身のうちに稲妻が閉じこめられているかのような力強い動作は憶えているべきだった。

ふたりとも観察を終えて一瞬目を合わせ、カッサンドラは雷に打たれたように感じた。彼は天を仰ぎ、大きなため息をついた。

カッサンドラは見物人をふたたび意識した。さっきよりだいぶ増えている。通りがかりの人々は、醜聞になった公爵、こわがられている侯爵夫人、いままで一度もいっしょにいるところを見られたことがないし、互いの顔がわからなかったらしい夫婦というグループに興味津々だった。

カッサンドラのゴシップに割り当てられる時間は二倍に増えたかもしれないけど、これは彼女が望んだ増え方ではなかった。

なんとか愛想よくほほえんだ。「もちろんわかっていますわ、公爵」カッサンドラは言った。「二年間も結婚していて気がつかないはずがないもの」彼女は夫の横顔のあたりにちらっと視線をやり、親し気に身を寄せた。「とくにこんな男の人と結婚していたら。彼は目立つ人だから」

公爵はふたりを代わる代わる見て、「きみたちは挨拶も——相手の名前を呼びかけることもしなかったじゃないか」と指摘した。

カッサンドラは夫のひじの曲がりに腕をとおした。彼はまるで咬《か》みつかれたかのようにびくっとしたが、彼女はしっかりつかまえて、逃がさなかった。ちらっと彼を見てると、しかめっ面をして、自分の袖に乗った彼女の手が奇妙な生き物であるかのように見つめている。カッサンドラは彼を無視した。すぐ横にある彼のからだの感触も無視した。稲妻も。ああなんてこと、この人はわたしとベッドをともにした。短かったし気まずかったけど、彼のからだとわたしのからだは……。まったく、世の中の夫婦は朝食のテーブルでどんな顔をして向きあうの？

「わたしたちはきょう、もう会っていたのよ」カッサンドラは説明した。驚くほどやすやすと嘘が出てきた。「会うたびに挨拶する必要はありません。それは非効率的だし、ミスター・デウィットが効率を大好きだってご存じでしょ」

彼女は夫の腕をなで、にっこりとほほえみ、息をとめて待った。夫が調子を合わせてくれるのを。

するとほっとしたことに、彼もカッサンドラの腕をなでた。

「そのとおりだ、ミセス・デウィット」彼はその一語一語を刻むように、あいているほうの手で持っている巻紙を振った。「ぼくは彼女が妻だとわかっているし、妻はぼくが夫だとわかっている。それを一日に何度もくり返し確認する必要はない」

「ほらね、わたしたちは完全に気が合っているの」カッサンドラは嘘をついた。「余計な挨拶をしなければ、礼儀についてもっと話す時間ができるでしょう？　わたしの夫の礼儀知らずについて、ということだけど」

「幸運を祈るよ、ミセス・デウィット」公爵は皮肉っぽく言った。

カッサンドラがアラベラを見ると、必死で笑いをこらえている顔だった。アラベラは唇の動きで、「教えてあげようとしたのに」と言っているようだった。

「とても愉快だったが」ミスター・デウィットがきびきびと言った。「だがぼくはその、ぼくの妻と、ハハハ、話がある。みなさんに挨拶しなさい、さあ。妻は明日、ウォリックシャーに帰るんだ」

でも彼女が挨拶する前――ほかになにかする前に、夫は彼女を連れて、有無をいわせぬ勢いでその場をあとにした。

3

ジョシュアはこの機転のきく人当たりのいい女と、彼が二年前に結婚した、ロード・チャールズ・ライトウェルの地味でおとなしい娘を重ねあわせようとした。彼女にはどこか父親を思わせるところがあった。それはかならずしも顔立ちが似ているというのではなく、その率直で温かな、だれでも受けいれるような雰囲気が似ていた。それが美人ではないがじゅうぶん器量よしの彼女を、見た目以上に魅力的にしていた。

髪は茶色で目の色は緑、いや茶色なのか、彼にはよくわからなかったが、どちらでもかまわなかった。ばかばかしいパラソルを差し、ばかばかしいボンネットをつけていたが、少なくとも緑色のドレスは気が利いていた。その胴衣は、彼女がすばらしい胸の持ち主だということを示し、だがその胸に注意を引いているとの責めは受けないような、絶妙なカッティングがほどこされていた。

茶色の髪。感じのいいほほえみ。ばかばかしいほどの行儀重視。妻。いるべきではない場所にいる。彼が知っているのはそれだけだったが、それでじゅうぶんだった。

感心なことに、彼女はおとなしくついてきた。ふたりが完全に礼儀正しい夫婦であるかのように、彼のひじに手をかけて。よし。早く家に帰れば、早く彼女を本来の居場所であるウォリックシャーに送り返すことができる。

「ダス！」ジョシュアはふり向いて、数フィートあとからゆったりした足取りでついてくる秘書を見た。少なくともひとりは本来の居場所にいる。「貸し馬車を呼んでこい」

「了解しました」

妻もふり向いた。「彼は――」

「やめてくれ。みんなに質問されてうんざりしているんだ」ジョシュアはハイドパークの端に向かって歩きつづけた。「彼はベンガル人だ。なぜかブラムと知り合いで、どういうわけかイングランドに来たがった」

「わたしが訊こうと思ったのは……もういいです、ミスター・ダス」彼女はジョシュアの腕から手を放し、うっとうしいことにわざわざひき返して秘書のところに行った。ダスも立ちどまった。彼の身についた礼儀作法をジョシュアはまだ直しきれていなかった。「ちゃんとした紹介をしてもらえないのでわたしから言いますね、お会いできてうれしく思っています」彼女は言った。

ダスはお辞儀した。「こちらこそ光栄に思っています、ミセス・デウィット」

「あなたが、ミスター・ニューウェルがとても褒めていたミスター・ダスね？」

「ミスター・ニューウェルは寛大なんです」

「あなたは夫のなんの担当の秘書なの？」

「頼むから！　おしゃべりはもうたくさんだ」ジョシュアはふたりのほうに近づいていった。「こいつは〝ぼくが言ったことならなんでもやる〟担当の秘書だ。さっき貸し馬車をつかまえろと言っただろう。さあ、行け。急げ！」

ジョシュアは手振りで門のほうを示し、妻の二の腕をつかんだ。だが彼女がふたたびひじに手をかけてきて、彼が離れようとすると、スカートの下という見えないところでしっかり足を踏みしめた。これでは彼女をひきずらないかぎり、前に進めない。ふむ。これは巧妙だ。

「それが正式な肩書のはずがないわ」彼女はダスに尋ねたが、その穏やかな口調は、ジョシュアのひじをつかんで彼との動きを封じているとは思わせないものだった。

「いえ、奥さま」ダスは威厳たっぷりに答えた。「正式な肩書は〝気まぐれの世話をしてたびたび怒鳴られる〟担当の秘書です」

彼女が笑い、ジョシュアはつぶやいた。「おもしろいよ」そして妻の笑う声がとても温かいということについては考えないようにした。ロード・チャールズに似ているが、もっと……女らしい。

「あなたの地位ではユーモアのセンスが必要でしょうね、ミスター・ダス」

「もういい」ジョシュアは言った。「おまえは〝ばかげた冗談を言う〟担当秘書でもないし、〝ぼくの妻の気を引く〟担当秘書でもない。どうしても気を引きたかったら、あとで、暇なときにしろ。さあ、あの貸し馬車をつかまえてこい」

ダスは従ったが、ミセス・デウィットは急ごうとはしなかった。ジョシュアは無理をしてペースを落とした。歯を食いしばり、手に持った大事な紙で宙を切るようにして。それにひきかえ、妻はうれしそうにあたりを眺めている。その手は彼のひじに置かれ、その肩は彼の腕にあたり、そのスカートは彼の脚をかすめている。彼はその横顔をちらりと見やった。ほおはうっすらと薔薇《ばら》色に染まり、口元には感じのいいほほえみのきざしが見える。さらに悪いことに、彼女は女らしい花の香りを漂わせている。一部の女たちが猛威をふるうのに使う香りだ。

「きみはウォリックシャーにいるはずだろ」

「あなたはリヴァプールにいるはずでしょ」

「ロンドンに来るのを許可した憶えはないぞ」

「あなたの許可を求めていないもの」

彼はいきなり立ちどまり、彼女がとまるまで二、三歩かかったせいで、手が彼の腕から抜けた。彼女は問いかけるように彼を見た。

「求めるべきだ」彼は言った。一歩でふたたび彼女と並んだ。彼女がふたたび腕に手をかけてきて、歩きはじめたが、もうどちらが先導しているのか、ジョシュアにはよくわからなかった。「いいかい、ミセス・デウィット、結婚とはどういうものか説明しよう」

「どうぞお願い、ミスター・デウィット、とても聞きたいわ」

「ぼくは夫だ、だからぼくがいいと思うルールを決める」

「わたしは妻で、だからわたしがいいと思うようにルールを変えるの」

彼女はそんなことを言うべきではない。そもそもロンドンに、実在の人間として現われるのがいけない。もっといけないのは、彼女が魅力的だということだ。もしその中身も好ましかったら、大惨事になる。いや、そんなことにはならない。彼は大惨事を甘受するような人間ではない。大惨事の顔の真ん中を殴りつけ、そのポケットに小銭やボンボンが入っていないかを確かめるような人間だ。だが平和が乱される。そうだ、平和を乱す。彼の生活のなかに妻の入る余地はなく、彼に妻がいるということは、ちょっとした不便でしかない。そうだ。彼女は好ましいかもしれないが、彼はそうではない。それがわかれば、彼女は自分から去っていって、すべてが元通りにおさまるだろう。

「困った顔をしているわ」平和を乱す彼の妻は言った。ふたりは公園の門にたどりついた。「わたしが何か困らせるようなことを言った？」

「きみが言ったことの大部分は困らせるようなことだよ。まるできみが自分の考えをもっているかのようだ」

「どうかあまり気になさらないで。なるべく言わないようにするから」

彼は妻のまなざしを無視して、ロンドンのとんでもなく混乱した道でダスと貸し馬車を探した。ふたりの目の前にいた商売っ気のある男の子たちふたりは、道路に犬を放してますます混雑をひどくし、犬をつかまえるのに小銭をとっていた。

「ブラムってだれなの？」彼女が訊いた。

「なんだって？」

「ミスター・ダスはブラムという人の知り合いだったと、言ってたわ」

「ぼくの弟のひとりだ。インドに住んでいる」

「弟さんがいるの」彼女は言った。「ようやくわたしたちは互いのことを知りはじめたのね。すてきじゃない？」

「ないね。ああ、ダスがいた」彼は巻紙で指し示した。「もうくだらない話はやめてくれ」

＊　＊　＊

馬車に乗りこむと、ジョシュアは妻の向かいの席に坐り、彼女をにらみつけた。彼女はばかばかしいボンネットのせいで、少し浅めに腰掛けなければならなかった。そしてつかっていたパラソルを閉じてひらひらの塊になったものを、馬車が動きだして揺れたとき、からだの支えにしていた。

「ロンドンがこんなに楽しいのを忘れていたわ」彼女は言った。

「いまのうちに楽しんでおきたまえ。あした家に帰るんだから」彼は指でひざの上に置いた巻紙をとんとん叩《たた》いた。「なにを笑っている?」

「ミスター・ニューウェルが教えてくれたの、あなたは休んでいられない人だと」

「休み?」彼は鼻を鳴らした。「休みなんて必要ない。ぼくは疲れたことがないんだ」

「それは運がいいわ。わたしはときどき、とても疲れてしまって」彼女の声があまりにも小さかったので、もう少しで聞きのがすところだった。質問が舌の先まで出かかったが、のみこんだ。むやみに他人にどうして悲しそうなんだと尋ねたりすれば、自分の人生が相手の人生に巻きこまれることになり、それは誰にとってもいい結果にはならない。

「それなら自分の屋敷に戻って休むといい。ぼくのじゃまをしないで」

「ああ、ミスター・デウィット、物事がそんなに単純だったらよかったのに」

彼女は窓のそとに目を戻した。

ジョシュアは彼女の横顔を見つめながら、頭のなかで考えが跳ねまわっているのを感じた。それは珍しいことではなかった。いつも彼の頭のなかでは考えが跳ねまわっている。だが通常それはカントリーダンスを踊る二十数組のカップルのように調和して動き、片足でホップしたり跳んだり拍手したりターンしたりする。それがいまは、考えたちがつまずき、拍子はずれに動き、ばたばた倒れている。彼女がなぜ悲しそうで疲れているかなんて、尋ねることはしない。

ぜったいに。

座席にもたれ、目を閉じて、ばらばらな考えを整理しようとした。電力——特許——投資家——可能性——興奮——昂《たかぶ》り——妻。

くそっ。

ああ、だが——レディ・ヤードリーが彼に関心を示してきた——ロード・ヤードリーは無関心を示していた——レディ・ヤードリーに会いにいって——妻。

ジョシュアはぱちりと目をあけ、背筋を伸ばして坐りなおした。

だめだ。いまは。妻がそばにいるのにほかの女を愛人にすることはできない。それに妻とベッドをともにすることもできない。

まあいい。そもそも愛人をつくっている暇なんてないのだから。これまでどおり禁欲を続ければいいだけだ。

「きみはぼくが憶えているよりきれいだ」彼は言った。

彼女は明るい目を彼に向けた。おもしろがっているような、よろこんでいるような顔になった。本当は彼女のことはほとんどなにも憶えていなかった。短い結婚式のあいだずっと彼女は頭をさげていたし、彼のほうも彼女を見るのを避けていた。式のあとの部分は、ふたりとも目をつぶってほかのことを考えていた。

「そんなことを言ってくださるなんて、やさしいのね」彼女は言った。「結婚式の日、あなたはがっかりしたようなことを言っていたわ。ライトウェル家の美人姉妹の噂《うわさ》を聞いていたのにわたしは違うって」

「きみを争って戦争が起きるとは思わないが、完全にみっともないというわけじゃない。歳はいくつだ？　十九？　二十歳？」

「二十二よ」

「そんなに歳をとっているのか」

彼は自分が二十二歳だったときのことを思いだそうとした。わずか六年前のことだがまるで別の人生のことのように思えた。息子のサミュエルは二歳で、レイチェルがあの子を事務所に連れてきて、学ぶのに早すぎることはないと言った。あの年、ふたりはすべてを賭けて新しい工場を買い、設備を整え、財産を三倍にした。あの年、ジヨシュアとレイチェルのふたりはサミュエルが目を輝かせて世界を発見するのを見守り、そんな輝きを消してしまうような子供の雇い方はけっしてしないと心に誓った。彼がレイチェルの父親の工場で働きはじめたとき、彼女は二十二歳だったはずだ。だが彼女は雇い主の娘で、そのときの彼はまだ十四歳で、ひどくおびえ、ひどく憤っていて、彼女を気にしたこともなかったし、まして五年後に彼女と結婚することや、その五年後に彼女が死んでしまうことなど、想像することもなかった。

「ミスター・デウィット？」妻が心配そうな顔をしていた。「だいじょうぶ？　わたしがあなたの心を乱したのではなければいいけど」

「もちろんきみはぼくの心を乱している。きみはなにもかも乱している。うちに帰りなさい」

「それはできないの。じつはわたしには……」

「なんだ？」

「妹たちがいて」

「妹たち」

ああ、そうだった。ロード・チャールズは娘が複数いると言っていた。ジョシュアは何人だったか憶えていなかったが、何人もいた。そしてジョシュアがそのうちのひとりと結婚しなければ、全員が貧窮することになるとも。なぜなら唯一の男子だったチャーリーが死んで、娘が領地相続するのには結婚している必要があったからだ。すでに結婚している娘は継娘で、次の娘は結婚直前でふられ、ほかの娘たちは若すぎた。

もしかしたらすでに、彼のロンドンの家は、白いドレスと色とりどりのリボンを着けたくすくす笑う娘たちに乗っ取られているのかもしれない。ジョシュアは身震いした。

「きみだけだろうな」彼は言った。「それともぼくの屋敷はきみの妹たちでいっぱいなのか？」

「わたしだけよ、いまのところは」

「いまのところは！」

「わたしは祖母と関係を密にして、それで――」

「公爵夫人の話は聞かない！」

「わたしの妹を――」

「だめだ」

「なぜなら母は――」

「だめだ」

「もうひとりの妹は――」

「だめだ」

「それならわたしの父のために」

彼女はあごをつんとあげて、厳しい目つきになった。〝好ましい〟からといって〝弱い〟わけではないらしい。

「ぼくはきみの父上に借りがあった」少しの間のあと、彼は言った。「その借りはきみと結婚して相続を守り、きみたちの物質的に必要な面倒を見ることで返した」

「わたしたち全員、とても感謝しています。でも――」

「約束は結婚することだった。結婚生活をすることではなく」

「あいにくだけど、それはついてくるものなの」

「遠距離で結婚していればいいじゃないか」彼は言った。「いままでぼくたちの結婚はとても満足のいくものだった」

「ミスター・デウィット、それではだめなの」彼女はあくまで厳格に、既婚婦人らしく言った。「妹を社交界にデビューさせる必要があり、わたしは祖母を説得して妹のデビューのうしろ盾になってもらわないといけないの。あなたはなにもしなくて結構よ。わたしたちが別々に生きていくのは、大賛成です。あなたにお願いしてるのは、わたしのじゃまをしないことと、妹の社交界での立場を悪くするような行動をしないことだけ。これが終われば、わたしはサンネ・パークに帰って、あなたはなんでも好きなことをすればいいわ。それは、わたしの理解しているところでは、お金を儲けることと、人々を怒らせることと、貴族の奥方を寝取ることでしょ」

＊　＊　＊

ジョシュアはすっかりふいを衝かれた。頭が真っ白になった。一瞬ではあったが、それにしても。そしてさまざまな考えが頭に浮かんできた。

本音か。驚いた。礼儀正しさと本音は共存できない場合が多いし、カッサンドラは礼儀正しさを絵に描いたような女だ。彼は礼儀正しさも、人々が自分の都合の悪いときには真実を無視するそのやり方も、毛嫌いしていた。不愉快なこともきれいな言葉でくるめば不愉快でなくなるとでも思っているのか。

だが彼女は、礼儀正しい連中が言わないことを言った。

興味を引かれそうだ。

彼はうしろにもたれて脚を伸ばし、ブーツで彼女のスカートにふれた。ほおの赤みは増したが、彼女は静かに挑むように彼と目を合わせた。

「きみの許可をもらったということかな、ミセス・デウィット?」彼は言った。「愛人をもつことについて、ということだが」

「あなたにあげるのは、わたしの完全な無関心よ。目立たないように気をつけることだけはお願いします。あなたのふるまいが妹とわたしの評判にも影響するから。わたしたちはもうじゅうぶん不利なのだから。ただでさえ」

「ただでさえというと？」

「うちの家族のいくつかの小さなスキャンダル。それにあなたの……生まれも」

「ぼくの生まれはまったく問題ない」彼は即座にいい返した。「正常に生まれてきたとしかるべき筋から聞いている。血まみれで大きな産声をあげて」彼は身を乗りだし、彼女がすでに張っている肩をますますこわばらせるのを見て、子供っぽいよろこびを覚えた。「きみが言おうとしているのは、ぼくが重婚者の伯爵の非嫡出児だということだろう」彼はふたたび背もたれによりかかった。「とくに〝非嫡出児〟の部分だ。なぜなら、世間は、〝重婚者の伯爵〟には寛大だからな」

彼女は唇を引き結んだ。残念だ、魅力的な口元のふっくらした唇なのに。

「あなたがそう言うなら」彼女は言った。

だが彼の父親についての話より、愛人にかんする話のほうがおもしろそうだ。

「つまりきみは、ぼくが愛人をつくっても気にしない？」

「気にするのは妻の務めではありません。わたしたちの結婚は、わたしの両親が実践したような、誠実で愛情深い、模範的な結婚ではないのだから。でも」

「誠実！　きみの両親が。ハ！」

彼女の顔にさまざまな感情がよぎった。ショック？　否定？　悲しみ？　おそれ？　そしてまとった冷ややかな威厳は、いかにも公爵の孫娘にふさわしかった。

「わたしの両親の結婚の記憶をあなたの下品な考えで汚染しないで」彼女は言った。「貞節は両親の結婚とわたしたち家族の土台だった」

真実が彼のなかでのたうったが、彼はそれを押さえつけた。この世間知らずの娘は、自分の父親が母親一途だったと心から信じている。まあ、いいだろう。その幻想を壊すこともない。もう問題にならないのだから。

「あなたのふるまいについてですが、ミスター・デウィット、あなたがわたしたちの結婚式の日からずっと禁欲していたとは思わないし、どちらにしてもわたしには関係のないことよ。わたしにとってあなたは生活費を払ってくれる他人でしかない――そのことにはわたしたち全員、感謝しています――と指摘しても、あなたの自尊心が傷つくことはないでしょう。それに、ほかの人の妻にちょっかいを出すほうがずっといいわ、それでわたしを放っておいてくれるなら」

上等だ。彼女はぼくを求めていないし、ぼくも彼女を求めていない。ようやく意見が一致した。結婚式の夜はひどかった。必要なことだとはいえ。彼の最初の結婚式の夜。あれはすばらしかった。彼は十九歳で、初めて女性にふれ、とても、とても熱心だった。レイチェルは多少の経験があり、自分の好みやどうしてほしいかを伝えてきたし、ふたりはすでに友だちだった。だがこの妻、カッサンドラは……。

いや、起きてしまったことはしかたがないし、あれでよかったんだ。

「あれはぼくの最高の出来ではなかった」彼は言った。自分の耳にもつっけんどんで堅苦しく響いた。

「点数をつけるものだとは知らなかったわ」

「ぼくたちには義務があった。ぼくは紳士らしく自分の義務を果たし、きみはレディらしく自分の義務を耐えた」

「御国《みくに》の誇りね」

もっと彼女に優しくするべきだったのかもしれない。話をするとか。だが彼はできるだけ優しくしたし、会話は落とし穴だ。親しさにつながり、親しさは好意につながり、好意は愛着につながり、愛着は問題につながる。ほかの男の妻が愛人として最高なのは、彼女たちは自分の求めるものがわかっているし、かならず他人の家に帰っていくからだ。そしてカッサンドラは彼に、好きにしていいという白紙委任状を与えた。つまり彼はレディ・ヤードリーに連絡をとっても構わない。

だがそれはとんでもなく悪いことに感じる。

トレイフォードとやつの重婚のせいだ。あいつの重婚が発覚しなければ、あいつとジョシュアの母との結婚が無効にされなければ、ジョシュアが廃嫡されなければ――

ジョシュアは立派な貴族になり、浜辺の近くに住む猫程度の倫理観しかもたなかっただろう。ところが彼は十四歳でバーミンガムで働きはじめ、中流階級の友人とつきあい、中流階級の女と結婚し、不自由な中流階級の道徳を身につけてしまった。自分の子供を自分で育てるとか、勤勉を尊ぶとか、配偶者に貞節を守るとか。

ありがたいことに貸し馬車がガクンととまり、この拷問を終わらせてくれた。

「べつにいい」彼は小さな声で言った。「ぼくはほとんど憶えていない」

「あなたはわたしの名前も憶えていないんでしょうね」

「もちろん憶えている。クラリッサだろう?」

「まあ、えらいわ、ジョサイア」

扉が開き、彼女は御者に手をとられて優雅に歩道におりた。ジョシュアは跳びおりて彼女をにらみつけた。まったく。こんな口の利き方をさせておいたら、そのうち彼女を好きになってしまうかもしれない。

「ミセス・デウィット」彼は言った。「あした帰るんだ」

「あなたのおっしゃるとおりにするわ、ミスター・デウィット」

「よかった」

「わたしがしたくないことをしろと言わないかぎりは」

この驚くべき不服従宣言とともに、彼女はふり返ることもなく、彼の家の階段をさっさとのぼってドアのなかに消えた。

＊　＊　＊

ジョシュアは貸し馬車の御者に料金を支払い、階段を駆けあがり、ドアをくぐり、玄関ホールに入って、そこでとまった。フィルビーとトマスがそれぞれ、ばかばかしいボンネットとパラソル、緑色のペリースをかかえて立ち、彼を見て目をぱちくりさせていた。彼は帽子をホールのテーブルの上に放り投げたが――

そこで動きをとめ、テーブルを見つめた。

「いったいこれはなんだ？」

執事と従僕はたがいに顔を見合わせてなにも答えなかった。ジョシュアはテーブルのまわりを回って異物を別の角度から観察した。彼がくしゃみをすると、ふたりは跳びあがった。

ダスが戸口にあらわれた。「その色とりどりでいい香りのするものは〝花〟といいます」ダスが言った。「それらが生けてある容器は〝花瓶〟といいます」

「花瓶？　いったいなぜそんな無用なものがうちにあるんだ？」

ジョシュアがにらみつけると、執事は端的に状況を説明した。「ミセス・デウィットが」

彼がふっくらしたピンク色の花——名前なんて知るか——を指で弾《はじ》くと、花はふるふると揺れた。あふれるばかりの花束は高さ二フィート、幅も二フィートはあった。

「これは植民だ、ダス。あの女はぼくの屋敷を植民地にしている。これがどういう意味かわかるか？」

「長年にわたる流血、弾圧、搾取の始まりということですか？」

「そうなっても驚きではない」ジョシュアはやっとボンネットをどこかに置いてきたフィルビーのほうを向いて、巻紙を投げつけ、言った。「これを書斎に持っていってくれ。ニューウェルもここに来ているのか？」

「そうです、サー。ミセス・デウィットは彼を客人としてもてなすようにとおっしゃいました」

「客だって？　ハ！　あいつに会ったら、馘《くび》にしてやる。あの女を田舎に帰す手配をしろと伝えておけ」

「奥方のことでしょうか？」

「それだ」

「ミセス・デウィットはとてもすてきな方ですね」ダスが言った。

「ミセス・デウィットの話はしない」ジョシュアはテーブルをにらみつけた。花。花、瓶に生けて。きれいで役立たずで場所ふさぎだ。もっともテーブルの上にあったのは銀の盆だけだったが。

その上に手紙が載っていた。彼宛てだ。

これでは彼の帽子を置く場所はない。だからもう一度帽子をかぶった。

「ダス、仕事に行くぞ」

彼は踵《きびす》を返し、ドアを出ようとしたが、フィルビーが急いで前に出て、盆を突きだした。

「弟君のミスター・アイザックがふたたび訪問されました」執事は言った。「またお手紙を置いていかれました。ご主人さまのいるリヴァプールにお送りしようと思っていたところです」

「どこでもいいから送っておけ。行くぞ、ダス。無駄にする時間はない」

＊＊＊

おもてに出ると、ジョシュアはセント・ジェイムズへと向かった。すぐにダスが横にやってきて、歩きながらなにかを読みはじめた。

アイザックの手紙。

「また金を送ってやれ」ジョシュアは言った。

「お金の無心ではありません。前回のご訪問もお金の無心ではなかったと、ここに書いてあります」ダスの口調はいらだたしいほど非難がましくなった。「お母さまと妹君の捜索で進展があったそうです。あなたにお会いしたいとおっしゃっています」

アイザックのイメージが頭に浮かんだ。ジョシュアが最後に弟を見たときの姿だ。十歳――足が速く――よくひざを擦りむいていた――鵲《かささぎ》よりおしゃべりだった。海に行けるうえにもう学校に戻らなくてもいいと聞いて目を輝かせ、自分はもともと海軍に入ろうと思っていたのだから、トレイフォード伯爵の嫡出の三男から非嫡出の三男になっても関係ないし、ロード・チャールズが就職口を見つけてくれたらすぐに行ってもいいと言った。そしていま――脚を悪くして海軍をお払い箱になり、なにもすることがなくなって、若さゆえに母を見つけることが自分のやるべきことだと思いたったものの、若すぎて母が見つけられたくないと思っているということが理解できない。家族の再会なんて愚かな考えだ。十四年前にまとまれなかったのに、いまになってそんなことができるはずがない。

「ぼくは忙しいと言っておけ。金を送ってやって……仕事を世話してやって……それから……」

「ご自分で手紙を書いたらどうです」ダスが言った。

「ぼくは手紙を書いたことなんてない。そのためにおまえとその他十数人の秘書を雇っているんだろう。手紙なんて書くのは時間の無駄だし、おまえたちは失業して、仕事はなにも片付かず、全員が惨めになる」

「でもミスター・アイザックは弟さんでしょう」

ジョシュアはダスをにらんだが、ダスはひるまなかった。「もしかして非難しているのか、ダス？」

「そうです、サー」

「ぼくはおまえに、ぼくを非難するために給料を払っているのか、ダス？」

「いいえ、サー、わたしの非難は無料で差しあげます」

「ぼくが忘れていたら、おまえに感謝するように思いださせてくれ」

リヴァプールに行けばよかった。退屈に決まっているがそれでもいい。バーミンガムの自宅に帰ってもいい。あそこなら迷惑な家族に不意打ちされるおそれはない。

「ミスター・アイザックは、ロード・ボルダーウッドに気をつけるようにとおっしゃっています」ダスがさらに言った。「どうやらバルト海の投資で損をしたことを怒っていらっしゃるようです」

「あの投資ではみんな損をしたんだ。彼にもリスクの高い投機だということはちゃんと説明した」

「ミスター・アイザックによれば、ロード・ボルダーウッドはあなたにだまされたと主張し、報復を計画しているそうです」

「もしアイザックが芝居好きなら、コヴェント・ガーデンに行けばいい」ジョシュアは言った。「ボルダーウッドなんて三本足の子牛とおなじほどにしかこわくない」

あの若い子爵はその子牛とおなじくらい役立たずで分別もない。まったく。

「そんなに困っているのか？」彼はようやく訊いた。「ボルダーウッドのことだが」

ダスはアイザックの手紙を折りたたんだ。「噂では、あの投資のために借金をしたそうです。高利貸しから」

「なんだって？」ジョシュアは立ちどまった。「ぼくは彼に、なくしてもいい分だけ出資しろと言ったぞ」

「きっと楽観主義者なのでしょう」

「魔王よ、楽観主義者からわれらを救いたまえ。愚か者ばっかりだ」彼はまた歩きはじめた。「コスウェイをやってひそかに探りを入れさせろ。あの道化を救ってやりたいわけではないが。若い貴族連中ときたら。生得権によって領地を相続しても、朝食にたいして払うほどの敬意しか払わない。ぼくもそうなるところだったかと思うとぞっとする」

彼は小指の印章指輪をくるりと回した。自分もそんなふうになったのだろうか？

もし父親の最初の妻、レディ・スーザン・ライトウェルがトレイフォードの言うとおりに死んでいて、ずっとアイルランドの修道院で生きていたのではなかったら――トレイフォードとジョシュアの母親の重婚が解消されなかったら――ジョシュアが十四歳以降も伯爵の嫡男のままだったら……トレイフォードはきわめて健康だからまだまだ社交界で現役だったはずで、そうしたらジョシュアもボルダーウッドのようになっていたのだろうか？　洒落者で、道楽好きの、完全な役立たずに。

それに完全に退屈して。

なんて無駄だ。

「ボルダーウッドはミセス・デウィットをふったんだ、そういえば」彼は言い、ダスが驚いた顔をするのを見てうれしくなった。「結婚式の三週間前に。だから彼女の父親がぼくに娘と結婚してくれと頼んできた」

「それは興味深いですね」

「いや、そんなことはない。興味深くもなんともない」

ダスはアイザックの手紙を振った。「このなかに、ロード・ボルダーウッドはあなたが妻に色目を使ったと主張していると書かれています」

「なんだと？」ジョシュアの脳裏に、レディ・フェザーストンのカード・パーティーで彼にくすくす笑いかけてきた色白の女が浮かんだ。記憶では、彼女にはつっけんどんにしたはずだったが。じゅうぶんつっけんどんではなかったらしい。「妻ってものは」彼は言った。「なにもかもじゃまをする。妻なんてもつもんじゃないぞ、ダス」

「もうひとりおります」

「もうって？　それは最近手に入れたのか？」

「結婚して五年近くになります」

「おまえはぼくのところで働いて四年だろう」彼はしばらくそのことを考えた。「なるほど。献身的な妻だな。おまえについてブリテン島までやってくるとは」

「ここに来るのはミセス・ダスの考えでした、じっさい」ダスは言った。「わたしたちの結婚は家族の一部に反対されましたし、わたしは、その、東インド会社の職員と意見の相違があったので、よそで暮らすのが賢明だと思いまして。パドマがイングランドがいいと言ったのは、イングランドが何世代にもわたってわたしの一族に干渉してきたからです。変わったユーモアのセンスの持ち主なんです、妻は」

ジョシュアの頭のなかにはさまざまな質問がざわめいていたが、彼はそれを押し殺した。彼は知りたくなかった。ダスとその妻のことも、彼らがそれまでの暮らしを捨ててまで結婚したかった理由も、ダスが東インド会社とどんな問題を起こしたのかも、ほかのことも全部、知りたくなかった。彼は秘書の個人的なことはなにも知らない。秘書たちが自分の仕事をして家に帰れば、彼らのことを考えることはない。

「ふむ」ジョシュアはそれだけ言った。

「ミスター・ニューウェルにも奥さんがいます、それに子供が六人」

「そんなにいるのか」

「ミスター・パトニーとミスター・アランにも妻がいて、ミスター・コスウェイはミス・サンプソンと結婚を前提とした交際をしています」

ジョシュアは驚いて首をなでた。自分の秘書たちは分別があり信頼がおけると思っていたのに、彼の知らないうちにみんな結婚していたなんて。

「仕事だ、ダス」彼はより生産的な話題に話を戻し、ふたりはセント・ジェイムズ・パークに入った。「必要なのは契約、特許、投資家だ。この発見を最大限に利用しなければ。電力だぞ！」

「とても興味をそそられますが、発明者自身がすぐに実用に応用できるものではないと言っています」ダスは言った。「お金にはなりません」

「どうでもいい」

ジョシュアは自分の言葉にびっくりして立ちどまった。彼はダスを見つめ、ダスも見つめ返してきた。

「どうでもいい」彼は不思議な言葉を口にするかのように、くり返した。彼はダスから目を離し、空を、庭園を、馬と鳥と人々を見た。「ぼくはどうやって儲けていると思う、ダス？」

「あなたは近い将来に人々が求めるものを見逃すことなく、すばやく行動してそういうものに投資します」

「ダマートンが刑法の改正について長々と話していたが、肝心なのは偽造犯が絞首刑になることではなく、五十年後の国がどのようになっているべきかだと言っていた。ダス、ぼくには金がある」彼はくるりと回って、世界を新たな目で見た。「もしぼくがいま仕事をやめても、金はどんどん入ってくる」

「そのとおりです」ダスは用心するように彼を見つめた。「田舎ですてきな奥さまといっしょに過ごすこともできます。子供をつくり、それから――」

「なにを言ってるんだ？　頭がどうかしたのか？」

「あなたの生活は仕事を中心に回っています」

「それがぼくの望みだ」

「わたしの考えでは――」

「ぼくはおまえの考えに給料を払っているか、ダス？」

「ええ、サー、払っています」

ジョシュアは木のところまで歩いていって、ダスのところに戻ってきて、また木のところまでいって、またダスのところに戻ってきた。彼は金持ちになりたかった、そしていま、金持ちになった。それでは不十分だった。彼は上流社会に入りたかった。そしていま上流社会に受けいれられている。それでも不十分だった。

いま彼が望むのは、彼の望みは……。

彼は自分の工場のことを考えた。年間数百万個の金属製品を生産している。バックルやボタンやボビン。彼の荷船はその製品を積んで彼が建造を支援した運河をくだる。彼の商船はその製品を世界中に輸出している。彼の鉱山。彼の溶鉱炉。彼の銀行。

それらすべてが彼に金をもたらしている。だが電気を使いこなすというこの新たな考えほど、彼を興奮させたものはなかった。

「ぼくが近い将来よりも先を見たらどうだ？」彼は言った。「可能性のある新しい考えがあって、それはやがて大きなものにつながっていく。ぼくたちの生きているうちではないかもしれないが、その考えの価値を考えれば続けるべきものだとしたら？どう思う？」

「それでもだれかが、あなたのお仕事をする必要があると思います」

ジョシュアは手を振った。「ああ、ぼくはそれもできる。だがなにもかも変わる可能性があるんだ。ブキャナンに言って――」

「ブキャナンは辞めました」

「なんだって？　あいつも結婚したのか？」

「仕事が多すぎると言って」

「仕事が多すぎるなんてことはない」ジョシュアは両手をこすりあわせた。「この人生でひとつ確かなのは、ダス、いつでも仕事はもっとあるということだ。それってすばらしいことじゃないか?」

4

ミスター・デウィットは好きなだけ不作法に、無分別にふるまってもいいけど、ルーシーを社交界にデビューさせる彼女の計画のじゃまだけはぜったいにさせない。あくる朝、カッサンドラは決意も新たに誓った。

「結婚はどれも違うわ」前の夜に会ったアラベラはそうのたまった。五か月前に結婚した者の英知をもって。「それぞれ自分の結婚に合うやり方を見つける必要がある」

デウィット夫妻に合うやり方とは、二度と会わないことだ。

そのため、カッサンドラは朝食室に行く時間を用心深く調節した。家政婦によれば、ミスター・デウィットは仕事を始める前の八時に、しっかり朝食をとる習慣らしい。だからカッサンドラは八時半に行くことにした。彼と会わないですむくらい遅めで、召使たちを困らせるほどには遅くはない時間だ。

彼女は朝食室に入っていって、おおいに満足した。そこにいたのはミスター・ニューウェルだけで、皿のそばに〈ザ・タイムズ〉が置かれていた。

「きょうはきっとすばらしい日になるわ、ミスター・ニューウェル」彼女は卵、ハム、梨、ロールパン、ケーキなどのごちそうを見ながら言った。いつものパンとジャムだけの遅めの朝食とはまったく違う。「全身全霊で感じるの」

彼女は梨と厚く切ったパウンドケーキを皿に載せた。ケーキは焼きたてで香ばしく、カラントがたっぷり入っていた。

「ご機嫌ですね、ミセス・デウィット」ミスター・ニューウェルは言った。いつも感じがいいミスター・ニューウェルは、彼女が知っている誰かさんとは大違いだ。「ゆうべは劇場で楽しまれましたか」

「ええ、すばらしかった！　それにお祖母《ばあ》さまがきょう会ってくださることになったの——しかも大英博物館でよ——きっとルーシーを引き受けてくださると思う」

彼女は席に着き、お茶をもってきた従僕にほほえみかけた。ポットはすばらしくふっくらしたさくらんぼの絵付けがされたファイン・ボーン・チャイナだった。お茶は熱くて香り豊かで、ちょうどよい具合だった。そうよ、なにもかもうまくいくはず——不作法で、無分別な夫なんて関係ない。

「それにね」彼女はケーキに手をつけた。「夫に会ったショックから立ちなおり、彼がじつにひどい人だという事実と折り合いをつけたの。よいときも悪いときも、ということでしょうね、けっきょく」カッサンドラはケーキをたっぷりひと口かじりながら、自分が何も知らずに述べた誓いのことを考えた。「あの誓いは巧妙にできているわね」彼女は言った。「あまり深く考えなければすてきな言葉のように思えるけど、本当の意味は、〝手遅れだ！　もう文句を言っても遅い！〟ということだもの」

ミスター・ニューウェルは眼鏡をはずし、拭いて、かけ直した。「ミスター・デウィットはすでに、あなたを帰す手配を命じられました」

「取り消して。わたしたちはここに滞在します。わたしとしては、彼のことは気にしないつもりよ」

それはとても良識ある、自分を誇らしく思えるような言葉だった。ところがその瞬間を狙ったかのようにミスター・デウィットが朝食室に入ってきた。あくびをして、手で目をこすり、彼女の思いきった宣言を公然と笑いものにしていた。

なぜなら、彼を気にしないわけにはいかなかったから。

とくにその、服を着ていない部分を。

まるでベッドから出てそのまま階段をおりてきたように見えた。くしゃくしゃの黒髪が額にかかり、無精ひげがだらしないほど伸びて、ほお骨の上に新しい紫色のあざがあった。夫の夜は彼女の夜より波乱万丈だったらしい。

でも最悪なのは、ズボンとゆったりしたワインレッド色のガウンしか身に着けていないということだ。それだけならおそろしいとまでは思わなかったけど、シルクのガウンの前がはだけて、男の胸をあらわにしていた。なにも隠すもののない、むきだしの、男の胸。

「まあ、ミスター・デウィット」彼女はどうしようもなくまじまじと見つめながら言った。「着替えを忘れているわ」

彼女の夫は急に立ちどまり、黒い眉をひそめて、まるで彼女がだれかという謎を解こうとするように、首をかしげた。それから両手ですでに乱れている髪をかき乱した。そんなふうに両腕をあげたせいで、ガウンはさらに後退し、胸と腹の筋肉の動きまで見えた。

なんてこと。

彼はカッサンドラをにらんだ。「きみはそうなんだろう?」彼はわけのわからない言葉をつぶやいた。「そうだ、もちろんきみはそうだ」

「お願いです、ミスター・デウィット、言葉遣いを」

「もしぼくの言葉遣いが気に入らないのなら、ぼくの朝食のテーブルに……」彼はさもいやそうに彼女のほうに手を振った。「そんなにはつらつとして、にこやかで、無邪気に坐っていることはない。自分がぼくのあらゆる予定を狂わせていると自覚していないかのように」

「あなたのあらゆる予定には、リヴァプールに行くというのもあったでしょう。それにいまだって、いつもの朝食の時間を守っていない。こんなに大きなおうちなら、わたしたちは何日も顔を合わせないでいられるはずよ、ちょっとした協力によって」

「そんなに分別くさいもの言いはやめてくれ」彼は不平を言った。「コーヒーを飲む前に分別ぶったふるまいをされるのは我慢ならない」

彼はふたたびあくびして、カッサンドラの向かいの席にどさっと坐った。彼女はその顔にしっかり目を向けていたが、裸の胸のイメージが頭のなかで踊っていた。黒い毛が薄く生えていたような気がした。絵画に描かれた神や戦士の胸に似ているような気もした。

もう見ないほうがいい、と彼女は思った。

彼は低くうなるような声を発した。「話の前にコーヒーだ」

「ミスター・デウィット――」

従僕が銀のポットから彼にコーヒーを注いでいるあいだ、ミスター・デウィットは一心不乱にカップを凝視していた。まるで自分の意志の力のみでカップを満たしているかのようにも思える。カップにコーヒーが注がれると、その香りが部屋を満たし、彼は両手でカップをつつみ、ひと口飲んで、ため息をついた。目をとじて、その表情は心を騒がせるほど恍惚《こうこつ》としていた。

コーヒーは黒くて熱く……。カッサンドラになにかを思わせた。そのとき彼がぱちりと目をあけた。そして彼女をまっすぐに見つめた。

ああ。コーヒーが思い起こさせたのはこれだ。彼の目。

「家に帰れ」彼は言った。「きょうぼくが予定よりも遅れたのは、ゆうべぼくに夜遅くまで出歩かせたきみのせいだ」

「おかしなことをおっしゃるのね、サー！」カッサンドラは思わず笑ってしまった。

「まさかそれまでわたしのせいにはできないわ。あなたの顔から判断するに、もしかしたらお酒のせいではないかしら」

「もしかしたらきみのせいで酒が飲みたくなったのかもな」

「ミスター・デウィットはお酒を召しあがりません」ミスター・ニューウェルが口をはさみ、カッサンドラはびっくりした。彼がいるのをすっかり忘れていた。

ミスター・デウィットはぱっとふり向いて秘書をにらみつけ、またコーヒーに目を戻し、ごくりとひと口飲んだ。「ニューウェル、おまえは馘《くび》だ」

「わかりました」ミスター・ニューウェルはハムをひと切れ、口に放りこんだ。

「ミスター・ニューウェル、あなたは馘ではありません」カッサンドラは言った。

「あなたが馘にすることはできないわ。彼はわたしの秘書なんですから」

「婚姻関係担当秘書として、ぼくが雇ったんだ。つまり彼はぼくの秘書だ」

「婚姻関係というのはわたしのことですから、つまり彼はわたしの秘書よ」

「それは包括的な論理だ。ぼくは朝食のテーブルでは包括的な論理の受け入れを拒否する」彼はまた腕を振り、壁際に控えている従僕はコーヒーカップの動きを心配そうに見守っていた。「彼の仕事はきみときみに関係すること全般に対処することだ、ぼくがしなくてもいいように。彼はしくじった。見てみろ、この状態を」

「それは朝食の予定を変えたあなたのせいでしょ」

「そんなこと問題にならなかったよ、きみがぼくに逆らっていなければ」

「そんなことわたしだってしなかったわ、あなたに分別があったら」

「ぼくはいつも分別をわきまえている」

「あなたが……ああもう！　あなたのせいでわたしまでお酒を飲みたくなるわ」カッサンドラは自分まで腕を振りまわしているのに気づき――なんてこと、ルーシーでさえ彼女にこんなはしたないことをさせることはなかったのに――気を静めた。「だからこそ、ミスター・ニューウェルが必要なんです」彼女は言った。「わたしたちは直接話ができないから」

　ミスター・デウィットは、これを挑戦として受けとめたようだった。

　劇場にふさわしいほど芝居がかったしぐさでコーヒーカップを横に置いた。そしてまたゆっくりと大げさな動きで、最初に片方の手のひらを、次に反対の手のひらを、自分の前のテーブルについた。

そして半ば立ちあがって身を乗りだし、あの広い裸の胸を近づけてきた。
「ニューウェル」彼はカッサンドラから目を離すことなく言った。「ぼくの妻に家へ帰るように言え」

カッサンドラも彼とおなじ姿勢をとった。「ミスター・ニューウェル。わたしの夫に、妹の社交界デビューの根回しをちゃんとすませるまで、わたしはここにいると言ってちょうだい」

彼がさらに前に出てきて、カッサンドラには彼の目を縁どる長い睫《まつげ》まで見えた。「ニューウェル、ぼくの妻に、彼女の妹にはたっぷり持参金が与えられると伝えろ。そして金に困った紳士を何人か見繕ってウォリックシャーに送り、彼女をめぐって争わせるんだ」

カッサンドラももっと前に出た。「ミスター・ニューウェル、わたしの夫に、すべての問題をお金と秘書で解決することはできないと伝えて」

「ニューウェル、ぼくの妻に、こんな頑固は許されないと言え」

「ミスター・ニューウェル、わたしの夫に、この部屋で頑固なのはあなただけだと伝えて」

「それからニューウェル――」彼は言葉を切り、顔をしかめて、ふり向き、力強くひげの伸びた横顔を見せた。「あいつはどこに行ったんだ？」

カッサンドラもふり向いた。「あら」だれも坐っていない椅子を見て、言った。「わたしたちにおそれをなして逃げてしまったのね。かわいそうに」

彼女が向き直ると、同時にミスター・デウィットも向き直り、目が合って、自分たちがほとんど鼻と鼻がふれあうほど近づいていることに、カッサンドラは気づいた。彼はあわててうしろにさがって腰掛けたものの、彼から目を離すことができなかった。彼はゆったり優雅なしぐさで、胸をむき出しにしたまま椅子に坐り、ふたたびコーヒーカップを手に取った。ガウンの袖がさがって、たくましい前腕があらわれる。カッサンドラはあわてて自分もティーカップを取った。

「ミスター・ニューウェルは口論が好きじゃないのよ」彼女は言った。「サンネ・パークでもいつも避難しているわ」

「きみの家はそんなにひどい戦場なのか？」彼はおもしろがっているようだった。「針刺しが飛び交ったり？ ボンネットが爆発したり？ そういうことか？」

「あながち間違いとはいえないわ、ルーシーが……」彼女はため息をついた。「たぶんあなたはルーシーの話を聞きたくないでしょう」

「それほどにには。きみが社交界にデビューさせようとしている妹だろう」

「そうなの。でもあの子は……」やめよう。彼は知りたくないはずだ。ルーシーは彼女の問題で、彼の問題ではない。夫の助けは期待できない。ただ、じゃまをしないでくれることを望むしかない。「わたしはあなたを困らせたり、うるさくしたりするつもりはないのよ、ミスター・デウィット。大事なことでなければ、ロンドンに出てきたりしなかった。わたしは家族にとって最善のことをしなければならなくて、だからこそ、帰るわけにはいかないの」

「つまり、ぼくはきみを厄介払いできないということか」

「わたしだけでよかったと思って。もっとひどいことになっていた可能性もあったのだから。ルーシーがやってきたかもしれないのよ」

＊　＊　＊

ジョシュアはなぜか言い負かされたが、コーヒーを手に、カッサンドラが紅茶を飲むのを眺めていたら、気にならなかった。彼女はティーカップを持ちあげる前に、磁器に絵付けされたさくらんぼをなで、お茶を口にふくむ前に、いかにも幸せそうに香りを楽しんでいた。

礼儀正しくするのを忘れているときはひじょうに目の保養になる。だが礼儀正しくしている彼女は、よろこんで地獄に引き渡したくなる。

「ゆうべなにがあったの？」彼女は言った。「だれかに顔を殴られたようだけど」

「殴られたんだ」

「そういうのはいつものことなの？」

「いつもではない」

「まあ」

彼女はナイフを取って梨を切ろうとした。

「それだけか？」彼は言った。

「どういう意味かわからないわ」

「言うことはそれだけか？『まあ』って」彼女はぽかんと彼を見つめた。「愛情と思いやりはどこに行ったんだ、奥さん？ なにがあったのか心配しないのか？ 痛いのではないかと思わないのか？ きみの愛する夫はだいじょうぶだろうかと思わないのか？」

「なによりも思うのは、なぜもっと頻繁に顔を殴られないんだろうということかしら」

ジョシュアは思わず笑っていた。彼女はほんとに驚きだ。「なぜならぼくが金持ちだからだ」

彼はまだ笑いながら、サイドボードに用意されている朝食を取りにいった。山盛りにした皿を手にふり返ったとき、彼女が椅子に坐ったままからだをひねってこちらを見ているのに気づいた。もっとも、すぐにからだを戻して、皿のケーキを見ているふりをした。うつむいているが、その肩はこわばっている。彼を気にしている。ジョシュアは彼女の目が届かないところに移動した。もしかしたら自分が彼女を緊張させているのだろうか。もう少し時間をかけてぶらついてから席に戻るのはすばらしい考えに思えた。

彼女の豊かな茶色の髪はシンプルな細いリボンでまとめられ、朝の陽光が赤みがかったハイライト、うなじのうぶ毛、背骨のくぼみをとらえていた。その髪型のせいで耳が出ていて、彼の見間違いでなければかすかにピンク色に染まっていた。首から肩の曲線の肌もあらわになっており、ガウンの襟ぐりは、もしふたりが恋人どうしだったら彼がじっくりとキスをする箇所のほんの少し上まで覆っていた。

彼は自分がふたりの会話をおおいに楽しんでいることに気づいたが、それは完全にどうでもいいことだった。それに彼女の目がきょうは緑というより茶色だということにも。また、彼女はなにごとも落ち着いてこなしているが、香りをかぎ磁器をなでるしぐさでその官能を垣間見せ、じつは人に思わせているような聖人ではまったくないということにも気づいた。

そうしたことすべて、完全にどうでもいいことだが。

どうでもよくないのは、彼女は何かを大切にするときは、激しく揺るぎなく、心から大切にする、だからこそ彼が思っていたより手ごわい相手だということだ。

「ミスター・ニューウェルに、わたしたちの婚姻関係担当秘書として、あなたの近侍《きんじ》を雇うように言っておきます」ジョシュアが席にもどると、彼女はそう言った。「あなたには身だしなみを手伝ってくれる人が必要だわ」

「近侍ならもういる。どこかに」

「そうしたら、ミスター・ニューウェルには、ひげ剃り一式を手に入れて近侍に使い方を教えるように言います」

「ひげ剃りは時間の無駄だ。どうせまた伸びてくるのだから。きみはぼくのひげ《ウィスカー》に文句があるのか、コーデリア？」

「ひげ《ウィスカー》は猫のひげよ、ジョナ。あなたの見た目は……」

「堅気らしくない？　どうか堅気らしくないと言ってくれ。ぼくは堅気らしくなく見せたいんだ」

彼女がにらんだ。ジョシュアはほほえみで返した。これはすばらしい気晴らしだ、ばかなことを言って彼女を怒らせる。

「古風だわ」彼女は言った。

「そんなことはない」

「男の人がひげを生やしてイヤリングをつけていたのはチューダー朝の時代よ」彼女

は言った。「どうしてイヤリングをつけているの?」

「なぜならぼくには耳があるからだ。結婚イヤリングをつくってもいい」

「そんなのはばかばかしい考えよ」

「ばかばかしい考えがなければ、いい考えも生まれない。それなら結婚指輪にしよう」

彼女は細い金の指輪をつけた左手をあげて見せた。「わたしたちはもう結婚指輪をしてるでしょう」

「そうか。なんてほほえましい」

彼も左手をあげて、ふたりともその手を見つめた。薬指にはなにもなく、小指にはまっている大きな指輪は明らかに印章指輪だった。

「結婚指輪じゃないわ」彼女は言った。「それはなに?」

彼はひざの上に手をおろした。「なんでもない。それならぼくは結婚指輪をもっていないんだろう。ほとんどの男はもっていないよ」

「パパがわたしたちに揃いの結婚指輪をくれたのよ、憶えていないの?　パパはいつも結婚指輪をつけていたわ。母への献身と貞節を示すために」

彼女はあごを高くあげ、彼にまた皮肉を言うなら言ってみろと挑んでいた。真実の可能性さえ受けいれるつもりはないのだ。ジョシュアは彼女を笑えなかった。

「きみにとっては大事なことなんだ？」彼はそっと言った。

「前にも言ったとおり、貞節は結婚の土台であり、堅実な結婚は家族の中心であり、家族はすべてよ」

だがそう言いながら、まなざしが揺らぎ、彼女はありえないほど若く、自信なさげで、傷ついているように見えた。まるで生まれたばかりの子羊が狐《きつね》の群れにずたずたにされる覚悟をしているようだ。もしジョシュアが違う男だったら、彼女を慰めて守ってやっただろう。だが彼は違う男ではないし、彼女は彼の子羊でもないし、彼女を守るのは彼の仕事ではない。

「家族は厄介なだけだ」彼は言い、食べ物に集中した。

＊＊＊

ミスター・デウィットにかんして困ったことはたくさんあったが――彼の言葉遣い、いたずらっぽい笑み、不作法に胸をむきだしにしているところ――いちばん大きいのは、彼の気分が急に変わることだった。彼が考えも行動も速い人だというのはわかったが、怒るのも、おもしろがるのも、優しくなるのも、無関心になるのも速かった。こんなになにもかもが速い人には会ったことがなかったし、それについていこうとしたら首の筋を違えてしまいそうだった。

それに彼は食べるのも速かった。カッサンドラは先にケーキと梨を食べ終わったが、彼が皿の食べ物をたいらげて出ていってしまうまでに、彼女の主張を聞いてもらう時間はあまりないと気づいた。

それに彼は、食べているときは話をしなかった。これはめずらしく、好都合だった。

「わたしはきょう、祖母の公爵夫人に会いにいきます」カッサンドラは言った。「直接お目にかかるのが大事なの、なぜならうちの家族のつきあいはうまくいってなくて、その始まりは……」彼女は考えてみた。始まりはパパがママと結婚したときだ。公爵夫人は末息子の選んだ妻を認めていなかった。もちろんみんな礼儀正しく丁重だったけど。「それほど昔ではないわ。この四半世紀くらい。わたしが期待しているのは、公爵夫人がルーシーを引きとって、あの子のデビューを手配し、社交界の渡り方を教えてくれること。運がよければ、ルーシーはいい相手を見つけて、年の終わりまでにはめでたく結婚するでしょう。あなたをうるさがらせることはしないと約束するわ。わたしがここにいることにも気がつかないはずよ」

彼はからになった皿を脇に押しやって、にやりと笑った。

「なにがおかしいの？」カッサンドラは訊いた。

「きみは礼儀正しい会話が得意だな」彼は言った。「『あなたをうるさがらせることはしない』というのは、『必要以上にあなたとは話したくない』という意味だろう。『わたしがここにいることにも気がつかないはずよ』というのは、『あなたが存在しないふりをするわ』ということだろう。合っているかい？」

「こんなに理解しあえるなんて、すばらしいわ」

「それは『ばか、もちろんそうに決まってるでしょ』という意味だ」

「お願い、ミスター・デウィット、言葉遣いを」

「きみはぼくの言葉遣いを気に入ってるだろう。正直に答える代わりに、ぼくを叱る口実にできるから」

「わたしは……そんな……あなたを……」

言葉がみつからず、カッサンドラは腕を組んで、一瞬、反抗的に彼をにらんだ。わたしを正直ではないと責めるなんて！　ただ丁重にしているだけなのに。

「礼儀正しさをばかにするべきじゃないわ」カッサンドラは言った。「わたしたちが殺しあわないためのいちばんの抑止なのだから」

「ぼくたちが殺しあわないためのいちばんの抑止は、別居に戻ることだ。二年間も、相手を殺したいなんて思いもせずに過ごしてこれたのだから。それはほとんどの夫婦よりましだよ。恥ずかしく思いたまえ、ミセス・デウィット、完璧な結婚を壊そうとするなんて」

「わたしたちが自分のすべきことをして完全に相手を無視しても、おなじくらい完璧な結婚になるわ、保証する」

彼はため息をついた。「フジツボについて聞いたことはあるかい？」

「なんですって？」

「フジツボだ。船体にくっついて船を遅くするいまいましい生き物だ。退治することはほぼ不可能で、それをこそげ落とすことだけが仕事という男たちがいる。ミセス・デウィット、きみはフジツボのように頑固だ」

「それは誉め言葉として受けとっておきますね、ミスター・デウィット。あなたが分別をわきまえて、わたしをこそげ落とそうとするのは時間の無駄だと理解しはじめたみたいでよかった」

カッサンドラは椅子を引いて立ちあがった。彼は立たなかった。もちろん。レディが立ったら紳士はかならず立ちあがるものだと指摘するのは息の無駄だ。彼女の夫は純粋な紳士ではなく、変わった交配種の生き物なのだから。紳士階級と商人階級を行き来できる数少ない人のひとりで、それは彼の育ちと、商才と、そしてたぶん、その血の気の多さというまれな組み合わせに負うところが大きい。

その黒い真剣な目がテーブルを回ってドアへと向かう彼女を追った。彼女は夫のすぐ横を通らなければならず、思わずその手前で立ちどまった。そのほおのあざが目にとまった。

「たしかに痛そうね」彼女は言った。「でもはっきり言って自業自得よ。だってあなたはものすごく腹立たしい人だもの」

自分が何をしているのか意識する前に、カッサンドラは親指でそっとあざにさわった。ほかの指は彼のほおをかすめた。ひげは驚くほどやわらかくて、もうすこしででてしまいそうになった。目をおろすと彼の胸があった。まだむきだしで、まだ筋肉質で、そう、やはり、黒い毛にうっすら覆われていた。彼女はさっと手をひっこめ、スカートのひだのなかに入れた。

彼になにか言わなくてはいけなかったのに、なんだったのか思いだせない。

「早く治るようにキスしてくれるかい？」

彼の口調は軽くからかうようで、カッサンドラは彼と目を合わせないように気をつけた。代わりに、あざに注目した。紫色に腫れているあざ。高いほお骨。熱い肌。やわらかいひげ。だいじょうぶ。唇を彼の顔に、ちょうど傷のところに押しつけるだけよ。いつも妹たちのほおにキスしているし、母にもしている。簡単よ。身をかがめて、彼の熱さと、活力に近づいて、唇を押しつける……。

彼女は彼のほおから目を離し、うっかり彼と目を合わせてしまった。熱くたぎるような黒いひとみ。

彼はもう笑っていなかった。もうからかってもいなかった。とつぜんの真剣さが彼女の全身を震わせ、肌をぴりぴりさせた。ふいにカッサンドラは彼がどれほど大きいか、どれほど近くにいるかを意識した。彼の手が彼女の太ももからわずか一インチのところにある。彼の胸に手を置くのに、ひじを伸ばす必要さえない。

そのとき――そこで――彼は立ちあがった。からだを伸ばすその動きは、しなやかで緩慢で、いつものすばやさはなかった。彼女は思わずのけぞり、近くの椅子のひじ掛けに腰を押しつけることになった。彼はさわろうとはしなかったが、そびえるようだった。こんなふうに近くにいると彼はとても背が高く、彼女の目の前にあるとその胸はとても広く見えた。彼女のスカートは彼のガウンにふれてさらさらと音をたてた。カッサンドラは自分の唇が開いているのに気づいた。息をするのには都合がいい。彼女は唇を閉じた。彼は彼女の唇を、そして目を、見つめた。

このからだが、わたしのからだの上に重なり、ふたりのからだは結ばれて――短かったし、痛かったけど、結ばれたことには変わりない。そんなの嘘のようだけど、でも……。

「ぼくはきみにキスしなかった」彼は言った。「きみが結婚初夜のことでぼくを許さなくても当然だ」

「あなたが言ったとおり」声が妙にかすれてしまったので、咳払《せき》いをした。「これでいいのよ」

「そうだ、これでいい」

彼はふたたび彼女の唇をちらっと見て、かすかによろめき、目をあげると背筋を伸ばして彼女から離れた。

「きみはひどく心をかき乱す人だ、カミーラ」

「それはわたしたちの共通点ね、ジェレマイア」

カッサンドラは彼から離れてドアをくぐった。ひざが震えて、息が切れ、混乱して、少なからず心をかき乱されていた。

5

カッサンドラは大英博物館が自分をあざ笑っているかのように感じた。なぜならその館内は、胸をむきだしにした筋肉隆々な男の人たちでいっぱいだったからだ。

展示室を急いで抜けて、祖母を探したが、ほとんど全裸の神々や戦士たちしか見つからなかった。彼らは入口の間の天井を装飾していた。カッサンドラの頭上、二階分の高みに舞いあがっている。彼らは陳列室に群れをなし、大理石でできた筋肉を収縮させるのに忙しくて、ズボンをはくのを忘れていた。彼らは壁にもかかっていた。男の曲線や隆起ひとつひとつの複雑な部分まで、微に入り細をうがってエッチングで彫られていた。

カッサンドラがそうしたスケッチのひとつ——筋骨たくましい聖セバスティアヌスが腰布以外はなにもまとわず、矢で貫かれている絵——を見つめていたとき、職員が近づいてきて助けを申しでてくれた。

職員は思いやり深く服を着けていたので、カッサンドラは彼にシャーボーン公爵夫人を探していると言った。さいわい、公爵夫人というものはどこに行っても人に気づかれる存在なので、職員はカッサンドラを案内して錬鉄製の装飾的な手すりのついた広い階段をのぼり、古代美術や天然の貴重品などが並ぶいくつかの陳列室を通りぬけて、庭園に面したある部屋を示した。その部屋は高いアーチ窓がいくつも並んでいるおかげでとても明るかった。

部屋のなかには十数個の大きな木箱が置かれていた。どれも彼女のひじくらいの高さがあり、ふたはあいていて、詰め物の麦わらがこぼれて床に落ちていた。祖母は壁の前に立ち、部屋を見渡していた。

「いらっしゃい、カッサンドラ、久しぶりね」公爵夫人は彼女を手招きした。「こちらに来て、これらをご覧なさい」

公爵夫人はカッサンドラと同じくらいの背丈でもっと痩せており、しゃれたオリーヴグリーン色のドレスを着て豊かな白髪にお揃《そろ》いのターバンを巻き、大きな銀の輪のブローチで留めていた。その緑色の目は明るく輝き、威厳を感じさせるしわの刻まれたその顔は才気潑剌《はつらつ》としていた。

「お元気そうでなによりです、お祖母《ばあ》さま」カッサンドラはひざを折ってお辞儀した。

「あなたもね」祖母はカッサンドラの赤褐色のウールのモーニングガウンを見て、承認するようにうなずいた。「あなたはわたしが憶えていたより父親似ね。ここで会えてよかったわ。サー・アーサーはご自分の展示の配置を計画していて、わたしの助言が欲しいとおっしゃっているのよ。サー・アーサー・ケニヨンのお仕事は知っている？　彼はこの分野の第一人者なの」祖母は玉髄《ぎよくずい》のネックレスにふれて、ほほえみ、そばにある木箱に近づいた。「いらっしゃい。これを見たらびっくりするわよ」

カッサンドラはかならずびっくりするつもりだった。祖母が望むことならなんでもするつもりだった。ルーシーのために。

〝これ〟が裸の男の人でないかぎり。

ほほえみを浮かべながら、素直に箱に近づき、なかをのぞきこむと……。

石があった。

大きくて、四角くて、白い――その三つにかんしてはすごい――けど、ただの石だ。木箱をはさんで、祖母は石を見つめて、喉に手をやった。「本当にすばらしいと思わない？」

カッサンドラはほほえんだまま、石をよく見た。その端に模様が彫られているのがわかった。畝《うね》や渦巻や……豚？　よかった。豚はたしかにすばらしい。豚のことなら何時間でも話していられる。でも、ちがった。豚ではなかった。渦巻が豚のような形で欠けているのだ。

「サー・アーサーはこれをギリシヤからご自分で運んできたのよ」公爵夫人は興奮し

たように言った。「古代の神殿の一部だと、言っていたわ。サー・アーサーは古代の彫像や建物は色鮮やかに塗られていたという説を支持しているのだけど、ほとんどの学者はそれは間違いで、なにも施されていない大理石がもっとも美しい本来の姿であると主張している。いま考古協会では、たいへんな議論が起きているのよ」

カッサンドラは年を取った男の人たちが白い大きな石を投げつけあっているところを想像した。「それは興味深いですね」彼女は言った。

祖母について別の木箱に近づき、まったく同じような石にも関心があるふりをした。「わたしはブルースストッキングのサロンに参加したことはなかったけど」公爵夫人は言った。「シャーボーンも許さなかったでしょうし。でも世界についての知識を広げることで退屈なレディにならないですむということは、彼も認めているのよ」彼女は機嫌よくほほえんだ。「あなたたちの母親は、わたしが孫娘たちの教育にかんする助言をしてもけっして聞こうとしなかった」

「母のことですが――」

「あら、見て、サー・アーサーがいらしたわ」

サー・アーサー・ケニヨンは五十代くらいのがっしりとした紳士で、屋外での活動を好む人らしい誠実そうな感じがした。彼は単眼鏡をかけて部屋に入ってきた。公爵夫人に気づくと、深々と礼儀正しくお辞儀をした。公爵夫人は優雅にうなずいて応え、その顔に少女のようなほほえみを浮かべ、ほおを赤く染めた。

そういうことなら、がぜん石が興味深くなってきた。

「そうね、カッサンドラ、会えてよかったわ」祖母は言った。サー・アーサーを見つめたまま。

カッサンドラの笑みは消えた。それはミスター・デウィットの言う礼儀正しい会話だ。翻訳すると、「もうあなたと話す気はないわ」になる。

「またすぐに会えるわ」公爵夫人は言った。「今週あなたの伯父が開く夜会には来るわよね、もちろん、それにわたしの主催する舞踏会の招待状を送るわ。もう三週間もない。来てくれるわね」

そう言うと、公爵夫人はふり返って部屋の向こう側に歩いていった。愛人と石のところへ。カッサンドラは一瞬、言葉を失った。

「お祖母さま！　公爵夫人！」気をとりなおして呼びかけ、祖母のあとを追った。

「じつはお話ししたいことがあって……」

祖母は立ちどまり、唇を引き結んだ。「どんなこと？」

「ルーシーのことです。十九歳で、社交界に出る時期は過ぎています。お祖母さまは舞踏会を開かれるようですし、お願いできないかと思って――」

「ああもう、こんなことではないかと思っていたけど」祖母はサー・アーサーをちらりと見てから、続けた。「女の子を社交界にデビューさせるのにはすごく時間がかかるのよ。あなたはわたしがすることもなく、田舎から孫娘がやってきて頼みごとをされるのを待っているとでも思っているのかもしれないけど、わたしの予定はいっぱいだし、あなたの用を足すためにほかの責任を投げだすことはできません」

「わたしはそんなつもりでは……」カッサンドラはなんとか返事を考えた。「宮廷での謁見《えっけん》はしなくていいんです。ルーシーをお祖母さまの舞踏会でお披露目してくださるだけで……」

「なぜレディ・チャールズが自分でしないのかわからないわ」

「ママは具合が悪くて」

「そう。彼女と結婚すると言い張ったのはあなたの父親よ。でもそれは何十年も前の話だし、もういいわ」

「ルーシーは特別なんです」カッサンドラは祖母がふたたび背を向ける前に、急いで言った。

「なにに興味があるの？」

問題を起こすこと。ものを壊すこと。夜中に酔っぱらって卑猥《ひわい》な歌を歌うこと。

「美人だと評判です。ダンスや歌や裁縫が得意で――」

「もう退屈してきたわ」公爵夫人はため息をついた。「カッサンドラ、わたしは五十年前にデビューしたわ。そのころは、ダンスやドレスに興味をもてたけど、でもいいことを教えてあげる。人々もファッションも移り変わるけど、会話はいつも同じよ」

「ルーシーがいい結婚をできたら、家族みんなのためになります」

「あなたのよりもいい結婚ということ？　あなたとミスター・デウィットとの結婚にわたしは強く反対したのよ――うちのスーザンを堕落させた男の息子との縁組なんて！――でもあなたの父親は聞こうとしなかった。それなのにあなたは、わたしに助けてもらえると思っているの？　あなたまで問題を起こしているときに」

「わたしは問題を起こしたことはありません！」

「あらそう？　それならこういうのは問題じゃないの？　あなたの夫と元婚約者がセント・ジェイムズ通りのクラブのそとで殴り合いをしていたのよ、きのうの夜」

　夫のほおの紫色のあざ。親指でふれた彼の肌の感触。

「ハリーが？」カッサンドラは言った。「いいえ、ロード・ボルダーウッドが彼を殴ったのですか？　なぜ？」

「それは自分の夫に訊《き》くべきことでしょう？」公爵夫人は軽く首を振った。「あなたのミスター・デウィットはとんでもない人間だけど、夫と息子は彼とつきあうと言ってきかないの」彼女はまたサー・アーサーのほうに目をやった。見張っていないと彼がこっそりギリシアに行ってしまうかのように。「がっかりするのはわかるけど、カッサンドラ、これはわたしのせいではないのよ。あなたの父親は、子供たちにかんすることでは、わたしの助言をありがたいとも思わないし必要もないと、はっきり示したのだから。あの子がなにを考えていたのか、わたしにはわからないわ」

あなたは知りたくないはず。カッサンドラは思った。もし知ったら、心が張り裂けてしまうでしょう。

カッサンドラも、あのころは、父がなにを考えているのか理解していなかった。パパは「わたしはこう思うんだ、カッサンドラ」結婚式から一週間もしないうちに、パパは切りだした。自慢の雌豚アフロディーテが子豚を産み、彼女とパパは納屋で、もぞもぞと動きキーキー鳴き声をあげる子豚たちを眺めながら、どっちがもっともばかげた名前を考えられるか競争していたところだった。カッサンドラが、あのひどい結婚初夜で子供ができていたらいいのにと空想していたとき、パパが言った。「おまえが無事に結婚したことだし、弁護士に言ってすべての財産をおまえに、つまりジョシュアに相続させるつもりだ。そうしたらあとの面倒を減らせる」彼女はどんな面倒があるというのかと訊いたが、パパが言ったのは、「なにが起きるかわからないからな」という言葉だけだった。

ただしパパにはわかっていた。なにが起きるのか、全部わかっていた。

でもそんなことは言えないから、代わりに言った。「お祖母さま、お願いです。パパのしたことでルーシーを罰さないでください」

祖母は笑った。癪《しやく》にさわるほど楽しげな声だった。「なんてメロドラマのようなことを言うの。だれも罰されてなんていません」彼女はそっとカッサンドラの手首に手を置いた。「わたしはただ、いろいろと義務があるだけ。わかるでしょう?」

「ええ、ありがとうございます。わかります」

今度は、カッサンドラは祖母を引きとめなかった。見ていると、公爵夫人はサー・アーサーの腕を軽く叩《たた》き、彼を活気のあるおしゃべりに引きこみ、展示についてさまざまな助言を与えていた。サー・アーサーは熱心にうなずいていた。公爵夫人の助言を無下にしない賢い人だ。

カッサンドラはその部屋をあとにして、出口を探して、あたりを見ずに展示室を通りぬけた。ひょっとしたらわたしのほうが身勝手なのだろうか。祖母が厨房《ちゆうぼう》づきの女中のようにすぐに言うことをきいてくれると思うなんて。でもカッサンドラにとって、それは世の中でいちばん当たり前のことだった——家族を優先させる。でも、もし彼女がそう言ったとしても、公爵夫人は愛想よくほほえみ、忙しいというだけだろう。

「忙しくて」と言うのは、「ほかのことのほうがあなたよりも大事なの」という意味の、慇懃《いんぎん》な言い方だ。

この失敗のことを話したら、ミスター・デウィットはきっとほくそ笑むだろう。それよりも気が重いのは、サンネ・パークに帰って、ルーシーとエミリーに失敗だったと告げなければいけないということだ。

また。

もう少しで顔から大理石の戦士ふたりの乳首につっこみそうになって、彼女は腕組みをして顔をしかめた。

「妹たちのことはわたしがなんとかするわ、ぜったいに」カッサンドラは小声で戦士たちに言った。「あなたたちが裸で戦場に出ていけるなら、わたしだってほかの方法を考えだせるはず」

カッサンドラは大きな古い石のことは、色が塗られていようがいまいが、なにも知らなかったが、友人のつくり方は知っていた。結婚で社交界での地位は下がってしまったけど、もう一度築きなおせばいい。お祖母さまに翻意《ほんい》させ、たとえルーシーが国会議事堂を爆破しても社交界で歓迎されるくらい、たくさんの友人をつくる。

「とめても無駄よ」彼女は戦士たちに言った。

彫像は彼女をとめようとしなかったので、カッサンドラはこれを勝利だと宣言することに決めた。

いつかは、祖母のように自分の趣味の暮らしをしよう。でもいまは、家族を優先させる。

家族！　彼女はため息をついて、門をくぐり、待たせていた馬車に乗りこんだ。妹たちは彼女を嫌っているし、母は彼女を忘れてしまったし、夫は彼女にいなくなってほしいと思っている。

もしこんなことになるとわかっていたら、猫を連れてきたのに。

6

ジョシュアは書斎の寝椅子で横になり、真剣な考えごとをしていたが、ドアのそとで女の声がしたとたんに、考えは夜警を目にした浮浪児のように散り散りに逃げていった。ぱちりと目をあけた瞬間、机の上に置かれたいまいましい花が目に入ったので、また目をつぶった。

あの女。あの朝食から三日間、彼女はジョシュアのじゃまにはなっていないが、家の植民地化は着々と進んでいた。花を生けた花瓶が家じゅうで縄張りを主張し、征服された召使たちは笑顔が増え、奇妙なタイミングでピアノフォルテの音楽が空間を侵略する。奇妙といえば、彼はこの家にピアノフォルテがあることさえ知らなかった。たしかに召使たちはきびきびと働くようになったし、花は不快というわけでもない、それに音楽は彼の思考に役立っていた。

だがそういう問題ではない。

ドアのそとでもうひとりの声も聞こえた。フィルビー。いいぞ。執事はジョシュアが考えごとをしているとき、じゃまをさせないはずだ。だがずっと昔、サミュエルはこっそり入ってきて、彼に寄り添っていた。ジョシュアの腕に黒髪の頭を乗せて。ときどき彼はいまでもその頭の重みが感じられるような気がした。まるで彼の筋肉があの子を憶えているかのように。

だがフィルビーでさえ、カッサンドラの感じのよい侵略にもちこたえられなかったようだ。

ドアがあいた。すぐにしまる音がした。ジョシュアは目をあけなくても、自分がもうひとりではないとわかった。

うっすらと目をあけ、侵入者を見て——ピンク色の縞《しま》模様の入ったガウンに描かれている薔薇《ばら》のように潑剌《はつらつ》としている——また目をつぶった。

「ミスター・デウィット、お話があります」

「出ていけ。ぼくは忙しい」

「寝椅子に寝て、なにもしていないわ」

「なにもしていないんじゃない。なにもしないでいるやり方を知らないんだ。ぼくはなにもしない術《すべ》を習得していない」

彼は目をとじたままだったが、彼女の存在、空気の揺れを感じた。

「どうしても服を着ないのはなぜ？」

「服を着ないって？　シャツを着ているだろう？」

彼は片手で確認した。うん。ガウンの下にシャツを着ている。目をあけると、カッサンドラが彼の胸に置いた手を見ていた。彼に見られているのに気づくと、あわてて花瓶の花を直したが、彼にはもとからちゃんと生けられているように見えた。彼女のほおがうっすらと赤くなった。きっといま直している薔薇の花びらのように柔らかいのだろう。

「でもクラヴァットは」カッサンドラは、こちらを見ずに言った。

「好きじゃない。動きが制限される」

「コートも」

「きつすぎる。動きが制限される」

カッサンドラは両手を突きあげ、それは胸に興味深い効果があった。「どうしてそんなに動きを気にするのか、まったくわからないわ。あなたは動いていないじゃない」

彼は跳ねるように、一瞬で立ちあがった。ガウンの肩を調整しながらそれとなく彼女をうかがうと、ああ、やっぱり、また彼を見ている。彼女は歓迎されざるじゃま者だが、少なくともおもしろいじゃま者だった。

歩いて彼女のそばまで行くと、手を伸ばしてボウルのなかからレモンの砂糖漬けを取り、片方の腰で机にもたれた。食べながら見ていると、彼女は白い花を数インチひっぱりだし、数度回して、一インチほど押しこんだ。

「ところでこの花の目的はなんなんだ？」ジョシュアは訊《き》いた。

彼女は手で薔薇を直しつづけた。きびきびと、自信に満ちて、有能な手だ。すでに生けてある花になにをしているのかは知らないが、なぜか前より調和している。手際がいい。無意味だが手際はいい。

「生花はきれいでしょう」

「効率が悪い」ジョシュアは悪魔的なほど有能な手から離れた。「花を切って、花瓶に生けたら、あとは死ぬんだろう」

「なんでも死にます。わたしたちは喪失を避けることはできないけど、楽しみやよろこびでその埋め合わせをすることはできる」

「楽しみやよろこび？」彼はふり返った。「きみは哲学論をぶつためにここに来たのか？　哲学が聞きたいと思ったら、きみではなく、もっと……」彼は正しい言葉を探した。「死んでるやつにする」

「次から憶えておくわ」

「きみはどれくらいぼくを苦しめるつもりなんだ？　ニューウェルはきみが公爵夫人を説得しようとして失敗したと言っていた」

「お祖母さまは家族にないがしろにされていると感じているだけよ。きっと気を変えてくれる」

「そのいまいましい女がきみを断るのなら、くそくらえだろう。きみには友人がいる」彼は言葉遣いを叱られる前に急いで続けた。「きみはずっと出かけているし、ぼくは二歩も歩かないうちに誰かに呼びとめられて、ミセス・デウィットはなんてすてきで、なんて愛想がよくて、なんて感じがいいんだと言われる。ぼくたちふたりで退屈な晩餐会《ばんさんかい》やばかばかしい舞踏会にぜひ出席してほしいと言われる。友人をつかってさっさとルーシーを片付ければいいだろう」暖炉のところまで行っては戻るをくり返し、部屋がいつもより小さくなったように感じた。「先日いっしょだった女はどうなんだ――長身で、おそろしそうな?」

「ハードバリー侯爵夫人アラベラのこと?」

「それだ」

「彼女は後援してもいいと言ってくれたんだけど、もしかしたら、その、おめでたかもしれないと言っていて」

ジョシュアは足をとめた。彼女がおめでたについての話を始めるのではないかという恐怖で、胸が苦しくなった。思いきって彼女を見てみた。ふたりの目が合ったが、彼女はすぐに目をそらして机の上のものを並べはじめた。磨いた鉄鉱石の塊、砂糖漬けレモンの入ったボウル、緑色ガラスに涙のような気泡がたくさん入ったペーパーウエイト。

でも彼女が言ったのは、「それに、このほうが道理にかなっているのよ。公爵夫人は家族だもの」

「つまりまたぺこぺこ頼むつもりなのか」

「ルーシーのためにそれが必要ならするわ。なんだってしてします。母と妹と子供のためなら。いえ――」

彼女は唇をぎゅっと結び、ペーパーウエイトを持った手は固まったが、言葉は出てしまった。夏のテムズ川よりひどい異臭を漂わせて空気中に漂っている。彼女はきっと滑りやすい舌をいまいましく思っているはずだ。彼は思っていた。

ジョシュアは息子の頭の重みの幻と、ぱっくり口をあけた喪失の痛みに息が苦しくなった。もし彼女が子供を欲しがっているのなら……。

「ロンドンの通りにはたくさんの子供が走り回っている」彼はぴしりと言った。「好きなのを選べばいい」

「もちろん、子供はあなたにとっては厄介者でしかないんでしょう?」彼女はペーパーウエイトをゴトンと落とした。「最初の結婚でお子さんがいなかったのも当然ね」

「そうだ」彼は訂正することもしなかった。「厄介者だ」

「弟さんのアイザックが訪問したと聞いたけど、彼も厄介者なんでしょう」

「きみたちは全員、とんでもない厄介者だ。言いたいことがそれだけなら、その独善をトランクに詰めてどこにでも行けばいい」彼はつかつかとドアのところに行って、ぐいっとあけた。「もう出ていってくれ。ぼくは忙しい」

「いいわ！」彼女はあごを高くあげ、ものすごい目をして二歩前に出たが、そこでとまった。「でも……」

「なんだ？　なんだ？」

「本当は別の話があったのに」彼女はきまり悪そうに言った。「わたしたちは今夜モアカム伯爵夫妻の屋敷でおこなわれる夜会に出席することになっていると」

彼はドアを閉めて、それにもたれた。「わたし、わたしたちが？」

「そう。あなたとわたしが」

「モアカム伯爵夫人がわたし、わたしたちを招待したのか？」

「義理の伯母なのよ。もちろん招待してくれたわ」

そんなはずがない。カッサンドラのことは招待するだろう。だがジョシュアも？カッサンドラの伯父と祖父――モアカム伯爵とシャーボーン公爵――はジョシュアと社交のつきあいはあるが、改まった催しに招いたことはない。トレイフォードが出席するとすればなおさらだった。社交界はジョシュアと父親をおなじ部屋に入れるのを避けている。

「ミスター・ダスとミスター・ニューウェルが今夜のあなたの予定をあけてくれたわ」

彼女は自分がこれから社交界の暗黙のルールを破ろうとしていることに気づかず、明るく言った。

ジョシュアはあまりに愉快で、彼女が自分の予定を変えたことも気にならなかった。彼はドアから離れて、笑みを隠しながらふたたび部屋のなかを行ったり来たりした。

「よろこんで出席するよ」彼は言った。

「よかった。夫婦として初めてのお出かけね」カッサンドラはほほえんだ。彼女がどこでも歓迎されるのは当然だ。こんなほほえみを見せられたら。「ミスター・ニューウェルがあなたの近侍《きんじ》のミスター・ヴィッカーズに話し、ふさわしい装いを選んでひげを剃《そ》ってくれることになってます。イヤリングをはずして、彼がクラヴァットを結ぶあいだはじっと坐《すわ》っていてね。それともっと当世風の髪型にする気があるなら……」

彼女はそう言って彼の髪を見た。たしかに伸びすぎている。彼女の髪はどれくらい長いのだろう、あれをおろしたら、と彼は考えた。豊かなチョコレート色の髪が彼女の背中を流れ落ちる。ゆっくり想像する間もなく、彼女は部屋を出ていこうとふり返り、言った。「どうか……努力して」

優雅に、そして決然とドアへと向かう彼女のスカートが揺れて、幾重もの布地の下の腰と太ももの形がわかりそうだった。

「ぼくの髪はそんなにひどいか？」ジョシュアは呼びかけた。

彼女は立ちどまり、ふり向いた。

「あなたには似合っていると思う」彼女はあらためて彼を見つめた。「あざも魅力的な黄色になったし。キンポウゲの色ね」

「ヴィッカーズが揃《そろ》いの色のウエストコートを見つけてくるかな。街中のダンディーたちにうらやまれる」

彼女は聞いていないようだった。少したためらってから、彼のほうへ戻ってきた。

「どうしてハリーが、いえボルダーウッド子爵が、あなたを殴ったの？」

「どうしてやつだったと知った？」

「あなたはやり返さなかったのでしょう？」

「いまは思いやりにあふれているのか。ハ、ハリーへの」

「だって、あなたのほうが背が高いし、力強いし、それに……」

彼女は彼のほうに手を振った。それが肩幅の広さと胸板の厚さのことを言っているのだと気づくのに、しばらくかかった。

「彼は弱々しいから、だろう？」彼は言った。「男がみんなぼくのような頑丈なからだではない。ぼくは若いころ鍛冶屋の仕事を習ったし、沖仲仕として働いたこともある。いまでも小指で一トンの鋼《はがね》の釣り合いをとれるほど力がある」

彼女はかわいらしくふんと鼻を鳴らした。「あなたの自慢をもち歩くには力が必要よね、それは一トン以上あるでしょうから」

「だれがうぬぼれの話をした？」彼は怒ったふりをした。「ぼくの胸と肩が筋骨たくましいという話を始めたのはそっちだろう」

「わたしはたくましい肩の話なんてしてないわ！」

「それならぼくも弱々しいと言うのか。なるほど」ジョシュアは胸の前で腕を組み、彼女の目がその動きを目で追うのを見た。「それは傷つくな」

「もちろんあなたは弱々しくないわ！　あなたは古典美術の戦士のようなからだで、自分でもわかっている。でもそれは……もう。信じられないわ。どうして……もう」

言葉に詰まった彼女は目を閉じて片手で顔を覆った。

そんなすてきなうろたえぶりに、ジョシュアはかたくなな拒絶を続けられなかった。カッサンドラをからかうのは楽しいし、彼のからだへのあからさまな興味はすばらしい娯楽をもたらしてくれる。礼儀正しいうわべをはがし、その下にいる本物の彼女を知るのはきっと……。

とんでもなく愚かなことだ。

「バルト海の投資だ」彼は言った。

彼女は手をおろして明るい目で彼を見た。きょうはどちらかといえば茶色ではなく緑色だ。「いまなんて？」

「ボルダーウッドはバルト海の投資で損をして、それがぼくのせいだと言ってるんだ」

「まあ」

彼女の目は〝投資〟という言葉を聞いたあたりでぼんやりし、さいわいそれで質問は終わった。ジョシュアがボルダーウッドの妻に色目を使ったというばかげた非難についてては、教えたくなかった。ジョシュアが殴られたのは、レディ・ボルダーウッドはまったく魅力的ではないとはっきり言ったからだった。

「とにかく、お願いだからきょうは口論はやめて、礼儀正しい紳士のようにふるまってちょうだい」

「うぬぼれた退屈なやつになれと？　クラヴァットを結ぶのに時間を無駄にして、女の目を称える愚かな頌歌《しょうか》を作曲しろと？　それがきみの理想的な夫なのか？」

彼女が一瞬ほほえみ、ジョシュアは本当にそれが彼女の理想なのだと気がついた。

なにしろ、見た目がいいだけで役立たずのボルダーウッドをもう少しで夫にするところだったのだから。

「残念だったな」彼はふたたびいらだって言った。「ぼくは礼儀正しい紳士になったかもしれないが、そうはならなかった。それでよかったと思っている。ぼくは実業家で、バーミンガムの人間だ。バーミンガムの人々はみんな歩くのが速いって知っていたか？　なぜならぼくたちには目的と活動があるからだ。きみの好きな礼儀正しい紳士がしゃれたクラヴァットを結んでぶらぶら歩いているのは、なにもすることがないからだ――ああ、かわいそうに！　きみが結婚した相手がそうでなくて」

「気にしないで。あなたはわたしが望んだタイプの夫ではなかったけど、あなたがわたしの夫なのだから。恩知らずに聞こえたらごめんなさい」彼女は急いで言った。「あなたがわたしと結婚したことで多大な犠牲を払ったのはよくわかっています」

彼は肩をすくめ、彼女から離れた。「犠牲じゃない」彼は言った。「もうだれもぼくと結婚しようとしない。ぼくは妻なんて欲しくないから、いないも同然の妻は都合がいい。きみが〝いないも同然〟に戻るのが早ければ早いほどいい」

沈黙が部屋を満たし、まるでもう彼の願いごとがかなったかのようだった。ジョシュアは彼女がまだいるかどうか確かめたいという衝動と戦った。

カッサンドラが彼の横にやってきて、その腕にそっと手を置いた。その顔は優しく訴えかけていた。「あなたがそういう人でないのはわかっているけど、そのふりもしてくれないの？」

「ぼくではないだれかのふり？」ジョシュアは彼女の手を払うように腕をひいた。

「きみと違って、ぼくはみんなに好かれる必要はない。ぼくにはプライドがある」

「なかにはプライドという贅沢《ぜいたく》をもてない人もいるのよ」彼女の目のなかに何か決然としたものがよぎった。「わたしがみんなに好かれる必要があるのは、そうすれば彼らはわたしを社交界に歓迎し、わたしのことを好意的に言って、わたしがイングランド一失礼な男の人と結婚しているという事実を見逃してくれるからよ。わたしがみんなに好かれていれば、彼らは妹も社交界に歓迎してくれるし、だれかが妹と結婚しようと思ったときにも反対しないはずよ。もしルーシーがなにかひどいことをしても、問題にならない可能性が高い」カッサンドラは彼を指でつついた。「それに、あなたのふるまいはわたしに影響するのだから、あなたが行儀よくすればするほど、わたしがルーシーのことを解決できる可能性が高まるのよ。そうしたらわたしは、あなたがすてきな言葉で表現したように、〝いないも同然〟に戻れるし、あなたはバーミンガムに戻って好きなだけ失礼になってかまわないから」

カッサンドラは冷静なうわべを保っていたが、そのちょっとしたスピーチは怒りに縁どられ、いらだちに染まり、本当は、大声をあげて彼の胸を叩《たた》き、なにか重いものを頭に投げつけてやりたいという気持ちで焦げそうになっているのがわかった。彼女の感じている不公平、力の欠如、隠れた性格の強さ――それらが彼女のなかで酔っ払いどうしのように乱闘し、心がめちゃくちゃになっているのに、礼儀正しさだけでそれを内に閉じこめている。

もっとましな男なら、彼女が心のなかの葛藤を解くのを助けてやるだろう。せめてもの心の平安を得られるように。

だが彼はましな男ではないし、彼自身、心に葛藤をかかえているが、だれかにしつこく助けを求めるようなことはしない。お互いの重荷を分けあいはじめたら、いつまで続くかわからない。

それに、彼が同意したのは形だけの結婚だ。形だけの結婚。形だけ。

「ぼくの見返りは？」ジョシュアは言った。「きちんとふるまって、ぼくじゃないだれかのふりをすることの」

「なぜ見返りが必要なの？」

「従業員がよい成績をあげたら、ぼくは褒美を与える。また相手の実業家が取引にためらっていたら、ぼくは見返りを申しでる」

「家族を助けることはそれだけでじゅうぶんな見返りよ」

「ところがそうじゃない」

カッサンドラは少し考えていた。「それなら、あなたの望みは？」

ジョシュアの望みは、彼女が彼を放っておいてくれることだった。彼の生活をかき乱さないことだ。自分はどんな人間なのか、なぜこうなったのか、どうなりたいのかといったことを自問させないことだ。

だからジョシュアは、自明のことをした。

彼女にぐっと近づき、そのウエストに手を置くと、手のひらの下のからだはしっかりとして温かかった。彼は頭をさげ、唇を、彼女の耳たぶをかじれるくらい近づけた。彼女の髪にほおをくすぐられる。彼女は緊張していた。その息を感じる。彼女の温かく、花のような、女らしい匂いが彼の皮膚の下に、血管に入りこむ。

ジョシュアはそれらすべてを無視して、彼女の耳にささやいた。彼ははっきりと、具体的に、簡潔に、行儀のよさへの褒美と見返りとして、自分が彼女になにをしてほしいかを説明した。

カッサンドラは彼の期待どおりの反応をした。息をのみ、よろめくように彼から離れた。両手で口を覆い、目を大きく瞠《みは》って。

「わたしはぜったいに、そんな最低な、堕落したことをしません！」彼女は叫んだ。

「そんなことを考えるなんて！」

「もしきみが応じないなら、ぼくも応じない」

「もう、あなたって人は……」彼女のすてきなふっくらした唇が動き、自分の憤慨を言葉にしようとしていたが、やがて諦《あきら》めて部屋から出ていった。ようやく、ありがたいことに、彼をひとりにしてくれた。だが彼の考えは千々《ちぢ》に乱れていた。

7

カッサンドラの頭にくる、いらだたしい、堕落した夫はひげも剃《そ》らなかったし、いまいましいイヤリングもはずさなかった。彼女の厳しいまなざしに、彼が眉を吊りあげ、それで彼の提案と彼女の当然の憤慨を思いだしてしまった。カッサンドラは夜会までの道のりのあいだずっと彼を無視し、伯父夫婦の屋敷に着くと、ありがたいことに彼はひとりでどこかに行ってしまったから、彼女は自分で楽しむことができたが、彼の言ったことがずっと頭から離れなかった。

夜会というものはほんとにおかしなものだ。屋敷中に人々が散らばり、おおわらわで勝手気ままに騒ぎ、文句を言いながらその混雑を楽しんでいる。でもカッサンドラは人と話すのが好きだし、おもしろい話題を考えたり相手のレディのドレスを褒めるのも好きだった。

アラベラが二階にいるのを見かけたので、階段をのぼって隣に行った。アラベラは社交の渦のなかで昂然《こうぜん》と冷ややかな島のようだったが、その優しげな笑顔でロード・

ハードバリーが近くにいるのがわかった。

「アラベラ、訊《き》きたいことがあるの」カッサンドラの手は手袋のなかで汗をかいていた。自分がこんな恥ずかしい質問をするなんて信じられなかったけど、どうしても知りたかった。彼女は言いかけて、この騒ぎのなかで聞こえるには大声で叫ばなければいけないことに気づいた。「声をひそめないと。こっちに身をかがめてくれる?」

「興味をそそるわね」アラベラは言うとおりにしてくれた。

「あなたは……」カッサンドラはあたりを見回した。だれにも聞こえない。「キスしたことがある? 夫の……あそこに?」

アラベラの口から変な声が洩《も》れ、彼女は急いで手で口を押さえた。「わたしの聞き間違いじゃないわよね?」

カッサンドラはほおが燃えるようだった。「ミスター・デウィットに言われてわたし……でもわたしは……もう、笑わないで」

でもアラベラは背筋を伸ばし、笑いをこらえてからだを震わせていた。レディ・ハードバリーが笑っているというので、不要な注目を集めてしまった。ロード・ハードバリーもやってきた。いつものしかめっつらが、おかしそうな笑顔になっている。

「ふたりでなにをたくらんでるんだ?」彼は訊いた。「ミセス・デウィット、のぼせているように見える。そとの空気にあたったほうがよくないかい?」

カッサンドラは恥ずかしくて彼の顔を見られず、早々に逃げだした。「あら、あちらにレオとサー・ゴードンがいるわ」彼女は明るく言って、助けにならない友人から逃げだした。

彼女がダマートン公爵とサー・ゴードン・ベルのところに行ったときも、まだ少しほおがほてっていたが、ふたりは礼儀正しくなにも言わなかった。しばらく感じのいい会話をしているうちに、ほてりは冷め、サー・ゴードンがお辞儀をして離れていったころには、カッサンドラは落ち着いた。

「きみのひどい夫を連れてきたんだ」公爵は言った。「つまり彼の顔を憶えていたんだ？」

カッサンドラは彼の優しいからかいにほほえみを返した。「そんなにひどくはないでしょう？」

「心根はよく、行儀は悪い。その反対よりはいい、というのがぼくの持論だよ」彼は言った。「だがモアカム伯爵夫妻の屋敷で彼を見るとは思わなかった」

「モアカム伯爵はわたしの伯父よ」

「知っているよ、だが……ロード・トレイフォードも来ている。デウィットと父親は不仲なんだ」

「でもここで騒ぎは起こさないでしょう」

公爵のほほえみが消えた。彼はなにか言おうとして、思い直し、失礼と言って、ほかの人と話すために行ってしまった。

大変。カッサンドラは夫を探したほうがよさそうだと判断した。見つけても、どうしたらいいかわからないけど。彼女は人混みを縫って、メインの広間の上にかかるバルコニーへと向かったが、夫を探す前に、ばったり――

「ハリー！」

「カッサンドラ！」

ボルダーウッド子爵ハリー・ウィロビーは、ふたりが婚約していたときと変わらず若々しくハンサムだった。家計は苦しいのかもしれないが、少なくとも彼の顔には、結婚の悪影響は見えない――

「紹介してちょうだい、ハリー」

「ああ、妻のフィリス、ボルダーウッド子爵夫人だ」

ハリーの耳の先が赤くなり、彼はカッサンドラと目を合わせようとしなかった。ふたりのレディはそれとなく相手を観察した。レディ・ボルダーウッドの青いシルクのドレスは手がこんでいて高価そうだったが、装飾品は喉もとに巻いたリボンしかつけていなかった。カッサンドラは自分が喉もとのルビーをさわっているのに気づき、あわてて手をおろした。アラベラがなんと言おうと、レディ・ボルダーウッドは美人だし、ふたりは理想的な夫婦だと思うし、カッサンドラはふたりを祝福するくらい大人だった。

それに、ハリーと再会して、彼に対する気持ちは少しも残っていないと確認できた。恋愛というものはなんて不思議なんだろう。かつては彼のまなざしがうれしくてめまいがしそうになったし、彼のキスにどきどきした。でもいま、彼とキスすることを考えると滑稽《こっけい》だけど、夫とキスすることを考えると……。

それも滑稽だ。彼はひどい人間で彼女は彼が大嫌いだし、彼はあんな堕落した提案をしてきたのだから。

このふたりはどうなんだろう？　ミスター・デウィットが求めたようなことをしているのだろうか？　それにどうやって……彼女が……それとも彼が……？　ああもう、今夜はずっと、ほかの招待客たちについてこんなことを考えなければいけないの？

夜会はまったく別の様相を呈してきた。

「お目にかかれて光栄です、レディ・ボルダーウッド」カッサンドラは優雅に言った。

「みんなあなたがロンドンにいらしてよろこんでいます、ミセス・デウィット」レディが言った。「噂《うわさ》では、あなたの夫君があなたを隠しているのは……度を過ごすのを妻にじゃまされないためだとか」

やっぱりアラベラの言うとおり、レディ・ボルダーウッドはそれほど美人じゃない。

「わたしから見ると、夫が度を過ごしているのは、気前のよさだけです」カッサンドラは言った。

ハリーは鼻を鳴らした。「それは気前だってよくなれるだろう。ただ、その金がどこから来たのかは訊かないほうがいい」

「ベルギーの投資のことを言っているの、ロード・ボルダーウッド?」カッサンドラは言った。「もうそのことで夫を殴らないでね」

「バルト海の投資だ」ハリーはぼんやりと訂正した。「それだけじゃない」

その表情はいままでカッサンドラが見たこともないほど暗く、翳《かげ》があったが、どういう意味かと問いただす前に、彼の妻がその腕にしがみついて、胸を押しつけ、いとおしそうに顔を見あげた。

「さあ、さあ、ハリー、マイスイート」彼女は言った。「ミセス・デウィットの言うとおりよ。そんな話はいまここにはふさわしくないわ」

ふたりは親しげに目を見かわし、世界を遮断した。ハリーは妻の腕をなで、彼女は彼のあごをつまんだ。

カッサンドラは目をそらした。不作法にもいろいろな形があるわ、と彼女はむっとしながら考え、扇をぎゅっと握りしめた。

失礼と言って離れようとしたが、ハリーが彼女を呼びとめて言った。「ぼくは昔からきみの精神力に敬服していたよ、カッサンドラ、いや、ミセス・デウィット。いまこそそれが必要だろう、あんな夫をもったら」

「レディのなかには贅沢《ぜいたく》のためならなんだって我慢する人もいるわ」彼の妻が愛想よく口を出した。「でも無理もないわ、わたしたちのように本物の愛を見つけられなかったら」

いや、やっぱりレディ・ボルダーウッドはぜんぜん美人じゃない、とカッサンドラは思った。狡猾《こうかつ》な目をしているし、耳はきたないし、歯は小さすぎる。

ハリーの耳の先がまたピンク色に染まった。「きみはいろいろなことを水に流してくれたんだろうね、ミセス・デウィット」

「ほんとうよ、どうか駆け落ちしたわたしたちを赦《ゆる》すと言ってくださる？」レディ・ボルダーウッドは胸をぐいぐいとハリーの腕に押しつけ、青い目を大きく瞠《みは》った。

「わたしたちは愛と情熱に圧倒されて、どうしようもなかったの」

カッサンドラは歯を食いしばってほほえみ、締めつけられているように感じる胸からなんとか息を吐いて言い返した。「もちろん、もう気にしていないわ。これ以上ないほど満ち足りているし。どうやらだれにとってもいい結果になったということね」

「これからいい結果になるのよ」レディ・ボルダーウッドは言った。「わたしのハリーがそうさせるから」

夫婦はまたふたりだけのまなざしとひそかな笑みを交わした。カッサンドラはふたりから離れたいと思ったけど、足が動かなかった。

「それはどういう意味？」彼女は言った。

ハリーは彼女を見て、片方の肩をすくめた。「だれでも自分の問題をコントロールする権利があるということだよ」彼は言った。「自分の手で正義をなしとげるということだ」

「とんでもないわ」カッサンドラは言った。「もしあなたがまだ夫に腹を立てているのなら――」

「お願い！」レディ・ボルダーウッドがカッサンドラの目の前に顔を突きだした。「ミスター・デウィットの話はやめて。彼がどんなふうだか、あなたも知っているでしょう」

「ええ、知っているわ」カッサンドラはあごをあげて、引きさがらなかった。「ジョシュアは頭がよくて、活力にあふれていて、おもしろくて、気前がよくて、親切な人よ。あなたのおかげだわ、レディ・ボルダーウッド。ジョシュア・デウィットはわたしにとって最高の夫だもの」

カッサンドラはレディ・ボルダーウッドと目を合わせたまま、ぜったいに先に目をそらすまいと思っていたが、ガラスが割れる音がして、ふたりとも同時にそちらを見た。

人々が静かになった。怒った男の人の声が響きわたった。

カッサンドラはほかの多くの招待客とともにバルコニーから下の広間の人だかりを見おろした。オレンジ色のフルーツパンチが床に水溜まりをつくり、その周囲に小さな空間ができていた。

そしてその空間にいる男ふたりは、闘犬のように相手に対してうなっていた。年上のほうは、豊かな白髪のがっしりした紳士で、カッサンドラの義父、トレイフォード伯爵だった。

若いほうは彼女の夫だ。

レディ・ボルダーウッドはカッサンドラに向かって毛抜きで整えた眉を吊りあげ、言った。「さっきなんて言ったの？」

＊＊＊

ジョシュアは父と義母にばったり対面したとき、騒ぎを起こすつもりはなかった。そのときまで夜会をおおいに楽しんでいたし、彼の見たところ、だれも怒らせていなかった。それほどは。

じっさい彼は父親と話すつもりもなかったが、こうなっては無視するほうが失礼にあたるだろうし、カッサンドラも彼に失礼なことはしないでと言っていた。

「こんばんは、父上」ジョシュアは陽気に言った。「レディ・トレイフォードも。こんなふうにお会いするなんて驚きです。ちょっとした家族の再会ですね」

「おまえはここでなにをしているんだ?」トレイフォードが言った。

ジョシュアはしっかりと床を踏みしめた。「招待されたんです。モアカム伯爵夫妻は妻の親戚です、ご存じでしょう? わたしの妻には会いましたか?」

「おまえの妻なんてどうでもいい」

「それはひどい。妻はとても愛らしいんですよ」ジョシュアはふたりに満面の笑みを向けた。「妻の父親のロード・チャールズ・ライトウェルは、あなたの最初の妻レディ・スーザンの兄だったって知っていましたか? 世間は狭いですね。みんなゴシック小説の登場人物たちのように絡みあっている。小説はお好きですか、レディ・トレイフォード?」

「伯爵夫人に話しかけるな」

これで世間はジョシュアが無礼な人間だと言う! 彼はただ、愛想よく礼儀正しい会話をしようとしてるのに、直情的で怒りっぽい父親はなんでも思ったことを口にする。だがいつでも父親のほうはお咎《とが》めなしで、ジョシュアが責められるのだ。

ジョシュアは話しながら手袋をはずした。「また結婚したんですか、マイ・ロード？　今度は妻はひとりだけですか？」

「失《う》せろ。ここはおまえの来るところじゃない」

「まあ、まあ、パパ、長男に向かってそんな口の利き方はないでしょう。ぼくも招待客なんですよ」ジョシュアは両方の手袋を右手に持った。「驚きですよね、財産があれば結婚許可証が奪ったものをとり戻せるとは」

ジョシュアは考えこむように自分のほおをかいた。たまたまだが、彼がかきたかったのは左のほおだった。つまり左手を使う必要があった。

そしてたまたまその手に印章指輪をつけていた。

それがたまたま伯爵の目に留まった。

「その指輪はおまえのものじゃない」伯爵は咬《か》みつくように言うと、身を乗りだした。

「指輪？　どの？　ああ、この指輪ですね」

ジョシュアは左手を高くあげて、ことさらに指輪を眺めた。彼の頭のなかの声がやめろと叫んでいたが、とめられなかった。それになぜやめなければいけないんだ？　みんなに見せてやればいい。彼らはジョシュアの父親の罪には目をつぶった。重婚はふつう重大な罪だとされるが、トレイフォードが「だがそんなつもりではなかった」と言うと、ここにいるような人々は揃ってうなずき、こう言った。「そうか、そんなつもりではなかったのなら、しかたがない」そしてトレイフォードの不誠実なおこないの結果も、その身勝手も、その自制の欠如も大目に見られた。なぜなら愚かな偽善者たちが自分たちのおこないも大目に見られたがったからだ。

そしてジョシュアは父親の視線を受けとめ、にやりと笑った。

牛の前で赤い布を振るようなものだった。

トレイフォードがジョシュアに飛びかかってきて、指輪を奪おうとしたが、ジョシュアは父の手をはたき落とした。トレイフォードの腕がうしろにぐるっと回って妻の手にあたり、彼女は悲鳴をあげて持っていたパンチのグラスを落とした。

グラスは樫木《かたぎ》の床にぶつかって割れた。オレンジ色のパンチが近くにいた人々のドレスの裾やストッキングにかかり、床に広がった。アルコールとフルーツのにおいが空気中に漂った。

あたりは静まりかえり、聞こえるのはふり返って見る人々の衣擦《きぬず》れの音だけだった。不気味な沈黙のあと、忍び笑いが始まった。彼らのまわりに空間ができたが、とめに入る人はだれもいなかった。

好きなだけ見ればいい。じろじろと。貴族がまるで手紙の下書きのように子供を捨てたときになにが起きるか、見物させてやれ。

「この指輪は気に入っているんです」静寂にジョシュアの声が響いた。

「その指輪はわたしの跡継ぎのものだ、この野郎！」

伯爵はまた飛びかかってきたが、ジョシュアのほうが長身だった。彼は左手を届かないところにあげ、父親はまるで獲物をとりあげられた猫のように、指輪を狙ってとびついてきた。

「息子といえば、父上のいちばん新しい愛人が妊娠していると聞きました」ジョシュアは言った。「その赤ん坊はどうするつもりですか？　それともあなたの知ったことではない？　子供をつくるのは子供を育てるよりずっとおもしろい、ということですか？」

くすくす笑いがひそひそ話になり、ひそひそ話が大騒ぎになって、ジョシュアの頭と血管を駆けめぐった。

従僕がふたり、割れたガラスとこぼれたパンチを片付けにやってきた。レディ・トレイフォードのドレスの裾の刺繍《ししゅう》にオレンジ色の染みがついていた。ジョシュアはやめる潮時だった。だれかにとめてもらいたかった。頼む、ぼくをとめてくれ。でもだれもそんなことはしない。トレイフォードが子供を捨てたときに、だれもとめなかったように。

最悪なのは、伯爵は残酷でさえないということだ。ただ身勝手で軽はずみな人間なのだ。自分の欲しいものをとって、だれかが傷ついても、ほかの人間がなにを失っても、どんなひどいことになるかも、気にしたことがない。

いや、やっぱり最悪なのは、だれもトレイフォードのしたことを糾弾《きゅうだん》しないということだ。ジョシュアがなにを言ったとしても。これもまるでよく見る悪夢のひとつのようだった。叫ぼうとするのに声が出ない。

そのとき。肩になにかがさわった。

次の瞬間、ふたつの温かい手が彼のあげた左腕をつつみ、そっと下にさげて、そのままやわらかい女らしいからだに彼の腕を押しつけ、かかえこんだ。その手のひとつが彼の前腕をすべり、ひじのくぼみに落ち着いた。

カッサンドラが横にやってきて、彼の腕に肩を押しつけている。しっかりと。彼は自分の夫だと見せつけるように。

ジョシュアはあまりにも驚いたので、されるままになっていた。彼はカッサンドラの香りを吸いこんだ。心臓の鼓動が静まってきた。

「レディ・トレイフォード」ジョシュアの妻は言った。この女に会えるのを何年も前から楽しみにしていたかのような口調だ。「またお目にかかれて、とてもうれしく思います。たしか前回わたしがロンドンに来たときに紹介されましたね」

伯爵夫人の表情を見れば、カッサンドラと会ったことを憶えていないようだが、おなじような挨拶を返した。まわりの注目を考えれば、そうするしかなかった。ジョシュアはさんざん文句を言ってきたが、カッサンドラは礼儀正しさをまるで新月刀のように巧みに使うということを認めざるをえなかった。

　そしてカッサンドラは彼を見あげた。そのほほえみは、まるで彼に会えてよろこんでいるかのように温かく、その優しげな目には心配のようなものが浮かんでいた。たぶん自分の大事な妹たちと自分の評判、それに非常に大事な礼儀正しさのことを心配しているのだろう。カッサンドラは背伸びして、そのからだを彼のからだに添わせ、耳元で言った。

「ジョシュア、お願いだからやめて」彼女がささやいた。「やるから」

「なにを？」

　彼女は目を瞠った。ほおが赤く染まる。「あなたが言ったこと。あなたの……見返り」

　ああ。彼の見返り。そうだ。そうか。ふむ。彼女の指はジョシュアの腕に食いこみ、その目は行儀よくしてと懇願している。彼女が礼儀正しさのためにジョシュアの父親の不誠実を無視しようとするのは驚きではなかったが、不思議なことに、カッサンドラに腹は立たなかった。

　だから彼はカッサンドラの手をそっとなで、彼女のほおの赤みが増すのを楽しんだ。

「カッサンドラ、マイダーリン」ジョシュアは大きな声で言った。「ぼくの父を紹介するよ、トレイフォード伯爵だ。そしてこちらは義母のレディ・トレイフォード」

ふたりは迷っているようだった。父はまだ小鼻を膨らませている。だがカッサンドラの穏やかで上品な雰囲気にのまれて人間の感情の煮えたぎる釜《かま》からあがり、自分たちは上流社会の人間なのだと思いだしたらしい。ふたりはこわばった挨拶をした。礼儀正しさがふたたび勝利をおさめた。

カッサンドラはレディ・トレイフォードに話しかけ、「ドレスのすばらしいビーズ飾り」について無意味な誉め言葉をくどくど述べた。そこへロード・モアカムがやってきて、トレイフォードの肩に腕を回して馬の話をするふりをしながら彼をどこかに連れていった。召使がすべて片付けて、招待客たちは自分たちのおしゃべりを再開し、なにもかも通常に戻った。まるで彼が池に石を投げたのに、石は沈み、波紋もおさまったかのように。

だれかがレディ・トレイフォードに話しかけたころあいで、カッサンドラは彼をひっぱってその場を離れた。ジョシュアは彼女の香りを吸いこみ、押しつけられた温かなからだを楽しんだ。

「ではうちに帰ろうか?」彼は言った。

カッサンドラは彼のほうを見なかった。「まだよ」

「取引しただろう」

彼女は深く息を吸って、彼のうしろにいるだれかにほほえみ、依然として彼と目を合わせなかった。「取引で決めたことは守ります。でもあなたも守ってくれないと。あと三十分はここにいるのよ。礼儀正しい会話をして――礼儀正しく！――できるだけたくさんの人に愛想よくして」

「きみにはまったく驚くよ、なんて信念だ。礼儀正しさの名においてなんでもするというのだから！　なんて愉快なんだろう、きみは公の場ではこんなに礼儀正しいけど、ふたりきりになると――」

「ここではやめて」その口調はいつになく鋭かった。

「ここの人たちは――」

「あなたが怒っているのを彼らに見せなくていいのよ」

「ぼくは怒ってなんかいない」

カッサンドラは彼の目を見つめて、自由なほうの手で彼の手をつつんだ。「あの人に腹を立ててもいい。でもなかったことにはできないし、あなたが傷ついていることをここの人たちに見せたくないでしょう？」

彼女の目は大きく、心配していて、その色は緑色でも茶色でもなく、まったく新しい色だったが、それはどうでもいいことだった。

「ぼくは傷ついてなんかいない」彼は言い返した。「あの男のことなんてなんとも思っていない。ただ嫌いなだけだ」

「それならもっと静かに嫌いなさい。あなたは人々に気まずい思いをさせている」

「だれも気まずくなんて思ってるものか」

「ジョシュア、お願い」

カッサンドラはまた彼にからだを押しつけ、唇をほおにつけた。そのキスは軽く、一瞬だったが、その感触は唇が離れていってからもずっと残った。ジョシュアは混乱した頭で、彼女はまるでびくびくした馬にたいしてするように彼をなだめていると思ったが、心に怒りを呼びさますことができなかった。カッサンドラは彼が足元にも及ばない勇気と誠実さの持ち主だ。彼女が〝取引できめたこと〟のどこまで実行するつもりなのか、ジョシュアは興味津々だった。

「これは貸しだ」彼は言った。

「わかったわ」

「三十分だぞ」

「いいわ」彼女は数歩歩き、横目で彼を見て、ふいにいたずらっぽい笑みを浮かべて、「わたしの名前を間違わなかったわね」と言った。

ゲームのことを忘れていた。まあいい。もう名前が尽きてきたところだった。

それに、新しいゲームがある。父にたいする嫌がらせはつまらなくなってきた。妻をからかうことのほうが、ずっと楽しそうだ。

「言ったとおりだろ?」彼は言った。「適切な見返りがあればあらゆることを成しとげられるって」

8

その日の夜遅く、メイドに手伝わせて寝間着に着替えてから、カッサンドラは自分の寝室で椅子に坐《すわ》り、ジョシュアの寝室につながるドアを無視しようとつとめた。あまりにも一生懸命に無視していたので、とうとうノックされたときには、逆にほっとした。

彼女は刺繍《ししゅう》するふりをしていたハンカチーフを置いて、彼を迎えにいった。そうよ、これは自分の応接間に訪問客を迎えるのと大差ない。

でも、いままで応接間に人を迎えるのに、これほどからだがほてり、緊張したことはなかった。

「どうぞ」彼女は言った。声が高すぎる。

彼が入ってきた。赤いシルクのガウンを足首あたりではためかせながら、まっすぐに彼女のほうへ向かってきた。だが部屋の真ん中あたりで立ちどまり、まるでいままでこのような生き物を見たことがないといわんばかりの目つきで、カッサンドラを見た。彼女は妙に無防備に感じた。全身の肌は隠されているのに。さいわい、彼のガウンは紐《ひも》で結ばれ、喉元の三角形の肌しか見えなかった。

「いったいなにを着ているんだ？」彼はひたひたと近づいてきた。「それは寝る用意なのか、それともこれから三日間のスコットランド徒歩旅行に出かけるところなのか？」

　カッサンドラは自分が両腕でからだをかかえこんでいるのに気づいた。そこで肩を張り、ウエストのところで手を合わせた。

「暖かくて着心地がいいのよ」彼女は言った。

「それはそうだろう。そんなに着ていたら」

「どういう意味？　寝間着と、ベッドジャケットと、ストッキングだけよ」

　彼はカッサンドラのナイトキャップのフリルを指で弾《はじ》いた。「これはいったいなんなんだ？」

「これはナイトキャップよ。暖かくて、寝ているときに髪が絡まらないように。次の日の時間の節約になるわ。効率的なのよ」

「そうか、それならしかたない、効率的なら」

「もしあなたがわたしに、その、ゆ――ゆ――誘惑する装いを期待していたのなら、もっとはっきり指示してくれないと」彼の顔に笑みが広がった。カッサンドラはまたおなかに両腕を巻きそうになり、気がついて、また背筋を伸ばした。「たとえば、わたしはベッドに入っているべきだったの？　その……活動はそこでおこなわれるのか、それとも……」

「その活動はぼくたちの好きなところ、どこでおこなってもいい」彼がまたちらっと彼女を見た。「ぼくのほうは略装すぎる気がする」彼は陽気に言って、顔を近づけ、内緒話をするようにつけ加えた。「なぜならこのガウンの下にはなにも着ていないんだ」

嘘《うそ》でしょう。

彼はおどけるように眉を動かし、踵《きびす》を返した。ベッドに走っていって、踏みきり、ワインレッド色のシルクをひらめかせてさっさとベッドの奥の側に横になった。かつてカッサンドラが絵で見たことのあるどこかの皇帝のようだった。ガウンは胴のあたりは紐で留まっていたが、襟ぐりは大きく開いていまいましい胸をまた見せつけているし、裾はひざのあたりまでめくれている。

彼は意味ありげにマットレスの自分の隣を叩《たた》き、なぜかカッサンドラはベッドの脇に立って、のぼるのよ、と自分に命じていた。

わたしは取引をしたのだから、彼の妻なのだから。それにふたりが夜会から帰るとき、アラベラはウインクしてこう言っていた。「あなたの質問への答えは『イエス』

よ」つまり、そんなにひどいことではないはず。でもそれでは子供はできないし、もし子供ができないのなら、いったいなんの意味があるのだろう？

でも彼女の夫は子供が好きじゃない。つまりできないからいいのだろう。

そこまで考えて、カッサンドラは彼が大嫌いになり、遠くへ行ってしまえばいいのにと願った。

「すごい顔をしているよ」彼が言った。拍子抜けするくらい優しい。「ぼくに帰ってほしいと思っている？」

イエス、イエス、イエス。

でも……もしこれが、ほかのことにつながったら？　もし彼が最終的にはちゃんと彼女と交わったら？　子供ができたら？　それならこのいとわしいことにも価値がある。そうよ。彼女はまったく間違っていた。誘惑の準備をしておくべきだったのに。

カッサンドラはこっそりベッドジャケットで手をふいて、なにか誘惑するような言葉を探した。

「それなら……蠟燭《ろうそく》を消しましょうか？」

「そんな、消さないでくれ」ジョシュアは言った。「じっさい、あと何本か増やしたほうがいい。自分がしていることをよく見えるように」

「まあ」

「それにぼくがきみを見るのにも、明るくないと」

「あなたが……そんな」

　カッサンドラは手をどうしていいのかわからなくて、そわそわと右左に動かしていた。彼は、もちろん、きわめてゆったりしていた。

「わたし……上掛けの上にいればいいの、それとも下？」

「上のほうが楽だよ。ぼくはできるだけきみを楽にしようとしているんだ」

「ああ、そうなの？」彼女はつぶやいた。

　カッサンドラはベッドの上にあがって、枕のあたりにひざをかかえて坐った。足のあたりまで寝間着で覆われている。視界の端に見える彼の力強いからだが彼女をからかい、こっちを見てごらんと誘う。カッサンドラは緊張したからだの奇妙な感覚を追い払おうとしながら、まっすぐ前を見ていた。

　彼はさわろうとしなかったけど、何事か考えながら真剣なまなざしで彼女を見ていた。まるでふたりの彼がいるようだった——ひとりは不道徳ないたずら好きで、もうひとりは優しく思いやりがある——そのふたりが入れ替わる速さにカッサンドラは目が回りそうだった。

　さらにもうひとり、不作法で短気、強引なつむじ風、熱心な理想主義者、頑固な暴君、要求の多い皇帝でもあった……なんてわかりにくい人なんだろう。

「きみはほんとうに勇敢だ」彼は言った。「どこまでこれを実行するつもりだい？」

「わたしは紳士の娘だから、約束は守ります。あなたは三十分間、礼儀正しくしてくれたから、わたしも……いえ」

不道徳でいたずらなところが戻ってきた。「三十分間？　ぼくに与えられる時間もそれだけ？」

「わからないわ。どれくらいかかるの？」

彼の発した音は笑い声だったのかもしれないし、うめき声だったのかもしれない。

彼はあおむけに寝て、両手で顔を覆った。これがどの彼なのかまったくわからず、カッサンドラは困惑して彼を見つめた。そのとき、小指の印章指輪が目に留まった。

もし彼がなくしていなかったら、結婚指輪をはめているはずの指の隣の指に。

「それにしても、あれはなんだったの？」彼女は尋ねた。「あなたがお父さまと口論していたのは」カッサンドラはひざをついて、指輪にそっとさわった。「あなたたちは指輪の話をしていた。この指輪のこと？」

彼が横向きになったとき、カッサンドラは彼の左手を両手でつつんだ。彼は手をひっこめなかった。力を抜いて彼女を信用していた。彼女の手よりもずっと大きく、力強い手だった。彼の手なら当たり前だけど、忙しい手だった。親指のそばに太い傷痕がある。手首にも小さな傷が。やわらかくはないけど、ごわごわでもなかった。爪はきれいに切ってあった。カッサンドラが指で関節のこぶをなぞり、やわらかな黒い毛をかすめ、指輪にふれても、彼は何も言わなかった。輪の部分は凝った装飾の銀で、大きな四角い受け座にオニキスがはめられ、そこに紋章が彫られていた。

「印章指輪なのね」彼女は言った。「あなたがまだロード・トレイフォードの跡継ぎだったときに、もらったの？」

もしこれが、トレイフォード伯爵家の跡継ぎの儀礼称号であるオーサム子爵の印章指輪なら、ジョシュアはかつてこの指輪をはめる資格があった。でもいまはそうじゃない。これはある身分――とても高位の社会的な立場――を表し、それは彼のものではない。その指輪をつけているのはよくないことだ。

それこそが、彼がつけている理由だろう。

カッサンドラは彼をちらりと見た。その目はふたりの重なった手を見つめていて、そうやって目を伏せていると、ほとんど安らかに見えた。蠟燭の光が彼の顔立ちをやわらかくして、その高いほお骨や唇の曲線を優しく照らした。彼女はいままで、男の人の唇の形を気にしたことなんて一度もなかった。

「つらかったでしょうね」彼女は言った。「十四歳でなにもかもなくすなんて」

「それは大昔のことだし、もうどうでもいいんだ」彼が目をあげて彼女と目を合わせた。「ぼくはもっと興味深いことを考えられる」

彼は手を引いて、手のひらをカッサンドラの太ももの上に置いた。そのぬくもりと圧力が彼女のなかを伝わり、肌の上をなであげて、太もものあいだに渦を巻いた。妙な感覚がどんどん高まるそこに、かつて彼が……ふたりが……彼女が……信じられない。

彼の手がじりじりと上に滑る。彼女は本能的に両手でそれを押さえた。彼の動きをとめることはできても、自分のからだの欲求はとまらなかった。

それに彼をとめるべきじゃない。好きにさせさないと。それどころか、誘惑するべきだ。そうしなかったら、永遠に子供はできない。

「もうやめたくなった?」彼はかすれた低い声で訊いた。

「最後までするわ」声は震えてしまったけど、ほほえもうとした。カッサンドラは彼を……あの部分を……ちらりと見た。ガウンの下の形がわかるような気がしたけど、たぶん蠟燭の光のいたずらか彼女の想像に違いない。「理由がわかっているとやりやすいんだけど」

「なぜなら、すばらしいからだ」

また手のつけられないいたずらっぽさ。でも鋭く真剣でもある。それに熱っぽい彼のまなざしが彼女のからだに呼びかけ、あの感覚を増幅して、落ち着かないけど、でも、気持ちいいような気もする。

「どうしてあれが……いえ、いいわ。わたし……つまり」カッサンドラは深く息を吸って、いい直した。「今夜。あなたのお父さまは。なにを……」思わず太ももに置かれた彼の指の形をなぞっていたが、気づいてやめた。「彼は悪いことをしたけど、でもあなたのお父さまであることに変わりはないわ」彼女は言った。「それにあなたのいまの成功は、お父さまの賠償金のおかげもあったのでしょう」

「賠償金？　ああ、世間知らずな」彼はふたたびあおむけに倒れて、両腕を頭の裏に入れ、ピンク色の天蓋《てんがい》を見つめた。ガウンの袖がめくれてあらわになった前腕は、ピンク色のシルクのブロケード織の上掛けには調和していなかった。「ぼくの両親の結婚が無効にされるとすぐに――父の最初の妻が死んだのはわずか一年前で、つまりぼくたちの母はずっと彼の法律上の妻ではなかったんだ――ブラム、アイザック、ぼくはまるで犯罪者のように学校から追いだされ、トレイフォード・ホールに送り返された。母がいると思っていたんだが、母はミリアム――それはぼくたちの妹で、当時四歳だった――を連れて、失踪《しっそう》していた。屋敷は閉鎖されていて、長年仕えている従僕ふたり以外の召使はだれもいなくて、聞かされたのは、事務弁護士がぼくたちを引きとってくれる親戚かだれかを探しているということだけだった」

「でもお父さまは？」

「二度と連絡はなかった」

「そんな、ジョシュア」

彼はまだくつろいでいるようだったが、その声は平板に、険しくなり、カッサンドラは彼の緊張が感じられるように思った。

「大きなからっぽの家で過ごした最初の夜……。暖炉に火も入っていないから、ぼくは火を熾《おこ》そうとしたが、どうやるのか知らなかったんだ」彼は続けた。ピンク色の天蓋に向かって。「理論はわかっていたんだが、一度もやったことがなかった。それまでの人生ではずっと、ほかの人たちがぼくのためになにもかもやっていたんだ。それがいまや、弟ふたりと自分にはなにもなくて、ぼくは思った――もしこの火を点《つ》けることができたら……」

カッサンドラは、暖炉を見つめている黒髪の少年を想像した。それだけで燃えあがりそうなほど激しいまなざしだったのだろう。

「どうだったの?」彼女は訊いた。

彼は鼻を鳴らした。「いまいましい火打石で火花を出せるようになるまでに何時間もかかった。指が擦りむけて動かなくなるまで、何度も何度も打ちつけた。それまで、自分がいかに役立たずなのか知らなかったんだ。だが答えはイエスだ、最後には火を点けられた」

その言葉はまるで、苦々しくおもしろみのない冗談のおちのように聞こえた。

「でもわからないわ。お父さまが助けてくれたのでなければ、縁を切られた兄弟三人がどうしていまのように立派になれたの？」

「違う男の人が来た」彼は静かに言った。「その人は、ぼくたちはそれまで一度も会ったことがなかったが、その一連のできごとに憤慨していた。彼は前触れも、招待もなくトレイフォード・ホールにやってきて、そこに泊まり、ぼくたちに事情を説明してくれた。そんなことをしてくれた人はだれもいなかった。そしてその人は、ぼくたちが新しい人生を切り開く手伝いをすると約束してくれた。アイザックは、そのとき十歳だったが、海軍に入って世界を旅したいと思っていた。そしてブラムは十二歳で、インドに行って虎を捕まえたいと言った。そしてぼくは……」彼は言葉を切った。

「ぼくは金持ちになりたいと言った。その人はぼくたちになんの義理もなかったのに、それでも助けに来てくれたんだ。ぼくが知っているなかで最高の人間だったよ」

カッサンドラの目がつんと痛くなった。彼女は目をしばたたいて涙をこらえた。

「パパ？　パパがあなたたちを助けたの？　それがあなたが彼に負っていた恩だったの？」

「くそっ。きみを泣かすつもりじゃなかったのに」

「泣いていないわ」彼女はひざにほおを乗せた。「だからあなたはわたしと結婚したのね」

「ぼくがきみと結婚したのは彼に頼まれたからで、ぼくは彼に頼まれたらなんでもした。結婚と貸しといえば――」

まあ。彼の気分がまた変わった。

「きみは時間稼ぎしすぎだよ、ミセス・デウィット。ぼくのご褒美の時間だ」

＊　＊　＊

彼はまるで猫のように動いた。力強く、自然に、いまあおむけに寝ていたと思ったのに、次の瞬間には彼女の前にひざまずき、両手を自分の太ももに置いていた。カッサンドラは彼と同じ姿勢をとり、ひそかな、思いがけない興奮を感じた。彼は大きなベッドを狭く見せた。そのからだの大きさと力強さで。自分は彼を見るのが好きなのだとカッサンドラは気づいた。彼の長身で細身のからだ、ワインレッド色の布地につつまれている広い肩の輪郭。彼から発散される熱。一瞬の笑顔。きらりと光るコーヒー色の目。彼の激しさ。彼の集中。彼女をどぎまぎさせる変わりやすささえも。こういうのは落ち着かないけど、きっといいことのはず。貴婦人たちは欲望について話すことはなく、それは恥ずべきものだと教えられる。でもいいことのはずだと、彼女は思った。もちろんそれを認めるくらいなら死んだほうがましだけど。

もしかしたら彼は、まず抱きしめるのかもしれない。キスをするのかも。それならすてき。もうずっと、だれかが彼女を特別だと感じさせてくれたことなんてなかった。

カッサンドラは待った。彼は自分の太ももを指でとんとんと叩き、部屋を見回した。もし彼女がよく知らなかったら、そんなことあるはずがないけど、この先どう進めたらいいのかわかっていないように見えた。

「ごめんなさい」彼女は言った。「次はどうしたらいいかわからないの」

「最初にぼくがするべきかもしれない。見本を示すために」

彼女の想像力はそれを思い描こうとして、失敗した。「どうやったら届くの？」

彼はからだを引き、目を大きく見開いて、笑った。あまりの大笑いに、彼のひざの下でマットレスが揺れた。「きみにだよ、ぼくが言ったのは」彼はまだ笑いながら言った。

「笑うなんてひどいわ。あなたたち男の人は、女はなにも知らないでいろと要求して、女がそのとおりだとそれを笑うなんて」

彼は手で顔をぬぐい、笑いがおさまってくるとうめき声をあげた。「届かないよ、それはたしかだ。人類の悲劇のひとつだね」

「そう。もうひとつの悲劇は、女はそういう知識をもって生まれてくるのではないということよ」カッサンドラは腹を立てて言った。「だから約束を守らせたかったら、わたしのことを笑うのはやめて、ちゃんと教えて」

「本気でやりとおすつもりなんだ？」

「取引したもの」

「ほんとにかわいいな」

彼の口調はまるで夏の日の午後のようにけだるげだった。ゆっくりと片手をあげて、指の関節で彼女のほおにふれた。その手はチョコレートも溶かすほど温かかった。指の関節を行ったり来たり、行ったり来たりしてなで、カッサンドラはいつしかそのリズムに合わせて息をしていた。彼はなにかを探すように彼女の目をのぞきこみ、半ばとまどい、半ば……心配している？　その視線が彼女の唇に落ちた。そして彼女の目に。また唇に。

カッサンドラは思った。わたしはこれから夫にキスされる。

目をとじて待った。彼の唇はきっと、その愛撫《あいぶ》とおなじくらいやわらかくて、温かいはず。彼女は彼の髪に指を入れる。そのままさげて彼の首、肩に。その胸に手のひらを広げて。彼の肌はきっと熱いはず。それはたしかだ。そしてからだは硬い。その鼓動さえ感じられるかもしれない。力強さも。そして彼も、彼女にさわる。灼《や》けるような愛撫が彼女のほおから喉に、ひょっとしたら胸にも。それはいまや、彼にふれてほしいと叫んでいる。彼はわたしの夫だ。これはいいことなのだ。ふたりで子供をつくる。カッサンドラは自分の吐息に気づいて口をとじたけど、すぐにまた唇を開くことになった。

早く。早く。どうか――

「きみをからかうのはすごく楽しいな」彼は陽気に言った。

カッサンドラはさっと身を引き、目をあけ、血液がどっと頭を巡《めぐ》るのを感じた。「わたしをからかっていたの？」顔から彼の手を払いのけた。「わたしは正しいこと、誠実なことをしようとしていたのに、あなたはわたしを笑っていたの？」

「そうだ」

そう言うと、シルクをはためかせながら彼女をまたぎ、トン、と床におりた。カッサンドラはさっとふり向き、その拍子に寝間着が脚にからまり、蹴りとばしてなんとか自由になった。上掛けをつかんだのは、そうでもしないと彼のふざけた顔をひっかいてしまいそうだったからだ。

「わたしにあれをさせるつもりはなかったの？」

彼はにやりと笑った。「そうだ」

「ずっと心配して、ほかの女の人たちも夫にそういうことをしているのかと考えていたのに、あなたは……あなたは……悪魔！」

「ミセス・デウィット、まさかだろ！」彼はガウンの肩のあたりを直し、目を大きく見開いて笑った。「つまりきみは、夜会で礼儀正しい会話をしながら想像していたのか、すべての夫婦が――」

「すべてじゃないわ！　それにわたしはなにを想像するかも知らなくて、でも……」

「ああ、ほんとにかわいいな！」

この人でなしはまた彼女を笑っている。

カッサンドラはひざ立ちになり、ベッドの端ぎりぎりまで移動して、ひっぱたこうとしたが、彼はさっと横によけた。

「あなたって人は――」またひっぱたく。彼がまたよける。そして笑う。

「――ふざけている――」ひっぱたき、よけて、笑う。

「――ひどい――」今度はもっと力をこめて勢いよくひっぱたこうとしたので、ベッドから落ちそうになり、一歩前に出た彼に腕をつかまえられて支えられた。

彼はそのまま、優しく、でもしっかりとカッサンドラを支え、怪訝《けげん》そうな顔をしていた。

「ぼくはそういう人間だが、それは知っていただろう」彼は言った。「どうしてそんなに怒っているんだ？」

「わたしは正しいことをしようとしただけなのに。それをばかにすることないでしょう」彼女はからだを引いた。「それは親切じゃない」

んだ?」

「パパはあなたがいい人間だと言っていたわ。それにダマートン公爵もあなたはいい心をもっていると言った。それにミスター・ニューウェルも——」

「まったく。なんて世間知らずな！　ぼくが親切で金持ちになったと思うか？　きみの立派な友人たちがぼくとつきあうのは、ぼくが礼儀正しいからだと思っているのか?」彼は笑った。苦々しく、陰気な笑い声だった。「ほとんどの人間はぼくにうんざりしている。だがぼくを遠ざけることもできない。そしてそれは、マイダーリン、親切とはなんの関係もないんだよ。だからぼくがきみに親切にするかもしれないなんて考えは忘れて、頼むから、ロマンティックな考えはもたないでくれ」

カッサンドラはあんぐり口をあけて彼を見た。「わたしがあなたを好きになるなんて、あなたはそんなにうぬぼれているの?」

「いまきみは、ぼくにキスしてもらいたがっていた」

「そんなことないわ！」彼女は嘘《うそ》をついた。「なんて傲慢《ごうまん》で、耐えがたい悪魔なの！　あなたにしてほしいことなんて、なにもないわ。どうぞあなたの……女の人のところに戻って……あれをしてもらえばいいでしょう」

「そうするかもしれない。なぜなら彼女たちはぼくに親切を求めないからだ。それにあれが終わったら——」彼の声はこわばり、ひと言ひと言、音量を増していった。「——ぼくはもう用はないし、彼女たちもぼくに用はない。それに彼女たちはぼくに行儀よくしろとうるさく言ったり、ぼくの家を植民地化したり、ぼくの人生をかき乱したりしない！」

「そう、あなたもわたしの人生をかき乱しているのよ」カッサンドラはアラベラの得意技を借りた。あごをつんとあげて遠くを見つめた。「もうさがってもいいわ」

「そうか、もうさがってもいいんですね？」

「引き留めたら申し訳ないから」

案の定、我慢ならないあまのじゃくの彼は、彼女に近寄ってきた。「それは知っている」彼はうなるように言った。「それは『出ていけ』の礼儀正しい言い方だ」

「あなたは何度も聞いたことがあるでしょう」

「だから言えよ。ぼくに『出ていけ』と言えばいい」彼はカッサンドラの顔を両手でつつんだ。彼女はその嘘つきの手を呪った。こんないまいましい人でなしなのに、その手の感触はものすごくすてきだった。「もしぼくがキスしたら、きみは『出ていけ』と言うか？」

親指で唇をなでられ、カッサンドラの背骨に快感の震えが走った。彼の目がより濃くなった気がした。また笑うつもりなんだろう。彼の言うとおりだった。彼女はあやうくばかげた考えをもつところだった。それはただ、アラベラとロード・ハードバリー、ハリーとレディ・ボルダーウッドのような夫婦を目にして、自分にはけっして手に入らないものに無駄なあこがれをいだいたからという理由だったけれど。

カッサンドラはおずおずと、彼の髪をなで、そのなかに指を差し入れた。黒髪はばかばかしいほどやわらかかったし、彼女は彼にさわるべきではなかった。でも、この怒りっぽさ、この荒々しい生命力、この無礼の下のどこかに、優しく、思いやりにあふれた男がいるのだ。

「あなたはまだ怒っているのね」彼女はささやいた。

彼はびくっと頭をあげ、カッサンドラの手から離れた。「ぼくがなんだって？」

「あなたのお父さまに。わたしに。わたしたち全員に」

「まったくのたわ言だ」彼は跳びのき、手を振りまわしながら部屋のなかを歩いた。

「ぼくは怒るほど気にしていない」

「心の底で怒っているのよ」

「ぼくの気持ちを解説するのはやめてくれ」

「いいのよ。わかったから」

「いや。きみはわかっていない」彼は近づいてきて、彼女にのしかかるように立った。

「きみはなにひとつわかっていない」

「ジョシュア……」

カッサンドラは彼に手を伸ばした。彼をなだめ、慰めようとした。自分がだれかにそうしてほしかったように。手がふれそうになったところで、彼がすごい勢いで身をひるがえして、彼女の手はガウンをつかんだ。彼の勢いはそのままで、彼女がつかんだガウンの紐がほどけた。一回転して彼女のほうを向いた彼が凍りついたように固まり、ガウンの前がはだけた。

さっき言っていたとおり、完全に裸だった。

ああ、聖セバスティアヌス！

カッサンドラはじっと見つめた。目をそらすのは不可能だった。胸、平らな乳首、肋骨《ろっこつ》、引き締まったウエスト、腹部から下へ続く毛、そして彼の……。

彼の……なんて呼べばいいの？……男性自身。それはおなかにつくほど屹立《きつりつ》して、肌の色が濃く、彼とおなじで大きく、怒っていて、要求していた。心臓がどきどきしながら、彼女は黒っぽい毛、細い腰、たくましい太ももに気づき、そして熱いものが彼女の全身を駆けめぐり、空気を奪った。カッサンドラの目がからだにメッセージを送り、からだは新たに発見された欲求でうずいた。

「満足したか？」彼の声がどこか遠くから聞こえてきた。怒っているのか、おもしろがっているのか、まったく違うなにかか、わからなかった。「もしぼくのものが見たかったら、奥さん、そう言えばよかったのに」

カッサンドラは目をつぶり、両手で覆った。暗闇は助けにならなかった。まだ彼が見えるし、彼を感じた。一年、それとも十年、一世紀がたったとき、彼がつぶやいた。「それにぼくは怒ってなんかいない」そして空気が揺れ、ドアがしまる音がして、カッサンドラはふたたびひとりになった。

ゆっくりと手をさげ、上掛けのなかに入れて、彼女のからだのまだあの男を求めている一部にふれたいという罪深い衝動に抵抗した。部屋はあまりにもうつろで、床は数千マイルも離れていて、もう自分のことがわからなかった。

彼女はベッドから起きだしてドアのところまで行ったが、掛け金に手をかけたところでとまった。彼の部屋に行って――どうするつもり？　両腕で彼をつつんで、抱きしめ、彼も抱きしめ返してくれる？

もし彼の部屋に行ったら。彼はなにかひどいことを言ったり、彼女をばかにしたり、追い払おうとするだけだ。

そうする代わりにカッサンドラは息を落ち着けて、書き物机のところに行って、手紙を書くことにした。「親愛なるレディ・トレイフォード」と彼女は書きはじめた。

9

あの腹立たしい女は、彼の家を植民地化するだけでは足りないというのか。いまや彼の心まで植民地化している。

翌日、ジョシュアはロンドン市内の商業の中心地であるシティでの会議と埠頭《ふとう》の視察――妻に遭遇しないと確信できる場所――で忙しく働いていたが、そのあいだも心はたえず彼女の姿に侵略されていた。

彼の手をなでる姿。口をかすかに開けて彼の裸を見つめる姿。目を閉じ、唇を開いて彼のキスを待ち受ける姿。

いまいましいほど魅惑的だった。

昨夜、彼女の部屋に行ったのは、ばかな、ばかな、大ばかな思いつきだった。「ただの余興にすぎない」自分にそう言い聞かせ、愚かにもその嘘《うそ》を信じたのが間違いだった。

どうにかして夜まで正気を保つことに成功したのち、ジョシュアは書斎に落ち着き、衛生問題に関する報告書を読み、ダスは帰宅する前に、その日に届いた手紙に目を通していた。安全とわかっているはず――カッサンドラは友人たちと外出している――なのに、いくら読んでも、報告書の言葉は脳に届くまでにちんぷんかんぷんな文言と化してしまう。

なぜなら、脳が占領されているからだ。彼女に。傷ついた表情を浮かべたその日に、その手の優しい感触に、そのほおのやわらかさに。

もう二度と、あんなことにはならない。けっして。仕事に集中して、周囲の世界を締めだせるのが自分の強みだ。しかしカッサンドラは……彼女は快く受け入れることで、気高くふるまうことで、あるいはその勇敢さ、思いやり深さで、彼の脳に浸透してきた。きわめて独善的、それが彼女だ。うぬぼれて、彼のことをすべて知っていると思い、彼に自分が下劣な悪人であるかのように感じさせる。たしかに自分は下劣な悪人かもしれないが、人間だから仕方がない。愚かなことも、優しくないこともする。間違いもおかす。それにたいして、彼女はあまりに完璧すぎないか？　間違ったことはぜったいにしない。かっとして暴言を吐くことも、理性を失ったり、感情に流されたりすることもない。

あやうく彼女にキスをするところだった。

キスをして、あのばかげたナイトキャップや不格好なベッドジャケットやその他もろもろ、彼女がただ眠るためだけに必要だというすべてを脱がせるところだった。キスをして、あのピンク色の天蓋《てんがい》の下で、あのピンク色のベッドカバーの上に横たわらせてまさぐるところだった、彼女のピンク色の――。

「リヴァプールに行かないと」ダスに言った。跳ねるように椅子から立ちあがり、暖炉まで行って、火かき棒をつかんで燃えさしをつついた。「競合相手に関する問題をパトニーだけに任せておけないだろう。あす出発しよう」

明快な解決策だ、まさに。

初めから計画どおりリヴァプールへの定期船に乗っていれば、こんなことにはならなかった。生活を元どおりにする必要がある。それこそが自分の望む生活なのに、自分の不注意で彼女につけいる隙を与えてしまった。旅と取引と仕事。何年もそれだけで生きてきた。何年も何年も何年も。

何年も。

このあとも何年も。

それからまた何年も。

「パトニーがしっかり対処しました」ダスが読んでいる書類から目をあげずに、上の空で言った。

「パトニーがなんだって？」

「そこに手紙がありますよ」

ダスは手紙を取りにいこうともしなかった。最高だ。ダスまで奇妙にふるまっている。

ジョシュアは火かき棒を投げ捨て、手紙を取って目を通した。なんてことだ。パトニーはすでに解決策を見つけていた。それもいい解決策を。

「いったいなぜ、ここでパトニーが出しゃばらなければならない？」ぶつぶつ言う。

「それは彼が、あなたの〝リヴァプールとマンチェスターで起こるすべてのこと〟担当秘書だからです」

「ふん」

ダスはそれでも顔をあげなかった。ジョシュアは暖炉の前に戻り、薪《まき》を放りこんで、火花が散って炎が躍る様子を眺めた。

「では、バーミンガムだ。バーミンガムでは、なにもかも明快だ。ロンドンにはぼくがやることが足りない」

「遺憾ながら、いまロンドンを離れるべきではないと思います」

「ミセス・デウィットを置いていくべきではないなどと言わないでくれ。彼女は自分の面倒は自分で見られるし、ぼくが彼女を必要としないのと同じく、ぼくを必要としていない。それにはっきり言えば、今回彼女がやってきて、すべてをかき乱すまで、二年ものあいだ、きわめて順調にやってきたはずだ」

「あなたにたいして、訴訟が起こされたんです。ロード・ボルダーウッドによって」

ジョシュアはダスが持っている書類に目をやった。ダスが立ちあがる。口をぎゅっと結び、彼にしては珍しくこわばった面持ちだった。

「あのばかげたバルト海の件にかんしてか？」

「いいえ。ロード・ボルダーウッドはあなたを姦通罪《かんつう》で訴えています」

＊＊＊

ダスは明瞭な話し方をするし、要点をはっきりと言うし、今回もとくに複雑な文章ではなかった。だがこれは、言葉自体の意味ははっきりしているが、全体の意味がまったく理解できないという種類の文章のひとつだった。頭のなかでもう一度彼の言った文章を繰り返してみたが、やはり理解できない。

訴訟。姦通。ジョシュアの脳が反論する。たしかに潔白ではない。たしかに、このロンドンでその訴訟を起こすことができる紳士が四人いる。その気があればだが、全員その気はない。彼らの結婚がすでに、妻に選択肢を与える段階に達しているからであり、効率と計画性を重んじ、しかも禁断の関係になんの魅力も感じないジョシュアは、事前にしっかりとその事実を確認している。

「ロード・ボルダーウッドの妻と寝たということか？」かなりたってから、ようやくそう言った。

ダスは気まずそうに足を踏みかえた。「姦通罪という言葉で意味することはそういうことですね」

「ばかばかしい。ぼくがレディ・ボルダーウッドと寝たと訴えているのか？」金髪――うすら笑い――ずるそうな目――不愉快そう――つまらない――思い浮かぶのはそんな言葉ばかり。「指一本触れたこともない」

「五万ポンドの損害賠償を請求しています、その、ええと……」ダスがふさわしい言葉を模索した。「ここに書かれた文言を引用しますと、〝権限なく彼の所有物を使用したこと〟にたいして」

「なんと無礼な若造だ。ぼくは、たとえ〝権限〟があったとしても、彼のその〝所有物〟を〝使用〟したりしない。五万ポンドくれるとしてもだ」

どうりで最近、周辺にボルダーウッドがよく出没すると思った。セント・ジェイムズ通りでは妻のことで言いがかりをつけて殴ってきた。あの妻も、フェザーストンのパーティではブヨのようにつきまとってきた。そういえばアイザックも、報復があるだろうと警告していた。

なるほど。

「しばらく前から計画していたに違いない」ジョシュアは言った。

行ったり来たりしていると、ようやく頭がしっかり動きだした。ダスは例によって、ジョシュアの嵐のなかの静けさだった。

「これは……」ジョシュアは指を鳴らし、くるりとふり返って、さらに両手を叩いた。「そうだ、そうに違いない。金を失い、なんとか必要な金を得ようとぼくに罪を着せた——あの男の財政状況がどのくらいひどいか、調べはついたか？」

「大変なものです。賭博の信用借りや質屋も含めると、三万ポンドほどの借金があります」

「姦通や詐欺の損害賠償金はどんどん高額になっている。二週間前も同様の件があったな」

「エヴァンスという男が、レディ・オリヴァーと関係した咎《とが》で、ロード・オリヴァーに二万ポンドの損害賠償金を支払うように命じられました」

「エヴァンスには払えなくても、ぼくには払える。しかもぼくは有名だ。そのうえ、身の程をわきまえない成り上がりの金持ちだからな。陪審がそこをよく思わないかもしれない」

彼の机に飾られた花々が、咎めるように彼を見ていた。カッサンドラがあの有能な両手でそれを飾ったのはついきのうのことだ。そのとき彼女は、楽しみやよろこびについて話していた。

「まったく反吐《へど》が出そうだ」彼は言った。「最悪だ。卑劣かつ不快きわまりない」

「二週間のうちに法廷審問があります」

「それはまた早いな」ジョシュアはまた行ったり来たりしはじめた。考え、計算しながらも、やはり信じがたい。「あの愚か者は、なぜ、そんなことをうまくやりおおせると考えた？　裁判をするということは、証拠を提出することだが、そんなことはなかったのだから、証拠があるはずがない」

口の中に酸っぱいものがこみあげた。自分にはたくさんの競争相手や競合相手がいる。おそらく敵も。だが、それは成功にはつきものだ。いつでもなにかはうまくいかず、つねにだれかが彼を出し抜こうとする。それは彼が心を躍らせ、日々従事していることの一部なのだ。

しかし、これはあまりにも……個人的だ。

「あの女には触れたこともない、ダス」

ダスがどう思うか気になるわけではないが。

「本当だ」念を押す。

ダスがうなずいた。一度だけ。

ジョシュアはちらりと時計を見やった。「カッサンドラは舞踏会に出かけていて、まだ数時間は戻らない。彼女にはあすの朝、話をしよう。きみはもう帰っていい。このことは、あす対処する」

ダスを玄関広間まで送っていって、彼がコートを着て手袋をはめるのを目で追いながら、見えていたのは前夜、彼が怒っているのを心配して、彼がからかったことに怒っていたカッサンドラだった。唇をかすかに開き、彼のキスを待っている姿。

「彼女が今夜、この件について耳にする可能性はあるかな？」

「ボルダーウッドがどのくらい内密にやるつもりかによりますね」

「嘘をついているのだから、さすがに内密にしたいはずだが」カッサンドラはかつてボルダーウッドと婚約していた。やれやれ、最悪だ。こんなことなら、できる時に彼女にキスをしておくべきだった。「だがまあいい、彼女はぼくの浮気は気にしないと言っていた」

ダスはためらい、両手に持っていた帽子を回した。それから口を開いたが、すぐに閉じた。従僕が表玄関を開けたからだ。

夜の冷気が、近づいてくる馬車の音を乗せて流れこんできた。停止する音。扉が開く音。閉じる音。話し声。足音。

「これで」ダスが言う。「どうだったか、すぐにわかりますね」

＊＊＊

一瞬後、カッサンドラが戸口にあらわれた。青い夜会服にベルベットのマントをはおった姿を見ただけで、ジョシュアの胸に幸せな気持ちがこみあげた。しかし彼女が彼に気づいて足をとめた瞬間、その気持ちは消滅した。

ふたりの目が合う。じっと見つめられ、ジョシュアは前夜のように裸になっているような気がした。そのあと、彼女は彼の存在を無視するかのようにふっと視線をそらし、滑るように玄関広間に入ってきた。

「こんばんは、ミスター・ダス」感じよくうなずき、ほほえんだ。「ミスター・デウィットも」こちらは、よそよそしい口調で言い、目をそらした。

「聞いたのか」

「わたしは気にしませんから」彼女が答える。そして、彼のほうは見ずに、喉元にあるマントの留め金に手を伸ばした。「聞こえましたか、ミスター・デウィット？　わたしは気にしていません。ほんの少しも。一抹も。みじんも」

彼女の普段なら有能な指が留め金をはずせない。マントが肩からはずれて、滑らかな腕と胸の膨らみがあらわになった。

「ぼくがやろう」

カッサンドラがまるで悪魔を撃退するかのように彼に向かって両手を突きだしたので、ジョシュアは近づくことを断念した。彼女が両手の手袋を取り、片手にまとめて持つ。それを使って、彼の顔を叩《たた》くつもりかもしれない。名誉を重んじれば、そういうことになる。決闘を申しこむのかもしれない。あすの夜明けに会い、二十歩歩いて、彼女が彼を撃つ。

もちろん、彼女が気にしていないならば、話は別だ。

カッサンドラは手袋を叩きつけるようにテーブルに置くと、前夜に彼の手を優しくなでた指でふたたび留め金を攻撃しはじめた。

「わたしが気にするのは、妹たちと母のこと。友人たちのこと。わたしの家のこと。わたしの豚のこと、わたしの薔薇《ばら》のこと、わたしの猫のこと」留め金がはずれた。マントが彼女の肩から滑り落ちた。ジョシュアが受けとろうと手を伸ばしたが、彼女はマントをくるりと翻してその手をかわし、従僕に渡した。渡された従僕がマントをつかみ、早足に持ち去った。「あなたのことは気にしません。あなたのすることも」

「説明させてくれ」

彼女はすでに彼から離れて階段のほうに歩きだしていた。夜会服が彼女の脚、彼が一度も見たことがなく、今後も見ないであろう脚のまわりで躍っている。髪は複雑な髪型に整えられているが、うなじからいくらか巻き毛がほつれでていた。彼女が髪をおろした姿も一度も見たことがない。自分がどれほどその姿を見たいと思っているか、いままで気づいてもいなかった。

階段の一番下の段に片足を乗せたところで、彼女は立ちどまって彼のほうをふり返った。壁にかけられた蠟燭《ろうそく》の光で、彼女の髪は炎の色に、氷の態度と好対照をなした。

「あなたが英国でもフランスでも中国でも、そのすべての女性と関係をもとうがわたしは平気です」

「カッサンドラ、ぼくは誓って――」

「おやすみなさい、ミスター・デウィット。ミスター・ダス」

そう言うなり、彼女は滑るように階段をあがって見えなくなった。

「聞こえたか、ダス?」ジョシュアは空っぽになった階段を見つめ、なぜ霜で覆われていないのか不思議に思った。「彼女は気にしていない。ほんの少しも、一抹も、みじんも」

「はあ……ぼくは家に帰ります」ダスが言う。

階段を凝視しつづけているジョシュアには、ダスが出ていった音もほとんど聞こえなかった。

＊　＊　＊

寝室でひとり、カッサンドラはナイトキャップを両手でもみくしゃにしながら、敷物の上をぐるぐる歩きまわっていた。寝る用意をすませて、メイドをさがらせたのは、ほかにどうしたらいいかわからなかったからだ。でも、眠るには早すぎるし、縫い物をするには手が震えすぎているし、読書するには脳が混乱しすぎている。

サンネ・パークにいられたらよかった。夕食のあとの数時間は全員が居間で過ごしていただろう。カッサンドラとルーシーとエミリーで、エミリーの劇のひとつ、たとえばロメオとオフィーリアがアーデンの森に逃げる作品を演じていたかもしれない。それとも、ミュージカルマジックやリボンズといったゲームに興じて、ルーシーが法外な罰金を取ると言い張っていたかもしれない。あるいは歌を歌い、新曲の調べに挑戦していたかもしれない。ママも加わるし、ミスター・トウィットはピアノの上に飛び乗って、抱きあげられるまで鍵盤《けんばん》を踏みつけるだろう。

わたしは気にしない。わたしは気にしない。

視界の片隅にベッドがぼんやり見えている。そこにジョシュアが横になり、子どもの時のことを語った。カッサンドラの寝間着を笑い、彼女を容赦なくからかって、両手で顔をつつんだ。でもそのあいだもずっと、知っていたんだ――

悪魔！

カッサンドラはナイトキャップを脇に放り投げた。そして、つかつかと部屋を出て階段を駆けおり、彼の書斎に勢いよく入っていった。でも彼は、ほんの少しふり向き、横柄にも両眉を吊りあげ、椅子の背に寄りかかっただけだった。

紳士というものは、レディが立っていたら席を立つものだ――彼女はそう言ってもよかったけど、そんなことをしても無駄だった。紳士というものは家具のまわりにコートやクラヴァットを落としておかない。紳士というものはレディの前で悪態をつかない。紳士というものは、自分の妻の元婚約者と駆け落ちした女性と関係をもったりしない。

頭に血がのぼったせいで、あやうく舌の鍵がはずれてしまいそうになった。だめよ、自分は芝居がかった大げさなことは言わないし、癇癪《かんしやく》も起こさない。熱弁もふるわない。妹たちは情熱的で激しい性格だけど、自分は穏やかで分別があって、実際的な人間のはず。

今夜も穏やかに分別をもって話せるはず。

「説明してください」大げさなほどはっきりと音節をくぎる。

「きみは気にしないと言ったはずだが」

「あなたが世界の半分の女性と関係をもって、ほかの半分がそれを眺めていたとしても、わたしは気にしません」思わず声が高くなる。カッサンドラは震える息を大きく吸いこんだ。穏やかに。分別をもって。「でも、なぜ彼女なの？　なぜ彼女と？」

彼は長い両脚を前に伸ばし、くるぶしのところで交差させた。暖炉の火が磨かれたブーツに映っている。なぜそんなくつろいでいられるの？　なぜあの女と関係をもてるの？

ハリー、マイスイート……あなたの夫が度を過ごすのを……ミスター・デウィットの話はやめて……。

「なぜ、そんなに気にしているんだ、マダム？」彼が言った。「きみの貴重な評判のためか？　それとも、いまもボルダーウッドを愛しているからか？」

「彼女がわたしの人生を盗んだからよ！　わたしは本物の夫をもつはずだった。子供たちも。でも、それを彼女が手に入れて、わたしが手に入れたのはあなただった！」

彼がすっと立ちあがった。カッサンドラの前に大きく立ちはだかる。いいでしょう。そのほうが蹴飛ばしやすい――その――股間を。そうすれば、彼もそれをそとに出すときにもう少し考えるようになるだろう。

「きみは考えたことがあるのか」彼が話しはじめたが、カッサンドラはその言葉に耳を貸すこともできなかった。

奇妙なほど震えている脚で数歩前に出た。カッサンドラの傷ついた心は、彼がフィリスにキスして、その美しい唇をフィリスの毒気を含んだ唇に押しあてている姿でいっぱいになり、血が体じゅうの血管を駆けめぐっていっきに脳に押し寄せ、舌を支配した。

「ゆうべわたしは、礼儀正しくほほえみながら、わたしがあなたのお金めあてで結婚したという彼女の悪意に満ちた言葉を聞いていなければいけなかった――」

「彼女がなんだって？」

「それに彼女とハリーが、真実の愛を見つけたと――」

「つまり、問題はハリーなんだな？」

「――そしてわたしが心から満足していると言っているあいだもずっと、彼女はひそかにわたしを笑っていたんだわ。わたしの婚約者と結婚しただけでなく、わたしの夫とも寝ていたんだから」

「彼らの嘘だよ。ぼくは彼女に指一本触れたことがない」

彼がそう言いながら近づいてくるのを見て、カッサンドラは、彼の手が届かないように大きく回りこみ、ひじ掛け椅子を盾にしてそのうしろに立った。美しく彫刻された横木を両手で握りしめる。自分の中から言葉がとめどなく流れつづけ、そのあいだ、カッサンドラはつかまっていることしかできなかった。

「おもしろいと思ったんでしょう？　婚約者に捨てられたあわれな花嫁、お情けの結婚。彼女と結婚して救済してやろう。さもないと、だれとも結婚できないだろうから。ついでに、彼女をだしにふざけてやろうか？　あなたは本当にからかうのが好きよね」

「だから、ぼくはやっていない」

「それとも、あの人たちの巣に異なる卵を残そうと思ったの？　将来大笑いできるように。妻の元婚約者が自分の息子を育てていると！」

「ばかを言うな！」

彼が詰め寄った。カッサンドラはとびすさったが、指は椅子の背をつかんだままだった。よろめいて壁にぶつかったカッサンドラのあとから椅子が倒れこみ、ストッキングをはいた彼女の脚をあやうく押しつぶしそうになりながら、敷物にどさっと転がった。

「わたしに近づかないで！　さわらないで！　あなたなんて大嫌い！」

彼がはっと身をこわばらせた。両手を伸ばした格好は滑稽《こっけい》とも思える姿だったが、その目に苦痛がよぎるのが見えたような気がした。彼はくるりとうしろを向き、部屋の向こう側に歩いていった。そしてそこで、檻《おり》に閉じこめられた獣のように、部屋の一辺を行ったり来たりしはじめた。カッサンドラは肩甲骨を壁に押しあて、必死に息を吸いこもうとした。背中を冷や汗が伝いおりるのを感じて身を震わせる。

あなたなんて大嫌い、そう言った。これまで、そんなことを言ったことはなかった。わたしらしくない。わたしはつねに穏やかで分別がある。家族のために、そうでなければならないのだから。

「わたし、ルーシーのようになってる」カッサンドラはつぶやいた。「あなたがしたのよ。わたしをルーシーにしてしまった」

部屋の向こうから彼が用心してこちらを見ている。これまで感じたことのない羞恥《しゅうち》心《しん》でカッサンドラの肌がちくちくうずいた。

「ごめんなさい。どうしてしまったのか、自分でもわからない」

「謝らないでくれ」彼はブランデーのデカンターがあるところまで移動し、グラスにたっぷり注いだ。「きみは怒っていた。その怒りを吐きだした、そして椅子のほかはだれも傷つかなかった」

かわいそうな椅子。硬い背もたれを床につけ、脚四本を宙に突きだしている無力な姿は哀れを誘った。

「坐《すわ》って。椅子はぼくが起こす」彼はブランデーをぐいとひと息で飲み干すと、またおかわりを注いだ。

呆然《ぼうぜん》としたまま、ひっくり返った椅子の向かいにある小ぶりの長椅子に浅く腰かけると、カッサンドラの足を、ぱちぱちと音を立てる暖炉の火のぬくもりがそっとつつんだ。彼がなみなみ注いだふたつのブランデーグラスを小さなテーブルまで運んできた。そしていとも簡単に重たい椅子を起こすと、そこに坐り、あごをしゃくって、ふたりのあいだに置いたブランデーを示した。

「飲むといい」彼が言った。

「あなたはお酒を飲まないのかと思っていたわ」

「いつもは飲まない。考えるじゃまになる」

「ほかの男性たちは、気にしないようだけど」

「ほかの男たちは、そもそもあまり考えない。飲むんだ。ショックでも怒りでもなんでも、きみのなかで燃えさかる炎を鎮めるのには効果的だよ」

カッサンドラはグラスを持ちあげ、片手で重さをはかった。「わたしには怒る権利がないと思っているのね？」

「すきなだけ怒ればいい。だが今回に限っては、ぼくはなにも悪いことはしていない」

カッサンドラはブランデーをかいだ。香りが鼻をくすぐり、ルーシーのことを思いだした。お酒を飲んですごく陽気になって、割れたガラスで足を切っても、少しも痛がらなかった。

「心が痛いより頭が痛いほうがまし」小さくつぶやいた。

「乾杯」

ひと口飲んでその味に思わずひるんだが、もう一度試してみた。ワインとは違って、体の内側から温まるように感じる。きっと両手も温まるだろう。彼の手を握ったとき、彼女の手よりもずっと温かかった。どうしてだろう。カッサンドラはもうひと口飲んだ。

「レディ・フェザーストン」彼が唐突に言う。肩にあごを乗せ、じっと炎を見つめている。火明かりが彼の横顔を浮きあがらせる。「レディ・ピーター・エルトン。ミセス・ウェストリー。レディ・ハリントン。もう少しでレディ・ヤードリーともそうなる寸前だったが、きみが到着したのでやめた」

なんということ。お願い、やめて。カッサンドラは知りたくなかった。ブランデーを飲んだ。もうひと口。三口目、四口目、五口目。女性の名前が出るたびにひと口ずつ。自分は関心がないと宣言した。いまも関心はない。そのはず。問題なのは……あの彼女だけ。

彼が手にあごを乗せたまま、カッサンドラのほうを向いた。この暗さで、彼の目はほとんど黒に見えた。

「三年間で四人だ。そのなかに、あのいまいましいボルターウッドは入っていない」

「その前は？」

「その前は結婚していて、妻に誠実だった」彼はため息をつき、頭を椅子の背にもたせた。「レイチェルと結婚した時、ぼくは十九歳で彼女が最初の女性だった。六年近く結婚生活を送り、そのあいだずっと誠実だったし、浮気など思い浮かびもしなかった。つまり……なぜほかの女性を望むんだ？　ぼくには妻がいるのに。だが彼女がいなくなり、ときどきぼくは……」

彼が天井をじっと見つめる。カッサンドラには行けない場所に迷いこんだように見えた。たぶん彼も、多忙にしているだけでは足りないときがあるのだろう。

「あなたは最初の奥さまには誠実だったのに、わたしにはそうではないのね」

「きみはぼくの妻じゃない」彼が言う。「たまたま結婚しているだけだ」

「なるほど。そのとおりね」

形だけの結婚。文句は言えない。自分もこの男《ひと》を夫のようには感じていない。離れて暮らしているほうがいい。彼にキスしてほしいと思ったり、その子供が欲しいと思ったりすることと、彼と一生をともにしたいと思うことは違う。彼女の切望は彼を求める気持ちというより、彼女が失って二度と手に入らないものにたいする思いなのだから。

じゃあ、もうひと口ブランデーを飲もう。彼の妻の分。いいえ、六口飲まないと。彼がレイチェルと結婚していて、彼女を愛し、誠実だった六年間の一年ごとにひと口。

前にカッサンドラが貞節について話したとき、彼はそれをからかったけど、彼もまたかつては貞節を信じていたのだ。

「全員が知っている。夫も、妻も」彼がまた火に向かって言った。そのあいだにカッサンドラは六口のうちの三口目を飲んだ。彼が脚を動かした。活動的な彼は、そんなに長くはじっとしていられない。「彼らの結婚はどれも、家族か財産か一時的な惹《ひ》かれあいのためで、求婚期間も限られていて、互いのことをほとんど知らない。男たちは家系を継ぐために妻を必要とし、妻は養ってくれる夫を必要とする。そしていったん結婚すると、それを解消するのは不可能に近い。だから自分たちの義務を果たしたあとは……もちろん、ふたりが深く愛しあっていれば話は違う。だが、そうでない場合……人々の人生は結婚で終わらない。結婚したからといって、人間の混沌《こんとん》とした感情や欲望から奇跡的にも解放された縫いぐるみ人形のようになるわけじゃない」

カッサンドラは最後のひと口を飲んだ。ここでやめるべきだ。ブランデーの効果はとてもおもしろい。ひざが浮かんでどこかに行ってしまいそうな感じ。カッサンドラは、自分がひざを上にしてさかさまに宙に浮き、寝間着は滑り落ちて頭を覆い、顔は隠れているのに全身があらわになった姿を想像した。

自分が彼の裸を興味深く思ったように、彼もカッサンドラの裸に興味をもつだろうか？　彼はすでに五人の女性の裸を見ている。少なくとも。そんなこと知りたくなかった。レディはそういうことを知りたがらないし、自分はレディなのだから。たしかに、彼のからだをもう一度見ることには興味があるかもしれない。どういうこと？つまり彼の裸は見たいけれど、彼を夫としては望んでいない。彼女は不道徳でふしだらだ。もし彼が知ったら大笑いするだろう。

「わたしの両親は心から愛しあっていたわ」カッサンドラは言った。「いつもふたりで笑ってて、キスしていた。いっしょにいることを楽しんでいた。お互いに相手ひとすじだった」窓のそとを一台の馬車が通りすぎた。男性が呼びかける声が聞こえた。ジョシュアは黙っている。それは聞こえるほど深い沈黙だった。「わたしのことを世間知らずだと思っているのね」

「人はだれでも最初は世間知らずだ。いずれ成長する」

「それが、いまわたしがやっていることね」

唇に触れたグラスの感触に、もうやめるつもりだったことを思いだした。あと二口。ママとパパのために。

「わたしも両親のような結婚をすると思っていたわ、いつか」そうはならず、結婚したけれど、夫はいない。「目の前に人生が延びていて、それを生きることを楽しみにしていた。でもある日、父にハリーの駆け落ちを告げる手紙が届いた――そしてわたしの未来は消えたの。それがどんな感じか、あなたに想像できる？」

答えは返ってこなかった。彼はぱちぱちとはぜる炎を見つめている。カッサンドラは椅子に脚を引きあげて坐り、ひざを寝間着でくるんだ。

彼があまりに長く黙っていたので、ようやく話しはじめたときには、思わず跳びあがりそうになった。「ぼくの想像では、それは空白を見つめているようなものだろう」彼が言う。「毎日、きみは起きて、その空白と向き合い、失った未来を悲しみながらも、別な未来をつくっていかなければならない。毎日、いまあるものに集中して、それ以外のものはなにも求めないように自分に言い聞かせる。そうすればやがて、それでじゅうぶんになる」

彼は知っている。

もちろんそうだ。彼はレイチェルを愛していた。彼女を愛し、そして失った。その喪失は、カッサンドラのよりもっと深い。

犠牲じゃない——彼はきのう、そう言った。カッサンドラと結婚し、彼女を見えないところに置いておくことで、彼は安全になる。またカッサンドラも、彼にとって完璧な妻になる。なぜなら彼の考える完璧な妻とは、妻ではない妻なのだから。

10

ブランデーは効かなかった。ふたりが失ったものを憂えて、心がずきずきと痛んだ。カッサンドラは彼を大嫌いになりたかった。でもそれは公平とは言えない。若すぎて、ひとりで生きていくには人生が長すぎることを理解していなかったとはいえ、形だけの結婚に同意したのはこの自分だ。

それに、彼女だって、彼のことを求めていなかった。もしも夫を選ぶことができるとしたら、その人はジョシュア・デウィットと似ても似つかなかったはずだ。

「ボルダーウッドの妻と関係をもったことは一度もない」彼が言い、脚を伸ばした。いつものきびきびした口調に戻っている。「きみにとってはたいした夫ではないが、正直でいることだけは約束できる。これは本当だ」

両手に空のグラスが重たく感じる。カットガラスに映る炎が踊っている。そのグラスを、いっぱい入ったグラスの横に置き、液体の深い色合いのなかできらめく炎も眺めた。美しさに魅せられ、満たされているほうのグラスを持ちあげて間近で見つめた。

彼に嘘をつく理由はない。自分が彼にたいしてできる一番ひどいことはなんだろう？　サンネ・パークに戻り、彼とは一生口をきかない？　愛人をつくって、彼が彼女と離婚し、全員を追いだす理由を与える？

「それならば、なぜハリーは、あなたがそうしたと思ったの？」

「これは金策と復讐のための計略だと思う。ふたりで計画したんだろう」

「ふたりで計画？」

「それしか考えられない」彼の視線が一瞬彼女の持つグラスにおりて、またあがった。「ぼくが潔白であり、彼らが財政的な苦境に陥っていると考えてみてくれ。ぼくに罪をきせようと思うだろう。ぼくは格好の餌食になる」

「でも、妻のことをそんなふうに言うなんて！　犯罪や詐欺や裁判の記録がそのまま刊行されて、何万部も売れることは知っているはずなのに。彼女の評判はどうなるの……」

ジョシュアが肩をすくめてため息をついた。自分は疲れることはないと言っていたが、今夜の彼は疲れているようだった。「だからこそ、彼女も関与しているのではないかと思う。もっとひどい状況を切り抜けるか、スキャンダルを切り抜けてむしろ名声を得るレディもいる。彼女も、離婚されない限りは、切り抜けられるだろう。貴族社会ではそうした行動はめずらしくない。人々は醜聞を期待している」

「でも、離婚寸前には見えなかったわ。あなたも、昨夜の夜会であの人たちを見ればそう思ったはずよ。笑顔で仲良くふれあって、目を見交わして……ああ、そうよ、そうだわ」

「なんだ？　なにがあった？」

「自分たちの手で正義を追求するとかなんとか言っていたわ。でも、こんなこと……なんてことでしょう、ジョシュア、あまりに悪質だわ」

「まさにそうだ。悪質、不名誉、不快、卑劣」

そのすべてを足しても足らないほどだ。カッサンドラは理解しようと努力した。ジョシュアだけでなく、カッサンドラの家族、妹たちまで巻きこむような火薬樽《だる》を仕込んでおきながら、あのふたりは平然と笑っていた。

「いいえ。ハリーがそんなことをするはずないわ」

「おそらく、きみの大切なハリーは、きみが思っているような男じゃないんだろう」

ジョシュアの口調にいらだちが混じった。

フィリスが彼に悪影響を与えたに違いないという言葉が舌の先まで出かかり、カッサンドラは、男よりも女のせいにしようとする自分を恥ずかしく思った。ハリーが妻と目を合わせた時の誇らしげな表情を思いだした。影響されるのは彼のなかにその素地があったからだ。

「あのふたりは、情熱に圧倒されたと言っていたわ」カッサンドラは言った。「たしかに、情熱はそれほどなかったと思う、ハリーとわたしのあいだには。愛しあっていると思っていたけれど、わたしは分別がじゃまをして、情熱的になれないから」

「情熱的になれない？」彼が鼻を鳴らした。「きみはたったいま、部屋の向こうまで椅子を投げ飛ばしたんだぞ」

大げさな言葉にカッサンドラは思わず笑いだした。「ずいぶん優しいことを言ってくれるのね」

彼も笑う。こうして暖炉のそばでからだのなかもそとも温まって心地よく坐《すわ》り、彼とおしゃべりしているのはとてもすてきだとカッサンドラは思った。もしかしたら、いつかふたりは友人同士になれるかもしれない。

「ハリーと婚約して、わずか一週間でチャーリーが亡くなったから、そのあとのわたしは、いっしょにいて楽しい相手ではなかったのでしょう」彼女は言った。「彼も数回訪ねてきたけれど、とくに話すこともなくて」

なぜなら、悲しみに打ちひしがれていたからだ。三年経ったいまも、チャーリーが友人たちに運ばれてきた夜のことを思いだすと、心がきりきり痛む。肋骨《ろっこつ》をナイフで刺されて、ひどく汗をかき、出血しているのに、ずっと冗談を言っていた。カッサンドラは舞踏会から戻ったばかりだった。ハリーと二回踊り、キスをされて、彼女のことをいつも心に思っていると言われた舞踏会だ。父はスコットランドに出かけていて、取り乱した母は鎮静剤で眠らされてしまったから、カッサンドラが医師を手伝い、白い夜会服は兄の血で真っ赤に染まった。そのあともカッサンドラが看病をした。三日後にチャーリーが亡くなるまで。

「チャーリーのことは好きだった。みんなそうだ」ジョシュアが言った。「それに、悪いときにボルダーウッドがそばで支えてくれなかったのなら、彼と結婚しなくてよかったのだろう」

「あなたの結婚にも、悪いときがあった？」

彼の顔にやるせない表情がよぎった。妻を失ってどんなに寂しいことだろう。

「とくにはなにも」彼は言い、それ以上なにも言わなかった。

＊　＊　＊

つまりこれがブランデーなのね。ふたりのあいだの沈黙が長く続くなか、カッサンドラはしみじみ思った。ブランデーのせいで、カッサンドラの心と周囲の世界とのあいだに分厚いガラス板が何枚もはさまれているように感じる。感情のすべてが小さな玉に丸まっている。ベッドの端で寝ているミスター・トウィットのように。

ミスター・トウィットに会いたかった。

「きみは、ぼくのブランデーを全部飲んでしまった」ジョシュアが言う。

カッサンドラは手に持ったグラスを眺めた。空になっている。まあ。

「ルーシーはブランデーを飲むのが好きなの」

「なんだって？　彼女は……何歳だ？」

「十九歳。いくら瓶を隠しても、見つけてしまうのよ。最初の時は、午後だったわ。母がグイネヴィアという名前の山羊《やぎ》を飼っていて、その山羊が薔薇の茂みに入りこんでしまったの。ルーシーがその山羊を茂みから救いだしたのはよかったんだけど、ブランデーの影響下にあったから、二度と薔薇を攻撃しないようにと山羊を家のなかに入れて、その頭にボンネットをかぶせたのよ」

「なんのために？」

「山羊だとわからないようにするために。変装させたのね」カッサンドラは笑った。あの時はおかしくなかったけれども、いまは笑える。あの時のルーシーはブランデーを飲んでいた。そして、いまカッサンドラもブランデーを飲んでいて、実際、ブランデーの不思議な力で、この事件がすごくおもしろく感じられる。「そんなわけで、作り物のサクランボとブドウをつけた巨大なボンネットをかぶせられた哀れな山羊は、家の中を走りまわって、召使たちをかわし、メーメー鳴きながら、物を壊したり花を食べたりしたあげく、ようやく外に追い出されたの。かわいそうなグイネヴィア。もう二度と捕まらなかったけれど。捕まったらまた一日、わたしがはずしてやるまで、ボンネットをかぶされたでしょうから」

彼が笑った。カッサンドラは彼の笑い方が好きだった。ブランデーのように彼女を温めてくれる。

「別な時、ルーシーは母の古い夜会服を着て、鬘《かつら》をかぶり、品のない歌を歌っていたわ」

「どんな歌？」

「わたしには歌えないような歌」

彼の顔にいたずらっぽい笑みがゆっくり広がった。「でも歌詞は知っているんだな？　完璧で、礼儀正しくて、とりすましたカッサンドラが、卑猥《ひわい》な歌を歌うとは」

「歌ったのはミランダよ。わたしの姉。異父姉という意味だけど。母の最初の結婚で生まれた娘」

「ミランダはどうでもいい。その歌を聴きたい」

「ミランダがその古い歌の本を見つけて、わたしに歌えと迫ったんだけど、そのとき……」

ミランダは十六歳だったが、カッサンドラは十二歳だったから、歌詞を理解していなかった。ピアノの前に坐っても、胸がどきどきして歌えるかどうかわからなかったが、自分の能力をミランダに示そうと決心して最初の二音を歌い、そこでやめたのだった。みんなが聴いていて――ベル家の人々もラーク家の人々もいて、教区牧師夫妻とその母親も――そして――

「代わりにミランダが歌ったわ」

もちろんミランダは大変なことになり、それを心から楽しんでいた。母も父もその計画を知ることはなく、どちらもカッサンドラの肩を軽く叩き、あなただけはいい子でいてくれる、信頼できてうれしいと言ったのだった。

その時、カッサンドラは、ミランダとルーシーは勝手なことをして、みんなの人気を独り占めするのに、自分はいい子でなにもいいことがないと不満を述べた。すると母は特別な旅行として、カッサンドラだけをレミントン・スパに連れていってくれた。

母にも会いたかった。

「いま歌ってくれ」彼が言う。「ぼくを驚かせてくれ、ミセス・デウィット。ほら、きみはかなり飲んでいるし、この国には、酔ったことを理由に春歌を歌う伝統がある。愛国心に基づく義務だ」

「まあ。いいわ。愛国的な義務というならば」とてもいい考えに思えたし、カッサンドラは彼が自分を見るまなざしも楽しんでいた。「『牡蠣の修道女《オイスター・ナン》』という歌よ。ええと……」
カッサンドラはおぼろげな記憶をかき集めて、歌いはじめた。
オイスター・ナン、風呂桶《おけ》のそばに立ち
彼女の不道徳な性質を示そうと
自分の大切な場所をこすり
ため息をつく、交わりたくて

彼がどっと笑いだした。目がよろこびに躍っている。カッサンドラ自身も、楽しむべきではないけれど楽しんでいた。

「次の言葉は？」彼が言う。「オイスター・ナンは――」

「言わないで」カッサンドラは額に落ちた髪を押しやり、なんとか思いだそうとした。「ワイン商人が出てくるのよ。そして、彼らが……楽しむの」

「楽しむ？」

「でも、邪魔されるんだわ。そして、それから……わからない。言葉が意味をなさないんですもの。ええと……」

カッサンドラはまた歌った。

でも、仲間に呼ばれる
彼女をよろこばせるために苦労している最中に
いきます、いきます、サー、彼が言う
あなた、わたしもいくわ、サー、彼女が言う

「なぜ笑っているの？」カッサンドラは訊《き》いた。「おかしくないのに」

しかし、彼は両手に顔をうずめ、肩を震わせて笑っていた。その肩に手を重ねたらと想像する。彼が笑うたび、手のひらの下が波打って、彼の筋肉の形と肌のぬくもりが感じられるだろうか？

ようやく笑いがおさまると、彼は言った。「きみは宝物だ」

彼の表情はやわらかかった。彼の笑みがブランデーと混じって、カッサンドラのからだに、前夜のような、彼女のベッドで、彼がキスをしてくれると思ったときのような不思議ですてきな感覚をもたらした。もしかしたら、彼はキスするかもしれない。

でも、しないだろう。彼は妻を愛していた。カッサンドラのことは望んでいない。それに、自分も彼を望んでいない。そのことをいつも忘れてしまう。

カッサンドラはグラスをテーブルに置いた。端に置いたせいで落ちかけたグラスを、

彼がつかまえて真ん中に押しやった。テーブルから落ちたら、割れるところだった。

「あの子は壊れているの」カッサンドラは言った。

ちらりとジョシュアを見た。彼はかすかに眉をひそめてカッサンドラを観察していた。

「ルーシーのこと」説明した。「あの子はどこかが壊れていて、でも、それがなぜだかわたしにはわからない。つらいできごとはみんなで分かち合ってきたのに……どうすれば治るかわからないし、あの子が粉々に壊れていくのを見るのがつらい。あなたも少し壊れているけど」

彼が驚いたように顔をあげた。「だれも壊れてなんかいない。ただこういう人生なんだ」

「あなたは人生が起きないように避けているようだわ。でも、そうしても、人生が起きるのは避けられない」

その考えがどこから来たのか自分でもわからなかったが、とてもいい考えだし、重要なことに思えた。ブランデーも思考を妨げはしないようだ。頭がさえている。いまはとてもよく理解できる。その……よくわからないけれど、大事なことを。

しかし、彼はその考えが気に入らなかったらしい。いらだちの表情が顔をよぎった。

「ぼくを壊れていると決めつけるのは、ぼくがうぬぼれた笑みを顔に貼りつけて、お高くとまっていないからか?」

「それはわたしのことを言っているの?」

「間違いをおかすことがどのようなことか、きみはわかっていない」彼が言った。

「きみには人間の弱さが理解できない」

「わたしが理解しているか、していないか、どうしてあなたにわかるの?」

「では、きみはいつ失敗した? いつ誤った決断をした? いまいましい規則をひとつでも破ったことがあるのか? は? 自分がしたことで、恥じていることをひとつでも言ってみろ」

部屋が傾いた。酔っぱらうとはこういうことなんだ。飲んで、ほろ酔い、いい気分。パパは自殺したとき、酔っていたのだろうか? カッサンドラの目の前で父親の姿が揺らいでいる。結婚式のあとに抱きしめてくれたパパ。地所の管理について説明し、すべてがうまくいくと言ってくれたパパ。厩舎《きゅうしゃ》の血だらけの藁《わら》の上に横たわっていたパパ。父の葬儀のあとでも、カッサンドラは泣かなかった。夫に手紙を書き、彼が来られないとわかると、地所の管理をすべて引き継いだ。その必要はなかった――優秀な地所管理人がいたし、母の具合が悪かったから、すでに家庭の切り盛りで忙しかった――が、カッサンドラは起きてから寝るまで途切れなく働いていたかった。

「役人に賄賂を渡したことがあるわ」カッサンドラは答えた。「法に嘘をつき、教会を欺いた」

ジョシュアもカッサンドラの父親を慕っていた。彼に言えば、真実を言えば、彼を傷つけることになるかもしれない。それでもいい。

「パパは落馬で首を折ったのではなかった」カッサンドラは言った。「銃で自殺したのよ。だから、検死官と医師と関係者全員を買収したわ。だれにも知られないように」

＊＊＊

ジョシュアはブランデーを一杯しか飲んでいなかったが、一瓶全部飲んだかのように頭がくらくらして、倒れないように椅子のひじ掛けを握りしめなければならなかった。

そのうち、世界がもとに戻った。カッサンドラは坐って空《くう》を見つめている。すべては同じだったが、二度と元には戻らないとわかった。

ロード・チャールズが銃で自殺した。そんなはずはない。ロード・チャールズはジョシュアが知るなかでもっとも快活で温かい人だった。いつも笑顔で親切な言葉をかけてくれた。手間ひまを惜しまずに他者を助け、自分の手元には一ペニーも残らなくても、すべて必要とする者に分け与えた。

「なぜだ?」詰まった喉からその言葉を無理やり押しだした。

「わからない。遺書もなかったし。亡くなったあとで、パパは以前、財政的に困っていたとわかったけど、あなたがじゅうぶんなお金を父に渡してくれて解決済みだった」

「そのとおりだ」

金。金がいったいなんの役に立つ? 長いあいだ、ジョシュアは金ですべての問題を解決できると信じてきた。だが、もうだいじょうぶだと思うたびに、人生はなにか別なことを彼に投げつけてきて、ふたたび彼が間違っていると証明する。

「なぜぼくに言わなかったんだ?」口から出た瞬間に、ジョシュアはその質問を取り消したいと願った。

カッサンドラは、父親が乗馬事故で亡くなったという手紙を彼に送ってきた。彼が相続した地所に来てほしいと頼んだ。

だが彼はスコットランドにひとりで閉じこもり、自分の知るもっともすばらしい男性の死を悼んだ。たしかに金は送った。ニューウェルと猫も。なんてことだ。自分はさらし首にされるべきだ。

「だれにも言わなかったから」

「お母さんには？」

「母も知らないのよ。ぜったいに言わないで」

カッサンドラはひざをかかえていた。ひざ頭《がしら》にほおを乗せ、髪が片側だけに落ちている。そんなおそろしい重荷を背負うにはあまりにも若く無垢《むく》に見えた。世間知らず、彼はそう言った。うぬぼれた、とも言った。

ジョシュアは歩いていって、長椅子に坐るカッサンドラの横に腰をおろした。彼女はあげていた脚をおろし、彼がその手を取っても抗わなかった。

「どういうことだ？　だれも知らないというのは？　ひとりで背負ってきたのか？」

カッサンドラはしばらく彼の指をもてあそんでいたが、ふいにほとばしるように話しだした。「父は使っていない第二厩舎で実行したのよ。その日は嵐だったから、雷が音を搔《か》き消したんだと思う。夜明け前に厩番《うまやばん》が見つけて、家政婦に伝えた。家政婦はママを起こそうとしたけどだめで、それはなぜかと言えば……。とにかく、そういうこと。それで代わりにわたしを起こしたのよ。わたしは父を見ると言い張った。でも、見るべきじゃなかった。わたしのなかでなにかが破れて、魂が抜けたようになってしまったから。厩番にサー・ゴードン・ベルを迎えに行かせて——彼は治安判事で、父とは親友だったから——わたしは彼に、だれにも真実を知られたくないと言った。彼も同意してくれた。みんなに知られたら、わたしたちは……わたしたちは、遺体の心臓に杭を打って十字路に埋葬しなければならなくなる。わたしの父を。そんなふうに埋めるなんて……そんなことはぜったいに避けたかった」

彼女は彼の手のひらの線をなぞっていたが、その目は幻を見ているようだとジョシュアは思った。聞きたくなかったが、聞かなければならなかった。

「検死官には五百ポンド支払って、公的な検死審問がないようにしてもらったわ。つまり、あなたが彼に五百ポンド払ったということだけど」その口調はむしろおもしろがっているようだった。それなのに彼は、うぬぼれた笑みで感情を隠していると彼女を非難した。なんということだ。「医師はお金を受け取るのは断ったけれど、あなたは彼に新しい馬車と馬数頭を買ってあげた。厩番にも、マーゲートの近くに小さな家を買ってやり、彼は恋人と結婚してそこに引っ越した。家政婦のミセス・グリーンウェイはなにも欲しがらなかったけれど、あなたは、彼女のふたりの甥《おい》がシュローズベリーの中等学校に通うお金を出してあげた。ふたりともいい成績よ。あなたはとても気前よく賄賂を払ったということ」

「それで、きみの家族は？」

このすべてを手配したとき、カッサンドラはまだ二十歳だったはずだ。ジョシュアとカッサンドラが結婚して一か月後だった。当時の彼女の顔さえ思いだせない。母親はどこにいたんだ？

「家族は知らなくていいの。みんなが起きた時には、すべての手配が済んでいた。父を移動させ、ミセス・グリーンウェイと医師がからだを洗い、落ちた時に顔が砕かれてしまったから、お棺の蓋《ふた》を閉じたままにしておく必要があると医師が説明した」

彼の手に涙がひと粒落ちてきた。彼女が彼を見あげた。その緑色の目は涙に濡れ、まつげが固まってとがっていた。

「父はわかっていたのよ、ジョシュア」カッサンドラが言った。「わたしが結婚して、家族を安全に守れるようになる前に自分が死んでしまうことを心配していた。わたしは笑って、パパが死ぬ理由がないでしょうと言ってた。でも、そのあいだもずっと、父は計画していたのよ。だからわたしたちを結婚させたがった。自分の資産を移動させてあなたの資産にしたのも、国に没収されないためだった。わたしたちが父を殺したのよ、あなたとわたしで。もしもわたしたちが結婚しなければ、パパは自殺しなかったし、パパに取り憑《つ》いた悪霊もいつかは去ったでしょう。そしていま、父は教会墓地に埋葬されていて、それは神にたいする聖所侵犯だけれど、わたしは一生それをあがなうことができない。時々、父にたいして怒りを感じるわ」

彼女の論理は間違っている。まったく間違っているが、感情はときに最悪の論理も正しいと思わせる。

「ロード・チャールズは、きみとの結婚を頼みに来たときに、ぼくにも同じことを言っていた」ジョシュアはカッサンドラに言った。「チャーリーの死によって、きみたち全員を守る者がいなくなったと。そのときは、彼が必要のない心配をしていると思っていた」

彼女のほおを涙が伝う。彼はハンカチを出して、その涙をふいた。そっとやろうとしても、ぞんざいで不器用な手つきになってしまった。それでも、彼女はされるがままにしていた。なぜならこれまで、彼女は全員の面倒を見てきたが、彼女の面倒を見る人間はだれもいなかったからだ。ジョシュアは彼女を胸に抱きよせた。髪をなで、心の痛みを取り去ってやれたらと願った。

「お父さんの決断だ」ジョシュアは言った。「心が弱っていたのだろう。きみは彼に平和をもたらした」

カッサンドラは無言だった。さらに近く抱きよせ、彼女の香りを吸いこんだ。締めつけられた胸に、ひりひりする喉の裏側に、香りが入ってきた。カッサンドラはこのすべてを背負ってきたのに、自分は彼女をばかにしていた。そしてロード・チャールズ。知ってさえいれば、彼のためにどんなことでもしたのに。しかしロード・チャールズはいつも快活で感じがよく、それはチャーリーの死を悼んでいるときも同じだった。悲しみのすべてを感じのよい礼儀正しい笑顔で隠していた。

すべての話を知っているかもしれない女性がいるが、その女性についてカッサンドラに打ち明けることはできない。カッサンドラは自分の父が妻に誠実だったと信じている。その思いまで奪うことはできない。

かわいそうに。ジョシュアは彼女のことを、独善的で落ち着きすぎていると腹を立てていた。礼儀正しいほほえみとつまらないことにしか関心をもたない善良で退屈な娘だと思っているほうが楽だった。それよりもずっと複雑で深みのある人間だということを知らないほうがよかったと思ってしまいそうになった。

＊＊＊

ふたりは長いあいだいっしょに坐っていた。彼の脇にもたれたカッサンドラの重みが温かく心地よい。そのうち、彼女が眠っていることに気づいた。

「おいで」彼がからだを動かすと、彼女は酔ってぼんやりしながら異議をつぶやいた。

「ベッドに連れていってやる」

「ここがいいわ」彼女が言う。「暖かくて、あなたが気持ちいい」

「きみのベッドも暖かくて気持ちいいよ」

ジョシュアは暖炉まで行って火に灰をかぶせてから、カッサンドラのところに戻った。彼女は若く、人を信じて疑わず、そしてやはり少し壊れかけている。家族をまとめようと必死にがんばっている。優しくてかわいいおばかさん。そんなことは不可能だ。家族がばらばらになるとき、それをとめるすべがないことは、自分がだれよりもよく知っている。

「わたしの機嫌をとっているのね」彼女が言う。「ルーシーが酔ったときに、わたしもそうするわ。彼女が言うことすべてに同意するの」

「それは賢いやり方だ。ぼくにたいしても、いつも同意してほしいな」

カッサンドラを抱きあげる。彼女が彼の首に両手をまわし、肩に頭をもたせたので、髪がくすぐったかった。やわらかい胸が彼の胸に押しつけられ、丸い腰が腹に当たっている。ここ何か月も女性とこれほど近くふれ合うことはなかった。自分の愚かなからだを無視する。彼女は混乱していて、酒に酔っていて、しかも自分の妻だ。

「酔っぱらいと議論すべきじゃない」抱いたまま書斎を出て、階段を運んでいくあいだも彼女が持論を展開する。「わたしが学んだこと」

「同意《アグリー》する」

「そうよ、だれでも、感じよく《アグリーアブル》すべきだわ。あなたは感じよくない。気難しいもの」

「そんなことはない。ぼくは楽しい人間だ」

彼女が笑うと、胸が揺れるのが感じられた。軽くもないが、重たくもない。腕に抱いている感覚が気に入った。彼女が笑うたびにからだの動きが感じられ、笑いが彼の中にも入ってくる。抱いて運んでいると、最初からこうすべきだったと思わずにはいられなかった。

「あなたはつむじまがりよ」

「ぼくは魅力的なはずだが」

「行儀も悪いし」

「愉快な人間だよ」

彼女がまた笑った。穏やかで優しい笑いだった。笑うのを見るのはうれしかったが、胸にずっとしまいこんできた痛みのほうが心配だった。きょう、ついに爆発させた痛みだ。最初は驚いたが、いまは理解できる。家族のなかで、ただひとり真実を知る者として、そのあいだずっと感じよくほほえんでいたとは、どれほど孤独だったことだろう。

そして彼のふるまいは……利己的という言葉では足りない。

彼女の部屋に入り、ベッドの上に彼女をそっとおろした。一本だけ燃えている蠟燭の光で、彼女の目は大きく黒く見えた。茶色い髪が枕の上に乱雑にかかる。彼はベッドジャケットの大きなリボンに指をふれた。

「これは着たままで寝るのか？」

「暖かくて気持ちいいのよ。あなたみたいに」

彼は思わず笑い、彼女がベッドに入るのを手伝った。助けは必要なさそうだったが、それでも手伝った。彼女の横でベッドカバーの上に横になる必要もなかった。彼女のヘアバンドからほつれだしている絹のような髪に指をからませる必要もなかった。でも、そのすべてをやった。

「ほかになにか必要なものは？」彼は訊《たず》ねた。「ナイトキャップを取ってこようか？」

「わたしのナイトキャップをばかげてると思っているでしょう」

「かわいいと思っているよ」

ジョシュアはかぶさるように身を乗りだし、花びらのようにやわらかなほおを手の甲でなで、起きあがれと自分に言い聞かせた。これは拷問になりつつある。いますぐに離れるべきだ。だが、動くことができない。

「あなたは一度もキスしてくれない」彼女が言った。

早くベッドを離れろ。彼は内心自分を怒鳴りつけた。すぐに部屋を出ろ。しかし、今回だけは動きが遅すぎた。

彼女が頭をあげて、彼の唇に唇を押しあてた。

そのまじりけのないやわらかさと甘さが彼のなかに滑りこんで、胸を焦がし、ブランデーの限りない効能とあいまって彼の頭を空っぽにした。彼の手が彼女のうなじへの道を見つけ、豊かなやわらかい髪に滑りこみ、彼女の頭を包みこんで、彼がもっと多くを得られるようにした。ふたりの唇がいっしょに動き、探り合い、開いて、彼が舌で味わうと、彼女は喉の奥で小さな声を漏らし、それが直接彼の股間を射抜いた。彼女深く。さらに深く。そして彼女は――あまりに寛大に温かく――彼を歓迎した。彼女はブランデーと女性と希望と花の味がした。なぜ花の味がするのか、それがなぜこんなにすてきなのかわからないが、とにかくその味がして、とてもすてきだった。彼女のなかに溶けてしまえる。その惜しみない温かさに包まれ、心の重みを投げだして、彼の股間を押しつけて、お互いに溶け合えば、ふたりの心の痛みはすべて消え去るだろう。

唇を無理やり離し、そっと彼女を枕に押し戻した。笑顔で見あげられると、距離を保つために、もてるすべての力が必要だった。

「さあ」彼は言った。「キスはしたよ」

「すてきだったわ」

「きみは酔っている。酔うと、すべてがすてきだと思うんだ」

「あなたのひげでさえ、すてき」

手のひらでほおをなでられ、もう一度彼女の上にかがみたい衝動に必死に抗わなければならなかった。彼女の手をおろして、脇にしまいこむ。蠟燭の光だけでは、彼女の目のいまの色はわからなかったが、それはどうでもよかった。なぜなら、彼女の目の色はどんどん色を変え、それは彼女のことで発見した多くのうれしいことのひとつだったからだ。

こののぼせた状態から逃れるには、彼女が眠る必要がある。

「目を閉じて」彼が言うと、彼女はそうした。そっとなでて顔から髪を払い、額をなで、ほおをなでる。彼女のすべての場所をなでたかった。「息を吸いこんで。そして出して。吸って、吐いて」

彼女はその言葉に従い、そしてすぐに眠りに落ちた。

やれやれありがたい。ようやく逃れることができる。

でも、まだだ。それは正しいことではないだろう。彼女は気が動転していた。気が動転している人を置き去りにするのは間違いなくよくないことだ。それに、初めて酔ったのだから、ひとりで目覚めて、部屋がぐるぐるまわっていたら、きっと怯《おび》えるだろう。だからもう少しここにいたほうがいい。彼女が落ちついたことを確認するまで。彼女の唇の感触が消えるまで。彼の泣きだしたい衝動が通りすぎるまで。

＊＊＊

カッサンドラは目を覚ました。部屋はほぼ真っ暗だった。少し吐き気がして、多少頭痛もした。ベッドはいつもよりも暖かかった。ひとりではなかった。眠すぎてこわいと思わなかったし、それにジョシュアだとすぐにわかった。ウエストの上の重みは彼の腕だった。背中の熱い壁は彼の胸だった。彼の寝息に耳を澄ましてみた。ぐっすり眠っている。眠りに落ちる前、カッサンドラは彼にキスした。その唇はとても温かくて、驚くほどやわらかかった。彼が舌で彼女の舌にふれた。不愉快に思うべきだったのに、すばらしい快感がカッサンドラのからだの奥を貫き、もっとふれてほしいと思った。それに、あんなことを言ってしまったなんて！　もう二度とお酒を飲むべきではない。でも、彼はそれで彼女を非難しなかった。カッサンドラはからだを動かさなかった。彼の眠りを妨げたくなかったし、彼と対面したくなかった。それに、この人の腕に包まれているのはとてもすてきだ。カッサンドラは目を閉じて、その感覚を楽しんだ。

次に目を覚ましたとき、彼はもういなかった。

11

翌日の午後、〝ロンドンで起こるすべてのことの担当〟秘書という七面倒《しちめんどう》くさい肩書きをもつミスター・コスウェイが、カッサンドラを、ジョシュアが埠頭《ふとう》近くの倉庫にいるときに使っている執務室に案内してくれた。そのときはたまたま無人で、小さな部屋のほとんどを執務机が占めており、その上に書類や長い巻紙のほか、地球儀やなんという名前かカッサンドラにはわからない備品が所狭しと置かれていた。

椅子の背にクラヴァットがかけられ、テーブルにコートが放り投げられ、地球儀の上に帽子が載っている。着るものを残しているのだから、ジョシュアは近くにいるのだろう。

カッサンドラが薔薇《ばら》の香りを染みこませたハンカチをしまっているあいだに、ミスター・コスウェイが部屋を横切って窓に近寄った。この秘書は馬車かと思うくらい大きな体格で、頭を剃《そ》り、鼻はつぶれて、左手のある位置は義手になっているが、見かけに不釣り合いなほど紳士的にしゃべり、完璧な丁重さでカッサンドラを扱ってくれる。

「彼は子供たちと桟橋にいます」彼が汚れた分厚いガラスを軽く叩いた。

「子供たち？」

カッサンドラは急いで窓に近寄った。ジョシュアがきょうはきれいにひげを剃り、ワイシャツに地味な黒い胴着を着た姿で桟橋にしゃがみ、ひとりの女の子とふたりの男の子と話している。子供たちはせいぜい十一歳か十二歳くらいで、質素だがきちんとした服を着ており、全員が魅せられたようにジョシュアを見つめている。アフリカ系の血が入っていることを示唆する顔立ちの家庭教師らしき女性がそばで身守っている。

カッサンドラは窓ガラスに片手を押し当て、顔を近づけてそとを眺めた。ボンネットがガラスにぶつかって邪魔なので、よく見えるようにうしろに少し押しやった。ジョシュアの力強い太ももを鹿革のズボンが覆ってぴんと張りつめている。海風が彼の髪をそよがせ、シャツの袖を膨らまして、その中の肉体をちらりと見せることによって、カッサンドラをからかっている。手のひらが彼のうなじにふれたときのくすぐったい感触を思い出し、いまの彼のほおは滑らかだろうかとカッサンドラは思った。

少年のひとり、赤毛の小さいほうがなにか言い、ジョシュアがうなずいた。彼が桟橋の木板に指でなにか図形を書いているが、三人の子供がまわりに寄ったせいで、カッサンドラからは見えない。

　子供は厄介だと宣言したわりに、彼は三人の子供たちを気に入っているようだ。いつも忙しいと言っているわりに、彼らのために使う時間はあるようだ。

「なにをしているの？」カッサンドラは訊ねた。

「働いている子供たちです。ミスター・デウィットがときどき話したいと言うので」

「なにについて？」

「彼が思いついたことをなんでもです。なんでもあり得ますよ。ミスター・デウィットの頭はつねに何千ものことを考えていますから」

　哀れっぽい表情をしてみせたが、その口調には称賛がこもっていた。

「彼はあの子供たちを雇っているの？」

「むしろ、実地訓練ですね。ただ、あの子たちもいくらか賃金をもらっています。彼が協力している孤児院がいくつかあって、子供たちが読み書きや算術を学べるように、資金を出しているんです。ほとんどの子供たちはこの工場で仕事を得るか、軍に入りますが、もしもなにか違うことに才能があるならば、そちらをやるべきだというのが、ミスター・デウィットのお考えです。生まれよりも才能が大事だと。だから、ここでいくらか訓練をして、準備ができると、仕事を探してやります」

「あの女性はどなた？」

「あれはミス・サンプソンです。訓練は彼女の考えたことで、いまは彼女が訓練と教育担当の責任者です。非常に有能な人です」彼が変形した顔をふいにほころばせてにっこりしたので、カッサンドラもほほえまずにはいられなかった。もしかしたら、ミスター・コスウェイはミス・サンプソンのことを有能以上に思っているのかもしれない。「彼女がぼくにきちんとした話し方を教えてくれました。ほとんどの人間は、自分たちと話し方が違うだけで、自分たちほど賢くないと見なします。もちろん、ミスター・デウィットのことではありません」彼が急いでつけ加えた。「ぼくに仕事をくれようとしなかった人たちのことです。どこかの強欲な海賊に手をかっぱらわれたという理由で。でも、ミスター・デウィットは、ぼくが船積みのことを知り尽くしているし、考えるのに左手は必要じゃないと言うと、その通りだと同意してくれました」

下の桟橋で、ジョシュアが近づいてきた事務員と話している。そのとき、ふと目をあげ、分厚いガラス越しにカッサンドラと目を合わせた。彼は首を横に振り、それから事務員に向かって首を縦に振り、そのあとまたカッサンドラのほうを見あげた。彼女は思わずうしろにさがった。

ここまで来た勇気はどこに行ったの？

ミスター・コスウェイが出ていったことにもほとんど気づかずに、カッサンドラはボンネットをテーブルに置き、両手を握りしめて気持ちを落ち着かせた。ゆうべのことは言わない。子供のことも。

ひと晩のうちに、森の地表を覆うシダのなかに顔を出す小さな野の花のように花開いた、繊細でおぼろげな夢のことも、なにも言わない。カッサンドラは二年前に夢を葬ったと思っていた。ほかのたくさんのものといっしょに諦めたと思っていた。でもその夢が新しく開花した。

もちろん子供がいたらつらいこともある。だれかを愛したら、遅かれ早かれその人が悲しみの原因になることは、これまで生きてきてよくわかっている。でも、子供がいたらよろこびもある。よろこびと愛と笑いがあれば、どんなつらいことにも耐えられる。

しかも、自分のからだは準備ができている。彼のそばにいるだけで、あんなにおかしいことになるのはそのせいだ。そうでなければ、ものすごく感じが悪いし、すぐに怒るし、彼女が夫に望むような男性ではまったくない彼にたいしてあんなふうになることの説明がつかない。

でも彼は子供をほしがっていないし、カッサンドラのことも望んでいない。

だから彼女は言わない。

「いったい全体、なにをしに来たんだ?」彼が部屋に飛びこんでくると、部屋が半分に縮んだかのようだった。「埠頭は危険なところだ」

「あなたが働いている場所に興味があったの」

ふたりの目が合った瞬間、彼のなかで跳ね返っている稲妻のような、昨夜ふたりの唇が重なったときに感じた快感の衝撃に似たなにかが彼女を貫いた。

彼も感じたはずだった。ふたりのあいだになにかが飛び交ったのを。共通の記憶、分かち合った感情、互いへの欲望。でも彼はすぐに窓辺に駆け寄り、そとのなにかを確認していた。ふたりは友人になれるかもしれないと思った瞬間もあったが、それは昼の光の中では不可能なのかもしれない。

「仕事というのがキーワードだ」彼が言う。「妻とおしゃべりしている暇はない」

「あの子供たちとはおしゃべりしていたわ」

「それも仕事だ」

「あの子たちが好きなのね」

「彼らは従業員になるかもしれない人材だ。だから、余計なことを考えるのはやめろ」

「余計なこと？」心臓がドキッとした。彼は知っている。カッサンドラがなにを望んでいるかわかっている。「どういう意味かしら？」

彼は書類を取りあげ、ぱらぱらとめくりながら目を通すと、執務机の上に放った。書類はそのまま勢いよく机の向こうに滑ったが、床に落ちる前に彼が突進して受け取った。「ぼくは忙しいんだ、カッサンドラ。こんなことをしている時間はない」

「わたしを追いだすよりも、話を聞くほうが時間がかからないわよ。きょうはとくにしつこい気分だから。フジツボよ、憶えているでしょう?」

彼が腕組みをした。カッサンドラはつんとあごをあげた。彼が眉をひそめた。カッサンドラは眉を吊りあげた。彼がにらみつけた。カッサンドラはにこやかにほほえみかけた。

彼がうなり声を発し、両手で髪をかきあげた。その髪が信じられないほどやわらかいことをカッサンドラは知っている。「ぼくとしては、感じのよいきみのほうが好ましいが。それで話はなんだ? なんの話だ?」

カッサンドラは彼の髪からなんとか目をそらし、快活で分別くさい表情を顔に貼りつけ、直近の問題に気持ちを集中させた。

「ロード・ボルダーウッド夫妻の件よ。わたしたちは、次になにをするかを話し合うべきだと思って」

「次にすることはこうだ。ぼくがあの夫婦と交渉する。きみはウォリックシャーに戻る。すべてが正常に戻る」

失望感が押し寄せたが、カッサンドラはほほえみつづけた。「でも、ジョシュア——」

「きみには関係ないことだ」

「関係あるわ」

カッサンドラは一歩彼に近寄り、さらにもう一歩前に出た。でも、ふたりのあいだの見えない壁にはばまれて三歩目は踏みだせなかった。

「自分の夫が、自分の元婚約者の妻と不義を犯したと、みんなが信じている社交界に、わたしは出ていかなければならないのよ」

「では、社交界に出なければいい。ウォリックシャーに戻れ。問題解決だ」

「そうはいきません」カッサンドラはきっぱり言った。「ふたりで団結して社交界に立ち向かう必要があるし、みんなの目の前で、あの夫婦の信用をぶち壊すべきだわ。わたしたちが社交界と世論を味方につければ、彼らも圧力を感じて、これをやめるかもしれない」

「ぼくを信じてるんだ」

「ええ、信じてるわ。それに、こういうとき、妻は夫を支えるものよ」

彼はしばらくカッサンドラを見つめていたが、それからまた小さな空間を動きまわって、とくに理由もなく物をつついたりどかしたりした。

「ほかにも力になってくれる人はいる」カッサンドラは言葉を継いだ。「ハードバリー侯爵夫妻も、ラックスバラ伯爵夫妻も。わたしのおばとおじ、モアカム伯爵夫妻とわたしの祖父母だって。ダマートン公爵の支持も当てにできるわ。もろちん、法律面では弁護士が必要だけど」

「弁護士は十人以上いる」

「その方たちはみんな商法の弁護士でしょう？　サー・ゴードン・ベルを推薦します。信頼できる方だし、貴族の方々の事務弁護士として長い経験があるし、影響力もある。でも、まず最初の一歩としては、自分たちでロード・ボルダーウッド夫妻に立ち向かって、きょうのうちにこれを終わらせましょう」

彼がカッサンドラをじっと見つめた。「まるで戦争をするつもりのように聞こえる」

「あの人たちはわたしの家族を攻撃したのよ」

「違う、彼らはぼくを攻撃したんだ」

「あなたはわたしの家族だもの」

「そういうことじゃない」

「いいえ、そうよ」

彼があきれかえったように両手をあげた。「まったく手に負えないな。ぼくたちの結婚は形だけだ、憶えているだろう？」

「でも、昨夜――」

「なにも変わっていない。形だけだ！」

彼の怒鳴り声にそとのカモメたちが反応し、カッサンドラも心のなかで叫び声をあげた。なんていうこと、この人はわたしになにをしたの？　わたしの気分まで彼のと同じように荒々しくしてしまった。

「そのとおりよ」カッサンドラはぴしりと言った。「いまやわたしはあなたの名前で呼ばれる。それはわたしの妹たちも同じことで、つまりあなたの名前が妹たちの将来に影響するのよ」

「きみの困った妹たちか」

「わたしの妹たちがあなたの問題にならないためにも、あなたは、あの子たちが社交界に受け入れられて、最終的には結婚できるように助けてくれなければいけないし、そのためには、わたしの計画に同意するのが最善策のはずよ」

彼はロンドンの地図に軽く額をぶつけて、しばらくそのまま黙っていたが、それからふり返り、壁に背をもたせた。

「またもっともなことを言っている」彼が言った。「きみがもっともなことを言うのは我慢ならない」

怒りはやってきたときと同じくらいさっさと消え、今度はほほえまないように気をつけなければならなかった。彼はカッサンドラの感情の均衡にものすごく大きな影響力をもっている。なぜ自分が、彼のこんなひどい態度を魅力的だと感じてしまうのか、永遠にわからないだろう。

「それならば、わたしの言うとおりにして、聞き分けのないふるまいはやめて」

「聞き分けのない？」彼がその言葉を舌の上で転がすようにくり返す。彼の顔に笑みともとれるようなからかいの表情が浮かび、黒い目がじっとカッサンドラを見つめた。

「だが、ぼくは聞き分けのないふるまいが好きなんだ」

「しかも、それがとても上手だし」妙にかすれた声になってしまった。「でも、この問題が解消するまではしばらく控えたほうがいいわ。人をばかにして喧嘩《けんか》になったり、愛人との情事にふけったりするのは。つまり……。なにが言いたいかというと……。ああもう」

カッサンドラは裏切ってばかりいる唇を指で押さえ、紅潮したほおの熱が冷めるように念じた。本当に困る。彼のそばにいるだけで、舌を制御できなくなり、自分がいだいていたことさえ知らなかった思いがつい口に出てしまう。つねにもっているようにと育てられた抑制心は、洗練された理性的な上流階級と庶民を区別する大切なものなのに、彼と少し言葉を交わしただけで、二十年の訓練が跡形もなく消えうせてしまう。

そして彼のあの表情。よく知っている。からかうような、いたずらっぽい表情。それで見つめられたとたんに、からだが彼にふれてほしいと騒ぎだす。

彼が壁から身を起こし、カッサンドラのほうにゆっくり歩いてきた。

カッサンドラは、近づいてくる彼が見えないように片手で目を覆ったが、そんなことで彼の存在は消せなかった。あふれんばかりの活力が伝わってきて、らせんを描くようにカッサンドラの深部まで流れこんだからだ。彼の脚がふれてカッサンドラのスカートが揺れ、彼のかすかにぴりっとしたにおいが鼻をくすぐる。すでに彼女の一部はふたたびベッドに戻ったように感じていた。

「わかっているだろう」彼がのんびりした口調で静かに言った。「いくら目を隠しても、ぼくはきみが見えるんだよ」

「いいえ。見えない」

彼がカッサンドラの手を目からそっとはずした。手袋を通して感じる彼の指が温かくてしっかりしていたから、腕をさげられてもカッサンドラは抗わなかった。でも、彼が手を放したとたんに急いでスカートの襞《ひだ》のあいだに手を入れたのは、彼の首に腕をまわさないためだった。肉体とは、なんて愚かなのかしら。あまりに子供が欲しいせいで、自分が彼を好きではなく、彼も彼女を望んでいないという事実をすぐ見落としそうになる。

「本当のことを言ってくれ、ミセス・デウィット。きみは嫉妬《しっと》しているのかな？」

ああ、どうしよう。以前の自分、彼が見知らぬ人で、なんの関心も持っていなかったときの自分は、なんて澄ましていたのだろう。それに、彼はまたわたしをからかっている。ほんとにいやな人。でも、いまの自分はそれを楽しんでいる。なぜならぶしつけなうわべの下の彼は親切で、これはただ彼女をからかっているだけとわかっているから。そして、そのせいで自分が特別に思えたからだ。

「体裁のために、ということよ」彼女は言った。

きみはぼくを修道士にしたいんだ」

「修道士になる必要はないわ」葉を継ぐ前にごくりとつばを飲みこんだ。「わたしたちは結婚しているんだし、あなたはわたしのベッドの場所を知っているでしょう?」

＊　＊　＊

なんてことだ。まんまとはめられた。ベッド上の行為を匂わせて怯《おび》えさせ、追い払う手はもう効かない。いまの彼女はベッドでの営みをおそれていないようだ。

しかもその理由が最低だ。つまり、彼女が望んでいるのはジョシュアではない。

「わたしは義務を果たすわ。あなたの妻としての」彼女がつけ加えた言葉が、ありがたくも、バケツ一杯の冷水を股間に浴びせるのと同じ効果をもたらした。彼女から離れて一歩さがる。そのままさがっていくと、背中が壁にぶつかった。

「それで？」彼は訊《たず》ねた。

答えを知っているのにそんな質問をしたのは間違いだった。まだ発せられていないその言葉がすでにふたりのあいだにぽっかり浮かび、どんどん膨らんで巨大な風船のようにこの部屋の空気を吸いあげ、もはや彼が吸う空気さえ残っていなかったからだ。その言葉は、言わないでほしい。なにを望んでいるかはわかっている。きのうの晩、彼女はその秘密を洩《も》らした。だめだ、この風船をなんとしても割らねばならない。ふたりして、その風船に運び去られる前に。

遅すぎた。

「そうすれば、わたしたちも子供がもてるかも」彼女はすでに言い終えていた。

その声はとても静かで、ほとんど聞こえないほどだったが、それでいて、叫ぶなと彼女に言いたくなるほど大きかった。

「いまは想像できないわ。わたしたちの子供たちが」彼女が夢見るようにつけ加える。「サンネ・パークを楽しそうに元気に走る姿なんて。笑いが響くなんて。きっと黒髪でしょう。利発でいたずら好きに違いないわ。男の子たちは手すりを滑りおりて、女の子たちは薔薇園を駆けまわる。それとも、その逆かもしれない。どちらでもいいわ」不自然な高い声で小さく笑った。「もしあなたがサンネ・パークを見たら、子供にはすばらしい場所だとわかるはずよ」

彼女は自分がなにを求めているかわかっていない。言ってやればいい——なにを？　彼女が立っているのは、森に入る小道の入り口だと？　その森にはおそろしいものが、狼《おおかみ》や怪物や、明るい目をしたかわいい子供たちがいるのだと？　なにを言おうが、彼女はその小道をスキップで入っていくだろう。花を摘み、鼻歌を歌いながら。森に近づくな。彼はそう言いたかった。すてきに見えるが、実際は違う。きみを破滅させるものがたくさんいるんだ。狼や怪物や、明るい目をした子供たち。しかしどんなに叫び、怒鳴っても、彼女は聞こうとしないだろう。

純真で、楽観的なおばかさん。ふたりでキスをして、秘密を共有したことで、事態が変わると思っている。昨夜はなにも変えなかった。彼女を前よりもよく理解したから、そのほほえみの下に隠れた強い不安に気づき、その強情さが驚くほど激しい防御反応であることも、品行方正でいようと必死に頑張っている一方で、彼女の一部はあるまじき行為に焦がれていることもわかったが、それでもなにも変わらない。

彼女は混乱でしかない。ボルダーウッドの愚行も混乱で、どちらも取るに足らない混乱であり、バーミンガムの多忙な生活に戻れば、以前のようにすべてが平和に続いていくはずだ。

「猫を飼ったらどうだ？」

「猫は前にもらったわ」

「では、趣味をもてばいい。忙しくしていられるように」

「わたしはサンネ・パークで領地と屋敷を切り盛りしているのよ」

サンネ・パークは子供のためにはいいところらしい。そのすばらしい場所に戻って、子供に愛情を注げば、彼のことなど二度と考えなくなるだろう。そして彼はバーミンガムの生活に戻り、彼女のことはまったく必要としない。なぜなら自分には仕事があり、ここ何年も彼には仕事がすべてで、自分に必要なのはそれだけだからだ。

「それなら、子供のための時間はないだろう」彼は指摘した。

「なぜ子供をもつことをそんなに嫌がるの？」

「子供は面倒だからだ」

「それならあなたが面倒を見る必要はないわ」

彼女の口調が明らかにとげとげしくなった。彼にたいして、以前よりも勇敢に立ち向かってくる。それとも単に、抑制の効いた礼儀正しい顔の裏に隠れていた素のままの自分を出してくるようになったのかもしれない。

「身ごもるには、あなたの助けが必要よ」彼女が抑揚のないこわばった声ですばやく言った。「残りは自分でなんとかできるけど。これまでどおり別居生活を続けるから、あなたの生活は変わらない。そんなに面倒ならば、子供たちの名前を憶えなくてもい

「子供たちの名前？　つまり、ぼくはただの種馬か？」

「そうしたければ、かかわることもできるわ。でもあなたの望みは、かかわらないことなんでしょ。でもあなたは……あなたの望みはなんなのか、わたしにはわからないわ」

「ぼくの望みは、望まれることだ。愛する者を二度と失うことはないと信じたい。サミュエルに戻ってきてほしい、そうしたら十万人でも子供をもってもいいが、そうなることはぜったいにない。

「ぼくはすべてが平常どおりに戻ってもらいたい」

うしろを向くと、自分の姿が窓に映って幽霊のように見えた。その姿越しに桟橋を眺めた。三人の子供たちを。少女の髪は黒く、ほおは桃色だ。ふたりに娘ができたら、あんな色合いになるだろう。

カッサンドラが隣に来て、いっしょに窓の外を眺めた。ジョシュアは、ガラスに映った彼女の姿を眺めた。なんて美しいのだろう。暖かみのある肌の色、やわらかそうなからだ。とても簡単なことだ。両腕に抱きよせ、息もつかせないほどキスをする。舌で彼女の舌を余すところなく味わい、彼女がほしがっているものを与える。

「あの子たちはなんという名前なの？」

「女の子はサラだ」声がかすれ、ジョシュアは咳《せき》払いをした。「ミス・サンプソンの話によれば、数学の天才だそうだ。背の高いほうの男の子はジョンで、完璧な文章を書く。赤毛の子はマーティンだ。空飛ぶ機械を作りたいそうだ」

「あなたはよい父親になるわ」

ジョシュアはカッサンドラを傷つけたくなかったが、彼女は彼を傷つけていて、本人はそれに気づいていない。彼とレイチェルとのあいだには子供がいなかったと思っていて、自分もその思い違いを訂正しなかった。ロンドンの召使のだれかが知っていたとしても、そのことを口にしようとは思わないだろうし、ニューウェルも一見人畜無害だが、じつはスパイ並みの慎重さをもっている。自分が打ち明けることもできるが、言えば、彼女は悩み、彼に同情するだろう。結局はなにも変わらない。言わないでいればいるほど、言えなくなり、それはともかく、あの思い出を手放したくなかった。白日のもとにさらしたら、崩れて塵《ちり》と化し、思い出まで失《な》くすことになる。

「そんなこと、きみにはわからない」

「あなたはあの子供たちのことを大切にしている」

「彼らはいつか従業員になる人材だ。従業員のことは全員大切にしている。幸せな従業員は生産性が高い」

「そうかもしれないけれど」

絶望的だ。カッサンドラは切望していて、今後も切望しつづけるだろう。この勇敢で気高くて愚かな女は、ほかの人々のために多くを犠牲にし、見返りとして求めているのはただひとつだけだった。しかも彼女が切望するのと同時に、自分も切望している。そう考えると、ジョシュアはこぶしでガラスを叩《たた》き割りたくなった。

「ぼくはこの人生に満足している」彼は言った。

「そうでしょうね」

そのとき、ジョシュアが見ている前で、彼女はいつもしているのであろう技を使った。切望と孤独と失望と希望をひとまとめにして自分の中にしまいこみ、感じのよい笑みで封印したのだ。

ジョシュアには彼女の技がわかった。どれほど巧みにやっているかも。おそらく、自分も同じことをやっているからだろう。

「それで、ロード・ボルダーウッドとレディ・ボルダーウッドは?」カッサンドラが言う。「これから訪問しましょうよ」

「ばかげた考えだ」

「わたしのやりたいようにやらせて」

「わかった、いいだろう」

カッサンドラはにこやかにほほえんだ。あまりにもにこやかすぎた。「あなたは着替えないと。クラヴァットを結ぶのを手伝ってあげる」

＊　＊　＊

どうしてそうなったかわからなかったが、気づくとジョシュアは机に軽く腰掛け、カッサンドラが彼の脚のあいだに立って、その有能な手で上等なモスリンの長細い布を持っていた。

「クラヴァットの結び方をどうして知っているんだ？」

「わたしはなんでも知っているのよ」

彼女のモスグリーンの普段着は、彼女の寝間着と同じくらい完全に全身を覆っていた。喉から手首まですべてだ。しかし、彼女の仕立屋は抜け目のない人物らしく、気づくと、前身ごろの黒い縦縞《じま》の効果で、彼の目は胸の膨らみに引き寄せられていた。婦人用のマントも胸の下の一本の紐《ひも》で結ばれているだけのように見える。その紐の両端には太いふさが誘うようにぶらさがり、それさえ引っぱれば、全部が滑り落ちるのではないかと考えずにはいられない。

彼の両手が机の縁を見つけ、気づくとそこを握り締めていた。

「これはいい考えとは思えない」

「どうしてそんなことを言うの？」

彼女はクラヴァットを持った両腕を広げて中央を決めると、そこを彼の喉にあて、首にまわして後ろ側で両端を交差させてから前に戻した。それをやるために前かがみになったから、彼女の縦縞と二つのふさと香りと髪の毛がまとめてそばにやってきた。これでも、彼女はこれがよくない考えだと思わないのか？

「きみがクラヴァットでぼくの首を絞めるかもしれない」

「あり得ないことではないわね」カッサンドラがなにか思いついたように顔を輝かせ、また彼の喉元で布地を交差させた。「告白すると、半分くらいのときは、あなたにキスしたいか、喉を絞めてやりたいのか、決められないから」

「ほかの半分は？」

「ほかの半分は、あなたの喉を絞めたいだけ」

ジョシュアの口が、喉を締められるよりはキスされるほうがいいとかなんとか、くだらない軽口を述べる形になりかけたが、なんとか間に合って言葉になるのをくいとめた。彼女が彼の首に布を巻く作業に戻る。後ろにやったり前にやったりしながら、きびきびと巧みに結んでいく。自分が彼を昂らせていることをまるでわかっていない。カッサンドラは彼をいたずらっぽいと言ったが、彼女のほうが正真正銘の悪魔だ。

やがて彼女は左右をきれいに重ねて最後の結び目を仕上げたが、まったく、自分が彼に及ぼしている影響にまるで気づいていない。

一見すれば、彼女は彼の影響をまったく受けていないとだれしも思うだろう。彼女が彼のほおに、温かな手をあてた。「ひげを剃ったのね」彼女がつぶやくように言った。「ちくちくしてきたからな」

ふり向けば、その手のひらにキスができる。前にかがめば唇にキスができる。させてくれるだろう、もちろん。子供を望んでいるのだから。義務を果たすことを望んでいるのだから。彼を望んでいる様子はない。だがそれはどうでもいい。

もしかしたら、ブランデーなしでいま彼がキスをすれば、彼女は純粋に楽しむかもしれない。耳たぶをそっと嚙《か》んだら？　うめき声、それとも悲鳴をあげる？　はっとあえぐかもしれない。乳房にキスをしたら？　それとも、太もものあいだに顔を埋めたら？

「わかっていると思うが」彼はゆっくりと言った。「ぼくたちがいるのは、ぼくの倉庫のぼくの事務所だ。周辺や埠頭には従業員も船員もたくさんいる」

彼の言葉を裏づけるかのように、そとの廊下を走ってくる足音が聞こえた。戸枠に小さな白い指がかかるのが見えて、次の瞬間、角をまわってマーティンの全身があらわれ、部屋に飛びこんできた。

「ミスター・デウィット！　ミスター・デウィット！」叫びながら入ってきたマーテ

インは、ふたりの姿を見ると横すべりに停止し、目を丸く見開いた。「キスしているんですか?」

カッサンドラはさっと離れると、ボンネットをつかんで頭に戻し、窓を鏡にして紐を結んだ。ジョシュアはこわばったからだをなんとか伸ばしてコートをすくいあげ、両袖に腕を通した。

「なんだ、マーティン? いま出かけるところなんだ」

「カモメを見てたら、どのカモメも風に向かって飛び立っていたんです。飛び方の謎がそこに隠されていると思います」

「よく観察したな」ジョシュアは地球儀から帽子を取ると、指一本の先でくるくるまわした。カッサンドラは手袋をはめながら、ジョシュアとマーティンのあいだを行ったり来たり視線を走らせている。「今度ゆっくり教えてくれ。いまは、ミス・サンプソンに言われた仕事をちゃんとやりなさい」

「わかりました」

少年が走り去り、ジョシュアも彼のあとから戸口に向かった。妻を先に通すべきだったと気づいたときには、すでに戸口から出ていたが、彼が礼儀正しくふるまいはじめたら、彼女は自分のおかげで彼が改善したと思うだろう。それでなくても、もうじゅうぶんすぎるくらい危険な考えを抱いているのだから、それを助長することはない。

12

「ナポレオンが冬にロシアへ進軍して以来のもっとばかげた考えだ」ロード・ボルダーウッドの屋敷の前の歩道で、馬車からおりたカッサンドラにジョシュアが文句を言った。彼女は何年も前にここを訪れたことがあった。この屋敷がいつか彼女のものになると世間が信じていたころに。

カッサンドラはスカートを整え、ボンネットをまっすぐに直し、自分の中で渦巻いている感情を最後のひとつまでしまいこんだ。メイフェアへの馬車のなかは沈黙に支配されていた。ジョシュアは帽子を目深にかぶり、カッサンドラは窓のそとを眺めて、いままでの記憶を抑えつけることを千個も並べあげていた。

「あなたは、わたしが馬車からおりるのを手伝ってくれないといけなかったのよ」小言を述べることにささやかなよろこびを感じながら言った。

ジョシュアが眉をひそめ、背後の馬車をおもむろにふり返ってから、カッサンドラを見やった。「きみはひとりでおりられないのか?」

「馬丁が手伝ってくれたけれど、それはあなたがするべきことだったのよ」

「なんのために？　きみの脚はちゃんと動いているのに？」

「あなたがコルセットをつけてスカートをはいた格好で、馬車に飛び乗ったり飛びおりたりするのを見てみたい」

ジョシュアが目をぱちぱちさせて彼女を見つめた。「ミセス・デウィット！　下着のことを人前で口にするとは！　なんという衝撃！」

「衝撃など少しも受けていないくせに」

こんな状況にもかかわらず、彼の芝居がかった言い方がおかしくて、カッサンドラは楽しい気持ちになった。彼も楽しんでいるらしいと感じたのは、気取った大げさな身振りで曲げたひじをカッサンドラに向かって差しだしたからだ。

「コルセットについてむだ口を叩《たた》くのはやめて」彼が言う。「あいつらの顔《マンス》にがつんとやってやろう」

カッサンドラは彼のひじに指をかけた。「マンスがなにか、まったくわからないけれど、だれのこともガツンとやるのはやめてね。分別をもった教養ある人間として、この愚行をやめるようにていねいに説得するのよ」

「もう一度言うが、これはばかげた考えだ」

「ではわたしももう一度言うけど、あなたはわたしが馬車からおりるのを助けてくれるべきだった。でも、きょうはわたしたちのどちらも、自分の思いどおりにはならない日のようね」

玄関まで来ると、カッサンドラは彼がノックするのを待った。だが、彼はそうはせずに、所在なげに両手の指を組み、親指を合わせてまわしながら口笛を吹きはじめた。カッサンドラは彼を見た。彼も彼女を見た。

「あなたがノックするものよ、紳士なら」

彼が戸口についた真鍮《しんちゅう》のライオンの頭を観察する。「重すぎて、きみには持ちあげられないのか？　長いスカートやコルセットのせいでできないのか？　それとも、それをするには、女の指は繊細すぎるのか？」

「あなたの代わりにやってもらうために、ミスター・ニューウェルを連れてくるべきだったわね」そう言いながらも、おもしろがる気持ちといらだちがカッサンドラの中でせめぎ合った。仕方なく、自分で真鍮の輪を持ちあげて、鋭くノックした。「あなたはぜったいに指一本動かす気がないのね」

彼がにやりとした。「なぜぼくがなにもかもやらなきゃいけないんだ。きみはひとりでなんでもできるのに」

カッサンドラが答える前に、扉が勢いよく開いて、驚くほどハンサムな男性があらわれた。執事らしく装っているが、貴族の屋敷の執事としては、あまりに若いし、だらしがない。ロード・ボルダーウッドのいまの財政状況では適切な使用人を雇えないのだろうとカッサンドラは思った。

だらしがない執事は、カッサンドラを無視してジョシュアのほうを向いた。

「はい、なにかご用ですか？」

ジョシュアはなにも答えない。カッサンドラはジョシュアのほうに鋭い視線を向けた。

「なんだ？」彼がカッサンドラに言う。「話し方を忘れてしまったか？　ぼくがすべてをやらなければならないのか？」

「行儀作法の本にはそう書いてあるのよ」

「そんな本一冊も読んだことがない」

「あなたには本当に驚かされるわ」

カッサンドラが自分の名刺を差しだしたことで、執事はようやく彼女の存在に気づいたらしい。「ジョシュア・デウィット夫妻が、ロード・ボルダーウッド夫妻に会いにきたと取り次いでください」

執事は戸口をふさいだまま名刺を眺めた。彼の気がそちらに向いたのに乗じ、彼がこの仕事に不慣れであるとの推定のもと、カッサンドラは彼の正面につかつかと歩み寄った。執事は本能的にカッサンドラを避け、結果的にふたりを中に通した。中に入ると、ジョシュアがようやく役立つことをして扉を蹴って閉めた。

ハンサムな若い執事は、玄関を守るという彼のもっとも重要な仕事に失敗したことにも気づかないらしく、ふたりのことを代わる代わる眺めた。

「仕事の訪問ですか、社交の訪問ですか？」

「両方だ」ジョシュアが笑った。「それによってなにか違いがあるのか？」

執事がほおをかいた。「いえまあ。図書室でロード・ボルダーウッドに会いますか？それとも、客間でレディ・ボルダーウッドに？」

「寝室のレディ・ボルダーウッドはどうだ？　彼女がそこで客をもてなすことは周知の事実だろう」

「ジョシュア！」カッサンドラは笑いたいのをこらえて、彼をひじで突いた。「行儀よくして！」

「なんだよ？」彼がカッサンドラのほうを向き、おおげさにあきれた顔をしてみせた。「こいつがばかな質問をしたんだ。なぜ、ばかな質問をする無能な執事にぼくが我慢しなければならない？」

「彼はただ、わたしたちを作法どおりに迎えようとしただけよ」

「ではそんな〝作法〟は突っこんでやればいいだろう、こいつの――」

「しーっ、やめて」

執事が今度は額をこすった。明らかに次になにをすべきかわかっておらず、主人も女主人も在宅だと漏らしてしまったことにも気づいていない。

カッサンドラのほうは、どうすべきかはっきりわかっていた。「できれば――そうだわ、あなたのお名前は?」

「スミスです」

「スミス」カッサンドラはその名前が世界一すばらしいかのようにくり返した。「では、できれば、スミスさん、夫とわたしは、男爵とその夫人と同時にお目にかかりたいの」

「つまり、同時にという意味だ」ジョシュアがつけ加えた。

「あなたのような有能な若い方はもちろん、同じ部屋におふたりをお連れできるでしょうね」

「つまり、駆り集めろってことだ」

「駆り集める?」カッサンドラはジョシュアのほうを向き、目をむいて怒ったふりをしてみせた。「こちらのご主人夫妻を強情な山羊《やぎ》であるかのように言うのは慎んで」

「なぜいけない?」

「行儀作法の本にはっきり書いてあります」

「なるほど。ボルダーウッドを山羊と呼ばない。それは憶えておこう」

「そうしてちょうだい」

彼がにやりとしたのを見て、カッサンドラはとてもうれしくなった。

「どうかしら、スミスさん」彼女は言った。「わたしたちがまず図書室でロード・ボルダーウッドにお目にかかり、レディ・ボルダーウッドはそこに合流していただいたら」カッサンドラはレディ・ボルダーウッドのうすら笑いを浮かべた悪賢そうな目を思い浮かべた。「彼女もその場にいたいはずだと確信していますわ」

スミスはそこまで確信がなさそうだったが、カッサンドラは反論する間を与えずに、記憶を頼りに図書室のほうへ歩きだした。スミスがあわてて彼女を追い越して扉の前に立ちはだかった。

彼の視線がジョシュアとカッサンドラのあいだを行ったり来たりする。「お客さまをご案内する前に確認するようにと、旦那さまに言われてますので」

「その必要はないわ、スミスさん。あなたの仕事ぶりはすばらしい。お母さまも誇らしいでしょう」

躊躇《ちゅうちょ》なく前進して、彼女にぶつからないためには、どかねばならない状況に執事を追いこんだ。片手を伸ばしただけで執事が飛びのき、ドアの取っ手が見えたので、カッサンドラはそれを握った。

「扉は自分で開けるようにと夫に教えられたの」執事に向かって言う。「とても自由な気がするのよ」

背後から聞こえたくすくす笑いに気分をよくして、カッサンドラはロード・ボルダーウッドの図書室の扉を押しあけ、なかに滑りこんだ。

＊＊＊

ジョシュアはあわれな執事に帽子を傾けると、ゆったりした足取りでカッサンドラのあとからなかに入った。彼女が次にどんなことを思いつくか、楽しみだった。

「ハリー」カッサンドラが、まるで彼に会えてうれしいかのように、感じよく声をかけた。ジョシュアは彼女の背中をにらみつけた。それはいくらなんでも、礼儀正しすぎるだろう。

それとも、彼に会えて本当にうれしいのかもしれない。

ボルダーウッドが弾《はじ》かれたように立ちあがった。

「カッサンドラ！　それに……」ジョシュアに気づき、ボルダーウッドがぽかんと口を開けた。「なぜきみがここにいるんだ？」

「そんなこと訊《き》かなくてもわかるだろう、この無礼な犬ころが」ジョシュアは妻が隣にいる感覚を楽しみながらゆっくりと部屋のなかほどまで進んだ。ひとりで戦うのに慣れているせいか、味方がいるのは慣れないよろこびだった。「ぼくの名前を勝手に使って、法律文書を作成したようだが」

「ジョシュア、自制して」

彼がばかなことをして、それを厳しく叱る彼女は魅力的だった。彼女もひそかに、彼にからかわれるのを楽しんでいるのではないかと、ジョシュアは思っていた。

「なんだよ？　彼を山羊と呼んではいけないと言ったが、犬と呼んでいけないとは言わなかった」

「お願いだから、なんであろうと彼を動物に例えるのはやめて」彼女の目がおかしそうにきらめいた。「あなたのように才能ある男性ならば、もっとふさわしい名前を思いつけるでしょう」

「きみの繊細な耳を動揺させたくないと思ったんだ」

「まあ、今度は、わたしの繊細な耳を心配しているの」彼女がボルダーウッドのほうをふり返った。「わたしたちがおじゃましたのは、このばかげた状況をなんとかするためよ、ハリー」

ボルダーウッドがジョシュアを直視した。「きみは自分の妻にこんなことをさせるのか？　妻のスカートのうしろに隠れるなんて、いったいどういう男なんだ？」

「だが、美しいスカートだからな」ジョシュアは妻に向かってにやりとしてみせた。

「もっとも本当はその下に隠れるほうがいい」

彼女が片手を彼の胸に置いて、彼と目を合わせた。「行儀よくして、ダーリン」

ダーリン？　なるほど、ボルダーウッドのための演技か。ハリーのため。

「わかったよ、かわいい奥さん」

とっさにジョシュアは指の関節で彼女のあごをなでた。彼女の目がわずかに色濃くなった。もしかしたら、彼を求めさせることもできるかもしれない。

どこかで男が咳《せき》払いする音がして、ふたりはあわてて身を離した。

「ああ、ボルダーウッド、きみか」ジョシュアは言った。「きみがいるのを忘れていた」

「ここはぼくの図書室だ」ボルダーウッドが憤然として言う。「もちろん、いるに決まっているだろう」

「きみのことはすぐに忘れてしまう。妻があまりにも魅力的なので」

「そうだな、その魅力はぼくも覚えているが」

そのうすら笑いのせいで、すぐに一発くらうことになるぞとジョシュアは思った。カッサンドラの規則で禁じられていても関係ない。ボルダーウッドとカッサンドラはおそらく婚約時にキスをしているだろう。キス以上のことをしているかもしれないが、それ自体について嫉妬《しっと》しているわけではない。ボルダーウッドのようなただのつまらない愚か者に嫉妬することなどあり得ない。問題は、カッサンドラがボルダーウッドを紳士だと思っていることだが、それも、ジョシュアが本格的なキスをすれば、すぐに見解を変えるはずだ。だが彼は妻にキスすることはない。ここで方針を転換して愛らしい妻にキスしたら、全世界が崩壊するかもしれないからだ。

「ハリー、この訴訟を取りさげてちょうだい。だれが見てもばかげているわ」

ボルダーウッドが机から美しい彩色の嗅ぎたばこ入れを手に取った。ひとつまみつまんで吸いこんだが、ジョシュアには勧めなかった。

「それはできない、カッサンドラ」ボルダーウッドが言う。「正義はなされるべきだ」

「いくらひどい財政状況に陥ったとしても、こんな嘘《うそ》で解決するのは間違ったことよ」

ボルダーウッドが閉じた嗅ぎたばこ入れをためつすがめつ眺めた。両側に描かれた絵は複数の裸の男女が、裸の男女がもっとも頻繁にやることをやっている。カッサンドラもその官能的な図柄に気づいたはずだが、その侮辱をみごとに無視してみせた。ジョシュアは、この無礼な気取り屋の喉に嗅ぎたばこ入れを押しこんでやりたい衝動をなんとかこらえた。カッサンドラが異議を唱えることがかなり確実だったからだ。

彼女はこの卑劣な間抜けを本当に愛していたのか？　そのときは十九歳だった。十九歳のときは、だれもがばかなことを信じるものだ。だからこそ、だれもが娘たちをあれほど若いうちに嫁がせるのだろう。娘が良識をもつまで待っていては、だれも結婚させられなくなってしまうから。

「嘘？」ボルダーウッドがいかにも心外だという顔でようやく言った。口元にせせら笑いを浮かべて。「だが不倫の証拠があるんだ。たくさん」

ジョシュアは嗅ぎたばこ入れをつかんで机に叩きつけた。「証拠があるわけないだろう、そんなことなかったんだから」

カッサンドラが隣にやってきて、彼の腕に肩を押しつけた。彼女はボルダーウッドの顔をじっと見つめた。「ハリー、実際に起きたことでないのは、あなたもわたしもわかっているでしょう」

ボルダーウッドのせせら笑いがさらに広がった。「きみやぼくがなにをわかっているかは関係ない。関係あるのは、陪審員がなにを信じるかだ。ぼくたちは、五万ポンド満額を期待しているわけじゃない。二万か三万で満足だ」

「ぼくたち？」カッサンドラが鋭い口調でくり返した。「あなたとあなたの妻という意味ね」

ボルダーウッドの笑みが消えた。告白したのも同然だろう。

カッサンドラはため息をついた。心からがっかりしているため息だった。「あなたらしくないわ、ハリー。こんなことで奥さまの名前を汚すなんて。あなたの立派な爵位も、家名も、子供たちの名前まで地に落とすのよ。それにわたしと、ルーシーとエミリーをこんな目に遭わせるなんて」

ボルダーウッドの耳がピンクに染まった。また嗅ぎたばこ入れを手に取り、あけたりしめたりした。箱を見つめたまま、彼を叱っている女性のほうは見ようともしない。この屋敷に乗りこんできたのも、さほどばかげた考えではなかったかもしれないとジョシュアは思った。ボルダーウッドの良心はすでに悔いている可能性がある。そして、他人の良心を動かせる人がいるとすれば、それはカッサンドラだ。

「あなたはこんなことをするような人じゃないわ、ハリー」彼女が続けた。「あなたの名もわたしの名も汚すなんて――なんのために？　お金のため？」

「おもしろいことを！」ボルダーウッドが顔をあげた。その目は険しく無感情で、すでに良心は消えていた。「ぼくが金のためにすることを非難するなんて」嗅ぎたばこ入れを机に叩きつけた。「きみこそどうなんだ？　宝石で飾りたてて毎晩出かけて。きみの父親は金で娘を売ったんだろう。この男に――」手振りでジョシュアのほうを示した。「ロード・チャールズが金に困っていたのはだれもが知っていた。その金がどこから来たのか、きみは気にしないんだろう」

ジョシュアはすでにこぶしを振りかぶっていたが、カッサンドラが片手で彼の腕を軽く押さえ、いつもの優雅さにそぐわない硬い動きで彼とボルダーウッドのあいだに割って入った。社交界では、レディは感情、とくに怒りのような見苦しい感情はおもてに出さないことを期待されるが、愛らしい唇を一文字に結び、膨らませた小鼻から鋭い息を吐いて、言葉を発する前に口元をこわばらせたカッサンドラが示していた感情は、まさにその怒りだった。ゆうべ彼女が打ち明けたことを思えば、怒りをこうして出せるのはいいことだとジョシュアは思った。

「よくもそんなことが言えるわね！」激しい口調でボルダーウッドに言った。「あなたなんかに、わたしの父の名を口にする資格はないわ。ましてや、父がしたことやしなかったことをとやかく言うなんてとんでもない」嫌悪感に口を曲げ、ボルダーウッドに向かって頭を振った。「これはあなたらしくないことよ。わたしが知っているハリー・ウィロビーは優しくて正直な人だったわ」

「きみがぼくを理解していなかっただけだろう」

彼女は世間知らずから成長しつつあると言っていた。そしていま、ジョシュアには彼女がその一部を脱ぎ捨てたところが見えたような気がした。

「これが本来のあなたの言動だというなら」カッサンドラが言った。「あなたのことなど理解したくもないわ」そう言うなり、くるりと向きを変えると、襟を正して頭を高くあげ、つかつかと戸口へと向かった。ドアを勢いよく引きあけると、スミスが前のめりに倒れこんできた。

「レディ・ボルダーウッドのところへ連れていって」カッサンドラが執事に命じた。

「いますぐに」

執事は飛びあがって気をつけの姿勢を取り、彼女の言葉に従った。

＊　＊　＊

ドアが閉じると、ジョシュアは両手をこすり合わせながら、ボルダーウッドのほうに向き直った。

「さあ、彼女は出ていった。この件を作法に則って話し合おう」

「作法！」ボルダーウッドがつばを飛ばしながら言う。「きみがぼくを騙《だま》したんじゃないか、詐欺野郎！　当然の報いだ」

「虫けらほどの脳みそしかない、まぬけのぼんくらが！」パンチを繰りださないように、ジョシュアは行ったり来たりした。壁には一枚も絵がかかっておらず、額縁の形をした痕跡だけが残っている。本棚にはほとんど本がなく、炉棚にも装飾品ひとつ置かれていない。「投機的だから、失って困るものをつぎこんではいけないと警告したはずだ。それなのに、きみはどうした？　金貸しにまで行ったとは！」

「だが、きみは最初みんなに儲《もう》けさせただろう？　きみがどれだけ儲けたとか、きみの友人のダマートンがどれだけ儲けたとか、そういう話ばかりを聞かされたぼくたちは、お願いだから自分の金も投資してくれと言いだすようになる。きみは、サクラを使っていつも大勝ちするという噂《うわさ》を流している賭博場と同じだ。それを信じて勝つと期待した人間は、けっきょく欺しとられて終わる」

「ほかに文句を言っている者はだれもいない。なぜかわかるか？　みんな、泣きわめく子供じゃないからだ」

「みんなはきみをこわがっているだけだ。だが、ぼくたちは違う。きみはたくさんの男の妻と寝ているから、ぼくの妻とも寝たと言っても、だれもが信じる。世間知らずで、だまされやすいカッサンドラ以外は」

「この強欲で利己的なブ――梅毒野郎」

もはや議論してもしかたがない。この馬鹿者は、自分が欺されたと思いこんでいる。自分が間違った選択をした事実と向き合うよりも、そのほうが楽なのだろう。

ジョシュアは頭を振った。嫌悪感ではらわたが煮えくり返りそうだ。「きみたちはまったく似合いの夫婦だよ。この件の最悪な部分は、ぼくがあんな女に興味をもつほど悪趣味なのかと人々に思われかねないということだ。いや違う。最悪なのはカッサンドラにたいする侮辱だ。彼女はこんな扱いを受けるいわれはない」ジョシュアは嗅ぎたばこ入れを取りあげ、両面の下品な絵を眺めた。「きみがこれをほかのものといっしょに質に入れなかったのが驚きだ」

「それは妻からの贈り物だ」ボルダーウッドが言う。

ジョシュアは咬《か》まれたかのようにその嗅ぎたばこ入れを落とした。

「女性にも欲望はあるからな」ボルダーウッドがさらに言う。「罪深いことをしたいという罪深き欲望だ。もしぼくの妻がときどきほかの男のベッドに入っているとしたら……」

彼の声が途絶えた。目の輝きにかすみがかかり、唇がねじれてわずかに開いている。顔がかすかに紅潮した。なんてことだ。ボルダーウッドは興奮している！　自分の妻がほかの男と寝ているという想像によって。もしこの夫婦が、そういういかがわしい行為にふけっているのなら……この姦淫《かんいん》の告発が、彼らの頭のなかでは筋の通ったものになっていても不思議ではない。

そう考えると、きわめてハンサムで、きわめて適性のない執事の存在も新たな意味をもってくる。

ジョシュアはその思いをぬぐい去ろうとするように、額を手でぬぐった。自分は知る必要がないことだ。

そのとき、ボルダーウッドがひとり笑いをするように小さく笑った。「もちろん、ぼくは彼女を許す、愛しているからな」

「これがカッサンドラと家族にどんな影響を及ぼすか、考えたことはあるのか?」

「どっちにしろ、彼女は堅苦しい澄まし屋で、しかも退屈だ。だからきみもほかの男の妻と寝ているんだろう? 自分の妻は――ぐぐぐ」喉が詰まる声に変わったのは、彼のネッククロスをジョシュアがつかみ、彼を勢いよく壁に押しつけたからだ。

「なんだと?」

ボルダーウッドの顔が真っ赤になった。言葉の続きはすっかり忘れたらしい。

「この訴訟を取りさげろ」ジョシュアは言った。「いますぐにこれを終わりにするんだ。さもないと、間違いなく、きみを後悔させてやる」

ジョシュアはボルダーウッドが話せるように手の締めつけをゆるめた。だがボルダーウッドは残念ながらこの教訓を理解できなかったらしい。

「これが終わったときには、そっちは冷笑の的、ぼくたちは金持ちだ」かすれ声で言った。「いま払うなら訴訟を取りさげてやってもいい。きみの愛しい妻を守ってやれるぞ」

ドアが開いた。ジョシュアはボルダーウッドを壁に押しつけたままふり向いた。

「なんだ?」執事に向かって言う。「なんの用だ?」

スミスが息をのみ、自分の雇い主を呆然《ぼうぜん》と見つめた。執事として限りなく無能なこの若者が、せめて愛人として役立っていることを期待するしかない。

「ミセス・デウィットがお帰りだそうです」スミスがようやく言った。

ジョシュアは毒ヘビをつかんでいたかのようにボルダーウッドを床に落とすと、袖を直した。

「ぼくたちはきみを破滅させるだろう」激しく咳《せ》きこみ、喉をこすっているボルダーウッドに言い渡した。自分が〝ぼくたち〟と言ったことに気をよくしながら、ジョシュアは妻を探しにいった。

＊＊＊

カッサンドラは玄関ドアのそばに立っていた。震えるほどからだを緊張させ、口をすぼめて手袋のボタンを留めようとしている。

「あなたが正しかったわ」ジョシュアを見るとすぐに言った。「これはばかげた考えだった」

「いまのは、ぼくたちが結婚してからきみが言ったなかで、もっとも賢い言葉だ」

カッサンドラはほほえもうとして、失敗した。ジョシュアは書斎に戻って、ボルダーウッドをこてんぱんに叩きのめしたくなった。だが、それよりもなによりも、カッサンドラのいつもの快活さを取り戻してやりたかった。あいつらには彼女の快活さを奪いとる権利はない。彼女にはあいつらの何十万倍も価値があるのだから。

だからジョシュアは自分にできることをした。あらわれないスミスの代わりに玄関扉を開け、ひじを差しだして彼女を導き、馬車に乗るのに手を貸した。

最初の褒美は、馬車が走りはじめてすぐにもたらされた。カッサンドラが、かすかではあったが、心からのほほえみを向けてくれたのだ。

「馬車に乗るのに手を貸してくれてありがとう」カッサンドラが言った。「とてもうまかったわ」

「行儀よくしたぞ」ジョシュアは言った。「ロード・Bにたいしてもだ。あいつを殴らなかった。ただの一度も。首を多少締めたが、殴りはしなかった」

またしてもかすかに、今度はおもしろがっている表情が浮かんだ。「それはとてもえらかったわ」

「それに、あいつを豚と呼びそうになったが、動物に例えてはいけないというきみの禁止令を思い出した」

「さすがだわ」

「それで代わりに、梅毒野郎と呼んでおいた」

彼女がレディらしくない音を発した――彼が間違っていなければ、押し殺した笑い声だ。うまくいってる。彼女が笑ってくれるなら、彼は道化を演じてもいい。あんなくずどもが彼女を傷つけなくても、ジョシュア自身が何度も傷つけているだけで、じゅうぶんひどかった。

ジョシュアはカッサンドラににこやかに笑いかけた。「えらかっただろう?」

「ええ、とても」

「それで、レディ・ボルダーウッドのほうはどうだった?」

「わたしがこれまで不幸にも出会ってしまったひどい女のなかでも、もっともひどい女だったわ! 真実だと言い張ったのよ」

彼の全身に怖気《おぞけ》が伝った。カッサンドラはあの女の言うことを信じたのだろうか? これほど動揺している理由がそれだとしたら……。

「でも、そう言い張っているあいだもずっと、顔にうすら笑いを浮かべていたの」彼女がそう言葉を継いだので、ジョシュアはほっとした。「しかも、夫が彼女のことを五万ポンドの価値があると考えてくれているのがロマンチックですって! 冗談じゃないわ! それよりはまだ、あなたのほうがロマンチックでしょう」

「ぽん引きにしてはロマンチックという意味だろう」

「なんのわりに?」

「娼婦に客を周旋する男のことだ。きみの家庭教師はなにも教えてくれなかったのか?」

今度はかすかだが、はっきりした笑みが見えた。「その授業の日は頭痛で休んだのかも」

馬車のなかの空間をはさんでふたりの目が合った。彼女を本当に元気づけたいのならば、隣に坐《すわ》って抱きよせ、キスをするべきだ。そのあとに——なんだ？　そのあとどうするんだ？

「ほかにはなにを言っていた？」

カッサンドラがふんと鼻を鳴らした。「そうせずにはいられなかったと。あなたの魅力と思いやりに参ってしまったと。それで、彼女は人違いをしているとわかったのよ」

「たしかに。姦通罪《かんつう》の裁判で女性が証言できないのが残念だな。彼女がそう証言すれば、法廷の笑いものになって追いだされるだろう」

「それから、あなたの生まれつきのあざのことを言ったわ。見た証拠として。あなたの……」目をそらし、片手を振って彼のほうを示し、目をそらして、またほおを赤らめた。「あなたの右の太ももに小さな蹄鉄《ていてつ》形のあざがあると言っていたわ。それは本当のこと？」

ジョシュアはまもなくロンドン中の注目を集める裁判にかけられるが、このほうがはるかに重大な裁判だった。ふいに、自分が一度でもほかの女と寝たことを後悔した。

いまとなっては、ほかの女に欲望を感じることさえ想像できないのに。

「ほかの人間が知っていた可能性はある」彼は言った。「その人々が彼女に言ったかもしれない」

「誘惑の証拠として生まれつきのあざを使うなんて」彼女が軽蔑するように言った。「シェイクスピアや伝え話にしょっちゅう出てくる策略だわ。困ったのは、それがあるのかどうか、わたしにはわからなかったということ。だからそんなのは証拠にならないと言って、詳しく描写するように要求したのよ、あなたの……」

「ぼくのなにをだ？」

彼女が狙いを定めた一瞥《いちべつ》を彼の股間に向け、それから彼を見て顔を赤らめ、またすぐに目をそらした。

「なんと、ミセス・デウィット！　驚いたな！　それに、そんなきみをすごく誇りに思うよ」

彼女の目がいたずらっぽいよろこびで躍った。「思ったのよ、『ミスター・デウィットならば、この状況でなんと言うかしら』と。そうしたら、その質問がすぐに浮かんできたの。あなたはわたしに、本当に悪い影響を与えているわ」

「すばらしい影響の間違いだろう。それで？　彼女はなんて言った？　ぼくの甘い棒について」

「あなたの……？　まあ、なんてうぬぼれが強いの」

「レディたちがぼくについて、そこまで個人的な内容を議論しているなら、ぼくにはなにを言われたのか知る権利がある」

カッサンドラは息を吸って落ち着きを取り戻すと、果敢にも彼の目をまっすぐ見つめて言った。「これまでに見たほかの人たちのと同じだったと言っていたわ」

「比較対象は何人くらいいるのかな？」

「そこまで聞かなかったけど」

彼女は澄ました顔をしようとしていたが、失敗していた。目はきらめき、口元には笑みが浮かんでいた。

「きみはなんと言ったんだ？」

「わたしになにが言えるの？　わたしはあなたのしか見たことがないし、それもほんの一瞬だったと？」

「では言わせてもらうが、彼女は間違っている。ぼくのは、ほかのだれよりもすばらしい。ずっと大きく、ずっと強く、はるかに美しくて立派だ」

「まあすごい！」彼女が目を見開いた。「しかも、魔法を使えるのよね？」

「芸はできるな」

「たとえば？」

「おすわりとちんちん」

カッサンドラが、おかしいのとおぞましいのが入り混じったようなうめき声を洩《も》らした。そしてその直後にどっと笑いだした。両手で顔を覆い、肩を震わせて笑っている。ジョシュアは思わず自分の席から半分身を乗りだし、彼女を両腕で抱きよせ、めちゃくちゃにキスして、その笑い声を欲望のあえぎに変えてやりたくなった。

しかし、それはできないから、椅子に深く坐り直し、彼女を眺めることで満足した。彼女の笑い声の波が押し寄せてきて、さざ波になり、彼の股間に到達した。ただ彼女といっしょにいるだけで、欲望が熱く激しく燃えあがる。それは彼にとってまさに不意打ちだった。

13

ふたりが帰宅して外套《がいとう》を脱いだときには、カッサンドラはふたたび行儀がよくて礼儀正しいレディに戻っていた。冗談好きで品のない一面を彼女がふたたび封印したことに、自分がいらだちを覚えているのか、それとも自分だけが彼女の秘密を知っていることに興奮を覚えているのか、ジョシュアはわからなかった。

どちらにしても、どうでもいい。おもしろい幕合い劇だったが、彼にはまだ仕事がある。

そう言うつもりでふり返った彼の目に飛びこんできたのは、ボンネットと手袋をはずして従者に渡し、マントを結んでいる紐《ひも》の房に手をかけた彼女の姿だった。

「ぼくをダーリンと呼んでいたが」まったく違うことを言った。

「彼の態度があまりにひどかったから」

「きみは彼とキスをしたんだろう」

カッサンドラがはっと顔をあげた。従僕のほうを見やったが、彼はどこか捻挫《ねんざ》でもしそうなくらい大急ぎで立ち去った。

「ボルダーウッドのことだ」

「きょうはしていないわ」

「だが、以前はした」

「婚約していたのですもの、ええ、したわ」

彼女が房をひっぱって紐をほどいた。彼の予想どおり、マントの前が開き、彼女はそれを肩から滑らせて下に落とした。

ボルダーウッドとキスしたことにかんしては、それ以上深く話す必要があるとは思っていないようだ。まあいい。深く話すことはなにもない。すべては決着済みで、自分はなんの関心もない。やるべき仕事がある。

「ほかの男は？」

いまの質問が、ようやく彼女の注意をとらえた。「嫉妬《しっと》しているの、ミスター・デウィット？」

「だれかと話していて、そのあいだじゅう、そいつはきみとキスをしたけど、ぼくはしていないと思われているような状況になりたくない。ぼくはきみに敬意を表して、自分のもった関係について話しただろう」

「あれは敬意の表れだったわけ？」彼女がつぶやき、小さな鏡の前に立って髪を直した。「だれもいないわ。ヒュー・ホープフィールドは別だけど、その時わたしはたった十五歳だったし、彼はだれにでもキスをしていた」

彼女が彼を見る。その瞬間、玄関ホールがふたりのあいだに存在するあらゆるものでいっぱいになった気がした。彼女の切望——彼の欲望——ふたりの新たな友情——彼女の秘密——ふたりが交わしたキス。あの表情が彼女の顔に浮かんだ。不可能な要求をしたときに浮かべたのと同じ表情だ。ここでやめないと。

「そうか。さて、きょうはもうじゅうぶん時間を無駄にした」ジョシュアはぱんと一回手を叩《たた》いた。「もう仕事しないとな」

大成功！　彼女はまたあの技を使った。なにを言おうとしていたかはわからないが、その上にぺたりとよそいきの笑みを貼りつけたのだ。彼女は礼儀正しさを剣として、あるいは軍艦として、そしていまは壁として使っている。彼がその壁で締めだされたとしても、それは自業自得だった。

「そうね」彼女は言った。

そして、まるですでに彼が立ち去ったかのように、盆の上のカードや手紙を手に取り、ふたつの山に分けはじめた。封がされていない手紙で手をとめ、開いて読みはじめた。

「そうだ」彼はもう一度言った。

それでも彼女が目をあげなかったので、ジョシュアは彼女に背を向け、書斎に向かって歩きはじめた。しかし、三歩歩いたところで――

「ジョシュア！」

彼はくるりと振り向いた。「なんだ？」

「この手紙はサー・ゴードン・ベルからよ。ロード・ボルダーウッドが起こした訴訟について、調べられることを調べて、あした訪ねてきますって」

「彼に手紙を書いたのか？」

カッサンドラが手にした手紙を差しだした。「ええ、倉庫に行く前に」

ジョシュアは手紙には目も向けなかった。「ぼくに確認もしないで」

「時間を無駄にしたくなかったの」とげのある口調だった。「なにしろ、あなたはいつも忙しいから」

カッサンドラはジョシュアが受け取らなかった手紙を手紙の山の上に放った。手紙はそのまま床に転がり落ちたが、それを無視し、代わりに別なもう少し小さな手紙の山を取ると、彼の横をすり抜けて階段をあがっていった。

彼女のスカートが視界から消えるまで、ジョシュアはその場で立ち尽くしていた。わかっている。書斎はこの廊下をまっすぐに行ったところにあり、そこにたくさんの仕事が待っている。

そうわかっていたが、どういうわけか、気づいたときには階段をあがっていた。

＊＊＊

ジョシュアは軽い好奇心で客間をのぞいた。自分は客間を使わないから、この部屋にも一度も入ったことがない。装飾もコスウェイが監督した。優雅——女性的——青い壁と絨毯《じゅうたん》——なんの役にも立たない装飾品の数々——ピアノ。そうか、いつも音楽が聞こえてくるのはこの部屋からか。

書き物机も置いてあり、カッサンドラはそのそばに立って、手紙に目を通していた。

「仕事があるんでしょう」

「そうだ。重要な決断をいくつもしなくては。それがぼくの仕事だよ。一日中決断をしている」

決断と言っても、いまはなにも考えられない状況だが、とりあえず机の上にはやるべきことのリストが置いてあり、ダスもまもなく現れるはずだ。部屋を横切って窓まで行き、反対側の通りと公園を眺めたが、とくに言及すべきものが見つからなかったので、仕方なくまたふり向いて彼女と顔を合わせた。

カッサンドラはまだ手紙を手にしたまま、なにかを期待するように、礼儀正しく立っていた。

「つまり、きみは人生でふたりの男としかキスをしたことがないわけだ」

彼女が手紙を机に置いた。「三人よ。きのうの夜、あなたとキスをしたから」

彼はまだ彼女の味を憶えていた。寝ていた時に彼のからだにあたっていた丸みまで感じられる。「きみは酔っていた。あれは数に入らない」

いったい全体、自分はなぜキスについて話しはじめたんだ？　彼女の目的はもうわかっているのに。彼がキスして、妊娠させて、いなくなってほしいと思っている。もちろん、彼女もいなくなる。みんなそうだ。信頼できるのは仕事だけだ。

いま、ここを立ち去れば、どちらも胸が張り裂けそうな思いをしなくてすむ。

ジョシュアは動かなかった。

「いまわたしがあなたにキスをしたら」彼女が薔薇《ばら》の花びらのような声で言った。「数に入るの？」

彼の脳の分別がある部分が、なんとか主導権を奪い返し、彼女を撃退しろと訴えた。彼女を侮辱し、あざけり、からかい、そして置き去りにしろと。

しかし彼女を見たとたんに、その分別がある部分までが声を失った。緊張した様子でつばをのみ、スカートをつかんで、その表面をなでおろしている。そして彼のほうに一歩踏みだした。二歩、そして三歩……。

彼女の動きはゆっくりだ。まだ逃げる時間はある。しかし気づくと、彼のすぐ前に立っていた。昼間の光のなかで、これほど近くで見て、ようやく彼女の目の魔法に気づいた。金茶色と緑色が混じっていて、一日中でも見ていられる。ただし、花びらのようにやわらかく、人生のように温かいほおもずっと見ていたいし、きれいな曲線を描くふっくらした唇も見ていたい。ゆうべ、彼の唇を愛撫《あいぶ》した唇だ。

欲望の高まりはあまりに激しかった。彼女を追いかけてここまで来た理由について嘘《うそ》を言うのをやめるときだ。

「ぼくを誘惑しようとしているのかな、ミセス・デウィット？」

「どこから始めればいいかもわからないのに？」またしても辛辣《しんらつ》な言い方だった。「それに、あなたを誘惑する必要はないでしょう。わたしの寝室の扉はあいていて、あなたは好きなときに入ってこられるのだから」

「教区司祭の妻をお茶に招待するときより、もう少し心がそそられるような言い方をすることから始めたらどうだ？」

「そうなの？」

彼女の頼りなさげな様子があまりにかわいらしく、ジョシュアは思わず自分から折れそうになった。だが、その時彼女がぱっと顔を輝かせた。

「ナイトキャップをかぶるわ」

思わず笑った。さらなる欲望が押し寄せてくる。彼を笑わせたことで、彼女がとてもうれしそうな顔をしたので、ジョシュアはその顔を両手で包みこまずにはいられなかった。

「ほら、もう効いている」彼女がそっと言う。「ずいぶん進歩しているでしょう?」

その言葉に、ジョシュアは身を引き、うしろで手を組んで歩きだした。部屋の中をうろうろしたのは、出口を、そして階段を、ひいては彼の書斎を目指すためだったが、なんど部屋をまわっても、どういうわけかドアの前を通過していた。

「そんなに嫌なの?」傷ついた口調が彼の心を貫いた。「わたしはあなたの妻なのに」

「きみは結婚式の夜を楽しまなかった」

「それは関係ないわ。でも、もしあなたは楽しむ必要があるというのなら、どうすればいいか教えて。わたしはよろこんで妻の義務を果たすつもりよ」

義務。ジョシュアはその言葉に腹を立てていた。それは、「子供ができることだけを願って苦痛を我慢する」という意味の礼儀正しい話し方だ。

ジョシュアは壁にもたれた。いずれにしても、決断しなければならない。自分は日々決断しているのに、これについては、なぜ決断できないんだ?

彼女が彼に望んでいるのは子供だ。自分が彼女に望んでいるのは、彼女の心地よい温かさに没頭することだ。その結果、カッサンドラは暗闇の上掛けの下にじっと横たわり、歯を食いしばりながら、身ごもる赤ん坊のことだけを考えている。そして望むものを手に入れたら、彼をベッドから追い払い、ひとりにしておく。そしてもし本当に妊娠したら……ああ、そうしてどうなる？　そうしてどうなるんだ？　その言葉が、心臓の鼓動に合わせて響く彼の心の哀歌だった。

そうしたら、すべてが変わるだろう。そして彼は、なにも変わってほしくなかった。

ふいに彼女にたいしていらだちを覚えた。

「きみは難しい」吐き捨てるように言う。

カッサンドラは体をまっすぐに起こし、あっけにとられた顔で彼を見つめた。「わたしはこの世でもっとも難しくない女よ。あなたはわたしの寝室のドアがどこにあるか知っているわ」

「そのとおり」じっと立っていることができずに、ジョシュアはまた歩きはじめた。「きみは近づきやすいし、すぐ手に入る、しかも従順だ」

「それなら、わたしは簡単だわ。難しくないはず。あなたはわたしを——砂糖漬けのレモンのように簡単に手に入れることができるもの」

「きみは砂糖漬けのレモンじゃない。砂糖漬けのレモンは複雑ではない。きみはものすごく複雑だ」

「なぜそんなことを言うの、ジョシュア。あなたの言葉は、イタリアのオペラのように意味がわからない。わたしは子供がほしい。どうやったらできるかも知っている。そして、あなたの妻としての義務もわかっている。そのどこが複雑なの？」

「ぼくは、女性を服従させることで興奮するような男とは違う」

カッサンドラは気の毒に明らかに困惑していた。「わたしに反抗してほしいという意味？」

「ぼくは反抗されることで興奮する男でもない」

「では、どんなことに……興奮するの？」

情熱だ。ジョシュアはそう言いたかった。ぼくがきみを求めているのと同じくらい、きみもぼくを求めてほしい。妻の義務だからとか、結果的に赤ん坊ができるからではなく、きみはぼくと快感を分かち合いたいと思っていて、けっしていなくなったりしないと信じたい。しかし、言いたくても言えなかった。言えば、彼女は彼のためにそういうふりをするとわかっていたからだ。それは赤ん坊と涙しかもたらさない。

ジョシュアは答えを探した。この会話を終わりにするための答えだ。今の自分が無力で優柔不断で当てにならないと感じる。そんな自分は自分ではない。階下から、玄関が開く音と男の声が聞こえてきた。おそらくダスだろう。いま決断する必要がある。この状態に待ったをかける、きっぱりと。彼女を追い払う。そして仕事に戻る。愛人を見つけてもいい。人生を元どおりにするものなら、なんでもいいからやる。これ以上混乱が続けば、彼の人生は崩壊する。いや、崩壊しない。彼は頑丈で強いものをつくってきた。彼の世界すなわち仕事であり、仕事はけっして崩壊しない。

しかし、ああ。一瞬だけ、そのすべてを脇に置いて、ほんのひとときだけ、彼女以外の世界をすべて忘れられたら。彼はその服を引き裂き、髪をほどきたかった。彼女の欲望をかきたて、彼を欲しがらせて、礼儀も義務もすべて忘れさせる。ふいに、どうしても彼女を狂わせたくなった。その欲望をむきだしにしたくなった。

「きのうの晩にわたしがキスをしたとき、嫌だったの？」彼女が訊《たず》ねる。

「そんなことはない。だがもしぼくがキスをしていたら、きみは嫌がったはずだ」

「なぜ？」

「きみがあまりに感じがよく、礼儀正しすぎるからだよ、ぼくのかわいいカッサンドラ」

彼が前進すると、カッサンドラはあとずさりし、ピアノのくぼんだ面に背中がぶつかってようやく止まった。逃げようとしていなかったから、簡単に両腕の中に閉じ込めた。いったい、おまえはなにをしている？——なんの害もない——彼女から離れろ——一度くらいかまわない。

いい、いい、いい、いい、そうしてどうなる？　そうして、どうなるんだ？　心臓が激しく拍動した。

「ぼくがキスしたら、それは感じがよくないだろう」彼は言った。「それは礼儀正しくもない。それは……」

ジョシュアは身をかがめた。彼女がうしろにからだをそらした。ジョシュアが動きをとめた。彼女も動きをとめた。そして彼はまたかがみこみ、今度は彼女はじっとしていた。息遣いが熱く荒くなっている。彼がスカートをつかむと、彼女ははっと悲鳴をあげかけたが、すぐに唇をぎゅっと結んだ。狂おしい目をした彼女が彼を見つめる。

彼がスカートを少しずつあげていくのを。

一インチ……。

また一インチ……。

さらに一インチ――

その時、勢いよく扉が開き、ジョシュアの手が空《くう》をつかんだ。カッサンドラが彼の脇の下をくぐって抜けだし、部屋の奥に行ってしまったからだ。

「ちくしょう、今度はなんだ?」ジョシュアは激しい口調で言い、戸口のほうを向いた。

その瞬間、またすべてが停止した。

そこに立っていたのは、召使でも、秘書のだれでもなかった。見覚えはなかったが、それでもジョシュアは彼を知っていた。

彼よりもいくつか若い。背が高い。ジョシュアほど長身ではないが、筋肉質でたくましく、髪と肌の色も、顔も似ている。長い髪を、よく船乗りがするような形に編んでいる。日焼けした肌は長い時間を戸外で過ごしているからだろう。おそらく海軍だ。杖をついている。たぶん海軍で負傷し、除隊になったのだろう。

ジョシュアの過剰な動きをしている心臓がひとつ飛ばしに打ち、一瞬とまってからまた激しく高鳴り、そのあいだも彼は、それはこの男となんの関係もないと自分に言い聞かせようとしていた。なぜなら目の前の男は、自分が知っている人間ではない。彼は知りたくなかった。あまりにも長過ぎた。

「いったいなんの用だ?」ジョシュアは訊ねた。

「ぼくだ、アイザックだ」男が言う。「あなたの弟の」

＊　＊　＊

カッサンドラが、いま現在なにが起きているかを理解するのにしばらく時間がかかった。ジョシュアとの接触でぼうっとなった頭と、激しく脈動している熱いからだを正常に戻そうとしていたからだ。新しく現れた人物にたいして、柄にもなくいらだちさえ感じたが、それも彼の姿を眺め、彼が言ったことを理解するまでのことだった。

この人がアイザック! ジョシュアの弟! 顔に歓迎の笑みを浮かべて前に出てい

こうとして、ようやくジョシュアがじっとしていることに気づいた。というより、まったく動いていない。

カッサンドラは足をとめ、兄から弟に視線を移し、また兄のほうを見やった。

「それで?」ジョシュアが唐突に言う。「金は送った。もっと欲しいならば、ダスに言え」

そう言うなり、彼は戸口に向かって歩きだした。旋風のような勢いで、アイザックの横を通りすぎた。アイザックの顔に傷ついた表情がよぎるの見て、カッサンドラは困惑した。彼女の知るかぎり、兄弟が最後に会ったのは、アイザックが十歳のときだ。それなのに、なぜジョシュアはこれほどの憎悪を示すのだろう?

「金が必要なわけじゃない」アイザックが階段のてっぺんにいるジョシュアの遠ざかる背中に呼びかけた。「手紙で書いたように、ぼくが欲しいのは――」

「ぼくは忙しい」ジョシュアがくるりとふり返った。「話すことなど、お互いひとつもないだろうし、話す時間もない」

カッサンドラは思わず前に飛びだした。「ジョシュア! お願い! あなたの弟さんでしょう?」

「どうかな。十四年間も会っていない」

「でも、いけないわ。彼をそんなふうに――」

「これ以上文句を言うな」彼がぴしりと言う。カッサンドラのほうを見ようとしなかった。「けさは、きみのばかげた考えのせいで、すでに多大な時間を無駄にしてしまった」

カッサンドラはひるんだ。心がちくちくと痛む。ほんの少し前、ふたりはキスをしようとしていた。一時間前は、友人であり、戦友だった。そしていまは――

いま、彼は少しでも速く逃げだそうと、階段を一段飛ばしで駆けおりていた。

アイザックが去っていく兄のうしろ姿をじっと見つめていた。カッサンドラよりは二歳ほど年上だったはずだ。彼自身の居場所でならきっと自信に満ちているのだろうが、いまはひとりぼっちで途方に暮れているように見えた。

カッサンドラは心の中で夫を罵倒《ばとう》した。

あとを追いかけて階段をおりていくと、ちょうどジョシュアがミスター・ダスにぶつかり、「ダス、出かけるぞ」とそっけなく言いながらコートを取り、戸口から飛びだしていくのが見えた。

まだ外套《がいとう》を着て帽子をかぶったままのミスター・ダスが、カッサンドラに軽く会釈をした。何年も一緒に働いてきて、明らかにジョシュアのやり方に慣れているらしい。数年のうちには、きっと自分も夫に慣れるのだろう。数年？　彼は数時間の猶予もくれなかった。それなのに、彼女のことを複雑だと言ったのだ！

「ぼくがミスター・アイザックをご招待したんです」ミスター・ダスが言う。「申しわけありません。出過ぎたことをしまして」

アイザックがすばやく階段をおりてきた。杖を使って一段に両足をおろし、それをくり返している。

「あなたは正しいことをしたわ」カッサンドラは、アイザックに聞こえるようにわざと大きな声で言った。「アイザックはここに住むのよ。ジョシュアがそれを嫌がったら、理由をわたしに説明してもらうか、ほかの場所で寝てもらうから。彼にそう伝えておいてね、ミスター・ダス」

「わかりました、ミセス・デウィット」ミスター・ダスはもう一度会釈をすると、戸口から出ていった。

カッサンドラはアイザックのほうを向いた。

「ジョシュアのことは気にしないで。とても機嫌がいい時でさえ、失礼な態度をとる人だから。あなたに会えて、わたしはとてもうれしいわ」

アイザックがドアを見やり、それからカッサンドラに視線を戻した。「あなたは兄の奥さんですね。お邪魔してすみませんでした、ミセス・デウィット」

「とんでもない」カッサンドラは言った。「どうか、カッサンドラと呼んでください。わたしもアイザックと呼びますから。今は弟と義姉の関係ですもの」

「来たのが間違いだった」彼がこわばった声で言う。「歓迎されない場所にいるつもりはありません」

「なぜ？　ジョシュアはいつもそうしているわ。それに、あなたは歓迎されているからだいじょうぶ。彼のことは気にしないで」

執事のフィルビーがそばで指示を待っていたので、カッサンドラはアイザックを客用寝室に案内し、客間にお茶の用意をするようにと指示した。

「さあ」きびきびした口調でアイザックに言った。「きょうは驚くことばかりだったから、わたしはこれからお茶とたくさんのケーキをいただいて、元気を取り戻すの。あなたもぜひいっしょに召しあがって、海の生活についておもしろい話を聞かせてちょうだい」

カッサンドラは待った。しばらくすると、彼の顔にはにかんだような笑みが浮かび、途方に暮れた表情が消えた。きょう、少なくともひとつはいいことをできてよかったと、カッサンドラは思った。

それに、きっと彼はカッサンドラに、家族のことを話してくれるだろう。もしかしたら、その話が、夫を理解する助けになるかもしれない。夫がありとあらゆる人間を遠ざけずにはいられない理由も、ひょっとしたらわかるかもしれない。

14

その夜、カッサンドラはベッドに横になって、蠟燭《ろうそく》の炎を見つめながら、耳を澄ましていた。

ようやく足音、そして隣の寝室のドアが開閉する音がして、彼女のからだは猫のように感覚が鋭敏になった。

ナイトキャップをはずし、ベッドからそっと出ると、部屋をつなぐドアに耳をあてて、ジョシュアが動き回る音を聞いた。トン！――ブーツが床に落ちた音？――そしてふたつ目のトン！　火かき棒を使うカチャンという音。そして――なんの音もしなくなった。動きもない。足音も。なにも。

彼女の部屋には来ない。

べつに驚きではなかった。なにしろ彼女のきょう一日は失敗続きだったのだから――ロード・ボルダーウッドに訴訟をとりさげるように説得するのに失敗し、ジョシュアに彼女を抱くこと、子供をもつこと、アイザックを受け入れるように説得するのに失敗した。でも失敗続きの一日のなかにも、たくさんのよろこびがあった。ジョシュアが子供たちといっしょにいるところを見られたこと。彼のクラヴァットを結んだこと。ふたりのわくわくするような仲間意識。お行儀悪いことをする興奮。いっしょに笑ったこと。もう少しでキスしそうになったこと。

わたしたちは夫と妻――カッサンドラは自分に言い聞かせた――彼がいくら否定しても。ふたりの結婚はどちらが望んだものでもなかったが、いまふたりにあるのはこの結婚という事実だ。

彼女は軽くノックをして、ドアをあけ、彼の寝室に入った。彼は暖炉の前に立ち、半ズボンとシャツの上にガウンをはおって、空《くう》を見ていた。その髪は乱れて額にかかり、火明かりが彼の顔立ちと一日分伸びたひげを照らしていた。

「なんだ？」彼はこちらを見ずに言った。「ぼくは忙しい」

「そうね、わかるわ」

自分が侵入者になったように感じたが、彼のそばに行った。ひょっとしたら追い返されるかもしれないけど、彼女は昼間の親密さをとり戻したくて頑固になっていた。それに、もし失敗するかもしれないとためらってばかりいたら、ママのようになり、ずっとベッドから出られなくなるだろう。

ようやく彼が動き、警戒するように彼女を見た。カッサンドラのからだはそのまなざしに反応したが、彼女はそれを無視した。ここに来たのはそれが目的ではない。今回は。

「不格好なベッドジャケットだ。いったいなにを考えてそんなものを買ったんだ?」

「暖かさと実用よ、おもに」

ジョシュアの場合、それはここにいてもいいという許可に等しかった。だから彼女は彼のガウンの襟を整え、指先でシルクをなでると、関節が彼の硬い胸にあたった。

「きょうはどんな日だったの?」彼女は言った。

「きみはまた、礼儀正しい会話をぼくにしているのか?」彼は言った。「ぼくを誘惑しに来たんだったら、そう言えばいい」

だが彼は離れていかなかった。目をおろして彼女の唇を見て、肩のどこかに視線を移した。カッサンドラは彼の首に腕を回して清潔でいい匂いを吸いこみ、彼の唇にふれて、からだを押しつけたいという衝動をこらえた。

「アイザックの話をしにきたの」

それを聞いて、彼はからだを引こうとしたが、カッサンドラはガウンの襟をしっかりつかんで離さなかった。まるでなにかを成しとげたように感じた。彼女は手のひらを、彼の胸の上に置いた。その肌の熱が彼女の体内に入り、そして——ほら——彼の心臓の鼓動が感じられた。彼女の心臓は反応して高鳴り、意識して呼吸しなければならなかった。

「アイザックの話はしたくない」彼は言った。「きみのベッドジャケットの話をしたい」

「わたしのベッドジャケットは重要じゃないわ。重要なのはあなたの弟さんよ」

「違う」彼はしかめっ面でベッドジャケットをにらみつけた。まるでそれが解くべきパズルであるかのように。「きみは優先順位をまったく間違っている」

「アイザックはお母さまと妹さんを探していると言っていた。ふたりからずっと連絡がなかったなんて知らなかったわ」

「みんな離れていく」ジョシュアはつぶやいた。「この蝶結《ちょう》びがこの服を不格好にしているんだと思う」彼は問題の蝶結びを指でつまみ、その関節が彼女のあごの下をかすめた。彼女の背中にぞくっと震えが走り、下腹部に留まった。「きみのあごにこすれるだろう。まったくばかげている」

「布地はやわらかいのよ。気にならないわ」

「ぼくが気になる」

彼が蝶結びをひっぱり、ほどけるのを感じた。ジョシュアが彼女を脱がせようとしている！　嘘《うそ》でしょ。カッサンドラは彼の家族のことに考えを戻した。誘惑よりこっちのほうが大切だ。いまは。

「あなたにはつらかったでしょうね」彼女はなんとか言った。「お母さまがさよならも言わずに行ってしまったのは」

彼は問題の蝶結びをほどくのに全力を傾けていた。「母は伯爵夫人から愛人に身分がさがったばかりだった。不思議だよ、女はそういうことに動揺する。ほら、蝶結びがないほうがずっといい」彼はベッドジャケットの上を開いた。両手を一瞬、彼女の胸の上の、乳房のすぐ上に置いた。そのことに気づいているのか、彼女のあえぎに気づいているのか、彼はなんのしるしも見せなかった。

「ちくしょう」彼は言った。「まだ蝶結びがある」

「そうよ、ジャケットの前を留めているの。とても役に立っているのよ」

「いや、こいつらはまったくだめだ」

彼の機敏な指がもうひとつ蝶結びをほどいた。もうひとつ、さらにもうひとつ。蝶結びをひっぱるたびに、彼は彼女の息を弾ませ、彼女の欲望を肌の表面に引きあげた。カッサンドラは気が散りやすい心をなんとか引き戻した。

「そして妹さんはあなたが最後に見たとき四歳だったなんて」彼女は言った。「ミリアム――とてもかわいらしい名前ね」

「わかっていると思うが、そんなのは全部ぼくの知っていることだよ」

「忘れているかもしれないと思って。あなたは都合の悪いことは忘れてしまう記憶の持ち主だから」

「さあできた」

彼の両手がカッサンドラの肩を滑り、ベッドジャケットを開いた。そしてずしりと温かく、そこにとどまった。彼女のからだを見つめてジョシュアの目は燃えあがり、炎とはなんの関係もない熱を発していた。その熱が彼女のなかを駆けめぐる。カッサンドラはもじもじとからだを動かし、どうしていいかわからず、下を見た。彼女の寝間着は慎み深いものだったけど、縁は胸の膨らみの上に乗っていて、布地は薄く、つまり……どうしましょう。彼女は胸の前を腕で隠そうとしたけど、いつものようにすばやく彼が手首をつかまえて、彼女の脇におろしたままにさせた。

「だめだよ」彼は言った。そのまなざしがいたずらっぽく彼女のからだの上を動いた。

「きみのベッドジャケットは前があいているとすごくいい」

「いいえ。さっき言ってたことだけど……」

「なにか言っていた？　気がつかなかった」

「アイザックは居場所を失ってさみしいんだと思う」

ジョシュアは彼女の手首を放して、ふたたび目を落とした。「いや、やっぱりだめだ。きみのベッドジャケットはやっぱり不格好だ」

「彼は人生の半分以上を海軍で生きてきて、まだ二十四歳なのよ」

「たぶん床に落とすといいと思う」

ああもう。「退役して、なにをしたらいいかわからないのよ」

「ぜったいに床に落とすべきだ」

彼は指先だけを使ってベッドジャケットを彼女の腕から手の上へと滑らせていった。その動きはゆっくりりで、繊細で、じらすようで、カッサンドラは声をあげてしまわないように唇を嚙《か》んだ。

自分が彼女になにをしているか、わかってやっているのだ。なんてにくらしい。でも彼女がアイザックから聞いたことも重要だった。

「あなたがなにをしているかわかってるのよ、ジョシュア」

「きみをこの不格好な服から助けだしている。ぼくは英雄なんだ」

「あなたは弟の話をするのを避けている」

ベッドジャケットは彼女のからだを滑り落ち、足元にたまった。ジョシュアの指先はまるで蝶がとまるような軽さでカッサンドラの手にふれた。

「寝室で妻とふたりきりなんだ」彼は言った。「もちろんぼくは弟の話なんかしたくない。ほら、きみの寝間着もこんなに不格好だ」

「アイザックは、あなたがみんなをまとめようとしていたと言ってた」

彼女の言葉は、あると知らなかった的《まと》に命中した。ジョシュアの表情はまるで鋼《はがね》のように冷たく硬くなり、肩をこわばらせて手をおろした。カッサンドラはすぐに彼が恋しくなった。彼のからかいと彼の官能も。でもこれは言わなければいけないことだった。カッサンドラはわかりたかった。ジョシュアにもわかってほしかった。

「パパがあなたたちを助けにいったとき、あなたは弟たちといっしょにいたいと言ったのに、弟たちは離れたがった。あなたはふたりに行くなと、家族はいっしょにいなければだめだと言った。でも弟たちが望んだのは、海軍とインドだった。だからといって、いまアイザックに背を向けることはないわ」

時計の針がカチリと動き、心臓がひとつ打ち、火がはぜた――彼の動きがあまりにも速かったので、カッサンドラは彼の目的を考える間もなく、気づくとじゃがいもの袋のように肩に担がれていた。あごが彼の背中にあたり、ひざを彼の腕でしっかりと押さえられて。

ほんの数歩で彼はカッサンドラの寝室に入り、彼女を投げた。彼女は空を切って勢いよくマットレスに着地した。寝間着は太もものあたりに絡まり、彼女は思わず裾を直そうとした。

「やめろ」彼は厳しい声で言った。

カッサンドラは固まった。でもジョシュアは彼女の脚を見ていたのではなかった。

「ぼくの家族を直そうとするのはやめろ」彼は言った。「きみは直そうとしているんだ。自分の妹たちと弟たちとぼくと——なにをしてるか知らないが、やめろ。つまらないし、非常に迷惑だ」

彼女は反抗的にあごをあげた。「アイザックはここに住むのよ。わたしが招待したから」

「そうか。どうせだから全員、ぼくの家に越してきたらいいんじゃないか？」

「わたしの家でもあるわ」

ジョシュアは彼女をにらんだ。「それにいつでもそんなに正しいのはやめろ。さあ、ぼくはあのドアをくぐって戻るから、もうじゃましないでくれ」

カッサンドラはひざ立ちになった。「でもほかのことは？」

「ほかのなんだ？」

「わたしのベッドジャケット。それに妻の務めも」

彼は手を髪に差しいれ、うなり声をあげた。「またぼくを誘惑しようとしている。きみもきみの妻の務めもからっぽの子宮も不格好なベッドジャケットも。そんな暇はない。ぼくにはきわめて重要な仕事がある」

「いまは午前二時よ」

「それならきわめて重要な睡眠がある」

いいえ、行かせない！　そんなの許さない。

カッサンドラは寝間着の裾をつかんで頭をくぐらせた。でも――どうしよう！　寝間着が髪の毛にひっかかって、彼女はひっぱった。もう一度ぐいっと。そのあいだも自分の裸を彼にさらしていることは全身が熱くなるほど意識していた――こんなことするのではなかった。あまりにも恥知らずだったし、いまは自分がばかみたいに思える――そしてもう一度ひっぱり、今度は寝間着がはずれて、それといっしょに髪が半分ほどけて背中に流れ落ちた。

でもジョシュアの目は荒々しく彼女の裸をなめまわして燃えるように輝き、カッサンドラはその熱を全身に浴びて、動けなかった。

彼の目以外は一インチも動いていなかった。カッサンドラのあえぐような息が静かな夜にうるさすぎるほど響き、彼女の心臓は酔っぱらってカドリルを踊っていた。ごくりと唾をのんで不安を抑えこんだが、その音が恥ずかしいほど大きくて、それで呪縛が解けた。寝間着をからだの前にもってきて、胸を隠そうとした。

「こんなことはすべきじゃなかったわ」カッサンドラは言った。その声は奇妙で頼りなかった。

カッサンドラは彼が片腕を伸ばし、ゆっくりとよく考えた動作でドアをしめるのを、魅了されたように見つめた。蠟燭の明かりに照らされたジョシュアの目は色濃く、液体のように澄んでいた。そしてそれに応えるように液体の熱が彼女のおなかに溜まった。

「こんなことって？」彼の声が目の粗いビロードのように彼女の張りつめた肌を愛撫《あいぶ》した。「寝間着を脱いだことか、それともまた隠そうとしてることか？」

「いえ」

彼が近づいてきた。ベッドの高さのせいで目の高さが同じくらいだった。少し前にからだを傾ければ、彼女の張り詰めた胸は彼の胸板にこすれるだろう。彼女は腕をもっと強く胸に押しつけた。慎みのためではなく――そうではなくて――胸がさわってほしがっていて、こんなふうに押すとすごく気持ちがいいから。

ジョシュアの目がきらりと光り、彼はわかっているのだと教えた。でももしかしたら彼女の想像かもしれない、だってどうして彼にわかるの？　それに彼はなぜこんなにいたずらっぽいの？　そしてなぜ、彼のからかいをやめてほしいと思いながら、同時にいつまでも続けてほしいと思ってしまうの？

「きっと、そのどちらも間違いだったと思うことになるよ、かわいい奥さん」

彼が寝間着をひっぱった。カッサンドラはますますぎゅっとつかんだ。彼が片方の眉を吊りあげた。いたずらっぽいからかいが、熱をもつ約束と交じり合う。

「おあいこだよ」彼はつぶやいた。「きみはぼくの裸を見た」

彼がふたたびひっぱり、カッサンドラは今度は手を放して、寝間着は床に落ちた。

15

ジョシュアがその美しい胸をじっくり見る前に、カッサンドラは腕を交差させて両手で肩を抱くようにして、また隠してしまった。わくわくするほど不十分な努力だが。彼女の髪が顔をつつむように流れ落ち、その目は大きく、色濃くなり、その短く震えるような呼吸は彼自身の息のこだまだった。

彼女はなにもかも完璧で、彼はどうしていいのかわからなかった。こんなことを始めるなんて、なんてばかだ。だが彼は始めて、こうなった。そしてジョシュアのなかにはもう、彼女への欲望しかなかった。欲望と、脳のどこかでかすかに聞こえるカンカンという音。彼女にさわったらだめだという警報だ。なぜなら……なぜなら……なにか理由があった。

そうだ、もし彼女にさわったら、世界が滅びるのだった。

まったくのたわごとだ。

「あなたはしたくないのかと」カッサンドラが言った。

「ぼくはいつでもやめられる」

「それならなぜ、まだやめたくないの？」

「なぜなら、いまやめないからだ」彼は指を彼女の手首にひっかけた。「なぜなら、妻を見たいからだ」

彼女はジョシュアが手をからだから離し、脇に置くのを許してくれた。彼女の豊かな胸が上下する。やわらかい腹部。腰と太もものやわらかさ。すてきな合わせ目には黒っぽい巻き毛。

ジョシュアの手は彼女を隈《くま》なく愛撫《あいぶ》したくてうずうずしていた。舌は味わいたがっていた。彼のものは満たしたがっていた。考えていることの一部が顔に現れていたのだろう、彼女は息をのみ、両手で顔を覆った。

彼は調子はずれな声で笑った。「そんなことをしても見えるよ」

「見えない」

「それは残念。ぼくはきみを見るのが大好きなのに」

彼はできるだけ近づいて、唇で彼女の耳を見つけた。彼女の髪にほおをくすぐられて、顔をうずめたくなる衝動に抗う。彼女はしっかりと手で目を覆ったままだ。

「ぼくに見られるのが気に入っている？」彼はささやきながら彼女の匂いを吸いこみ、血管で感じた。「正直に言うんだ」

彼女は長く震える息を吐いた。「ええ」

ああなんてことだ。「ぼくにさわってほしい？」

「わたし……わたしの……その……全部わたしの意見を訊《き》かないといけないの？」

彼女は自分がなにを求めているのかわかっていないし、ましてそれをどう表現したらいいのかまったく知らない。彼がなにを求めているのか、想像できるのだろうか？やわらかくいい匂いのするそのからだの隅から隅まで、そそる胸から腹部へ、口と手で愛撫する。太ももを開いてそこにさわり、彼女がまともに考えられなくなるまでキスをする。彼女が彼の愛撫以外のなにもかも忘れるまで。

この愚かなゲームを始めたのはジョシュアだ。そして彼女が掛け金をつりあげた。そしていま、彼女は次の一手を知らない。つまり彼の番だ。彼女をじらし、挑発し、彼女自身の欲望で責めさいなみ、その力を理解させれば、次は軽々しく彼を誘惑しようなんて考えなくなるだろう。危険？　彼は毎日危険を扱っている。それにいつでも好きなときにやめられる。いつでも立ち去れる。

ジョシュアはほどほどに安全な距離まで引いた。「きみにさわってもいいが、困るのはこれがどこに行きつくのか、きみがまったく知らないということだ」

「少しは知っているわ」あえぎ交じりのそっけない口調。「わたしたちの結婚式の夜があったでしょう」

「きみは楽しまなかった」

「がんばるから――」

「いまいましい妻の務めについてもう一度でも言ったら……」

彼は最後まで言わなかった。欲望と戯れることは炎と戯れることだと彼女は理解しないとだめだ。それが唯一でも、最大でもないが、やはり問題だった。

「ぼくはきみにさわるべきじゃない。だがもしさわらなかったら、きみはけっして理解しない」ジョシュアは彼女から目を離して、部屋のなかを見回した。ベッドの足元に置かれたテーブルの上に薔薇《ばら》を生けた花瓶があった。ピンク色で半分花開いた薔薇が三本。「難しい問題だ。きみの夫が独創的な問題解決の手腕の持ち主でよかった」

彼は花瓶からつぼみの薔薇を一本取りだして、彼女に向き直った。彼女が小さく叫んで目をあけた。うっかりした。茎から冷たい水が垂れて彼女の肌にはねた。一滴のしずくが、太もものいちばんやわらかそうなところに。

「どうかお許しを」

「いまになって行儀を身につけたの？」彼女がつぶやいた。「い、いま？」

ジョシュアは手のひらで水滴をぬぐいながら、思わず笑みを浮かべ、必要以上に時間をかけた。カッサンドラが息をのみ、彼は手をひっこめるのに意志を総動員しなければならなかった。

自分の服で茎の水気をとり、薔薇のつぼみを彼女のほうに傾け、その怪訝《けげん》そうな顔を楽しんだ。こんなふうにからかうなんて悪魔だが、それも楽しくてしかたがない。

「きみにさわらずに、さわる。賢いだろう？」

薔薇でカッサンドラの開いた唇をなでた。そのあいだずっと彼女から目を離さなかった。薔薇の香りのなかに、別の、もっと濃厚で鼻腔をくすぐる香りがある。彼女の香りだ。ジョシュアは薔薇をほおにあて、また唇に戻し、あご、輪郭をなぞっていった。カッサンドラは首をそらし、のどをあらわにした。彼はありがたくこの誘いに応じ、速まる脈の上に、鎖骨のくぼみに、そしてぐっと下へ、硬くとがっている乳首のひとつまで花びらを滑らせた。次にそのまわりに円を描き、行ったり来たりさせながら、彼女のからだと顔のどちらに注目するか板挟みになり、自分は頭がおかしくなったのだろうかと考えていた。

カッサンドラは小さな声をあげ、また目を覆った。新たな快感の震えが彼の全身に走った。

イエス、頭がおかしくなっている。

「さあ、これを持って」ジョシュアはきびきびした口調で言った。

カッサンドラは目をあけ、ぼうっとした目をしばたたかせてジョシュアを見て、薔薇を受けとった。彼女の裸と自分の昂《たかぶ》りをできるだけ無視して、ジョシュアはふたつ目の蠟燭に火を点《つ》けて、ポケットから洗濯したてのカーチフを取りだした。彼女の横に広げてからまた折りたたんだ。いつになく手つきが不器用になっている。

「目隠し？」彼女のとまどいが感じられた。「『目隠し遊び』のゲームでそういうふうに折るのよ」

「きみはこう言っただろう。きみが見えなければ、ぼくにもきみが見えない。これで恥ずかしがる必要はなくなる」

カッサンドラは小さく笑った。「あなたはわたしと同じくらい愚かね」レモンの匂いのついた布を目にかぶせて頭のうしろで結んだが、彼女は抵抗しなかった。ジョシュアがそっと彼女をあおむけに倒すと、彼女はすぐに横たわって脚を伸ばした。

ほら。また彼女にさわったが、世界は崩壊しない。

「だいじょうぶかい？」訊きながら、彼女の全身を一度に眺めようとした。蠟燭の明かりで暖かい色に輝き、そのからだは信頼でリラックスしている。

「だいじょうぶだと思う」彼女は彼のほうに手を伸ばした。「これってすごく……」

「堕落している？　堕落していると言ってくれ。きみの『堕落』という言い方がいい」

「そうかもしれない。でもわたしたちは結婚してるんだから」彼女はまるで自分を安心させようとするように言った。「だからこれはすべて適切な作法なんでしょう」

「作法！」

ジョシュアはベッドにのぼって、彼女の腰の横にひざまずき、その震える手から薔薇を取った。カッサンドラは彼に手を伸ばし、ひざにさわって、太ももの上に手を置いた。焼けつくような感触が彼のからだを駆けぬけたが、ジョシュアはそれを無視した。彼女の眺めを堪能し、その唇に薔薇をおろした。

「きみの作法をはぎとってあげよう」彼は暗い声で約束した。「きみの感じよさと礼儀正しさも。なにもかもはぎとって、生々しく、はしたなく、ずきずきする欲望だけになるまで」

＊＊＊

カッサンドラはたしかに堕落したように感じていた。それに堕落がこんなにいい気分だとは夢に見たこともなく、期待でからだが震えた。暗い約束の秘密の世界で、まるで生贄《いけにえ》のように彼の前に横たわるのはなんてふしだらで刺激的なんだろう。そして彼を自分の上に引きこんで、その重みと力強さを感じたいという渇望はなんて強烈なのだろう。これが自分だなんて信じられなかった。そして彼が主導権を握ってほっとしていた。

彼のゲームを完全にはわからなかったけど、自分でも驚いたことに、それをプレイして彼にじらされるのが楽しかった。彼がこんな気持ちにさせてくれるなら、なんでも頼みを聞いてしまうだろう。

やわらかく、いい香りの花びらが彼女の唇をくすぐり、その形をなぞり、カッサンドラは薔薇と、その向こうにいる彼の匂いを、吸いこんだ。

「花びらはきみの唇の色とは少し違う」彼の声はくすぶり、まるでごつごつした石炭のようだった。「だが、ああ、きみのほお……赤くなっている。ぼくのせいで」

羽のように軽い感触がほおに移動し、けだるげに円を描いたかと思うと、滑りおりて顔の輪郭をかすめた。カッサンドラは頭をそらし、無言で命じた。彼は従い、薔薇は感じやすい喉の肌の上で震えた。

「この明るさでもぎりぎり、喉のところで脈が速まっているのがわかる」

イエス。脈があがっている。血液はまるで嵐の日の川のように奔流となって全身を流れていた。カッサンドラは息をしようと、息をとめようとした。彼の太ももに指を食いこませた。世界が絞りこまれて感触だけになる。指の下の彼の硬い筋肉。背中を温めるマットレス。彼女の肌をくすぐる彼のシルクのガウン。そして胸の上にのろのろとジグザグを描き、彼女を責めさいなむ薔薇の花。左右の胸のあいだをなぶるようにかすめ、片方の乳房のまわりに円を描き、次に反対も。カッサンドラは背を弓なりにして、また命じる。従順な薔薇は乳首のまわりを回る。すごく気持ちいい。けど足りない、ああ、ぜんぜん足りない。弱々しい声が唇から洩《も》れ、それに応えて彼が荒々しくあえぎながらうめく。彼は胸の谷間に薔薇を滑らせて、反対側の拷問を続ける。一か所さわられるだけで、なぜからだじゅうで感じてしまうのだろう？

「きみの乳首は薔薇のつぼみよりも色が濃い」彼はささやいた。「だがつぼみよりも甘いはずだ」

カッサンドラはもう少しで腰を回しそうになったが無理やりこらえた。片手はまだ、鋼のように硬い彼の太ももをつかんでいたが、反対の手は自分の太ももの上にあり、自分の肌に指を滑らせているのに気づき、それもやめた。

「ここの肌は薔薇の花びらと同じくらいやわらかいはずだ」真紅の花びらが乳房の下をなでる。「残念だ。きみがぼくにさわらせてくれないなんて」

カッサンドラはさわってもいいと言おうとした。さわれないなんて言ってない。そんなばかな規則をつくったのはあなただと。もちろんさわってもいいし、さわらないとだめだ。お願いだからさわってほしい。でも彼はそんなことは聞きたがっていない。これは彼のゲームで、彼女は話すこともできず、ただ懇願するだけだった。

薔薇は彼女の肋骨《ろっこつ》をなぞるように動き、彼女のおなかの線をたどった。カッサンドラは薔薇を胸に戻してほしかったし、脚のあいだにも欲しかった。でも薔薇ではだめかだった。あまりにも軽くて、あまりにも心地よすぎる。彼女に必要なのはもっと別のなにかだった。

「もしきみがぼくにさわらせてくれるなら、ぼくはここにさわる。そしてもっと下のここにも」

薔薇に腰のくびれをさっとなでられ、カッサンドラは頭がおかしくなりそうなほどのうずきに、太ももをぎゅっと閉じ合わせた。薔薇は彼女の太ももからひざへと移動し、まるで眠れぬ夜のようにゆっくりと、じりじりと、彼女の脚の合わせ目の谷をのぼり、太ももの内側からつけ根の巻き毛を軽くかすめた。

「きみがさわらせてくれたら」彼はささやいた。

カッサンドラは情けない声を洩らし、太ももを開いた。そして自分の指がいつの間にか、執拗《しつよう》な熱いうずきのすぐそばまで近づいているのに気づいた。ぼんやりと、自分の罪深い大胆さを恥じたが、やめるほどではなかった。

でも彼は、残酷にも彼女の招待、彼女の欲望を無視して、薔薇は無情にも遠ざかり、おなかを、肋骨の上をたどり、ふたたび乳房の下に戻った。

たまらず、彼の腕をつかんだ。力強く、自信に満ちた腕。

「ジョシュア、お願い」

「残念だよ、きみがぼくにさわることも、キスも許さないなんて」

「許すわ。じらすのはやめて。もう」

薔薇がとまった。「なぜ?」

「わけがわからない」

するとき薔薇は離れていった。ふたりのつながりは、彼の腕に置いた手だけになり、カッサンドラは彼の肩に手を滑らせ、のびあがり、彼をつかんで、引き寄せた。

今度は、彼は従わなかった。優しく彼女を押してベッドにあおむけにさせ、その上に身をかがめた。目隠しをしていても、彼の緊張が感じられた。カッサンドラは彼の背中をなで回し、その筋肉をさわった。

「なぜこれを求めるんだ?」彼はそっと訊いた。

「なぜなら……わたし……」夫と妻と務めと子供に関係するなにかがあったけど、考えられない。からだのなかにこのぐるぐる巻きに締めつけるようなうずきがあっては。彼がこんなに近くにいて、手にその肩の感触を感じ、脚を彼の脚に巻きつけていては。

「とても考えられない」

低い声。悪態。なにがいけなかったの?　どうして彼はこんなに複雑なの?

「なにを感じる?」彼が尋ねた。

「感じる……どこもかしこも……こんな……あまりにも……」

「気に入った?」

「もっと欲しいの。でも終わらせないと」

カッサンドラは彼の首に腕を巻きつけて、指をその髪にもぐりこませ、彼を引きおろそうとしたが、彼は動かなかった。

「終わらせるには、もっとさわるしかない」彼は言った。

「それならさわって」

「それがきみの欲しいものか？」

「欲しいのはそれだけ。お願い、ジョシュア。あなたがさわってくれたら、なにもかもどうでもいい」

「ああ、カッサンドラ」彼はうめいた。

彼の手が腰に置かれた。しっかりと、温かい。その手が脇腹をのぼり、彼女の肌の下に熱い波を起こしていく。彼の息とほおを喉に感じ、髪がくすぐったい。そして彼が手で胸をつつみ、熱い唇を脈にあてた。

カッサンドラは目隠しをはずし、明るさに目をしばたたかせ、自分の胸をつかむ力強い手を見てくらくらした。彼の目は問いかけるようで、熱く、彼女の目をとらえたまま、彼は頭をさげて乳首をなめた。快感がからだを貫き、彼女は背を弓なりにして、彼の首にしがみついた。

「おかしくなってしまいそう」彼女は泣きそうな声で言った。

「ぼくもだ」

彼女は彼の髪に指をからめて、彼の顔を引き寄せた。

「もうキスしてくれる?」彼女は訊いた。

「きみはキスされるのにこだわっている」

「あなただけよ」

そうつぶやくと同時に、ふたりの唇が激しくぶつかった。彼は彼女の口をむさぼり、彼女の奥にある情熱に火を点けた。変な気分だけどこれでいいとも感じた。彼は彼女と舌を絡め、彼女は身を起こすようにして、しがみつき、手を忙しく動かした。彼は彼女のガウンとシャツを脱がせて肌にさわりたかった。彼は手を貸さずに、彼女の唇に夢中だった。まるで生きるのに必要なのはそれだけだとでもいうように。

彼が唇を離して、彼女のあごの線に唇を休めた。

「もっとよ」カッサンドラは彼の頭をかかえた。「もっとキスして」

今度は自分も彼の唇をむさぼり返し、もう離さなかった。もっと、もっと――そして彼の手が、ああ! 彼の手が胸を捨てて腰をなで、太ももの外側、そして内側へと移動した。彼女は脚を開いたが、自分がなにを求めているのか、わかっていなかった。ところがうずきの中心、いちばんさわってほしかった場所を彼にこすられて理解した。

カッサンドラは声をあげてベッドに落ち、なんとか息をしようとした。ふたりの目は合ったままで、彼の指は動きつづけている。

ゆっくりと、彼女のなかの火を熾《おこ》していく。まるで快感の波をあやつる魔術師のように。

彼は唇を、彼女の唇にかすめた。「キスしてあげよう」唇をつけたままささやいた。「きみが想像したこともないキスを」

そういってからだを離し、彼女はつかまえようとしたが、彼には別の考えがあった。それは指の愛撫と同様に、容赦のなく彼女の世界を変えていった。唇をこするように喉をおろし、胸にたどりつくと乳首を愛撫し、ありえない快感に彼女を身もだえさせた。そして――まさか！　彼は指を、彼女のなかに沈めた。思考がばらばらになる。

「ジョシュア！　あなた……そんな……ああ」

「しーっ、スイートハート」彼は口を肌につけたまま言った。「まだキスが終わっていない」

彼はカッサンドラのからだにキスの道をつくり、熱い唇とやわらかくちくちくする無精ひげで彼女に焼き印を押していった。カッサンドラがぼうっと見ていると、彼は両手で彼女の太ももを開き、そのあいだで構えた。まさか。ありえない。そんな場所にキスなんて……。

彼はキスした。

快感がらせんを描いて彼女のなかをめぐる。ベッドから浮くほど背をそらしていた。頭を枕に押しつけて。力強い手に腰を押さえつけられながらも身をよじり、この強烈な刺激から逃れようとした。ずっと、ずっと続いてほしい。彼の舌は熱くて力強くて執拗で、太ももにあたるほおはざらざらでやわらかく、彼女のうずきはどんどん大きくなって、からだのなかでぐるぐる渦を巻いた。カッサンドラは動こうとしたけど彼は許さず、終わってほしかったけど彼は終わらせず、それにずっと続いてほしかった。もっと。もっと。そしてもう耐えられなくなったとき、経験したことのない快感の波があとからあとから押し寄せた。目の奥まで。足のつま先まで。彼は口を離し、カッサンドラは背をそらして震え、声をあげた。

快感の波が凪《な》いでからも、彼女の心臓は、脚のあいだのすてきな熱いうずきと同じリズムで拍動していた。

まだ息が切れているときに、彼がベッドからおりるのを感じた。カッサンドラは目をあけて彼にほほえみ、次の展開を待った。彼がすべてを与えてくれるのを。ジョシュアはベッドの脇に立ち、彼女を見つめていた。もう裸も恥ずかしくなかった。すぐに彼の裸を見られるのだから。

「こういうことだったのね」彼女は言った。

「そうだ。こういうことだ」

彼の声はしわがれていた。カッサンドラは手を伸ばしたが、彼はそれをよけた。彼女のほうに近づこうとして、またさがった。奇妙だ。彼はいつでもきっぱりしている。自分が間違っているとわかっているときでも、きっぱりと間違う。

彼の迷いがカッサンドラにもうつった。彼女は震えたが、寒かったわけではなかった。

「ジョシュア？」

「なんだ？」鋭い声。

カッサンドラはびくっとした。わけがわからなかった。「これで全部ではないわよね。わたしたち……」彼女が求めているものを表す言葉がなかった。「これは……これでは子供はできない」

「これでいいんだ。ぼくはいつでもやめられると言っただろう」

ジョシュアは彼女の寝間着を拾いあげて、投げてよこした。本能的に受けとめ、ひんやりした布地をつかんだとき、ドアがしまった。

カチリ。

彼は鍵をかけた。

彼女はひとり、裸で、しおれた薔薇と、脚のあいだのすてきなうずきの余波とともに、蠟燭の光のなかに残された。

＊　＊　＊

鍵をかけるとすぐに、ジョシュアは震える手をズボンのなかに入れた。よろけるように部屋を横切り、ひざまずいて、片手で自分の絶頂を目指した。もう片方の手は、声を立てないように口にかませていた。

最初は純粋な快感だった。心はまだ隣の部屋にいた。カッサンドラ。なんてことだ。カッサンドラが不作法な欲望に屈し、かわいらしく獰猛《どうもう》に求めてきた。あの肌、あの匂いが彼の脳を曇らせ、あの味が口を満たし、あのよろこびの泣き声が耳をつつみ、そしてああ、なんて見物だっただろう。彼の舌でいって激しく震える彼女のからだ。

だが快感が鎮まって残ったのは、自分が子種をこぼしたことの自己嫌悪、こぶしの歯型の痛み、そして胸のなかにぽっかりあいた穴だった。

彼女をからかい、いじめるだけのつもりだった。なぜ手がつけられない事態になった？　だが彼女はこれでぼくを求めるようになる。間違いなく。

それなのに、自分はそれも拒んだ。これまでに会ったなかでもっとも情け深い彼女にたいして、ずっと拒みつづけている。自分にも。そんなことをして、いったいなんになる？　彼のしたことは、また彼女を傷つけ、生まれつつあった絆《きずな》を断ち切り、床を汚しただけだ。

祝うべきだ。自分がまさにやろうとしていたことを成しとげたのだから。床の汚れは別にして。いかに冷静で、英雄的で、賢く、強かったことか。なんて勇者だ。天才。たいした男だ。

彼は床をふいて、服を脱ぎ、ありがたいほど冷たい水でからだを洗い、冷えたベッドに入った。

そういえば、ゆうべはこのベッドで眠らなかった。ゆうべは彼女といっしょに寝た。まるで一日で一年たってしまったように感じる。カッサンドラとボルダーウッド。アイザックとカッサンドラ。

ちくしょう、なんて愚か者だ。あんなこと始めるべきではなかった。立ち去るべきではなかった。

枕を殴り、横になった。

彼女を抱いても子供ができないようにすることも可能だ。そういう方法がある。知っている。

彼は横向きになった。

だめだ。それはずるい。彼女に正直でいると約束した。それは最悪の嘘になるだろう。

またあおむけになった。

一度くらいいいだろう。一度だけで妊娠する可能性はどれくらいあるんだ？　一度でじゅうぶんだし、なんの害もない。

彼はさっきとは反対に横向きになり、枕の下にこぶしを入れた。

彼女のからだに溺れて、彼女もぼくのからだに溺れさせることもできた。だが立ち去った。なんてばか者だ。

彼はあおむけになり、暗闇を見つめた。奇妙な平安が訪れた。

やった。ぼくは立ち去った。いつでもやめられると言って、本当にやめた。

それならなにも心配することはない。なにもおそれることも。

16

翌日、カッサンドラはジョシュアの書斎でサー・ゴードン・ベルとミスター・ダスといっしょに大きなテーブルにつき、この家のどこかにいるはずのジョシュアを待っていた。ゆうべ彼がカッサンドラの寝室を出ていってから一度も顔を合わせていないし、もう二度と会わずにすむなら、それに越したことはない。カッサンドラは恥知らずなふるまいをして、ジョシュアはそれを罰するかのように出ていってしまった。そんなできごとがあったあとで、どうしたら目を合わせられるだろう?

そこへ、ジョシュアが勢いよく書斎へ飛びこんできた。彼がドアを勢いよく蹴って閉めると、テーブルの上に置いてある書類が激しくはためいた。カッサンドラは壁の本棚をじっと見つめて、こみあげる屈辱で肌がほてるように感じた。

「ああ、サー・ゴードン」ジョシュアが声をかけた。「この茶番劇をさっさと終わらせるとしよう」

ここはどうにかやり過ごそう。カッサンドラは心のなかでつぶやいた。こちらが向こうを無視していれば、向こうもこちらを無視するはずだ。

ところが、ジョシュアはカッサンドラを無視しなかった。

彼女が坐《すわ》っている椅子の隣で立ちどまった。横目でちらりと見ると、彼がこちらを見ていた。カッサンドラは肩を軽くふれられてびくっとひるみ、同席者がいるとわかっていたのにどうしようもなかった。

「ご機嫌はどうだい?」ジョシュアが優しく話しかけてきた。

こうなったら彼を見ないわけにいかなかった。今朝のジョシュアはひげを剃《そ》らず、コートを着ていないし、昨日の夜、彼女が味わった喉に結ばれているクラヴァットは簡単な結び方だった。カッサンドラはこのみだしなみをとがめたくなったが、言葉をのみこんだ。自分がとがめたいのはみだしなみのことではないとわかるくらいの分別はある。それに、今日はカッサンドラもあまり褒められた格好ではなかった。よく眠れず起きるのが遅くなってしまい、メイドが別の仕事で忙しくしていたので、だぶついた古いモーニングガウンを着ることにした。そして、サンネ・パークの管理にかかわる雑事を片づけたり手紙を書いたりしているうちに、着替えるまもなくサー・ゴードンが来たと告げられたのだ。それでもサー・ゴードンは家族ぐるみの友人だし、ミスター・ダスはおおらかな人だし、ジョシュアは悪魔で、彼の意見を気にかける必要はまったくない。

ところが、ジョシュアの表情は悪魔にしては優しく、彼の唇によって感じた震えがカッサンドラのなかでよみがえった。彼女はテーブルカヴァーの下で、ひそかに太ももをぎゅっと閉じた。彼のひげの生えたほおにこすられてピンクになった部分が、まだひりひりしていた。

「おかげさまで」カッサンドラは返事をした。「とてもいい気分だわ」

「よかった」

時計が重々しい音を鳴り響かせ――一回、二回、三回――、ジョシュアはふたたび動きはじめ、書斎のなかを行ったり来たりして、その動きだけで、書斎に集まった人々の視線を引きつけていた。

「スキャンダルと放蕩《ほうとう》には専門の弁護士が必要なようですね、サー・ゴードン」ジョシュアが告げた。「ぼくがいつも頼んでいる弁護士は商取引には詳しいが、不貞の専門知識については、上流階級に頼るしかない」

サー・ゴードンはここで動揺を見せるわけにいかなかった。両手の指先を組みあわせ、澄んだ青い目をそらさずジョシュアを冷静に眺め、無言をつらぬいていた。ミスター・ダスはペンをもてあそびながら、こみあげる笑みを押し殺していた。

「夫は言いたいことを伝えるのが得意ではないんです、サー・ゴードン」カッサンドラは言った。「弁護を引き受けてくださって、わたしたちはとてもありがたいと思っていります」

「このごたごたをさっさと片づけて、平常の生活に戻れるようにしてもらえたらありがたい」

まあ。なんて思いやり深い人なんだろう。彼女がいない平常の生活のことをわざわざ思いださせてくれるなんて。ゆうべも彼女にそれを思い知らせた。また彼女から立ち去ることで。カッサンドラから立ち去ることにかんして、彼はすばらしい才能の持ち主だ。

カッサンドラにキスをする才能も。

太ももをぎゅっと合わせながら、彼のことが嫌いなのになぜそばにいたいのだろうと、カッサンドラは思った。もちろん、彼を絞め殺すのには、当然、そばにいる必要がある。たぶんそういうことだ。

「まず、かなりの実質的証拠に対処しないといけません」サー・ゴードンが口を開いた。

「証拠！」せわしなく動きまわっていたジョシュアがはたと足をとめた。「なんだ、証拠って？」

「ジョシュア、そうやって口をはさんでいたら、サー・ゴードンが説明できないわ」

ジョシュアは鼻であしらうと、ゆっくりサイドボードのところに行って、いつも常備されている砂糖漬けのレモンが入ったボウルに指をつっこんだ。サー・ゴードンが書類をめくり、口を開こうとした瞬間——

「なんだこれは？」ジョシュアが声をあげた。「砂糖漬けのレモンじゃないぞ」

「いい加減にして！」カッサンドラはテーブルをぴしゃりと叩《たた》いた。「家族の将来が危ぶまれているときに、砂糖漬けのレモンですって？」

「ぼくに家族は必要ない。必要なのは砂糖漬けのレモンだ。ダス？」

「砂糖漬けのレモンは切らしています。それはラハトロクムです」

「なんだ、それは？」

「トルコのよろこび《ターキッシュ・デライト》と呼ばれるお菓子です。訳してしまうと異国情緒が失われますが」

「トルコのよろこび」ジョシュアが小さな正方形をつまみあげ、批評するようにじろじろ眺めた。「ピンク色」ぞっとしたように声をあげ、用心のため匂いをかいだ。「甘い」と言って、カッサンドラを見た。

ジョシュアの口にうっすらと笑みが浮かんだ。ゆうべの熱が彼の目をきらりと光らせ、カッサンドラのなかにも呼応する火花を散らした。ジョシュアは菓子を口に放りこみ、指をなめ、ゆっくりと時間をかけて嚙《か》みくだしたが、そのあいだずっと、彼女をじっと見つめていた。

「薔薇《ばら》みたいな味だ」ジョシュアが感想をもらした。「ピンク色で、甘くて、薔薇みたいな味はぼくの好物だよ」

ほおがほてり、下腹部も熱くなってきた。なんてこと。こんなときに、サー・ゴードン・ベル——父の友人で、生まれたときからつきあいのある人！——とミスター・ダスがいるこの書斎で、脚のあいだであの執拗《しつよう》なうずきが始まってしまうなんて。

そしてジョシュアはわかってやっているのだ。悪魔！

ああ、いますぐ絞め殺してやりたい！　髪をひっこ抜いてやりたい！　昨日の夜、あんなことをしたあとで、よくもこんなふうにからかえるわね！

ジョシュアは満面の笑みを浮かべ、カッサンドラのひじのところにボウルを置き、隣でゆったりとテーブルにもたれかかった。普通の人のように、ただ椅子に坐るということができないからだ。

「食べてごらん」ジョシュアが声をかけてきた。「お気に召すかもしれない」

「ありがとう、でも結構よ。サー・ゴードン・ベル、続けてもらえますか」カッサンドラは言った。「もうじゃますることはありませんから」

サー・ゴードンはこの状況にふさわしい、いかにも弁護士らしい咳《せき》払いをした。目の前に広げられた書類の上に手のひらを広げて、ひとりひとりを順番に見回した。

「ボルダーウッド子爵の弁護士は、駆けだしのころリンカーン法学院でわたしの助手をしていた人物です」サー・ゴードンが説明を始めた。「彼はこの件にかかわる情報を提供しあうことが、関係者一同の利益になると考えています」

「ぼくが言ったとおりだ」ジョシュアがつぶやく。

「カッサンドラ――ミセス・デウィットとお呼びすべきだね」サー・ゴードンがテーブルの上の書類のページをめくり、またくった。「われわれがこの件について話し合うあいだ、きみは席をはずしていたほうがいいかもしれない。あとで、きみにかかわる部分だけミスター・デウィットから聞けばいい」

これは礼儀正しい言い方で、「かなりひどい話になる」という意味だ。

「わたしの夫はとても忙しいんです、サー・ゴードン」カッサンドラは応じた。「わたしがいま席をはずして、あとで夫から教えてもらうのは効率が悪いわ」

「きみにとって不愉快な内容かもしれないよ」

「それならば、聞かないふりをします。この家ではそうしたほうがいいみたいですから」彼女はジョシュアを見た。「今日、アイザックはどこにいるの？」と、鋭く切りこんだ。

ジョシュアが目をしかめて返事をしようとした瞬間、ミスター・ダスが咳をして、それは奇跡的な効果を生み、ジョシュアは「先を続けてくれ、サー・ゴードン」とだけ言った。

「目撃者がいます」サー・ゴードンが書類を二枚、取りだした。一枚をカッサンドラに、もう一枚をミスター・ダスに差しだした。「召使三人と宿場経営者二人が、その、情事をたしかに目撃したと主張しています」

「ぼくは現行犯というわけか」ジョシュアが言った。「刺激的で赤裸々な細部にわたった証言だとうれしいね。大衆をおおいによろこばせるような」

ジョシュアはこの状況を楽しんでいるようだけれど、じつはおどけた態度で怒りを隠しているのではないかと、カッサンドラは思った。それがかえって弱さをさらけだしていることに、本人は気づいていない。ジョシュアが礼儀作法を軽んじている理由がわかった気がする。礼儀正しいほほ笑みが最強の鎧《よろい》であることを、経験から学んでいないのだ。カッサンドラは怒るに怒れなくなってしまった。ばかげているけれど、ジョシュアを守ってあげたくなってきた。

「その証言は、だれがひねりだしたんだろう？」ジョシュアが話しつづける。「ボルダーウッド子爵夫妻がある晩にシェリー酒でもひっかけながら、けらけら笑って書いたのか……？」

カッサンドラはなにも言わずに、トルコのよろこびの入った器を自分のほうへ引き寄せた。ジョシュアはそれに気づかず、話しつづけている。

「……それとも、ボルダーウッド子爵夫人が自分の願望にもとづいて妄想したのか？

はたまたボルダーウッド子爵が妄想したのか……?」

　カッサンドラはボウルから次々とトルコのよろこびをつまみあげ、すべて片手にのせた。

「……ボルダーウッド子爵夫妻の目的が金なら、でっちあげた物語をどこかに売ればいいだろうに。もちろん、挿絵付きで。好色文学『ファニー・ヒル』は発禁処分を受けたがよく売れているし、もし——うっ」

　カッサンドラはしゃべっているジョシュアの口に菓子を全部突っこみ、指で唇を封じた。彼の唇は温かくてやわらかく、目には激しさとユーモアが浮かんでいた。彼がなにか言おうとしたので、カッサンドラは目で合図した。

「口をいっぱいにしてしゃべってはいけないわ、ダーリン」カッサンドラは言った。

「お行儀が悪い」

　ジョシュアは黙って菓子を嚙むしかなかった。サー・ゴードンとミスター・ダスは笑いを押し殺している。カッサンドラは姿勢を正し、指先で書類をトンと叩いた。

「ここに名前が書かれている人たちと、アイザックが話してみたらいいんじゃないかしら?」カッサンドラは提案した。

「ふぉれはふぉくの」ジョシュアが声を出した。「ふぉれはふぉくぐぁ」

「そうね、これは家族の問題よ。あなたも同じ意見でよかったわ」カッサンドラはミスター・ダスにほほえみかけた。「ミスター・デウィットのお望みどおり、ミスター・アイザックに協力を頼んでください」

ジョシュアがようやく、口のなかを空にした。「ぼくは望んでな――」

「いいから、黙って。これはもう片付いたのよ。時間を無駄にはできないわ」カッサンドラは急いで続けた。「次をお願いします、サー・ゴードン」

ジョシュアがさからわなかったので、カッサンドラはほっとした。ジョシュアは隣の椅子に腰をおろし、こちらに向かって首を振りつつ、楽しげに負けを認めていた。テーブルの下で脚を押しつけてきたので、カッサンドラはさっとよけた。ジョシュアの仕掛けてくるゲームがどんなものであっても、今日はからかわれるつもりはなかった。

「次の証拠は、手紙四通です」サー・ゴードンがさらに数枚、紙を取りだす。「申し立てによると、ミスター・デウィットがボルダーウッド子爵夫人に宛てて、あー、愛と、えー、思慕の念を書きつづったものらしい」

愛。思慕の念。カッサンドラはそんな手紙をもらったことは一度もない。テーブルの向こうからサー・ゴードンが差しだしているようなラブレターは。手紙は短かった。効率的。彼女の夫だ。

カッサンドラはまたしても怒りを感じたが、いまジョシュアの表情は冷たくこわばり、嫌悪で口がゆがんでいた。

「ほとんどは写しです」サー・ゴードンが詳しく説明する。「いちばん上の一枚は、あなたの筆跡を確認するための原本だそうです」

見たくないけれど、いちばん上の紙がサイレンのようにけたたましく呼びかけてくる。ジョシュアの筆跡は見たことがない――手紙はすべてミスター・ニューウェルが代筆しているから――でも、これが彼の書いたものだと信じることができた。とても読みづらい字だった。ジョシュアが勢いと情熱にまかせて書いたのでペンが追いつかず、文字が乱れてインクが紙に飛び散ったというふうに見える。

それでも、冒頭の一文は読み取ることができる。「最愛のきみへ」

カッサンドラは目をそらし、胸を震わせている冷たい不快感には気づかないふりを決めこんだ。思慕の念。愛。どれもカッサンドラには関係のないことだ。

ジョシュアもそう思ったようで、カッサンドラには目もくれず、手紙をすべて手元にかき集めた。

「たしかにぼくが書いた手紙だ」鋼のような声でジョシュアが告げた。「だが、相手はボルダーウッド子爵夫人じゃない。何者かが、この手紙をぼくの所有物から盗んだ。最後に聞いたところでは、それは犯罪だ」

サー・ゴードンが眼鏡越しにジョシュアを眺めている。「貴族階級の特権が――」

「やつらの特権なんて知るか！」ジョシュアはこぶしでテーブルを叩きつけた。「あいつらが手紙の原本をすべて返さなかったら、次に会ったときにふたりとも撃ち殺してやる。次」

だれもなにも言わなかった。

「次！」ジョシュアがもう一度言った。

そして、乱暴に椅子をうしろへ押しやり、立ちあがって書斎をうろつきはじめた。

カッサンドラはサー・ゴードンのほうに向き直り、お願い、と目で頼んだ。

サー・ゴードンが次の書類をファイルから取りだす。「これが三つ目、最後です。ミスター・デウィットがボルダーウッド子爵夫人と、あー、逢引をしたと報告されている日付と時刻。このときにどこでなにをしていたのか、ミスター・デウィットから説明いただけると助かります」

ミスター・ダスが紙を手に取り、自分の書類を開いた。「ミスター・デウィットの仕事の予定表と突き合わせましょう」と告げる。「業務上の会議と活動はすべて記録してありますから」

ぎこちない沈黙が流れるなか、一同はミスター・ダスが確認を終えるまで待った。

カッサンドラはテーブルの木目を指でなぞった。そして目をあげると、ジョシュアに見つめられていた。ジョシュアは踵《きびす》を返し、窓のほうへ歩いていった。カッサンドラはまた木目をなぞり始めた。

ミスター・ダスがすべてのページをざっとめくりながら、険しい表情を浮かべた。

「どの日付も時刻も、ミスター・デウィットがどこでなにをしていたのか確認できません」

ジョシュアは窓のそとを見つめていた。「おもしろいじゃないか」危険なほど静かな声。「ぼくに仕事の予定がない時間帯と逢引とやらのタイミングがすべて合致し、部屋から盗まれた手紙があいつらの手元にある。そんなことをできるのはだれだ？ ぼくの仕事の予定をよく把握している人物は？」

ジョシュアが時計仕掛けの人形のようにふり返り、ミスター・ダスを真正面から見すえた。ミスター・ダスもジョシュアを見つめ返している。書斎の空気が痛いほどぴんと張り詰めた。

「まさか」カッサンドラは一人ひとりの顔を見渡した。「ちゃんと説明できるはずよ、ここにいる人が……だれもかかわっていないと」

「それもミスター・アイザックが調べてくださるでしょう」ミスター・ダスが冷静に告げた。

「たぶんそれがいいだろうな」ジョシュアが答えた。「あいつはここにいるのか？」

ミスター・ダスがそれ以上なにも言わず、書斎から出ていった。

「まさか」カッサンドラはふたたび言った。「ジョシュア、そんなことがあるはずないわ」サー・ゴードンに目で謝り、ジョシュアの隣に歩み寄る。「別の理由で説明がつくわ。ミスター・ダスがこんなふうにして、あなたを陥れるわけがないもの」

「あいつを信頼できるとなぜわかる？　結婚したことをずっとぼくに黙っていたんだぞ」

「それはだれのせい？」カッサンドラはジョシュアの的外れな返事に耳を貸さず、正面から向き合うよう彼の顔をこちらに向けさせた。「ミスター・ダスに尋ねたことはあったの？　彼の個人的な生活に関心を持ったことは？」

「ない。あいつに個人的な生活はない。あいつは仕事以外のところでは存在しない」

「そんなことでどうして……もういいわ。考えてみて。ミスター・ダスのほかに、可能性のある人はだれ？」カッサンドラはジョシュアの顔を両手ではさみ、もうサー・ゴードンがいることは気にしないことにして、心得ているサー・ゴードンは書類の整理を始めた。「ミスター・ダスのほかに、あなたの家に出入りできる人。あなたが個人的に書いた手紙を見つけて、それがどんな手紙なのか理解できる人。それに、あなたの予定を知ることのできる人」

ジョシュアが苦悩した表情を浮かべていて、カッサンドラはその苦しみを取り除いてあげたいと思った。彼女は自分の弱さを呪った。

「あなたなら解決できるわ」カッサンドラはゆうべ、ジョシュアが薔薇を選んだときに言ったことを思い返した。「あなたは独創的な問題解決の手腕の持ち主だと聞いたことがあるの」

ジョシュアの目の苦痛に、新たに輝きが加わった。「聞いたことがあるんだ?」

彼のとても温かいまなざしに、カッサンドラは溶けてしまいそうになるのを感じた。ジョシュアにふれてほしくてたまらない。

ジョシュアの愛撫《あいぶ》。カッサンドラの切望。置き去り。屈辱。

彼女ははっとして彼から離れ、部屋のなかほどまで行ったところで、家のどこかから聞こえてきた声に、カッサンドラは凍りついた。

「聞こえた?」カッサンドラは尋ねた。

「聞こえたって、なにが?」

カッサンドラは小首をかしげて耳を澄まし、恐怖で胃をわしづかみにされた。また聞こえた。女の笑い声、水晶のようにきらめく笑い声だ。

「嘘《うそ》でしょう」カッサンドラはつぶやいた。「そんなことありえない」

でも現実だった。次の瞬間、戸口に執事があらわれて、ミス・ルーシー・ライトウエルとミス・エミリー・ライトウェルの訪問を告げた。

「あの子、エミリーまで連れてきたの?」カッサンドラがぼそりと言うと、またしてもはじけるような笑い声が耳に飛びこんできた。カッサンドラの聞き間違えでなければ、その笑い声は二階にあがろうとしていた。カッサンドラがサー・ゴードンをふり返ると、彼は書類をかき集めていた。「サー・ゴードン！　ママが家でひとりきりだわ！」

サー・ゴードンがうなずいた。彼は事情を知っている数少ない人々のひとりだった。「急ぎの使者を送って、母上の様子を確認させよう」といい、書類を小脇に抱えた。「見送りは結構だよ。次にどうするかについては、ミスター・デウィットと相談するとしよう。いいかい、わたしがほかに手伝えることがあったら、いつでも連絡するように」

「すぐにまた、弁護士としてのお力を貸していただくことになると思います」カッサンドラはサー・ゴードンの隣をすり抜けながら答えた。「これから妹を殺しに行くから」

17

ジョシュアはカッサンドラのあとから階段を駆けあがった。彼女は客間に入るやいなや、話しはじめていた。

「ルーシー、いったいどういうことなの！」カッサンドラが声を張りあげた。「自分たちだけでロンドンへ来るなんて、どれだけ危険なことかわからないの？」

「やめてよ、ママ・カッサンドラ」女性のゆっくりとした、歌うような声。「小言を聞かされるために、長旅をしてきたわけじゃないんだから」

声の主は、つややかな黒髪と大きなグリーンの目をした若い娘だった。繊細な顔立ちが芸術的に整っていて、ジョシュアの脳の一部はかき乱され、あやうく歩き方を忘れそうになった。テーブルのそばには、赤毛で顔色の悪い、不安そうな面持ちの少女が、蓋《ふた》をしてある籐籠《とうかご》に手を乗せて立っていた。

「ぼくはカッサンドラに小言を言われるのが好きだよ」ジョシュアは会話に割って入った。妻の隣で立ちどまり、小さな背中に手を押し当てた。ようやく、手を払いのけられないようになった。「きみがあのルーシーだね」

ルーシーは頭のてっぺんから足の先までジョシュアを観察した。「じゃあ、あなたが——えっ、なんなの」ルーシーの視線がジョシュアを通り越した。

身をよじると、そこにはアイザックがいた。無造作に杖にもたれて、気楽な放蕩者《ほうとう》っぽい魅力を漂わせていた。

ルーシーの視線がジョシュアとアイザックのあいだをせわしなく行ったり来たりした。「ふたりともハンサムだけど、どっちがミスター・デウィットなの？」

「ふたりとも」ジョシュアは答えた。だんだん気分がよくなってきた。

「ミスター・デウィットがふたりも！」優雅さとなまめかしさをめいっぱい押しだしながら、ルーシーが一歩前に出た。「カッサンドラが二年間夫を隠していたのも、無理ないわね——ふたりもいるんだから！　欲張りね、カッサンドラったら。あたしがパン屋の息子を見てるだけで叱ったくせに」

「あの子はあなたの視線に耐えられるような性分じゃないからよ、ルーシー」カッサンドラは応戦した。「動揺してパンをつぶしてしまうわ」

「ねえ、教えてよ、どううまくやってるのか」ルーシーが言った。「女ひとりと男ふたりで」

「絵を描いて説明しよう」ジョシュアは申しでて、妻からあばらを小突かれた。わずらわしいできごとばかり続いているが、なんだか楽しくなってきた。ところが、カッサンドラをもっとからかってやろうとしたところへ、ダスがふらりと入ってきた。

楽しい気持ちが消え失《う》せた。だめだ、ダスは。頼むから、ダスじゃないと言ってくれ。

「まあ、あなた」ルーシーがダスに向かって、低くささやいた。「日焼けし過ぎてそんな色になったの？」

「ルーシー！」カッサンドラが叱りつけたが、次にどうなるのかジョシュアは興味津々だった。

「あなたはピンク色ですね」ダスが応じた。

「わたしはピンク色じゃないわ。白よ」

「ぜったいにピンク色ですよ」ダスがもうひとりの少女をあごで指し示した。エミリーだ。「そちらの妹さんはグリーンに見えます」

困惑の色がルーシーの目に浮かんだが、少しずつ、笑みが顔中に広がっていった。

今度は心からの笑顔だと、ジョシュアは気づいた。

「わたしはピンク、この子はグリーン、で、ふたりとも気分は憂鬱《ブルー》ってわけね！」明らかに気をよくしたルーシーが、踊るような足取りでダスへ近づいた。「あなたのこと、気に入ったわ。ワルツは踊れる？」

「妻から教わりました」

「あら、すてきだこと」なれなれしい口調になった。「わたしとワルツを踊ったら、奥さんの名前なんか忘れちゃうわよ」

「もしそう思われるなら、あなたは愛とすばらしい結婚がどんなものか、なにもわかっていません」

ルーシーの表情が揺らぎ、脳を機能不全に陥れるほどの美貌の下にいる、傷つきやすい迷い子が現れた。「ルーシーは壊れているのよ」カッサンドラがそう言っていた意味が、だんだんとわかってきた。

ところが、ルーシーはまたけたたましく笑いだし、踊るようにして籐籠のところへ戻り、蓋を開けながら言った。「贈りものを持ってきたわよ、ママ・カッサンドラ!」かごから灰色のすばしっこいなにかが跳びだし、稲妻のようにジョシュアめがけて襲いかかってきた。猫だと気づく間もなく、まるで木でも登るように、あっという間によじのぼってきて肩の上でとまり、尻尾をゆさゆさ揺らしはじめた。

ジョシュアはからだをよじって猫をつかもうとした。猫はうなりながら爪を出し、シャツを破って皮膚に爪を突きたてた。

「だめよ、ミスター・トウィット!」ルーシーが大声で言った。「やめなさい!」

「いま、ぼくをなんて呼んだ?」ジョシュアはふさふさの尻尾で口をもたつかせながら尋ねた。

ルーシーが笑い、両手をあげてジョシュアに近づいてきた。ジョシュアは反射的に一歩さがったが、ほっとしたことにカッサンドラが助けに来てくれて、彼とルーシーのあいだにすばやく割って入った。カッサンドラが腕を伸ばし、猫をなでた。猫はリラックスしたようだった。つまり、ジョシュアに食いこませていた爪をしまい、ほおを叩《たた》く尻尾の動きをとめた。

「ミスター・トウィットは」カッサンドラがやわらかい声で言った。「あなたがわたしにくれた猫の名前よ」いたずらっぽい表情が彼女の目に浮かび、その侮辱にもかかわらず、ジョシュアは欲望をかきたてられずにはいられなかった。「ぴったりな名前なのよ。わがままでお行儀が悪いときもあるけど、おなかをなでてあげればすぐいい子になるの」

カッサンドラにどんな方法でもいいから腹をなでられるところを想像して、ジョシュアの下腹部は張りつめた。彼がカッサンドラの腹をなでてもいい。たがいの腹をなであっても。

「それなのにきみは、自分が善良だと言うんだ」ジョシュアは言った。

「そんなことは一度も言ってません」

次に始まったことは、ゆうべの彼の愚かなふるまいにたいする罰としか思えなかった。

カッサンドラが両手をあげてジョシュアにからだを押しつけてきた。ふたりの体勢を安定させるためにカッサンドラの腰に両手を置き、彼女が猫をなだめ、ジョシュアの肩からおろして抱きかかえようとするあいだじゅうずっと、その誘惑に耐えなければならなかった。彼女の花の香りでジョシュアの脳はやわらかくなり、からだは硬くなった。

いっぽう、いまいましい猫はねたましいほど満足していた。彼女の喉に頭をもたせて、あごにごつごつと頭をぶつけ、前足をカッサンドラの胴衣の縁に乗せて、胸にぺったり張りついて喉をごろごろ鳴らしていた。カッサンドラの指が猫の喉をなでるところを眺めながら、ジョシュアはふたたび自分の愚かさを呪った。カッサンドラを少しからかおうとしただけなのに、いまは彼がこうして苦しめられている。

顔をあげると、みんながそれぞれに好奇心をにじませながら、ジョシュアを見ていた。そこへ、いいタイミングでニューウェルがあらわれた。

赤毛の少女がぱっと元気になった。「ミスター・ニューウェル!」大声をあげ、部屋の向こうにいるニューウェルのところへ駆け寄り、腕に飛びこんでいった。「会いたかったわ。お話ししたいことがたくさんあるの」

ジョシュアはカッサンドラに視線を戻し、そこに傷ついた表情が一瞬浮かんだのを見逃さなかった。カッサンドラは下を向き、猫をなだめはじめた。ルーシーはカッサンドラに憎しみをぶつけているし、エミリーのほうはカッサンドラとまったく言葉を交わさない。ふたりとも、カッサンドラにこれほど世話になっているというのに！　彼女が妹たちのためにどれほどの犠牲を払ったのか、この娘たちは少しでもわかっているのだろうか？　カッサンドラがつねに妹たちを優先させていることは？

ジョシュアはこの恥知らずな娘たちを路上へ放りだしてやりたいと思ったが、たぶんカッサンドラは反対するだろう。それに、ふたりを放りだすなら、カッサンドラにもっとひどいことをしている自分自身も路上へ放りださざるをえなくなる。

＊
＊
＊

ニューウェルは黄金並みの価値が自分にあることを証明してみせた。カッサンドラの妹たちを上の階に案内し、この騒ぎを終わらせたのだ。そしていま、ダスとアイザックは戸口で静かに会話を交わし、カッサンドラは猫になぐさめを見いだしている。

二週間前、ジョシュアはこの広大で空っぽな家に心から満足していた。いまやその家には妻と秘書、弟、妹ふたり、猫一匹がうろつきまわっている。はびこっている、と言ってもいい。ジョシュアはいらだちをかきたてようとしたが、心に浮かんでくるのは、エミリーが自分に話しかけてくることもなく、ほかの人のところへ駆け寄ったときにカッサンドラが見せた傷ついた表情だけだった。

「ごめんなさい」カッサンドラが胸に抱いた猫を揺すりながら言った。「まさかあの子たちが来るなんて、予想もしていなかったわ」

「ふたりとも、ニューウェルになついているようだな」

「親戚のおじさんみたいな存在なのよ。不作法だということはわかっているけれど、わたしは忙しいし、家庭教師を雇うことができないし」

「なぜ雇えないんだい？　金の問題じゃないだろう」

「お金ではなくて、ルーシーが問題なのよ」カッサンドラがため息をついた。「ふたりを連れて帰るわ。ミスター・ニューウェルとわたしのふたりで、あの子たちを馬車に乗せることはできると思う」

ふたりを連れて帰る。つまり、カッサンドラもいっしょに出ていって、ようやく、ようやくジョシュアの平常の生活が戻ってくる。

すばらしい。

「もう来てしまったんだから、いてもかまわないさ」ジョシュアは答えた。「きみはルーシーを嫁がせなければならないんだろ。いますぐ取りかかろう」

カッサンドラが驚いて目をあげた。「とんでもないことを言う子だってことは、あなたにでもわかるでしょう？　社交界にデビューする準備はまだできていないわ」

「社交界にデビューする準備は完璧にできているよ。問題は、ルーシーを受け入れる準備が社交界にできているかどうかだ」

カッサンドラがうめいた。「騒動を起こしたいのね。あなたが急に協力的になった理由はそういうこと」

「ミセス・デウィット！　きみはいつからそんな皮肉屋になったんだ？　ぼくはルーシーに結婚相手を見つける手助けをしようとしているだけだよ」ジョシュアは彼女の、疑い深くいらいらしている表情を楽しんだ。「摂政の宮《プリンス・リージェント》が妻を必要としていないとは、残念だ。ルーシーだったら堂々たる王妃になっただろうし、さして時間をかけずに王国を混沌《こんとん》へと導いただろうに」

カッサンドラが弱々しく笑った。「あの子がいい人を……あの子を理解して愛し、幸せにしてくれる相手を見つけられればいいんだけど。悪い子ではないのよ、ただ……」カッサンドラがふたたびため息をついた。「せめてそのくらい幸せになってほしい」

カッサンドラだって、せめてそのくらい幸せになって当然だった。なのに彼女にはジョシュアしかいない。

昨日の夜、ジョシュアがあんな仕打ちをしたのに、カッサンドラはそばにいてくれた。ジョシュアをからかい、彼とおしゃべりして、ダスに裏切られた彼を慰めてくれている。

「ブキャナン」ジョシュアはだしぬけに言った。急に頭が動きはじめた。「きみの言うとおりだ」

カッサンドラはなんのことかわかっていないようだ。「どこのだれなの、ブキャナンて?」

「うちで働いていた元秘書アシスタントだ。頭はよかったが、怠け者だった。あいつなら情報を手に入れることができた——それに、最近辞めたばかりだ。すべて辻褄《つじつま》が合う」ジョシュアはカッサンドラの額にキスをして、にっこりと笑いかけた。「きみは宝物だよ。ダス!」

彼はすぐにカッサンドラから離れ、部屋の戸口の外から用心深く様子を見ているダスとアイザックのところへ向かった。

「ブキャナンだ!」ダスへ声をかける。「あいつをこらしめよう」

謝罪とはほど遠かったが、ダスは理解したらしい。「よろこんで」ダスが応じた。

「それから、アイザック。おまえもなにかの役に立て、いいな? 証言者を見つけて、本当のことを白状させろ。金、こぶし、魅力。役立つものならなんでも使え」

ジョシュアは名前の書かれた紙をアイザックに渡し、手のなかで手紙をねじりつぶした。カッサンドラが猫をかかえたまま戸口に立ち、手紙をじっと見ていた。そして、あの呪わしい礼儀正しい笑みを顔に貼りつけ、彼から目をそらし、さっさと階段へ向かって歩いていった。

「失礼するわ」カッサンドラは告げ、ジョシュアの脇をすり抜けた。「ミスター・トウィットを落ち着かせて、食事をさせないと」

ジョシュアはカッサンドラが出ていくのを見送った。寝室に向かうのだろうか。手紙のことを話すべきだ。カッサンドラはきっと理解してくれるだろう。世界は終わりにはならない。記憶は塵《ちり》となって消えたりしない。彼女には知る権利がある。

ジョシュアはダスのほうをふり返った。

「カッサンドラの祖父シャーボーン公爵は――ぼく関係の投資で莫大な利益を手にしている。そうだな?」

ダスが考え深げな目でジョシュアを見た。「おっしゃるとおりです。あなたは公爵の財産を大きく増やす手助けをしています」

「だが、ぼくの妻が公爵夫人に助けを求めたとき、公爵夫人は助けになってくれなかった。妻をそんなふうに粗末に扱った貴婦人の夫にこれからも協力できるか、ぼくはなんとも言えないな。公爵を訪問してそのことを伝えないと。その手配をしよう」

「いい考えです」

ジョシュアはカッサンドラがのぼっていった階上を見やった。

仕事が待っている階下を見おろした。

「本当に妻からワルツを習ったのか、ダス？」

「はい。妻もロンドンにやってきていっしょに暮らしています」ダスがしばし指をじっと眺めてから、切りだした。「妻はミセス・デウィットにぜひお目にかかりたいと言っていて、ご夫婦で夕食にいらしていただきたいと申していました」

おや。これは驚きだった。ジョシュアは秘書の家族に会ったことは一度もなかった。それに、公爵夫人の孫が使用人の自宅を訪問することもまずないだろう。でも、カッサンドラは新しい人々に出会うのが好きなようだし、ダスはただの使用人ではないと言い張るのは間違いないし、ジョシュアは好奇心をそそられていた。

「手紙を書くように言うといい」ジョシュアは返事をした。「ひょっとしたら、とんでもないエチケット違反なのかもしれないが、決めるのはカッサンドラだ」

ジョシュアは手のなかの手紙を見つめ、階上へと向かう階段、そして階下へと向かう階段を見た。

「ブキャナンのことは、わたしとミスター・アイザックで対処できます」ダスが言った。「もし、ほかの御用がおありでしたら」

「そうか」ジョシュアは答えた。「ぼくはただ……そうだな」

ジョシュアは階段へと向かった。そして階段をのぼった。

ひとりで寝室にいたカッサンドラは、しきりにドレスを気にしていた。ジョシュアが戸口にいると、あの礼儀正しい笑みを向けてきて、目を合わせようとしなかった。こんなふうに鎧《よろい》のようにまとった礼儀正しさには、本当に頭に来る！　ジョシュアはゆうべ、その鎧を引きはがしたが、結局、彼女はまた鎧をまとっている。

だれのせいでもなく、彼のせいだった。

「猫はどうした？」ジョシュアは声をかけた。

「メイドが面倒をみているわ」

「どこで眠らせるんだい？」

「普段はわたしといっしょに寝ているのよ。夜中に逃げてしまうこともあるけれど、だれかさんといっしょで」

「ああ」

ジョシュアはベッドに目を向けた。ベッド脇のテーブルに、彼のネッカチーフがきれいに折りたたまれていた。花瓶に薔薇《ばら》が三本生けてあり、一輪だけほかの花よりもしおれていた。

ジョシュアがカッサンドラのほうにさっと向きなおると、彼女はすばやく腰をかがめ、ドレスの裾を気にしているふりをした。

「あの子はすごく美人でしょう?」カッサンドラが、ありもしない汚れをこすりながら言った。「ルーシーのことよ」

「仰天するくらい美人だ」そうは言ったが、姉妹のうち自分が見ていたいのはだれなのか、ジョシュアにはわかっていた。「もうひとりの赤毛の――」

「エミリー」

「彼女もいつか美人になるだろうな」

「そうね。それに、ミランダは〝突き抜けた美人〟って呼ばれていたわ」

「噂《うわさ》で聞いたよ」

「わたしの姉妹はみんなすごく美人なの」

「そうだね」

ジョシュアは手に握っている手紙に目をやった。廊下のどこかから笑い声が聞こえてくる。妹たちの侵入を防ぐためにドアを閉め、少したためらってから、鍵をかけた。そして、またカッサンドラが自分を見ていることに気づいた。そしてまた、ドレスを気にするふりをしはじめた。

「さて」ジョシュアは部屋の奥まで入り、小さなテーブルに手紙をぽんと投げた。

「もしきみの褒め言葉あさりが済んだら……」

「褒め言葉あさりなんてしてないわ」カッサンドラがほおを紅潮させて言い返した。

「わたしがしていたのは会話よ。礼儀正しい人は会話を交わすの。でも、あなたはわたしの妹たちのことなんて話したくないでしょう」

「ああ、そうだな。ぼくが妻に書いたラブレターのことで、話したいことがあるんじゃないか?」

「あなたの妻は――」カッサンドラはすぐに口をつぐみ、あのむかつくほほえみを浮かべた。「わたしには関係のないことよ」

そう答えてから、衣装用ブラシでドレスの裾を激しくこすりだした。どんな泥がついていたとしても、おそれをなして退散しそうな勢いで。

「それでぼくのことをどうしようもない人だと言うんだ?」ジョシュアはぼそりと言った。「きみももっと手に負えなくなってみたらどうだ?」

ブラシをこする手がとまった。「いったいわたしがなにをしたっていうの?」

「少し正直になってみるといい。すっきりした気分になるぞ。ぼくは間違いなくすっきりする」

「わたしが正直じゃないと言いたいの?」

「きみが正直なのは、酔っているときか欲情しているときだけだ。きみは礼儀正しいことが美徳だと思っているが、たいていは嫌味だよ」

「それなら、あなたがなんの気兼ねもなく思っていることをそのまま口にできるのはとてもよかったわね」

「きみもやってごらん」

カッサンドラはドレスの裾から手を放し、跳びかからんばかりの勢いで迫ってきた。

「わかったわ！　そうよ！　わたしはあなたの亡くなった奥さまのことを知りたいと思ってる。彼女があまりにもすばらしい女性だったから、あなたはわたしを抱くことを考えただけで、おぞましい化け物から逃げるように逃げだしていくんでしょう」彼女はジョシュアに向かってブラシを振りまわした。「それに、わたしが礼儀正しさの陰に隠れているから正直じゃないなんてよく言えるわね。自分は忙しさの陰に隠れているくせに。多忙なスケジュールのなかにわたしの部屋を訪ねる時間を見つけられたなんて驚きだわ」

カッサンドラが顔をそむけてドレスをつかみ、激しくブラシでこする作業に戻った。

「ぼくが忙しいのは事実だ」ジョシュアはとげとげしく言い返しながら、カッサンドラに迫った。「ぼくは一日じゅうなにもしなくていい、きみのお仲間の上品な紳士たちとは違う。いくつも事業をかかえている。それがぼくだ。ぼくはそれを楽しんでいるし、そんな人生に満足している」

「それなら、その人生に戻ればいいでしょう。ドアがどこにあるかはご存じよね。またしっかり鍵をかけなきゃだめよ、わたしに襲われないように」

「頼むから、ドレスに八つ当たりするのはやめてくれないか」

ジョシュアは彼女の手からブラシを取りあげた。カッサンドラが取り返そうとしたが、届かないところまで高くあげた。

「返して」カッサンドラが言った。「着替えてこの家から出ていくんだから。あなたから離れるために！」

「きみをおぞましいなんて思っていない」ジョシュアは言った。

「よかった。それなら、あなたのお世辞にうっとりしているわたしを見ても、目をそらさなくてすむわね」

「くそ」ジョシュアは部屋の向こうへブラシを投げつけた。「カッサンドラ——」

「まだそこにいたの？　これ以上お引き留めしたら悪いわ」そう言ってにらみつけてきた。「わかるでしょ。『出ていけ』っていう意味よ」

カッサンドラがくるっと踵《きびす》を返した。いきりたった人間の激情のダンス。ジョシュアも同じ音楽を聴いているに違いない。彼女の手をつかんでくるっとこちらにふり向かせ、彼の腕のなかに、彼の胸に引き寄せたのだから。このダンスは知らないが、次のステップはわかる。片手で顔をあげさせて、唇で唇をふさぐ。

18

唇が重なった瞬間、ゆうべの情熱が呼び覚まされた。ジョシュアのカッサンドラへの渇望は、とうてい一度のキスでは満足できなかった。

だが彼は無理やり頭をあげた。

「おぞましくなんてない」彼は言った。

「あなたは難しい」

「きみは完璧だ」

彼女の目は怒りとなにか別のもので色濃くなり、彼の心臓は切望となにか別のもので高鳴っていた。言葉が思いつかず、ジョシュアは無言の口で彼女の口をふさいだ。

今度は彼女も伸びあがってからだを押しつけてきた。その唇が彼と同じくらい激しく求めてくる。ジョシュアは自分がもたないすべての言葉をこめてキスし、彼女もキスで彼を怒鳴りつけ、なにかを伝えていた。彼女は彼のウエストコートをつかみ、シルクの生地をひねりあげて握りしめ、彼を自分のやわらかさに引き寄せた。ジョシュアも彼女を自分の硬さに引き寄せた。もっと、もっと、もっと近くに。自分の欲望を拒めなかった。彼女にはなにも拒めない。

ふたりは唇を離し、息をついだ。彼女がシャツをひっぱる。シャツが長すぎる、裾が少しずつあがってきたが、いったいなぜ、こんな窮屈な服をつねに何枚も身に着けていなくてはいけないんだ？　彼は必死に彼女のドレスの胴衣をつかみ、ぐっと押しさげた。はやる思いで胸を出し、愛撫《あいぶ》とキス責めにする。だがまだ足りない、ああ、まったく足りない。

カッサンドラが泣きそうな、訴えるような声をあげ、彼の脇を叩《たた》いた。「ジョシュア、だめ……ねえ……これを……」

彼はびくっとからだを離したが、彼女が抗議しているのは彼にではなく、ドレスにだった。うっかり彼女の腕を縛《いましめ》る形になってしまった。彼は彼女のひじと手にひっかかっていた袖をひっぱり、彼女が手を抜いて、ドレスはウエストまで脱げた。

ジョシュアがその眺めを楽しむ間もなく、彼女が両腕を彼の首にかけた。目はきらきらと輝き、唇は腫れて、髪は乱れ、ほおは赤く染まっている。彼女は彼の唇を奪い、髪をつかみ、その有能な手で筋肉をなぞった。彼はふたたび彼女を抱きよせたが――

もうだめだ。まだ足りない。

彼女をベッドまで運び、のぼって、彼女をおろした。そのあいだ彼女はまるで落ちるのをこわがっているように、彼にしがみついていた。

「ジョシュア」彼女がささやいた。「なにをしているの？」

「妻とセックスしようと思って」

「まだ昼間よ」

「きみの行儀作法の本には、昼間に妻とセックスしてはいけないと書いてあるのか？」

「そのことについてはなにも書かれてないわ」

「きみは読む本を間違っている」

彼女はかすれた声で笑い、枕に頭を落として、腰をあげて彼がスカートをめくりあげるのに協力した。ストッキングをはいた脚、太ももの肌があらわになり、彼女のあそこは温かく準備ができていた。彼が手を押しつけると、彼女はびくっとして、切なげな声をあげた。だから彼は彼女の太もものあいだににじりこみ、その完璧な唇にキスして、彼女にシャツの下のからだをさわられてため息を洩《も》らした。

「きみが欲しい」彼は言ってから、自分の野暮を呪い、前立てをはずそうとした。

「ぼくは……」

彼のものが跳びだし、ジョシュアは太ももまで半ズボンを押しさげた。彼女は温かな手を伸ばして彼の腰をなで、尻をつかみ、背を弓なりにしてからだをくっつけてきた。

「きみがぼくにしているのは」ジョシュアは彼女の耳元で言った。「ぼくはきみを……もうだめだ、きみのせいでどうにかなりそうだよ」

「わたしのせい？」カッサンドラはうれしそうに驚いた。

「そうだ。きみの。全部きみのせいだ。きみだけの」

彼女の手が腰を越えてからだの前にやってきて、彼のものにぶつかった。息をのんで固まった彼女に、ジョシュアは耳元でだいじょうぶだとささやいた。それで彼女はゆっくりと、おずおず、彼にさわった。

ジョシュアは彼女の太ももを押しひろげ、持ちあげた。彼女はからだをそらした。彼はその目から目を離さなかった。深く、色濃く、欲望に酔って、そうだ、彼女はぼくを求めている、ぼくが彼女を求めるように。彼は深く、できるだけ深く押し入った。つつまれ、ぎゅっと締めつけられる感覚がたまらない。

背骨に彼女の指が食いこみ、ジョシュアはぎくりとした。彼女の上で固まる。なにをやっているんだ。激しすぎ、やりすぎ、焦りすぎた。

「カッサンドラ、スイートハート？　だいじょうぶか？」

彼女はジョシュアを見たが、なにを考えているのかわからなかった。そして睫《まつげ》を震わせ、目をつぶった。

「ああ」彼女は言った。

腰を回し、内部で彼のものを締めつけてくる。

いい。すごい。

「ああ」またそう言って、また腰を回して締めつけてきた。

焚《た》きつけられ、勇気づけられたジョシュアは彼女の胸に顔を近づけ、その肌と匂いを味わい、唇で乳首をはさんだ。

「ああ」彼女はまた言って、くり返した。

腰を少し引いて、押し入ると、彼女はよろこんで迎えた。そして彼が、ぎこちなくふたりのあいだに手を差し入れると、彼女は腰を振り、彼を締めつけ、自分のリズムを試して快感を得た。彼女はもう自分の求めているものをわかって、それを得る方法を見つけたのだ。

「そうだ」ジョシュアは彼女の耳にささやいた。「ぼくで感じるんだ。ぼくを使え。ぼくを受けいれろ。全部もっていくがいい。すべてを。ぼくを。きみの望むものなにもかも」

彼は彼女の胸を愛撫し、腰を使い、彼女を見つめた。まるで奇跡を目撃しているかのように、畏怖の念に打たれて。彼女は頭をそらし、喉を赤くして、目を瞠《みは》って動きをとめた。ジョシュアは彼女のなかに叫びがせりあがってくるのを感じた。その全身が快感にけいれんしたとき、絶頂の叫びを彼はキスで受けとめ、その震えを感じ、ここ何年もなかったほど自分にも世界にも満足した。

カッサンドラがからだを浮かせて、太ももを彼の腰に回し、その手で彼の皮膚を焦がした——いまいましい何マイルもある布地も許せる——彼女の手が自分にふれているかぎり。ジョシュアは自分の快感をつかみとりにいった。全身で彼女の全身を感じて、何度も、何度も、何度も、すばらしく熱い彼女のなかにつつまれて、その四肢で抱きしめられ、彼女に没頭した。彼女しか存在しなかった。いった瞬間、彼女の奥深くに精を放ち、ジョシュアは顔を彼女の首に押しつけて純粋なよろこびの波に身を任せた。

彼女をつぶさないように起こしてからも、その奥深くにとどまっていた。ほかにすることも、行く場所もなかった。

心臓がまだ高鳴っている。彼女のもだ。ジョシュアはまだ彼女がなでている背中の汗が冷えるのを感じた。それでもまだ彼女のなかにいた。いまはやわらかく、温かく、満ち足りている。自分の心をのぞいても満足しか見つからなかった。ジョシュアは顔をあげてカッサンドラを見た。目は閉じられ、睫の影がほおに落ち、喉はところどころ赤く斑《まだら》になっている。日光に照らされてとても温かく、とても美しい。

日光。

少しずつ、ほかのことに意識が向きはじめた。小さなことに。カッサンドラのドレスやジョシュアのシャツなどたくさんの布地がふたりのあいだにはさまり、鹿皮のズボンが太ももに食いこみ、ブーツが――なんてことた、ブーツをはいたままだった！　カッサンドラはもっと丁寧に愛される資格があるし、ジョシュアはもっと手際よくできたはずなのに！

続いて、少しずつ、馬車のゴトゴトという音や往来の喧騒《けんそう》、廊下で使用人たちが交わしている会話、頭上で聞こえる足音に、ジョシュアの意識が向きはじめた。

「まずい」彼は言った。

カッサンドラが目をあけた。琥珀《こはく》色の交じった、魅惑的な緑色。

「どうかしたの？」カッサンドラが尋ねた。

「昼間だった」

「まあ。忘れてたわ」カッサンドラは寝転がったまま、ふたりが置き去りにしていた世界の物音に耳をかたむけ、やわらかく笑った。そして表情を曇らせた。「いやだ、どうしよう」カッサンドラがもらす。「声をあげてしまったわ。どんな声だったの？　忘れていたわ。どうして忘れるなんて？　あの子たちに聞かれていたらどうしよう？　知られてしまったら、わたしたちが……ああ」

公の自分と私的な自分をどうにかしてうまく擦りあわせようとしているカッサンド

ラは、とてもかわいらしい。彼女のそんな一面を発見した自分に、ジョシュアは心から満足した。満面の笑みでカッサンドラから引き抜き、脚を楽な姿勢に戻してやった。髪をなでてキスした。自分の指が彼女の匂いがすると気づき、ジョシュアはまた硬くなってきた。

「ぼくらは結婚している」ジョシュアは思いださせてやった。「だからこれは、きわめて作法に則っている」

「作法！」カッサンドラがくり返した。「悪魔！」

カッサンドラに軽くはたかれたので、ジョシュアはキスで返した。長くゆっくりとしたキスをしながら、彼女が返してくるキスを堪能した。

「あまり洗練されていたとはいえない抱き方だった」ジョシュアは言った。「ゆうべ、ちゃんときみを愛するべきだった」

「そうね」

「そうしたかったんだ。ぼくは……」

言葉が見つからないが、カッサンドラは急《せ》かそうとしない。「結婚した夜とは違っていたわね」カッサンドラがあとを継いだ。「不安だったけど……すてきだった」

ジョシュアはなにも言わなかった。あんな初夜でなかったら、といまさら思っても意味はないからだ。

どこかから、笑い声が聞こえた。あの笑い声、そして歌うように「ママ・カッサンドラ」と呼ぶ声、そして別の声、おそらくニューウェルだろう。声の主を動かそうとしている。

「やだ、どうしよう」カッサンドラが言った。「あの子がここにいるのをすっかり忘れてたわ」

妹がここにいることを忘れさせた。ジョシュアはそのことについてだけは、自分を誇らしく思った。

＊　＊　＊

ふたりは手を貸しあいながら身だしなみを整え、服を着た。カッサンドラは普段している決まりきった手順をこなしながら、なにかやらなければならないことがあるのはありがたいと思った。こうして、手でふれながら現実的な作業をしなければならないことに、どれだけほっとしているだろう。世界が奇妙に感じられるけれども、これが正常だ。からだの感覚がいつもと違うけれども、これが自然な状態だ。男の人といっしょに服を着るのはこれまでにない経験でありながら、すっかりなじんでいることのようにも感じられる。

これまでにない親しみのなかにも、ぎこちなさがふたりのあいだで芽吹き、大きくなっていた。

言うまでもなく、あの手紙だ。

いまもテーブルの上に鎮座し、大きすぎる存在感を放っている。カッサンドラは手紙の束を手に取り、差しだした。

「気にしないわ」ジョシュアに告げた。「あなたが前の奥さまを愛していたことはわかっているから」

ジョシュアは手紙を受けとり、じっと見つめた。「彼女とは恋愛感情で結ばれていたわけではなかったが、友情で結ばれていた」そこで目をあげた。「この手紙は彼女が死んでから書いた。むしょうにさびしくなったときに」

ジョシュアの黒い目に苦悩、古い悲しみ、あらたな怒りが入り混じっている。手紙を盗まれたことがどれほど憎悪すべきできごとなのか、カッサンドラはいまになってようやく理解した。

「その手紙が盗まれたなんて！　ジョシュア、あなたが犯人をやっつけないなら、わたしがやるわ」

ジョシュアの指がカッサンドラのほおをさっとかすめた。「そこまでしなくていい。それほどの価値もない連中だ。手っ取り早く始末しよう」

カッサンドラが結んだクラヴァットが不恰好なので、ジョシュアが自分で結びなおすために鏡の前に立った。カッサンドラは手伝わないことにして、そのかわりに、鏡に映った自分を見ながらクラヴァットだけに集中しようとしているジョシュアを眺めた。人間はなんて興味深いのだろう。あんなことができるのに——世界を砕き揺るがすほどの激しさで愛を交わしたかと思うと——何事もなかったかのように日常の手順に戻っている。

けれども、いったいなにが起きたのか、カッサンドラははっきりとわかっていなかった。これからなにが起きるのかもわからない。扉の外の世界はこちらを気にしろと求めているけれど、カッサンドラはそっとしておいてほしかった。

「彼女とはどこで知りあったの？　レイチェルと」

「レイチェルの父親ジョン・ワトキンズは工場経営者だった。ぼくがその工場で小間使いとして働けるよう、きみの父上が手配してくれたんだ」ジョシュアが手際よくクラヴァットを首に巻きながら言った。「苦労を重ねて十九歳で事務補助員まで出世し、ワトキンズから跡継ぎとして婿に迎えられることになった。ワトキンズの子供はレイチェルだけだったから、跡継ぎがいなかったんだ。レイチェルは二十七歳で未婚、ワトキンズはふさわしい男を見つけられずにいた。レイチェルは会社経営をしたがっていたが、父親から相手にされず、結婚相手の男も同じだろうと思っていたんだ。それで、工場を共同経営することを条件に、ぼくに結婚を申しこんできた」

「それで？　レイチェルもいっしょに？」

「ああ、彼女の提案を断るほど、ぼくはばかじゃない。レイチェルは事業経営に長《た》けていて、あらゆることを理解していた。娘がどれほどの能力を秘めていたか、ワトキンズはわかっていなかったんだよ。ふたりで順調にやっているときも、ぼくひとりの成果だと思いこんでいたからね」完璧ではない結び目をぽんと叩き、肩をすくめる。

「いまでも舌を巻くほどだよ」カッサンドラのほうをふり返り、言った。「生まれや階級、生活や肌の色のせいで、この子供は無価値だと決めつける男たちが、どれだけのものを無駄にしているだろう？　自分たちとは違う、それだけの理由で人をないがしろにすることで、ぼくらみんなが、国家が、人類が、どれだけのものを失っているんだろう？」

「あなたの人生もそうだわ」

「どういう意味だ？」

「あなたは貴族として生まれたのに、たったひと晩のうちに世間から価値のない人間だと決めつけられた。でも、それが間違いだと証明してみせたわ。あきらめることもできたし、憎しみを抱くこともできたのに。でも、あなたは努力を重ねて、いまでは自分以外の人たちのためにもっと平等な世界を築きたいと思っている」

「きみが思っていることは……いや、ぼくはただ……」ジョシュアは歯切れが悪くなり、手で髪をかきむしった。「もう行くよ」

「今日はどうする――」カッサンドラは言いかけて、やめた。「今夜の予定は変更しないといけないでしょうね。ルーシーとエミリーといっしょに、これからのことを話しあわないと。あなたも夕食をいっしょにする？　いえ……」

「夕食はわからないけど」ジョシュアが答えた。「夜にきみの寝室へ行く。きみさえよければ。一回じゃ足りない」

＊　＊　＊

ジョシュアは新たに吹きこまれた活力をみなぎらせながら残りの一日を過ごし、ようやく夜、カッサンドラのもとに向かう時間を迎えた。そして、彼女とちゃんと愛を交わした。ふたりのあいだに布をはさまず――あいだにあるのはキャンドルの明かりだけだった。

キャンドルの火が燃え尽きると、カッサンドラを抱きよせた。ぴたりと密着してどこまでが自分の肌かわからなくなるほどくっつき、彼女の呼吸を聞きながら暗がりを見つめて、口火を切った。「レイチェルとぼくには息子がいた」

カッサンドラが腕のなかからさっと身を起こした。暗くて表情まで見えないが、だからこそ、夜を選んだのだ。

「知らなかったわ」カッサンドラが言った。「パパはひと言も言ってなかった。あなたもひと言も言わなかった」

「話すきっかけがなかったんだ」

「わたしは子供が欲しいと伝えたでしょ？　そのときに言ってくれてもよかったのに。『子供がひとりいるけど亡くなってしまったんだ』って」

ジョシュアはカッサンドラをふたたび引き寄せた。カッサンドラはそのまま寄りかかってきて、もう言い争おうとはしなかった。

「五歳になるかどうかというころだった……」暗闇のなかで目を閉じる。「元気だったのに、ある日様子がおかしくなって、死んでしまった。ほかにどうにもしようがなかった。そういうできごとだったんだよ。支配しているのは人間じゃないことを思い知らせるために、世界がぼくらに向かって高笑いするようなできごとだ」

「かわいそうに」

「同情は欲しくない」

「残念ね。もうあなたにあげたものよ」

急に心臓が高鳴り、からだが熱くなってくる。カッサンドラは気づいているのかもしれないが、なにも言わなかった。優しくジョシュアの胸をなでおろし、彼を慰めている。おかげでジョシュアは、落ち着きをとり戻した。

「坊やの名前は?」カッサンドラが優しい声で尋ねた。

「サミュエル」

彼女の温かい手が胸郭を滑りおり、腹の上にしっくりおさまる感触に意識を集中させた。

「どんな子だったの?」

その姿は見えるのに、言葉は見つからない。カッサンドラがからだを動かし、その髪でジョシュアをなで、鎖骨のすぐ上に唇を押しあてた。

「小さなつむじ風だった」ジョシュアは話しはじめた。「走ったり跳ねたりスキップしたりできるときは、歩こうとしなかった。あらゆる事柄のあらゆることを知りたがった。息子の質問攻めに答えなければならなくなったときに初めて、自分がいかにものを知らないか思い知らされたよ」暗闇を見つめ、そうした過去の記憶を見つめながら、それがなくなってしまうのではないかとこわかった。「ブラムが虎皮のラグマットをインドから送ってきた。冗談のつもりで。レイチェルがおそろしがっていたから、ぼくは当然、びびらせるために床へ敷いていたんだ。それをサミュエルが気に入ってね。虎と長々話しこんで、上にのって眠っていたこともあったな。ぼくらはあの子をリトル・タイガーと呼んでいた」

ジョシュアの言葉がそこでとまったとき、カッサンドラはなにも尋ねず、彼がふたたび口を開くまで忍耐強く待った。

「サミュエルが死んでから、レイチェルは……なにかすることが必要になった。ぼくらは従業員たち全員に住まいを提供していた――ロバート・オウエンにならって――だが、レイチェルはバーミンガムのすべての労働者にまともな家を用意することにこだわって、廃屋の修繕に取り組んだ。そして、その一軒が倒壊した」

「辛かったわね。ジョシュア」

「廃屋はぼくがすべて壊して、新しく建て直した。でも、息子もレイチェルも戻ってこなかった」

いまこうして暗闇のなかでカッサンドラと過ごしていると、世界が遠のき、どんなことでも洗いざらい打ち明けられそうな気がする。ジョシュアは髪をなでられながら、彼女の慰めに身をまかせた。

眠りに落ちながら、ジョシュアは奇妙な思いをいだいていた。もしかしたら、心のなかにある空虚さと彼が失った愛する人々とは、なんの関係もないのかもしれない。

19

ジョシュアはそれから三晩続けて、カッサンドラの寝室へやって来た。裸でベッドにもぐりこみ、いたずらっぽい言葉と焦らすような手をたくみに使った。カッサンドラは彼の反応の激しさに、自分の反応の激しさに驚き、愛の交わりがこれまでにないほどしっくり心とからだをなじませることにも驚嘆した。

交わりが終わると、ふたりで静かにとりとめのない話をした。ジョシュアは仕事や仕事関係の知り合いや、構想中のアイデアについて話し、カッサンドラは友人や庭やサンネ・パークの有名な豚のことを話した。このもろい調和を壊すのがこわかったので、家族やふたりの過去のこと、ふたりの将来のことにはふれず、ジョシュアもそうした話題にはふれなかった。

ふたりがなによりも避けたのは、子供の話題だ。カッサンドラはあえて口にしなかったけれど、もしかしたらもう子供がいるかもしれないとひそかに思っていた。ふたりは毎晩、二回か三回愛しあっていた。ときにジョシュアが上になり、ときにカッサンドラが後ろを向かされ、また、カッサンドラが上に乗せられたこともあった。ジョシュアはそれを「おてんば娘の乗馬」と呼び、動きが鈍いと彼女をからかい、なぜ彼がすべてをこなさなければならないんだと言って、もっと激しく動くように駆りたてた。でも笑っているとそれは難しかった。

「貪欲《どんよく》にぼくを求めてくれ」ジョシュアがささやいてくる。「貪欲に、わがままに、そして荒々しく。好き勝手にして、欲しいものをとり、もしぼくがいやなことをしてしまったら、どうかそう言ってほしい」

ふたりは絡み合うようにして眠ったが、ジョシュアが先に起きて、カッサンドラはひとりで目覚めた。日中は別々に過ごしたが、おかしなときに――たいていはきわめて不適切な状況で――愛しあったときの記憶が脳裏によみがえり、カッサンドラのからだのなかを熱くした。こんなのはわたしではないと思ったりしたが、それが嘘《うそ》だということもわかっていた。

カッサンドラは、どういうわけか、強くなった。人数が増えた家族を取り仕切ることも、社交界で戦うことも、自分にはできるという自信がもてた。

やむことのない妹たちの不平不満に我慢することにも。ロンドンがどれだけ退屈か、カッサンドラがどれだけ自己中心的かという不平不満。そしてふたりが到着してから四日目、姉妹揃って客間にいるときに、ルーシーがぼやいた。「わざわざロンドンまで来たのは、ばかな選択だったわ。ヴォクスホール・ガーデンズにも行けないなんて」

ルーシーは雑誌のページを破くのをやめて、部屋に放りだした。それが気晴らしになると感じたらしく、すぐにまた別の雑誌を投げた。

「それと、劇場にも」エミリーが割って入った。その声音は日を追うごとにルーシーに似てきている。「劇場に行かないなんてばかよね」

「本来ならロンドンに来る予定ではなかったのよ」カッサンドラはじゅうぶん過ぎるほど大量の招待状をより分けながら、どれがいちばん役立つか考えつつ、何度もそう指摘した。「外出を許すのは、お行儀の悪い子に褒美をあげるようなものよ」

「だから私たちは、厨房《ちゅうぼう》の女中たちといっしょに閉じこめられてるわけね、姉さんはいつでも出かけてるのに」ルーシーが言い返した。

「嘘を言わないで」カッサンドラは答えた。「わたしは厨房の女中を閉じこめたりしないわ」

「そりゃあ、私たちにいてほしくないわよね。子供抜きで外出を楽しみたいでしょうから」

楽しむ？　社交界のめまぐるしさや人気者でいるための努力に、消耗させられているというのに。

それでも、カッサンドラの人脈づくり活動はうまく運んでいるようだ。差し迫った裁判のおかげで、カッサンドラはすっかりゴシップの的《まと》になっている。社交界そして新聞雑誌では、どちらの陣営が真実を言っているのかさかんに議論されており、ボルダーウッド支持派とデウィット支持派の戦いがすでに始まっていた。

ボルダーウッド陣営は、世間知らずな妻と手練の誘惑男が登場する物語を紡ぎだし、高貴な夫は妻の愚かなふるまいを許すが、誘惑男の罪は罰するという筋書きを用意した。よくできた説得力のある物語だが、カッサンドラのキャンペーン活動の将軍にみずから就任したアラベラは、デウィット陣営のほうが有利だと報告していた。カッサンドラは好感度が高いし、彼女の両親は敬愛されており、そもそも、みんなボルダーウッド子爵の駆け落ちを批判しているというのが、その理由だ。さらに、紳士たちはジョシュアのいい面を信じたいと思っている。彼らにとってジョシュアは、産業界およびそれがもたらす新しい資金との橋渡しをする人物だし、夜の催しにジョシュアがカッサンドラとともに出席するようになると、デウィット夫妻は愛しあっているということで世論が一致した。

残念ながら、ルーシーの後援をすることについて祖母は意志を変えなかったが、ボルダーウッド子爵を信じないと高らかに宣言することでカッサンドラを支持し、さらに自分の仲間も味方につけてくれた。とはいえ公爵夫人は本音では、ミスター・デウィットは裁判所のそとで決着をつけるべきだと思っていたが、それにたいしてカッサンドラは、あの申し立ては虚偽だから夫はそうしないだろうと、ていねいに、だがきっぱりと返事をした。

妹たちにいちいち指摘してもむだだろう。ともかくも、カッサンドラがいま目指すべきいちばんの目標は、荒波を立てずに妹を社交界デビューさせることなのだから。カッサンドラにはよくわからない理由で、ルーシーはカッサンドラを悪人と決めつけていた。

「わたしが自由に外出できるのは、既婚女性だからよ」カッサンドラは言った。「ルーシー、わたしがあなたのお行儀を信じることができるようになったら、デビューも結婚もさせてあげるわ」

「既婚女性? 信じられないわね」ルーシーがあてこするように返した。「会話もろくにしない夫婦?」

「わたしの結婚についてあれこれいう前に、自分が結婚したらどう?」

「わたしはジョシュアが好きよ」エミリーがみずからすすんで言った。

「よかった」カッサンドラは応じた。「わたしも好きよ」

ジョシュアのことをいまどれだけ好きになっているか、カッサンドラはとまどうほどだった。子作りをしようともちかけたとき、ことはとても単純に思えた。ジョシュアが彼女をベッドに誘い、それがけっして心地よい行為ではないにせよ、カッサンドラは子供を宿し、ふたりはまた別々の生活に戻る。そうなるだろうと思っていたのに。別々の暮らしに戻ることはたしかに避けられないだろうけれども、ジョシュアがいなくてさびしい思いをするのではないかとカッサンドラはおそれていた。もしかしたら、彼がサンネ・パークを訪れてくれるかもしれない。あるいは、毎年春にロンドンで会えるかもしれないし、そのときに夫と情熱的に愛を交わすこともできるかもしれない。

けれども、ジョシュアは求められたものを与えてくれている。それ以上のものを求める権利はカッサンドラにない。ふたりが別れるときがきても、なにも言うまい。カッサンドラはそう誓った。

「ミスター・ニューウェルの知り合いにドルリー・レーン劇場の窓口係がいるの」エミリーが唐突に言った。「舞台裏に連れていってくれるって言うのよ。俳優や女優や劇作家に会って、わたしの脚本を見てもらえるように」

カッサンドラはまじまじとエミリーを見つめた。「女優に会うですって？　みずからすすんで評判を台無しにするのは、あと何年かたってからにしてちょうだい。いまはアマチュアの劇団だけにしておいて、公爵の孫という立場を忘れてはだめよ」

「私たちにはなんの得もないわ」ルーシーが言い、別の雑誌を床すれすれの高さですべらせた。「で、その公爵夫人はどこにいらっしゃるの？」

カッサンドラが答えを見つけるまもなく、執事が戸口にあらわれた。

「お客さまです、奥さま」執事が告げた。「シャーボーン公爵夫人がお見えになりました」

＊　＊　＊

「おはよう、カッサンドラ」祖母が当世風の青空色のドレスとそろいのターバン姿で、さっそうと入ってきた。かわいらしく立っているルーシーとエミリーのことは無視し、間髪おかず話しはじめた。

「望むものを手に入れたわね。おめでとう」愛想よく笑みを浮かべて、公爵夫人が言った。「あなたが夫を使って圧力をかけたから、わたしは趣味よりもあなたを優先させるべきだとシャーボーンに言われたわ。その趣味にお金をかけられるのも、すべてミスター・デウィットの投資のおかげなのだからと言って。すぐにお金、お金というやしさにはうんざりしているけれど、これが私たちの生きている時代なのでしょうね」

「おっしゃる意味がわからないわ、お祖母《ばあ》さま」

「まあ、知らないふりをしなくていいのよ、カッサンドラ。なんのことかわかっているのでしょう。わたしがあなたの言うことを聞かなければ、シャーボーン公爵との投資はやめるとあなたの夫から通告されたのよ。思っていたよりも、あなたはずっと知恵がまわる子ね。みごとな手腕だと認めざるをえないけれど、こんなたくらみをわたしに仕掛けるのはこれっきりにしてもらいたいわ」

どういうことか理解するにつれて、甘いよろこびがこみあげてきた。カッサンドラを助けるために、ジョシュアがひそかに仲介してくれたのだ。どうやら祖母は、ルーシーの後援をするつもりになったらしい。

ルーシーのことが片付いたら、カッサンドラはサンネ・パークへ戻る約束になっている。

よろこびが消え、失望で心に穴があいた。ジョシュアが助けてくれたのは、さっさとカッサンドラと妹たちを送り返して、平常の生活に戻れるようにするためなのだ。

そう。それがふたりで交わした約束だ。これはカッサンドラが望んだことだった。彼女の望みがくるくる変わったからといって、ジョシュアを責めることはできない。

「いまはそれほど忙しくないの」公爵夫人が話しつづける。「サー・アーサーと長く過ごしすぎだとシャーボーン公爵に注意されてしまったのよ。それで、あの子はどこにいるの？」祖母がエミリーに目を留めた。「この子ではないわね、子供すぎるわ」

「わたしは十四歳よ！」エミリーが抗議した。

「静かになさい、エミリー」カッサンドラはたしためた。

「せいぜい十一歳にしか見えないわ。まだお勉強しなければならない子供みたい。ねえ、カッサンドラ、あなた本当に……」公爵夫人は指を広げて、あきらめのしぐさをした。「わたしが口を出すことではないわね。もしわたしがこの子にも関心をもったら、あなたはまた、わたしがそのためにすべてを投げだすのを期待するでしょう。でも、その子は学校にやったほうがいいわ」

エミリーの顔がこわばったように見え、カッサンドラは心のなかで祖母を呪った。でも、いまはルーシーだ。一度に、妹ひとりずつ。

「エミリー」カッサンドラは声をかけた。「お祖母さまとはまた別の機会にお話ししましょう」

「どうしてわたしはいちゃいけないの?」エミリーが傷ついた表情で一同を見回す。

「ルーシー! わたしもここにいていいって言ってよ」

しかし、ルーシーは公爵夫人をじっくりと眺めていて、なにも言わない。

「わかったわよ」エミリーが扉へ向かった。「子供部屋でお人形と遊んでくるわ。首をはねてやるんだから!」そう叫んで、客間から出ていった。

カッサンドラは追いかけたくなったが、我慢した。ルーシーを公爵夫人とふたりきりにするわけにはいかない。

「あなたがルーシーね。たしかに美人だわ」ルーシーはルーシーらしからぬお行儀のよさで、優雅にひざを深くまげてお辞儀をした。「この容姿なら、わけのわからないことを話していても殿方たちは気づかないわね。古典古代に興味があるかどうかなんて、期待しすぎかしら？」

「古代ギリシアだとかローマだとか？」ルーシーは天を仰いだ。「退屈だわ」

公爵夫人の口元がこわばり、カッサンドラはため息を押し殺した。ああもう、どうしてルーシーはこうやってぶち壊すの？　お祖母さまがどんなことに夢中になっているか、伝えておいたのに。

ところが、ルーシーの話はまだ終わっていなかった。

「ギリシアの神殿だとかローマの像だとか、どれもこれも」ルーシーが続ける。「おもしろみがまるでなくて退屈で白すぎるわ。建物も像も服もぜんぶ同じ色の世界に住むなんて、まるで悪夢よ」

「先を続けて」公爵夫人が興味深そうに小首をかしげている。

カッサンドラはふたりを交互に何度も見やった。ルーシーが本心からそう思っているのか、それともなにかたくらんでいるのか、わからない。自分は妹のことをまったく理解していないのだと、あらためて思った。

ルーシーがいかにも無邪気そうにほほえんだ。「あれが鮮やかな色だったら、すごいと思うの。でも、そんなのは下品だって、みんな言うんでしょうね」

「人は自分に理解できないことを話すべきではないのよ」公爵夫人の目は輝き、鋭さをたたえている。「わたしの親友のサー・アーサー・ケニオンの説によると、古代人は神殿や像を鮮やかな色で塗ったけれど、長い年月のなかで色あせてしまったそうよ。そんなばかげたことがあるわけがないと言われているけれど、いずれその正しさが証明されるはずだわ」

公爵夫人がルーシーにほほえみかけ、ルーシーがカッサンドラと一瞬目を合わせたが、その表情はなにひとつ変化しなかった。

「来週の舞踏会であなたのお披露目をすることにするわ」公爵夫人が宣言した。そして、口元をゆがめながらカッサンドラをふり返った。「これでご満足かしら、マダム？」

「感謝します、お祖母さま」祖母の言い方は気にせず、カッサンドラは答えた。「ボルダーウッド子爵の件が解決したら、わたしはサンネ・パークへ戻ります。そのあとルーシーの面倒を見ていただけますか？」

「舞踏会でのふるまい次第ね。この子がお行儀よくできたら、今シーズンのあいだわたしが付き添います。ボルダーウッド子爵の件について、わたしの意見は知ってるわよね。でも、あなたは父親と同じで、わたしの助言を聞こうとしない。そのうちわたしの助けが必要になったら、また泣きついてくるんでしょうね」

「泣きつきませんし、お祖母さまの助言も求めません。ですから、その件でお祖母さまがお気にされる必要はありません」カッサンドラはこれまでにないほど鋭い口調で、祖母に言い返した。たぶん、疲れているにちがいない。たぶん、自分が思っているよりも、ジョシュアからの影響を受けているのだろう。謝ろうと口を開いたが、祖母はすでにルーシーのほうを向いていた。

「じゃあ、こちらを気にすることにするわ。ルーシー、いらっしゃい。天地がひっくり返るほどロンドンを驚かせるために、急いで支度を整えるわよ。ごきげんよう、カッサンドラ」

公爵夫人がルーシーを従え、足早に出ていった。戸口でルーシーがこちらに首をひねって舌を突きだし、部屋を飛びだしていった。

＊　＊　＊

エミリーはルーシーとともに使っている上階の応接間で、ミスター・ニューウェルと静かに話していた。ひざにシェイクスピアの本がのっている。カッサンドラが入っていくと、エミリーは黙りこみ、ふてくされたように本を読みはじめた。ミスター・

ニューウェルが困ったようにうろうろしている。

「エミリー」カッサンドラは呼びかけた。「さっきは――」

「AはアップルのA。BはボールのB。Cは〝知らないわ、なにを言ってるのか聞こえないわ〟のC」

「エミリー、聞いてちょうだい」

「いまはだめ。アルファベットを習ってるところなの。わたしはまだ子供だから、お勉強しなくちゃ」

「公爵夫人の機嫌を損ねるわけにはいかないのよ。これはルーシーのためなの。お祖母さまがあなたに失礼な態度を取ったことは残念に思ってるわ」

「DはドアのD。Eは出口《エグジット》のE。出口は自分で見つけてね、姉さん」

「いまはルーシーの番なの。あと二、三年したら――」

「わたしのことも追いだすのよね、いまルーシーを追いだそうとしてるように。私たちがいなくなれば、サンネ・パークを姉さんが独り占めできるもの」

カッサンドラはエミリーのひざの上にある本をぴしゃりと叩《たた》いた。エミリーがあごをつんとあげる。「矛盾しているわよ」カッサンドラはきっぱり反論した。「閉じこめられていると言ったかと思えば、今度は追い出されるだなんて」

「Gは行く《ゴー》のG。Hは地獄《ヘル》のH」

「エミリー！」

「大丈夫よ、ミセス・デウィット」エミリーがカッサンドラの手の下から本をひっぱり抜き、乱暴にページをめくった。「わたしはずっと子供部屋に閉じこもってるから。ルーシーが正装用のドレスを着て公爵夫人と出かけてるときも、アイザックといっしょに証人に会いに出かけてるときも。いつもルーシーばっかり」

「わたしもそうだったわ。注目されるのはいつもミランダだったから。でも、エミリーだって――」

「どうだっていいわ。わたしはカッサンドラとは違うから」

カッサンドラはワンテンポ遅れて、ようやくエミリーの言葉の意味をすべて理解した。「どういうことなの、ルーシーがアイザックといっしょに証人に話しに出かけたって？」

「Iは〝あたしの知ったことじゃないわ〟のI。Jは〝ジャンプして橋から飛び降りる〟のJ」

カッサンドラはため息をついた。「エミリー。聞いて。今度どこかへ出かけましょう、アストリーズ野外劇場にでも」

「ミスター・ニューウェルに連れて行ってもらうからいい。姉さんは忙しいでしょ、いつも大忙しだもの。サンネ・パークのことだとか、ルーシーとの喧嘩《けんか》だとか、お友達とのお出かけだとか。Kは興ざめのK。Lは〝ルーシーのところへでも行ってわたしのことはほっといて〟のL」

「大人扱いしてほしければ、大人らしくふるまいなさい、エミリー」

「Nは〝なんでもいいけどいま姉さんとは話したくない〟のN」

「Mが抜けたわよ」もうお手上げだ。これ以上なにを言っていいのか、どうして悪い方向へ進んでしまうのか、さっぱりわからない。

ミスター・ニューウェルのほうを見ると、姉妹喧嘩に巻きこまれるたびによく浮かべる「いますぐ椅子になりたい」という表情を浮かべていた。「ちょっといいかしら?」カッサンドラは声をかけた。

廊下に出て、応接間の扉を閉めた。そのとたん、扉に本がぶつかったような音がした。

「申しわけありません、ミセス・デウィット」ミスター・ニューウェルが言った。「ミス・ルーシーがミスター・アイザックと外出するのはまずいと思ったのですが、お嬢さまがどうしてもとおっしゃって。こう……言いだしたら譲らないところがありますから」

カッサンドラはため息をついた。アイザックと話さなければ。アイザックはジョシュアといっしょにいるかもしれない。少なくとも、いまはふたりで話しあっている最中だ。そして、カッサンドラはジョシュアとふたりきりになりたいと思っている。ああ、もっと早く時間が過ぎて夜になればいいのに。暗がりのなか、あの暖かいベッドのなかでからだを丸めて抱きあい、そとの世界のことを忘れられるあのときに。

「これはわたしの責任よ、あなたのせいではないわ」カッサンドラは言った。「あなたはわたしの秘書で、妹たちの家庭教師じゃないもの。でも、これからエミリーの家庭教師を雇うことはできるわ。ルーシーをお祖母さまのところへ預けたから、もう家庭教師が追い払われることはないはずよ。求人広告を出して、派遣会社に頼んでおいてもらえるかしら。わたしも知り合いにいい人がいないか尋ねてみるから」

「承知しました」ミスター・ニューウェルが答えた。「すぐにとりかかります」

「気の毒なミスター・ニューウェル。わたしが家族の問題に巻きこんでしまったせいで、あなたは家族と長いこといっしょに過ごせなくなってしまったわね」

「妻は理解してくれています。夏に海辺で休暇を過ごしたいと言っていますが……ああ、でも、いまこのときにふさわしい話題ではないですね」

「いいえ、最高のタイミングよ。わたしはなにがなんでもあなたの助けが必要だから、どんな望みでもかなえてあげたいと思ってるわ。家族と一か月間、海辺で過ごしていらっしゃい。ミスター・デウィットがボーナスを支給してくれるわ」

ミスター・ニューウェルが笑顔になった。「ありがとうございます、ミセス・デウイット。劇場で働いている友人のことを話してしまったのも、申し訳ありませんでした。でも、エミリーは演劇をとても愛していますし、それはもうウィットに富んだ戯曲を書きます。演劇を理解する人――もちろん、女優ではないです――そんな人なら、彼女のいい家庭教師になれるのではないかと思います。あくまでも提案ですが」

どうするのが正しいのだろう？　カッサンドラがすることはなんであれ、必ず悪い方向へ進んでしまう。ジョシュアなら、体裁など重要ではない、自分が金でエミリーに体裁を買ってやるというだろう。カッサンドラはそれよりも、妹に幸福を買ってやりたいと思っている。エミリーが辛辣《しんらつ》になって、本来のあの子が消えてしまう前に。

「いい提案ね」カッサンドラは言った。「エミリーが女優になるつもりでなければ、という条件付きだけれども。あの子はまだ若いし、あの年にしては精神的に不安定だし……」

「わたしが口出しすることではないかもしれませんが、ミセス・デウィット、エミリーは家族を失うことをおそれているように思えます」

ああエミリー、わたしもそれをおそれているのよ。カッサンドラは喉のつかえをのみこんだ。エミリーとどう話せばいいか、なぜわからないのだろう？　日々たくさんの人たちと会話を交わしているのに、自分の妹と話すことができないなんて。けれども、パパが死んでから、カッサンドラは忙殺されていた。サンネ・パークと家計を管理したり、庭の景観を変えたり、豚に名前をつけたり、すべきことが山と積まれていた。

忙しい？　これではジョシュアやお祖母さまと同じだ。でも、カッサンドラが忙しかったのはたしかだ。それに、忙しいほど好都合だった。パパやママやチャーリー、これまでに失った人たちのことを考えずにすむから。もしかしたら、そのせいでルーシーとエミリーはカッサンドラのことを怒っているのかもしれない。

カッサンドラはミスター・ニューウェルの腕をそっとさすった。「わたしがどうにかするわ。あなたをわずらわせてしまって、ごめんなさいね」と伝える。「今朝はもう妹ふたり、お祖母さまひとり、秘書ひとりに不快な思いをさせてしまったわ。これからアイザックに小言を言って不快にさせるでしょうし、そこにジョシュアがいたら彼のことも不快にさせることは間違いない。そのあとで、有意義な一日を過ごしたと自分を褒めることにしましょう」

20

ジョシュアは机の前に坐《すわ》っていた。目の前で意味のない数字がふわふわと踊り、今日、自宅のそとで仕事をしなかったことをふたたび呪った。いつになく集中力を欠き、カッサンドラも家にいることを意識しすぎてしまい、気づくとまた、彼女をベッドに誘えるかどうかという興味深い疑問について考えている。

彼女をベッドに誘わないうちは、ほかのことに手がつかない――この状態では妻とたわむれることが効率を左右する――そう結論に達したとき、ちょうど扉が開いてカッサンドラが入ってきた。

「あなたがいつも街へ逃げるのも無理はないわね」カッサンドラがジョシュアの椅子にもたれかかり、髪に指をぐらせてきた。ジョシュアは彼女の腰に腕を巻きつけた。

「このにぎやかな環境で考えごとができるなんてすごいわ。いまもこうして、わたしが邪魔しに来ているし」

「きみをなにかに役立てることができるかもしれない」意味ありげに手をカッサンド

ラの腰へはわせた。カッサンドラがくすくす笑い、中途半端にジョシュアの手を叩《たた》いて払った。

「いまはだめよ」カッサンドラは言った。「アイザックを探さないと」

「アイザックを探す必要はない。きみは扉の鍵を閉めてこの机に乗り、ぼくの好きにさせるんだ」

「だめよ。しないわ」

「わかった。鍵はあけたままだ。使用人が入ってきてもぼくに文句を言わないでくれよ、きみのスカートが――」

「もう」カッサンドラの手で口をふさがれる。ジョシュアはにんまりと笑い、彼女の指を軽く嚙《か》んだ。「そんなはしたない提案をしたらいけないわ」

「ぼくの提案は上品そのものじゃないか」ジョシュアは抗議した。「白昼堂々、扉に鍵をかけずに愛を交わそうと提案したのはきみだろう」

「そんなつもり……もう、いやな人」カッサンドラはそう言いながらもキスをすると、ジョシュアから離れて机に腰掛けた。「アイザックが証人に会うときに、ルーシーを連れていった」

「それで？　アイザックはおそらく、ルーシーが厄介ごとを起こさないように気を使っているんじゃないか」

「ロンドンの物騒な地区に連れて行って嘘《うそ》をつくような人たちに会わせ、脅しや賄賂にかかわらせることが？　厄介ごとから遠ざけておくことになるっていうの？」

「ああ、いい指摘だ。ぼくがアイザックと話すよ。それはそうと、きみはいまぼくの仕事を妨害したから……」

ジョシュアはカッサンドラを脇へすべらせ、机に押しつけてキスをした。

「ジョシュア。ここではだめよ、それに出かけなくちゃならないの。待っててちょうだい」

「だめだ。待てない。きみが欲しくて集中できない。このままほったらかしにされたら、事業が傾いて、金も職も失う」

「でも、時間はたっぷりあるでしょう、その……」

「そのって？　なんだい？」

「その……わかってるくせに」

「言ってごらん」ジョシュアは首を下げ、カッサンドラの太ももに手をはわせながら、耳元でささやいた。「はめをはずして、言ってごらん。そうしたら、行かせてあげてもいい」

「またわたしをからかってるのね。いい子になさい」

「いい子にしろというのなら、なにか見返りがないと」

そう言った瞬間、あの逃げだした夜の約束を思いだし、カッサンドラもまた思いだしたらしいことが表情から見て取れた。大昔のできごとのように思えるけれども、ふたりの脳裏に記憶がよみがえり、まったく、これでジョシュアは仕事が手につかなくなること確定だ。あの約束のことはあれから一度も蒸し返さなかったし、これからするつもりもない。それでもジョシュアはカッサンドラをからかうことはできるし、彼女はからかわれても気にしていないように見える。

「きみはぼくに借りがある」ジョシュアは念を押した。「その借りを返すときがきたんだよ、ミセス・デウィット」

カッサンドラのほおがさらに赤くなった。「そうかもしれないわね。あとで返すわ」

いいぞ。あとでをいまにしてもらおう。

「でも」カッサンドラがつけ足した。「それで子供はできない」

やれやれ。ジョシュアの欲望はしぼみ、その跡に苦い失望が残った。カッサンドラにとって、いまも目的は子供だけか。カッサンドラがジョシュアを欲しがっていることは疑いようがないが、別れのときがきたら、カッサンドラもまたジョシュアと同じくらいせいせいした気持ちになるのだろう。

それでいい。ふたりで同意したことなのだから。彼女はおとなしく帰る。すばらしいことだ。

「ああ、そうだ」ジョシュアは立ちあがり、カッサンドラから離れ、背を向けて服の乱れと表情を整えた。「このごたごたが片付いてウォリックシャーへ戻るまでに、きみはできるだけ多くの子種を手に入れないといけないからな」

あえてちらりと見やると、カッサンドラがかすかに礼儀正しい笑みを浮かべていることに気づき、思わず眉をしかめた。そのほほえみがどういう意味なのか、彼にはわからなかったが、訊《き》くわけにもいかない。なぜなら彼が知りたくないこともあるからだ。

「アイザックに話してくるよ」ジョシュアは歩きだした。戸口で立ちどまり、ふり返ってさらになにか言おうとしたが、なにを言うべきかわからず、そのまま部屋を出た。

＊　＊　＊

カッサンドラの種馬になりさがったばかりか、彼女の小言を伝える係まで引き受けてしまうとは、なんて腹立たしいことだろう。ジョシュアはアイザックを探しながら、心のなかでぼやいた。妻に都合よく使われる夫になるなんて、これほどよろこばしいことはない。

弟は馬小屋にいた。馬丁の指示を受けながら、鞍《くら》を取りつけている。

「いったいなにをしてるんだ?」ジョシュアは声をかけた。

「馬について勉強しなおしているんだよ」アイザックが答えた。「最後に乗ったのは九歳のときだった。もう半分くらい忘れているし、脚を悪くしたしね。べつにかまわないだろう?」

「好きにしろ」ジョシュアが横目で見ると、馬丁は出ていった。「カッサンドラはおまえがルーシーを証人のところへ連れていったのが気に入らないらしい」

「どうして?」

「ルーシーは上流階級の子女だからだ。上流階級の子女が仕込まれるのはダンスや水彩画だ、収賄や脅迫じゃない」

「残念だな。ルーシーの得意分野なのに」アイザックが答えた。「有効な手段はなんでも使えと言ったのは兄さんだろ。連中はルーシーをよろこばせるためなら、なんだって白状するんだよ」

「なんてことだ。それなら、お、お、おまえがルーシーになにかされないか心配したほうがいいのか?」

「心配しなくて平気だよ」アイザックが笑いだした。「それについては、自己防衛本能が強すぎるくらいだから。でも、ルーシーはどうにかしてやらないとだめだろ。あの目つき、まるで家を焼き払う算段でもしてるみたいじゃないか」

「あの目つきには気づいてるさ。だが、いいか、アイザック。社交界には社交界のルールがあるんだ。ルールがたくさんある。ばかげたルールだが、おまえがルーシーたちをおかしなことに巻きこんだら、すべてがだめになってしまう」

「すべて」とは「カッサンドラ」のことだ。彼女が来るまで、ジョシュアはばかげたルールなど一度たりとも気にしたことがなかった。

「ブキャナンのことは、探してるのか？」ジョシュアは話題を変えた。

アイザックが表情を輝かせた。「ああ。あのまぬけは白状したよ。兄さんの書類を盗んだのは損害賠償金を分けてやるとボルダーウッド子爵にもちかけられたからだそうだ」アイザックが口をゆがめた。「ボルダーウッド子爵夫人も分けてやると言われたらしい、ぼくの理解で間違っていなければ。あの男は不貞で兄さんを訴えているのに……ああでも、夫が見てたら不義にはならないか」アイザックが低く長い口笛を吹いた。「海軍でいろいろ見てきたけれど、上流階級の人間のすることにくらべたらなんでもなかったよ」

ジョシュアは鼻を鳴らした。「ボルダーウッド子爵夫妻がだれとなにをしようがかまわないが、ぼくを巻きこまないでほしいと心から望むよ」

「では、おまえも、わたしを巻きこまないでもらいたいものだ」三人目の男の声がした。

馬が頭をもたげていななき、アイザックとジョシュアは父のほうをふり返った。トレイフォード伯爵がふたりに向かって杖《つえ》を剣のように振りまわしながら、馬小屋のなかへ歩いてきた。

「いったいここでなにをしているんだ？」ジョシュアは問いただした。

「おまえの妻がわたしの妻へ手紙を書かないようにさせろ」トレイフォードが言った。

「おまえがどんな問題を抱えていようが、わたしの知ったことではない」

「あんたの問題にしてやろうか、自分勝手なぺてん師が」ジョシュアが吐き捨てるように言った。「ぼくの妻が手紙を書いたのなら、返事をするのが礼儀ってもんだろう」

「この人が？」アイザックが割って入った。

「ああ、この男だ」

トレイフォードがアイザックをにらみつけた。「どこの馬の骨か知らないが、わたしと息子の会話を邪魔するな」

アイザックはさっと頭をそらせた。「ぼくもあなたの息子だよ、アイザックだ」

兄弟の父親は一瞬、面食らった様子だったが、すぐに立ち直った。「冗談だろう。もうひとりの息子にまでつきまとわれるのはごめんだ」

「そんなことしないよ」アイザックが言った。「ぼくらを見るたびに、あんたは自分の恥ずべき行為を思いだすんだろう」

「よく言った」ジョシュアの怒りがおさまってきた。短気な伯爵の顔色が変わると、ますます気分がよくなってきた。

「あれは間違いだった」トレイフォード伯爵がぴしゃりと言った。「おまえたちふたりはぶじ成長した。それなのに、なぜ不満を抱いているのか、理解に苦しむぞ」

「三人だ」アイザックが言った。

「なにが三人だ?」

「あんたは結婚していなかったぼくたちの母親とのあいだに、息子が三人いるんだよ」ジョシュアが説明した。「妻が何人いるか忘れてしまうのも無理はないな、子供の数さえ把握できないのだから」

「兄さんが秘書を雇って助けてやったらいいんじゃないか」アイザックが提案した。「〝妻と子供が何人いるのか伯爵にあらためてお知らせする担当〟秘書」

「いい考えだ。毎日、朝食の席でこう告げるんだな。『日課としてお知らせいたします。ご主人さまは結婚しておられますので、また結婚することはできません』」

「それに、『ご主人さまには子供がこれだけおります。望まれない子供はこれ以上、おつくりにならないでください』もな」

「兄弟揃って悪趣味なユーモアだ」トレイフォード伯爵が言った。「息子三人のことは把握しているし、もうひとりがインドにいることも知っている。成功しているのだから、あいつだって不平不満を言う必要はないだろう」

「ミリアムのことはどうだ？」アイザックが問いただした。ふたたびトレイフォード伯爵が当惑した表情を浮かべた。「ミリアムがだれなのかも、わからないのか？」アイザックが顔を紅潮させて、杖を振りまわした。短気はどうやら遺伝らしい。「ぼくたちの妹、あんたの娘だよ。十八歳になっているけど、ミリアムに道で会っても家族だとぼくらはだれも気づかない。そもそも、生きているのかどうかさえわからないんだ」

　トレイフォード伯爵も杖を振りまわした。「あの娘を連れ去ったのは、母親の判断だ。その決断とわたしはなんの関係もない」

「ぼくらの母さんと妹はどこにいるんだ？」

「アイザック、そのことはふれるな」ジョシュアは口をはさんだ。

　遅かった。

「わたしが知るわけないだろう？」伯爵が怒鳴りだした。「デボラは平常心を失い、娘を連れていなくなった。金と宝石をすべて持って。わたしはどうするべきだったんだ？　間違いは起こってしまった、そしていちばん重要だったのは、爵位を守ることだった」

「間違いは起こってしまった」アイザックが嫌悪で顔をしかめながら、くり返した。

金、なによりも金か。ジョシュアは自分で思っているより父に似ているところがあると気づいた。間違いなく、自分が望んでいる以上に。

「あんたは一生変わらないな?」ジョシュアは静かに言った。「自分がしたのがどんなことか、一生理解できないだろう」

「わたしを非難しているのか? このわたしを、自分の父親を。金と女のことでボルダーウッドと揉《も》めているおまえが」

「すべて嘘だ」ジョシュアは反論した。「証人が金で買収されて嘘の証言をしたことを認めたし、辞めた元秘書が手紙を盗んだと白状した。逢引をしていたという時刻のぼくのアリバイも、あと数日で裏が取れる。そうなれば、ボルダーウッドは法廷で、ロンドンじゅうで笑いものにされる。あいつが嘘つきだと知れ渡り、ぼくの父が息子を擁護しなかったことも知れ渡るだろう」

「なぜわたしが弁護せねばならない? おまえにそんな資格はない」

「だが、ぼくの妻にはある。人生で一度くらいはまっとうなことをして、自分の立場をはっきり表明したらどうなんだ?」

トレイフォードがジョシュアをにらみつけ、しばらく歩きまわってから戻ってきて、杖でジョシュアの胸を突いた。「わたしがおまえを擁護し、ボルダーウッドがおまえから金を巻きあげるために嘘をついていると仲間たちにふれまわったら——おまえもおまえの妻も、わたしと伯爵夫人には近づかないと約束しろ。わたしたちはおまえたちと今後いっさい、かかわりたくない」

「よろこんでそうしよう」

「そして自分の居場所であるバーミンガムに帰れ。では、失礼する」

伯爵はそう言い捨てると、立ち去った。

その後ろ姿をアイザックが目で追っていた。「本当はぼくらを子猫みたいに袋詰めにして、溺れさせたかったんだろうな」弟が言った。「家族だと思うのは無理だ。でも、母さんと妹を見つけたら、ぼくらはまた家族になれる」

ジョシュアは顔をしかめた。希望を捨てられないかわいそうなアイザック。「ふたりのことは忘れろ」ジョシュアは言った。「ぼくらの家族はずっと前に終わっている。ぼくらに母親はいないし、妹もいないし――」

「兄弟もいない」

ふたりともしばらくなにも言わなかった。そして、アイザックが馬のほうをふり返った。「ぼくも出ていこうと思う。自分の部屋を見つけるよ。馬を買って国じゅうを旅するんだ」

そうか。今回も行かせてやろう。アイザックは一度離れていったし、また離れていこうとしている。ジョシュアは弟たちがいない半生を幸福に過ごしてきた。だからいま、弟たちにとってもジョシュアは不要な存在なのだ。カッサンドラと妹たちはウォリックシャーへ戻ることになっているし、アイザックはどこでも好きな場所に行くだろうし、ジョシュアは自分の居場所であるバーミンガムに帰る。

「好きなようにしろ」ジョシュアは返事をした。「ぼくにはやらなきゃならない仕事がある。どっさりと」

＊＊＊

今夜はカッサンドラが家にいるとニューウェルから聞き、ジョシュアは初めて彼女たちと夕食をともにした。アイザックが乗馬についてあらためて教わったことをおもしろおかしく話し、ルーシーが公爵夫人との買い物のことをおもしろおかしく話し、エミリーは劇場について話した。ジョシュアの席と反対側の端に坐っているカッサンドラはほとんどしゃべらず、穏やかな笑みを浮かべているが、彼と目が合うとその笑顔は消えた。

夕食がすむと、ジョシュアはカッサンドラの視線を無視して仕事に戻った。だが、音楽と笑い声が書斎まで聞こえてきて、陽気にジョシュアの平穏を乱した。ウォリックシャーではこんな感じなのだろう。屋敷はなんという名前だったか？

サンネ・パーク。ばかげた名前だ。

物音がやんでしばらくしてから、自分の寝室へ行って服を脱いだ。カッサンドラの猫に凶暴な目つきで監視されながら、手早く部屋着を身につける。ジョシュアがカッサンドラのベッドで寝るのが気に入ったように、この猫はジョシュアのベッドで寝るのを気に入っていた。ジョシュアは今夜も同じことをしようとしている。あのドアをくぐってカッサンドラが待つ部屋へ行き、彼女を抱いて、愛し、彼女のなかでわれを忘れる。彼の世界がカッサンドラだけに、ふたりで与えあう感覚だけになるまで。

カッサンドラといっしょにいたいから、ジョシュアはそうする。カッサンドラがそうするのは、子供が欲しいからだ。望むものを手に入れたら、カッサンドラは離れていく。

ジョシュアは長椅子に寝転がった。カッサンドラがドアをノックし、ばかげたリボンのついた寝間着姿で入ってきても、そのまま動かなかった。

「だいじょうぶ?」カッサンドラが声をかけてくる。

「考えごとをしてるだけだ」

「わたしも考えごとをするわ。火をじっと見つめてもの思いにふけるの。そうやっても、まったく役に立たないことがわかった」

ジョシュアはうなった。カッサンドラが返事を待つ。

「わたしはいないほうがいい？」しばらくしてようやく尋ねてきた。

「いや」

撤回しようとしたときには、カッサンドラはもう隣に腰をおろしていた。

「なにがあったのか話してくれる？」と尋ねてくる。「今夜はずいぶん無口だった」

「なにもない」

「ベッドに来る？」

「きょうは……」

ジョシュアは自分のベッドのほうへ手をさっと振ってみせた。カッサンドラの笑顔がしぼんだ。

「わたしに飽きたの？」

「いや、違う。ぼくはただ……」

彼女にたいして意地を張っているだけだ。心のせまい自分勝手な男にふさわしく。うろたえる理由はない。ごく簡単なことだ。ふたりはたがいを楽しみ、そのあとでそれぞれ平常の生活に戻っていく。ジョシュアは騒々しいバーミンガムの工業地帯へ、カッサンドラはにぎやかで暖かい家族の領地へ。

カッサンドラが脚をからだの下に引きいれて彼に寄りかかり、髪に指をからませてきた。ジョシュアは彼女に慣れすぎてしまった。

「さっきお礼を言うのを忘れてしまったわ」カッサンドラが言った。「公爵夫人にとりなしてくれたのね。公爵夫人はご不満な様子だったけど」

「トレイフォードもきみのとりなしがご不満な様子だ。いまだに、ぼくらとはいっさいかかわりたくないと言っていた。いくらきみが感じよくしても無駄だよ。あの男は一生変わらないし、きみをうっとうしがっている」

「正直に言うと、トレイフォード伯爵になんと思われても、どうでもいいわ」

「ミセス・デウィット！　驚いたな！」

カッサンドラが挑むような目つきで見てきた。「あなたが正しかったし、わたしは間違っていたわ。トレイフォード伯爵とトレイフォード伯爵夫人がひと言もあなたを擁護する発言をしないなんて、むかつくわ。あなたはあんな人より百倍もいい夫よ。それも、あの人の手柄ではまったくない」

ジョシュアは思わず、顔をほころばせた。「ミセス・デウィット。きみはぼくを好きになりつつあるようだね」

「いまでもときどき、絞め殺してやりたくなるときがあるけど」

「すべてはぼくの魅力のせいだな」

そのときカッサンドラが鳴らした――彼女が愛してやまない豚の小さな鳴き声のような――音は、とても愛らしかった。本人にはそう言わなかったが、ジョシュアは口に出さずにこらえた自分を褒めたたえた。それに、彼女がどれだけ美しいか、自分がどれだけ彼女のよろこびにどっぷりひたりたいと望んでいるか、彼女といっしょにいると世界がどれだけすばらしいかということも、本人には伝えなかった。

「公爵夫人が舞踏会でルーシーのお披露目をしてくれることになったの」カッサンドラは声を低くして言った。「ルーシーがお行儀よくすれば、今シーズンずっと世話をしてくれるそうよ。つまり、ルーシーの問題はとりあえずそれで解決ということ」

「それに、あと数日中にぼくのアリバイの裏付けがとれたら、ボルダーウッドの問題も解決する」ジョシュアは言った。「それで、すべておしまいだ」

「ええ。すべておしまい」

ジョシュアは言葉が見つからなかった。つまらないことを言ってしまった。カッサンドラがからだの位置をずらし、慰めを求めるように手のひらをジョシュアの胸の上に広げて、頭を肩にもたせてきた。それだけで彼女はジョシュアをつつんでしまう。寄りかかってあごに口づけされ、喉元までキスされているうちに、ますますつつみこまれていく。離れていようと考えるなんて無駄な抵抗だと、ジョシュアはさとった。

そもそも、なぜ離れていなければいけないんだ？　ほんの少しさわられただけで彼女のなかに入る準備ができてしまったというのに。ジョシュアのコックはよろこんで彼女に奉仕し、彼女が好きなだけ子種を与える気まんまんなのに。それで十分なはずだ。それで十分だ。彼女にはそれ以外のものを求めていない。

ジョシュアは目を閉じ、頭をそらせて、まさぐるようなキスに、やわらかい感触に、身を任せた。カッサンドラの本質そのものが、温かい香水のように絡みついてくるようだった。彼女がガウンの前を開くと夜気が入ってきたが、愛撫《あいぶ》でそれを追い払う。羽のように軽くふれるその手はだんだんとさがり、ジョシュアの屹立《きつりつ》した部分にあたった。

「どうして怒っているのかのか教えてくれる？」カッサンドラがささやいた。

「怒ってなんかいない」

「あなたは繊細な人ね」

「繊細？」思わずかっとして、ジョシュアはぱっと目を開いた。焦《じ》らすような手のことはなんとか気にしないようにした。「ぼくは繊細じゃない。繊細とはほど遠い。ぼくは強くて粗野で荒っぽくて、それに……ああ」彼女の指が、しっかりと彼を握った。

「それに、硬い」息を乱しながら、言いきった。

「とても硬いわね。それに、とても繊細」彼女はしっかりと、そして優しく握り、注意深く彼を見つめている。「これが好き？」

「ぼくがからかわれる番か」

ジョシュアをしっかり握り、その手を上下に動かし、それをくり返した。

「あら。からかわれるのがいやなの？」カッサンドラの目がいたずらっぽく輝いた。「やめましょうか？」

ジョシュアは笑った。あえぐのとうなるのが混じったような笑い声に、カッサンドラも笑った。彼の隣にひざまずき、一度も手を離さなかった。ジョシュアは太陽を向くひまわりのように、なすすべもなく彼女のほうに顔を向けた。彼女はゆっくりと官能的なキスをして、唇で彼の下唇をはさみ、舌先でなぶった。

「サンネ・パークへ会いに来て」カッサンドラが唇を合わせたままささやいた。

欲望でもうろうとした頭のなかで、ジョシュアはああと答え、そのあとで、どうし、い、い、い、いてぼくに会いたがるんだ？　と考えた。

「なぜ？」なんとか言葉を絞りだした。

「あなたにサンネ・パークを見せたいからよ。古いすてきな屋敷に、みごとな庭園。バーミンガムから一日足らずで着くわ。仕事をもってきていいのよ。パパの書斎を使って。庭にあるわたしの秘密の東屋《アーバー》も見せてあげる」

「きみの秘密の〝港《ハーバー》〟ならもう見た」ジョシュアは答えた。「毎晩そこにボートを留めている」

ぎゅっと握られて短く叫んだが、それでも笑いがこみあげてきた。からだ全体がよろこんでいる。

「いまでも絞め殺せるのよ」カッサンドラが警告した。

「楽しみなくらいだ」

でも、これは――このほうがいい。ジョシュアは目を閉じ、快楽にどっぷり浸かった。彼女の手にしごかれ、唇で顔の輪郭に沿ってキスされて。それが胸までおりたとき、ジョシュアは胸郭を激しく上下させ、空気を求めてあえいだ。彼女は舌で乳首を愛撫し、髪で肌をくすぐり、鼻先をこすりつけ、唇をどんどん下へとおろして、腹部に近づいていった。

ジョシュアは自分と戦った。目を開けてカッサンドラの顔を両手でつつんだとき、はたして自分が勝ったのか負けたのかわからなかった。

「カッサンドラ、ラヴ。しなくていいんだ。あれはからかっていただけだよ」

彼女のいたずらな笑みに、血がさらに熱くたぎってきた。「でも、あなたに借りがあるのに」

だめだ、借りとしてでは。彼女がみずから与えるのでなければ、いらない。カッサンドラは子供を欲しがっている。この行為では子供はできない。彼女自身がこれを求めてくれたら、とジョシュアは願った。みずからの欲望でこれを求めるのなら、子供ができても、用済みだからと彼から離れていくことはないだろう。

「これが好きだって言ってたわ」カッサンドラが言った。

ジョシュアの手をほどき、ふたたび唇を肌に押しつけ、彼にはとめるすべのないキスのあいまに話しかけてくる。

「あなたにしてもらうのは気持ちいいから、わたしもあなたを気持ちよくしてあげたいの。それに、どうして怒っているのか教えてくれないから、わたしは別の方法であなたを気持ちよくさせなきゃいけないのよ。わたしが怒っているときはあなたがなだめてくれるでしょ。わたしたちがおたがいにそうするのはいいことだと思うの」

たしかにそうだ、でも……彼女が妻の務めですると思うと耐えられない。

「それに、興味があるのよ」カッサンドラがつけ加えた。「やってみたいの。勇気を奮い起こすまで、時間がかかってしまったけど。だから率直に言わせてもらえば、いまここでわたしを拒絶するのは不作法だと思う」

カッサンドラの勝ちだ。ジョシュアは降参した。

「不作法な男になるわけにいかないな」ジョシュアは言った。「礼儀正しさを妻に叩きこまれているから」

「わたしは夫にいたずらを叩きこまれているのよ」

ジョシュアは彼女の髪を指で梳《す》かし、半分まぶたを閉じた目で、彼女の口が彼をつつみこむのを見ていた。最初は試すように、軽く噛んだりなめたりキスしたりして、このまま続けられたら死にそうだと彼は思った。胸が締めつけられるように苦しく、気づくと自分は不規則な浅い息をしていた。

「これでいいの……」彼女が見あげた。「どうするのか教えて。あなたが教えてくれなかったらわからない」

ジョシュアはなんとか、彼女の手につけねを握らせて、どうやってしゃぶればいいかを教えた。彼女はすぐにコツをのみこんだ。ああ、いい、すごく。彼女は繊細で、ちゃんとしたいとこだわっているから。それが彼女だろう？　人々に会って、彼らを大事にして、いつも与えて、与えて、この世界をよくしようとしている。ジョシュアはやめさせるべきだったが、彼女に面倒を見てもらうのがうれしくて、それに彼は彼女も楽しんでいると考えるような身勝手なやつだし、彼も彼女の面倒を見るのがうれしいし、ふたりがそうやってお互いの面倒を見合うのはいいことだと彼女は言っていたし、彼もそう思う。それにいまはなにも考えられない、わかるのはただ、これがすばらしく気持ちよくて、彼女は彼の妻で、彼女の口のなかでいってはいけないのだが、ああだめだ、彼女の口はすばらしい、彼女もすばらしいし――

カッサンドラが口を放した。いきなり冷気があたった。ジョシュアはあやうく叫びそうになった。

彼女の髪から手を放し、息を弾ませながらこらえた。目をあけると、彼女は火明かりに照らされ、やはり息を切らしていた。

「だいじょうぶかい？」彼は訊いた。

「ええ。わたし……息が……でもすごく……そう思わない？」

「ぼくにはわからない」

彼女は笑って、ジョシュアはそのほおを手でつつみ、やわらかなまなざしとふっくらした唇に見とれた。

「サンネ・パークに来ると言って」

「きみがまたしてくれるなら、世界を贈ると約束する」

「わたしは世界はいらないわ」

彼女がとまどった反論を無視して、そのからだを引きあげ、いまいましい寝間着をめくった。彼女はすぐに察してまたがり、彼をなかに導くと、腰を沈めてなまめかしい甲高い声を洩《も》らしたので、ジョシュアはいきそうになった。

カッサンドラは彼の首に顔を押しつけ、彼は彼女をかかえるようにして腰を突きあげた。彼女がじっくり味わいたいのに、深く、もっと深く、もっと深くという衝動は狂おしいほどで、けっして満たされることはないのではないかとこわくなる。ジョシュアはコントロールを失うまい、まだだ、と思ったが、彼女が耳に唇をつけて、「あなたがわたしのなかにいる感触がたまらない」と言ったので、もう我慢できず、ふたりのからだが揺れるほどの激しさでいった。

だが彼女は震えなかった。

ジョシュアは両腕で彼女を抱きしめた。ふたりとも息が荒い。彼は酔いしれ、同時にうしろめたく感じた。

「きみはいかなかった」

「わたしの勝ちね」

彼は笑って、彼女の匂いを吸いこんだ。「いまのぼくは子猫のように弱々しいが、力が戻ったら、きみをあのベッドまで運んで容赦なく責めたてるから、どっちが勝つか見てみよう」

21

レディ・ボルダーウッドとの七度の〝逢引〟のうち、ジョシュアが自分の所在を思いだせたのは五つだけだった。彼はサー・ゴードンとアイザックとともにロンドンじゅうを歩きまわって、その時刻に自分といっしょにいた相手から宣誓陳述書を手に入れた。科学者三人――銀行家二人――女児孤児院の運営責任者――男児孤児院の運営責任者――ミセス・オデア。

オデッセイアのような苦難に満ちた長旅というわけではないが、ロンドンが一年でもっとも混雑している時期でもあり、三日目になっても、まだ四件目の訪問をしているところだった。

「これがボルダーウッドの訴えを収める棺桶《かんおけ》の最後の釘《くぎ》になる」サー・ゴードンは、三人で男児孤児院の扉に近づきながら言った。サー・ゴードンの仕事ぶりはすばらしかった。またしてもカッサンドラからの優れた提案だ。

サー・ゴードンはドアノッカーを持ちあげ、鋭く叩《たた》いた。

「ボルダーウッドの訴えをきわめて効果的に崩すことができたから、裁判所は審理もおこなわない可能性が高い」彼は言った。「来週には終わるだろう」

来週には終わる。裁判も。シャーボーン公爵夫人の舞踏会も。ジョシュアのロンドン滞在も。カッサンドラとの関係も。

そうしたら生活は平常に戻る。あまりにもかき乱されてしまったので、平常がどんなふうだったか、ジョシュアはほとんど思いだせなかった。最近はほとんど仕事をしていないが、ダスが代わりになにもかも取り仕切っているし、ほかの秘書たちも彼なしで決断しているようだ。ひょっとしたら、サンネ・パークにカッサンドラを訪ねてもいいかもしれない。サンネ・パークはバーミンガムに行く途中にあると言ってもいい位置だ。カッサンドラとエミリーといっしょにそこまで行って、数日滞在し、彼女の薔薇《ばら》を眺めて、彼女の豚と会い、それから家に向かう。

玄関ドアが開き、ここの運営を任しているミスター・クロップストウが黒いスーツという服装であらわれ、目を激しくしばたたいた。クロップストウはジョシュアを見ると口をあんぐりとあけ、身構えるようにあごを引いた。

「手紙を受けとっていただいてないようですね、ミスター・デウィット」クロップストウは言った。「いまはいい時期ではありません」

「ぼくの訪問が、間が悪かったらすまない。だが来客名簿を出して、こちらにいるサー・ゴードンにぼくが訪問した日を確認してもらう。日付は……詳しいことはサー・ゴードンが知っている」彼はクロップストウの向こうの暗い廊下に目をやった。「マーティンはどこにいる？　あの子と話がしたい。一週間も倉庫に行っていないんだ」クロップストウはまた目をしばたたいた。「サー、事態が鎮静化したら詳細をお知らせしようと思っていました」

廊下から冷たい風が吹いてきて、彼のコートの下に入りこんだ。「なんの事態だ？」

「残念ですが、サー、マーティンは死んだ子供たちのひとりでした」

冷気は彼の肩に広がり、首をこわばらせ、脈を乱した。「死んだ？　どういう意味だ、死んだって？　一週間前に会ったんだぞ。完全に健康だった。完全に健康な子供がどうして死ぬんだ？」

肩に手が置かれた。アイザック。ジョシュアはびくっとして離れた。彼は怒ってはいない。もっともな見解を示しているだけだ。もちろん、クロップストウももっともな見解を示している。それは毎日、完全に健康な子供たちが死んでいる。それはこの世界の大きな設計上の欠陥だ。

「近所で流感がはやって」クロップストウは手をもみ絞りながら、話しつづけていた。「ここには大勢の少年がいますから……」

マーティン。賢そうな目をしたマーティン。赤毛にいつも逆毛が立っていて、利発だった。カモメがどんなふうに飛び立つか観察していた。ダヴィンチが読めるようにとイタリア語を学んでいた。自分の凧《たこ》を欲しがっていて、ジョシュアが気球を見に連れていったらうれし泣きしていた。

マーティンが死ぬはずがない。彼は空飛ぶ機械を発明するのだから。彼がいなかったらいったい誰がそれを発明するんだ？

「何人？」彼の声はかすれていた。家の埃《ほこり》だ、たぶん。埃だらけだ。小さな男の子たちの肺にも入りこんでいる。

「亡くなったのは六人です、サー。最悪は過ぎたと思います」

六人の少年たちが、とつぜん死んだ。人知れず。なにもかも、いったいなんの意味があるんだ？　少なくともクロップストウは、サミュエルが死んだときの人々のように、彼にその場かぎりの慰めは言わなかった。あのときと同じというわけではないが。サミュエルは彼の息子で、この子たちは彼が訓練して仕事をやっている孤児たちだ。彼はその死を悲しんでいるわけではない、個人的には。なぜなら彼らに愛着をもっていないからだ、個人的には。なぜならとつぜん死ぬような子供たちに愛着をもつのは、愚か者だけだからだ。

「いったいどんな無能がこんな事態を招いたんだ？」ジョシュアは怒りを歓迎した。冷気を追い払ってくれるからだ。「きみは有能できちんとしていると思っていたよ、クロップストウ、だが目をぱちぱちするばかりの能無しだとわかった。六人もの子供たちを死なせるなんて」

「サー、わたしたちはできるだけのことをしました」

「明らかに足りなかった」

彼は踵《きびす》を返して腹立たしいドアからも、腹立たしい家からも離れた。一瞬ふり向くと、サー・ゴードンがクロップストウといっしょに家に入り、アイザックは彼を追ってきて、一定のペースで行ったり来たりするジョシュアのそばで杖《つえ》にもたれていた。

一定のペースで歩くのは簡単ではなかった。きょうは四月だというのに十一月のような天気で、彼のブーツは厚く冷たい泥に沈んだ。ぼろ服を着た子供たちが駆け足で追い越していった。ろくに食べられず、半分凍えて、半分死にかかっているのに、楽しそうにふざけ合っていた。

「つらいよな」アイザックが静かに言った。「ぼくが初めて友人を戦闘で亡くしたのは十一歳のときだった。その数か月後に病気でもうひとり亡くなった。友だちはそんなにいなかったのに」

「なにをぐだぐだ話しているんだ」ジョシュアは語気鋭く言った。「それにその髪を切れ」

「あの子をかわいがっていたんだ」

「馬から落ちて頭でも打ったのか？」彼はやめたかった。だれかにとめてほしかった。カッサンドラがいたらとめただろう。「かわいがってなんかいない」彼は歯を食いしばって言った。

「それならよかった。もしかわいがっていたら、悲しみ、怒っているはずだからな」

「ぼくは悲しんでも、怒ってもいない。あまりにも無能で腹が立っただけだ。子供たちが病気になるのを防ぐべきだろう。いったいなぜ病気になるのは防げないんだ？」

ジョシュアは壁を蹴った。つま先に痛みが走った。ばかな壁。ばかなブーツ。ばかな少年たちだ。とつぜん死ぬなんて。ばかな自分。なんて、なんてばかだったんだ。あごが痛んだ。つま先も。胃がむかむかしている。カッサンドラがここにいてくれたら。彼女は痛みをなくしてくれるわけではないが、耐えやすくしてくれる。

カッサンドラ。いまごろ彼の子を身ごもっているかもしれない。

ジョシュアはぐったりと壁にもたれて、物売りが泥のなか手押し車を押していくのを見ていた。

自分はいったいなにをしたんだ、彼女を抱くなんて？　毎晩、彼女と愛を交わし、それがなにを意味するのか注意深く自分にごまかしつづけてきた。そしてもしそのことを考えたとしても、こう思っていた――「いつもそうなるわけじゃない」とか、「それにもう後の祭りだ」とか、「ぼくにはなんの関係もない。バーミンガムに帰るのだから」

なんて巧妙に自分の心をごまかしてきたんだ。

そしていま、彼の心は彼に仕返ししている。大きなおなかをしたカッサンドラが美しくほほえんでいるところを、愛情に満ちて輝くカッサンドラが、その腕にピンク色で泣きわめく赤ん坊を抱いているところを、彼に見せた。

そしてサミュエルも。小さな息子が冷たく動かなくなり、不自然なほど青白くなったところを。ジョシュアは何時間も息子に付き添い、彼自身のからだも動かず冷たくなっていったが、完全に動かず冷たくはならなかった。

どうして忘れていたんだ？　だが忘れてはいなかった、そうだろう？　彼はただそういう考えを無視していただけだ。情欲のじゃまにならないように。なんて頭がいいんだ。まったく頭がいい。

彼の背後でドアが開いて閉じる音がして、サー・ゴードンが出てきた。手に新しい紙を持っている。

「思ったとおり、当該の時間の来客名簿にきみの名前があった」サー・ゴードンが静かに言った。

ジョシュアはふたりのほうを見ないで壁からからだを起こした。「そうか。行こう」

「ミセス・オデアを訪問するのは別の日にしたほうがいいだろう」サー・ゴードンが、

人々が同情を表すときに使う抑えた声で言った。サー・ゴードンには四人か五人の成人した子供がいるから、少なくともひとりは子供を亡くしているはずだ。だれでもそういう経験をしているが、だれもそのことについては話さない。ロード・チャールズはシャーボーン公爵夫人の息子だったが、彼女は毎日寝床から起きてしゃれたターバンを巻いている。それなのになぜ、ジョシュアはこんなにさみしいと感じるんだ？

「ああ」彼はぼんやりと言って、馬車へと向かった。「それは別の日にしよう」

＊　＊　＊

家にも帰らず仕事に戻らず、ジョシュアはアイザックをコーヒーハウス、サロン、酒場など十軒くらい連れまわしたが、しまいに弟が文句を言いはじめて、帰宅を遅らせる理由も尽きてしまった。ジョシュアは胸にぽっかり穴があいて打ちのめされたように感じて、そんなふうに感じる自分がいやだった。カッサンドラといっしょにいたかったが、彼女のことを見るのに耐えられるかどうかわからなかった。

だが家について、ミセス・デウィットと妹たちは客間にいると知らされると、ジョシュアはアイザックについて階段をのぼっていった。

「これからぼくらが入っていくのは薔薇園か、それとも戦場か？」アイザックが小声で言った。「あの三姉妹の場合、どちらかまったく予想ができない。それもあっという間に変わることがあり、ぼくにはその理由がまったくわからないんだ」

どうやらいまは休戦中のようだった。三人姉妹とニューウェルはカード遊びをしていた。ジョシュアの見間違いでなければ、カッサンドラとルーシーが組んで、ルーシーの横にはシェリーのグラスが置いてあった。もし戦いがあったとしても、カッサンドラは負けたか、戦わなかったということだろう。

彼女はジョシュアと目を合わせて、ほほえんだ。そのほほえみはうつろになった彼のなかに忍びこんだ。彼は部屋を横切って、火かき棒で暖炉の火をつついた。

「ルーシーはきょうもお祖母《ばあ》さまのところで楽しく過ごしてきたのよ」カッサンドラがだれにともなく言った。

「自分の古い宮廷用のドレスを着せてくれたわ」ルーシーが言った。「女王さまの侍女だったころの、二百年くらい前のやつ。子牛よりも重たくて、ドアを通るときには横歩きしないといけないの。わたしはドアを横歩きで通りぬけるのがうまいってわかったわ」

アイザックは酒を取りにいった。「なぜドアを通るのに横向きに歩くんだい？」彼が訊《き》いた。「ぼくたちみたいに後歩きをしたら？」

ルーシーは笑った。「ドレスの形のせいなのよ、ばかね。左右に大きなパニエがついていてスカートを広げているのよ」

「ああ」ドレスの話題について言うことが尽きたアイザックは、酒を注いだ。これまで一度もドレスを話題にしたことがないジョシュアも、アイザックのいるサイドボードのところに行って、ナッツと菓子の入ったボウルを見つけた。

「スカートがあまりにも大きいから、その下に子供がふたりくらい隠れられそうだった」ルーシーは続けた。「大人の男の人だって隠せると思うわ」

　きわどい無邪気を装って、彼女は反応を待った。ジョシュアはどうしたらいいのか、カッサンドラを見やった。アイザックも、ニューウェルも、エミリーも、どうしたらいいのか、カッサンドラを見ているのに彼は気づいた。カッサンドラは息を吸い、吐いて、カードに集中している。

「ミスター・ニューウェル、あなたの番よ」落ち着いた声で言った。

　ニューウェルがカードを出した。カッサンドラは自分のカードを吟味した。アイザックは酒を注いだ。ジョシュアは砂糖漬けのレモンを齧《かじ》った。エミリーは肩を丸めて、小声で言った。「あなたの番よ、ルー」

　ルーシーはカードには目もくれなかった。

「きょうは何時間もお辞儀とワルツの練習をしたの」明るい声で言った。「脚がものすごく疲れちゃった。ローションを塗れば治ると思うの。だれか塗ってくれる人が見つかれば」

アイザックは咳払《せき》いをして、酒を飲み干した。ジョシュアはナッツをかきまわして自分の好きなやつを探した。だれもなにも言わなかった。

ルーシーが口を開きかけたが、カッサンドラがさえぎった。

「男の子たちの家への訪問はどうだった？」カッサンドラは訊《き》いた。「マーティンに会えた？　空を飛ぶ方法をもう見つけたのかしら？」

ジョシュアはふり返らなかった。なぜならまだ目当てのナッツが見つからないから。そして目当てのナッツが見つからなければ、死んだ男の子にかんする質問に答えられないからだった。

アイザックが沈黙を埋めようとして、酒のお代わりを注ぎながら言った。「四件のアリバイを確認して、サー・Gも認めた。あしたジョシュアが訪問したご婦人の陳述書をもらえば、終わりだ」

ああまったく。なんということだ。

アイザックの言葉はまるで霊廟《れいびょう》のこだまのように部屋じゅうを跳ね返り、そのあとに冷たくしんとした沈黙が落ちた。

あまりにもゆっくりで自分が軋《きし》むように感じながら、ジョシュアはふり返った。

カッサンドラは熱心にカードを見ながら人差し指で唇を軽く叩《たた》き、まるで生死のかかった決断の前といった風情だった。ニューウェルは痛々しいほほえみを浮かべ、エミリーは、海軍が気圧計として雇ってもいいほど場の空気に敏感なので、いまにも粉々に砕けてしまいそうに見えた。

ルーシーだけが、楽しそうだった。

「ジョシュアが訪問したご婦人って？」彼女はくり返した。「どんな婦人？」

「ぼくは〝ご婦人《ウーマン》〟と言ったかな？」アイザックはあわてて言った。「〝ウォンバット〟だよ。ニューサウスウェールズ原産の、アナグマに似た動物だ。王立協会に標本があるんだ。知っていたかい？　もちろん死んでいるが、王立協会にいるものはたいてい死んでいる。つまり、ウォンバットだ。ウォンバットだよ。ぼくが言ったことは気にしないでくれ。ただの酔っぱらいの船乗りだから」彼はブランデーを飲んだ。

「ほらね？　酔っぱらいの船乗りだ」彼はお代わりを注いでそれも飲んだ。

「その婦人について教えてよ」ルーシーは言った。「すごく興味をそそられるわ。ジョシュア、その婦人って――」

「ルーシー、やめなさい！」カッサンドラはカードテーブルを叩いたが、そのテーブルはライトウェル姉妹の戦いに耐えられるほどの耐久性はなく、ぐらぐらと大きく揺れて、ルーシーのシェリーグラスが倒れた。ニューウェルが急いでこぼれたシェリーを拭《ふ》いた。カッサンドラとルーシーは相手をにらみ、それに気づきもしなかった。

「人生で一度くらい、注目の的になりたいという自分の欲求はあとまわしにして、ほかの人への思いやりをもつことはできないの？」

ふたりの姉妹はまるで喧嘩《けんか》する猫のように、すごい目で相手をにらんでいる。シェリーを拭いているニューウェル以外、だれも動かなかった。

そしてカッサンドラは椅子の背にもたれ、カードを見て、言った。「あなたの番よ、ルーシー」

ルーシーはあきれたように目を天に向け、椅子に深く坐《すわ》りなおした。「結婚して変わっちゃったわね、ママ・カッサンドラ」彼女は手札から一枚、カードの山の上に捨てた。「ぜんぜんおもしろくなくなった」

「わたしはもともとおもしろくないわ。おもしろかったのはあなたとミランダでしょう、問題を起こして注目を集めて」

「やきもちを焼いているのね」

「焼いてません」

そのあいだじゅう、カッサンドラはジョシュアを見なかった。いまも見ようとしない。

しばらくカードゲームが続いた。ルーシーはスキャンダルを起こそうとしなかったし、アイザックもジョシュアの訪問した婦人について言及しなかったし、死んだ少年や愛人についての気まずい質問をする者はだれもいなかった。

最後のカードが山の上に置かれるとすぐに、ルーシーは立ちあがってスカートのしわを伸ばした。

「もう休まないと。きょうは大変だったから。注目の的になって」ルーシーはカッサンドラをにらんだ。「あなたがいなくなったらお礼に舞踏会を主催するわ。そして祖母さまの家に引き取られたら、それがわたしの人生最高の日になるのよ」

「わたしにとってもそうよ。姉さんがいなくなったお祝いに自分で舞踏会を開催するかもしれないわ」

ルーシーはつんとあごをあげて出ていった。

カッサンドラも立って、明るく笑って、ジョシュア以外のみんなを見た。

「わたしも休むことにするわ」そう言って、ドアへと向かった。

エミリーが跳ねるように立ちあがった。パニックを起こしそうな顔だった。この娘が十四歳だとは信じられない。戸口でふり返ったカッサンドラは、手を差し伸べた。エミリーは駆けていって、ふたりはいっしょに部屋を出ていった。ふむ、少なくともひとつの姉妹仲は救出されたらしい。

ニューウェルはしばらく気づまりな様子で残っていたが、やがてドアのほうへ歩いていった。「わたしも失礼いたします」

「ニューウェル」ジョシュアは言いながら、コートを脱いだ。「おまえは人並はずれて子だくさんだとか」

「六人です、サー。人並はずれたというほどでも」

「ずっと子供たちに会えていないんだろう。もし家に帰りたかったら――」

「ミセス・デウィットもそのことをおっしゃって」ニューウェルは言った。もちろんそうだろう。「まだいられます、必要でしたら」

「もうすぐ終わる。だがいまは、おまえは公式な〝姉妹の牧夫〟だ」

「〝姉妹の牧夫〟、ですか？」

「山羊《やぎ》の牧夫のように、姉妹の世話をしてくれ。食べ物と水を与えて、群れからはぐれないように、狐《きつね》を近づけないようにしてくれ」

「ああ、なるほど。ありがとうございます、サー、そうですね」

ニューウェルは賢明にも、また別の不可能な仕事を押しつけられる前にドアへと急いだ。

22

アイザックはカードテーブルに酒を持っていって坐《すわ》り、カードを切りはじめた。

「ミセス・オデアのことを言うべきじゃなかったよ」彼は言った。

ジョシュアは鼻を鳴らした。「余計なことを言わないようにするのを学ばなければ、もう一本の脚も折ることになるぞ」

ナッツのボウルとくるみ割り人形をつかんで、アイザックと同じテーブルについた。ジョシュアはカッサンドラが坐っていた席に坐った。明るく笑って彼のことを見なかったカッサンドラ。彼は少し気分が悪く、少し熱く、少し寒く感じて、思わず手をクラヴァットの結び目にやった。彼女はもちろん、彼の愛人だと思っただろう。そして真実はそれよりもひどいことだとは思ってもみない。

わたしの両親は心から愛しあっていたわ……母への献身と貞節……貞節は両親の結婚とわたしたち家族の土台だった。

「ぼくはあの姉妹になにを言ったらいいのかまるでわからない」アイザックは言った。

「海軍育ちのせいだ。女はあまりいない。だからぼくたちは――」

「詳細は割愛してくれ」

「割愛した」

ジョシュアはクラヴァットをはずして、くるみ割り人形のなかにくるみを入れた。目をあげると、アイザックがばかにしたような声を出した。

「なんだ？　なんだよ？」

「くるみ割り人形！」アイザックは小ばかにした。「自分の手で割れないのか？」

「海軍ではそうするのか？　素手でくるみを割る？」

「詳細は割愛するんだったろ」

ジョシュアはアイザックにくるみを投げつけたが、アイザックはやすやすとつかんだ。生意気にもにやりと笑って、両手の手のひらのつけ根でくるみをはさみ、指を組み合わせて、握りしめた。すぐに殻が割れた。

「だが兄さんには無理だろう」アイザックは得意そうに言った。「ペンばかり使っていてひ弱になっているからな」

「ハ！」ジョシュアはくるみを取った。「教えてやろう、弟よ、ぼくは木箱の荷積みをやっていたし、鍛冶屋で働いたこともある」

「そういえば、ぼくたちの軍服には兄さんの工場でつくったバックルがついていた」

アイザックは言った。「その記号を憶えていたんだ。ぼくは世界の反対側まで行って、兄さんのつくったバックルつきの軍服を着ていたんだ。ブラムもなにか兄さんのつくったものをもっているかな。母さんやミリアムも」

ジョシュアは答える代わりに、手のひらのつけ根にくるみをはさむことに集中した。ばかげた、非効率的なことに思えた。ここに完璧なくるみ割り人形――これも彼の工場でつくったもの――があるのに。だが弟に負けるわけにはいかなかった。たとえそれが、十四年間ロープを投げたりボートを漕いだり、船乗りのするそういうことをしていた弟であっても。さいわい、ジョシュアはなんとかくるみを割り、にやりと笑って、肌が赤くすりむけたところも痛くないふりをした。

アイザックはばかにしたように鼻を鳴らして、またカードを切るのに戻った。ジョシュアはくるみの実のかけらをつまみ出し、口に放りこんだ。

「ミセス・オデアがだれか、言ってしまえよ」アイザックは、カードを配りながら言った。

「動揺させてしまう。裏切りだからな」

「あの女は兄さんとはなんの関係もない」

「それは問題じゃない。もしカッサンドラが真実を知ったら、打ちのめされるだろう」

だが、ミセス・オデアが彼の愛人だとも思ってほしくなかった。以前のカッサンドラだったら気にしなかっただろう。ふたりが他人だったころなら。だがいっしょに裸でいれば状況は変わる。なにしろ、ジョシュアはもうほかの女を見ることさえ考えられない。そして彼女がほかの男を見たらと思っただけで……。

もっと前にカッサンドラに話していたら。

アイザックがすべて配り終えると、ふたりはそれぞれの札を手に取った。ジョシュアはなんのゲームなのかまったくわからなかったが、とにかくカードを並べ替えた。

アイザックがカードを一枚場に置いた。「彼女を守っていると思っているのかもしれないが、どっちにしても傷つくだろう。彼女には真実を受け入れる強さがあると思うよ」

「いつからぼくの妻の専門家になったんだ？」

ジョシュアは依然としてなんのゲームかわからなかったが、適当なカードを捨てた。アイザックがなにも言わなかったから、合っていたのだろう。

「ルーシーは、カッサンドラが一日じゅう働いていると言っていた」アイザックは続けた。「領地と屋敷を取り仕切り、近所を訪問して、教区の人々の面倒を全部やっているという話だった。自分の時間も、妹たちのための時間もないそうだ。いつも忙しくしているらしい」

ジョシュアはカッサンドラのそういうところも知らなかった。「ほかの人間を雇う金はあるはずだ」

「たぶん必要なものはそれじゃないんだろう」

「たぶんおまえは、自分がわかっていないことに口をはさむのをやめるべきだろう」

アイザックはまた一枚、カードを捨てた。ジョシュアはパターンを読むのは得意だったが、これらのカードがなにを意味しているのかさっぱり見当がつかなかった。だからまた適当なカードを捨てた。

「あの子たちの母親はなにが問題なんだ?」アイザックが訊《き》いた。「レディ・チャールズだよ」

「具合が悪いらしい」

「なんの病気で?」

ジョシュアはそれも知らなかった。知りたくなかった。むやみに人に母親のことを尋ねたりしたら、どうなることか。だが彼は知るべきだ。いまごろ上に行って、彼女にミセス・オデアのことを話し、悲しませる。彼女は動揺し、彼が慰めたら、愛を交わすことを期待するだろう。ジョシュアは今夜、彼女と愛を交わすことはできなかったが、離れていることもできなかった。

身勝手な臆病者め。彼は自己を嫌悪したが、きょう彼の心は一度張り裂けている。

ふたりには一日一度でじゅうぶんなはずだ。

アイザックが返事をうながすこともなく、ふたりは適当なカードをどんどん捨てていって、しまいに手札がなくなると、アイザックはふたたび切りはじめた。おもしろいゲームではなかったが、ジョシュアの気分にぴったりだった。

「母さんとミリアムを見つけたよ」ジョシュアはだしぬけに言った。

アイザックは手をびくっとさせて、カードがそこらじゅうに散った。「ええ？　ふたりはどこにいるんだ？」

「ふたりは見つけられたくないと思っている。数年前に探したんだ。レイチェルが死んだあとで」

「それで？」

「調査員が母さんから手紙を預かってきた。手紙には、母さんとミリアムは元気で、ぼくたちとは連絡をとりたくないと書かれていた」

「なぜそんな？　ぼくたちのことは？　ぼくはただ……くそっ」アイザックが乱暴に椅子を引いたせいでテーブルは揺れた。彼は足をひきずってサイドボードまで行き、酒を注いだ。アイザックはかなり酒を飲んでいるのにジョシュアは気づいた。なにか言うべきだろうか。カッサンドラならなんと声をかけるべきかわかっているはずだ。

「ミリアムはもう十八歳で、どこかで会ってもわからないだろう。それどころか、母さんも」アイザックは言った。「ろくでなしめ」

「だれが？　ぼくか、自分か？」

おもしろくなさそうに短く笑って、アイザックは言った。「どうしてぼくに教えてくれなかったんだ？」

「おまえが期待しているようだったから。がっかりさせたくなかった」アイザックはうつろな目をした。「これでも、ぼくはカッサンドラにミセス・オデアのことを言うべきだと思うか？」

「彼女に悪く思われたくないんだろう？」

図星だった。ジョシュアがカッサンドラを悲しませて彼女の父親の思い出に泥を塗るのは、彼女に悪く思われるのが耐えられないからだ。

「そうだろ。じゃあ決まりだ」長い沈黙のあとでアイザックが言った。「ロード・Bにかんする件はもうすぐ終わるし、ぼくには面倒を見る家族もいない……そろそろ先に進むときかな」

「なにをするんだ？」

「もうわからない」

「だったら、ここにいろ。部屋はあるし、もし仕事をしたかったら……」ジョシュアはなんと言ったらいいのかわからなかった。「カッサンドラはおまえにいてほしがっている」

それはでたらめだったが、アイザックは理解したようだった。うなずき、ほほえんでさえいた。それで決まりだった。

ジョシュアは意志の力でなんとか立ちあがった。足がものすごく重く感じた。あまりにも多くの思い出と夢にとり憑《つ》かれ、胃の腑《ふ》の底にうつろな恐怖が渦巻いていた。彼はひと晩じゅうここに坐っていてもよかった。カッサンドラが、自分の部屋でひとり、彼のことを悪く考えていなければ。

彼は椅子を引いた。「妻と話さないと」

＊＊＊

カッサンドラはくつろごうとしていたが、ベッドジャケットが脚のあたりでもたつき、ナイトキャップは頭でねじれて、ベッドは大きすぎてからっぽに感じた。でも、またこれに慣れなければいけない。今夜はひとりで寝るのだから。ミスター・トウィットさえいない。ジョシュアのベッドを気に入っているから。

裏切り者二号。

気にするのは妻の務めではありません。まったく。自分の言葉が、まるでばかにするように耳のなかで響いている。なんて取り澄ました、世間知らずだったのだろう。本物の妻でなかったときには、そんなくだらないことも平気で言えた。なにかが変わったと思ったのが間違いだった。彼女にとってはなにもかも変わったけど、彼にとってはなにも変わっていなかった。

カッサンドラはじっと寝ていたが、ジョシュアが自分の寝室に入る物音が聞こえて、どんな小さな音も聞き逃すまいと耳をそばだて、部屋をつなぐドアがあいたときには、眠っているふりをした。彼がベッドの向こう側に坐り、マットレスが沈んだ。彼はなにも言わず、彼女は息をひそめていた。

たぶんそれで彼女が眠っていないとわかったのだろう。

「明日ニューヨークに発《た》つ船がある」彼は静かに言った。「それにルーシーを乗せてもいい、きみが望むなら」

彼女はしかたなく笑って、あおむけになった。「イギリスはついこのあいだアメリカとの戦争を終わらせたところよ。ルーシーを送ったらまた戦争になっちゃうわ」

彼の部屋から洩《も》れてくるかすかな光で、彼の輪郭はわかったが、その表情はわからなかった。彼女にさわろうとしないし、いつになく彼から活力が感じられなくて、カッサンドラはこわくなった。彼女は両手をおなかにあてた。まるでマッサージによって恐怖をなくせるとでもいうように。

「たしかにわたしは気にしないと言ったわ」彼女の声は暗闇で消えそうに聞こえた。「そう言ったときは、それは本当だった。あのころのわたしたちは他人どうしだった。でもいまは気になる。気にしたくないけど、気になるの」

彼はベッドに坐ったままからだを動かしたが、なにも言わなかった。

「あなたは、て、貞淑であるとは約束しなかった」彼女は自分がその言葉でつかえたのがいやになったし、彼がそれを聞いたのもいやだった。これで彼に知られてしまった。「でも正直でいると約束してくれた」

「この一年間でぼくが寝たのはきみだけだよ。きみがぼくの生活をとことんかき乱したから、ほかのだれかに割く時間もなかった」

カッサンドラは彼の影をじっと見つめた。「でもほかのご婦人を訪問したって」

「彼女の名前はミセス・オデアだ。ぼくとはなんの関係もない。彼女は……」彼は跳びあがるように立ちあがり、落ち着かない様子で部屋のなかを歩きまわったが、なんとなく元気がないように感じた。さっき彼の目のなかに見えた妙に寒々したものを映している。彼を慰めたいと思い、それでふたりともいやになった。

彼はベッドの足元でとまった。まるで死の天使のように。

「彼女は……」彼は口ごもり、ためらうような口調で続けた。「ぼくの友人の愛人だった……彼は……じつは亡くなる前に……ぼくに詳細を教えた。ひと月ほど前のことだった。そして先月、彼女が手紙で具合が悪くて金が必要だと知らせてきた。だから訪問したんだ」

口ごもった。ジョシュアはこれまで、一度も口ごもったことなんてなかった。

「とても大事な友人だったのね」カッサンドラは思いきって言ってみた。

彼の返事はまた歩きはじめたことだけだった。

「あなたはまだ話していないことがあるんでしょう」彼女は枕にもたれて上半身を起こした。「まだなにかある。彼女はだれ？　その男の人はだれなの？」

カッサンドラは目で、歩きまわるジョシュアの影を追った。どんどん沈黙が濃くなり、あまりにも濃くなって彼女の肩を締めつけ、のどを詰まらせ、空気を食べつくしてしまった。

「嘘《うそ》よ」彼女は小声で言った。「嘘をついているんでしょう」

彼は二歩でベッドの上に戻ってきた。カッサンドラはからだを丸めて枕に寄りかかり、彼がなにも答えていないのに嘘をつくことは不可能だと気づいた。

でも彼女には聞こえた。パパ。

チャーリーの二十一歳の誕生日に戯れ合っていたママとパパ。チャーリーが結婚式からわずか八か月後に〝早く生まれてきた〟ことについて冗談を言って、話があまりにきわどくなって、ミランダとチャーリーはひざまずいてふたりにもうやめてくれと頼んでいた。でもママとパパは笑って、部屋のなかをワルツで踊りまわっていた。

ママとパパ。彼女の世界のたしかなもの。ふたりはまったく揺るぎなく、しっかり結びついていた。彼女の家族はそのふたりを中心に成りたっていて、だからこそ家族の結びつきが強かった。だからこそ家族は続いていくし、だからこそ家族のために戦う価値がある。

「嘘よ」彼女はまた言った。「パパに愛人がいたはずないわ。ほかの人がそういうことをしても、パパはありえない。ママに貞節だったのよ。いつも。たがいに愛しあっていた。どうしてそんな嘘をつくの？　自分の非を隠そうとしているんでしょ？　だから嘘をつくのね」

「本当なんだ、カッサンドラ」

「あなたがなにをしてもわたしは気にしないわ」彼女は金切り声をあげていた。「それがいやだったし、彼のこともいやだったし、なにもかもいやだった。「でもわたしの父について嘘をつくなんて。わたしの家族は……父はぜったいに……」息が切れて、言葉が出てこなかった。「ぜったいにそんなことしない」

カッサンドラは枕に頭を落として、唇を震わせた。一瞬、彼の影が差し、抱きしめようとしたようだった。彼女は彼のことがいやだったけど、抱きしめてほしかった。

でも彼はまた坐っている元の姿勢に戻り、彼女にさわらなかった。

「すまない」彼は言った。「きみに言うつもりはなかったんだ」

彼はきっとあざ笑っていたのだろう。自分も両親の献身と貞節を自慢したとき。そのときも知っていたのだから。ひょっとしたら彼女も知っていて、知らないふりをしていたのかもしれない。

カッサンドラは両腕で自分をかかえこむようにした。そうすれば自分の世界をまとめておけると思っているかのように。でも世界はすでにばらばらになっている。

そしていまも、どんどんばらばらになっている。パパと愛人。ママと薬。ミランダと沈黙。ルーシーとお祖母さま。エミリーと劇場。ジョシュアと仕事。みんなほつれて、ほどけて、どんどん互いに遠ざかっている。そして最後にはだれもいなくなって、愚かで世間知らずなカッサンドラだけが残り、暗闇のなかに坐っている。

なんてばかだったんだろう。みんなをまとめようとしていたなんて。最初からむなしい試みだったのに。

「その人に会ってみたい」カッサンドラは言った。「わたしも連れていってくれる?」

ジョシュアもいずれ行ってしまうけど、それはまだだ。今夜ではない。彼女は彼の重みが欲しかった。自分がどこかに漂っていってしまわないように。

「もしそれがきみの望みなら」彼は言った。

「ええ」

「いいだろう」

「いいえ、やっぱり会いたくない」

「いいだろう」

「いえ。やっぱり。会ってみたい。本当に」

また沈黙が落ちた。この沈黙はふたりのあいだでどんどん膨れあがり、ふたりを遠ざけた。彼はそこに坐っているのに、どんどん遠くに離れていく。

「あなたは……ベッドに来る？」

彼は立ちあがった。「きみは眠ったほうがいい」

また、彼が彼女から逃げていく。また、彼女はその理由も、どうやってとめたらいいのかも、わからなかった。一週間ふたりのひそかな世界を織りあげてきたのに、壊れるのには一時間しかかからなかった。

ふたりを結びつけようとするのもむなしい試みなのかもしれない。

「もうひとつ話があるの」カッサンドラは言った。「今夜のあなたはなんだか変だった」

「疲れているんだ」

彼は疲れることなんてない。彼女はなにか言うことを探した。

「マーティンに会えた？　きょう彼に会うと言っていたけど」

「あの子は死んだ」

その感情のまったくこもらない声に背筋がぞっとした。あの溌剌《はつらつ》とした子が死んだ。執務室に駆けこんできて、彼女とジョシュアがキスしているのかと驚いていた。ジョシュアは桟橋であの子と笑って、いっしょに過ごして、それでもあの子のことを大切ではないと否定していた。ああ、なんて愛しいばかな人。

「なんていたわしいこと」彼女はささやいた。「いったいどうして？」

「病気だ。原因がなんでも関係ない。ロンドンには子供なんて大勢いる。六人くらい減ったところで、どうということはないだろう？」

「あの子をいとおしく思っていたと言ってもいいのよ」

「またきみはそれか」彼は険しい声で言い、片手でドアをつかんだ。「ぼくはもう寝る」

カッサンドラはまとわりつく服に苦労しながらひざ立ちになった。「あなたはたくさんの愛をもっているのに。それを拒むべきじゃないわ。愛はいつだって喪失のリスクと背中合わせだけど、わたしたちはそれでも愛さなくてはいけないのよ」

「なにを言ってるんだ、カッサンドラ、それはきみ自身のことだろう」

「もしわたしたちに……」

その言葉は彼女の喉でしぼんだが、彼には聞こえた。

「もしぼくたちに子供ができたら、それはきみの子で、ぼくの子じゃない」その声は冷たく、よそよそしく、冷酷だった。「ぼくはなんのかかわりももちたくない。ぼくの人生のその部分は終わっている」

そういって立ち去ろうとした。

また。

「待ちなさい」カッサンドラは命令し、急いでベッドからおりた。ジョシュアは彼女を無視した。「わたしから離れていかないで、ジョシュア。もうやめて。行かないで」

彼女の鼻先でドアがしめられた。錠を回す音、カチリと鍵のかかった音。

あいつ。

カッサンドラは廊下に走りでて、彼のもうひとつのドアをあけにいった――でも彼がそのドアに鍵をかけた音が聞こえた。彼女はドアをバンバン叩《たた》き、大声で彼の名前を呼んだ。家族や召使や地獄の悪鬼を全部起こしてしまってもかまわなかった。そのとき――ふたつの部屋をつなぐドアがあいた音がした。カッサンドラは走って部屋のなかに戻ったが、ミスター・トウィットがドアのすき間からこちらに投げられ、また鍵のかかる音がした。

「ジョシュア、聞こえているんでしょう」カッサンドラはドアの向こうに叫んだ。

「いつまでも逃げつづけることはできないのよ」

沈黙。

ミスター・トウィットは強制退去の侮辱を気にした様子もなく、ラグの上にころんと横になると脚をなめはじめた。

「またあなたとわたしになっちゃったわ、ミスター・トウィット」カッサンドラは言った。

猫は彼女をいぶかしげな目で見て、また毛をなめるのに戻った。

こうしてまた、暗闇でひとりになってしまった。彼女は片手をおなかに乗せて、目を閉じ、心のなかで祈った。

23

次の日カッサンドラはミスター・ニューウェルから、ミスター・デウィットは十五分後に馬車を用意するように指示を出し、ミセス・デウィットがまだミセス・オデアを訪問したいと思っているのか訊《き》いてほしいと言われた。カッサンドラはため息をついて、ミスター・ニューウェルに、ミスター・デウィットにお礼を言って、ミセス・デウィットはまだミセス・オデアを訪問したいと思っているから、十五分で準備を済ませると伝えてほしいと言った。

ジョシュアはいつもの活力にあふれた彼らしく、階段を駆けおりて、馬車に飛び乗った。彼のイヤリングは日光できらりと輝いた。またひげを剃《そ》っていなかった。カッサンドラは両手でそのちくちくする顔をつつみ、彼が笑いだすまでキスしたかった。

代わりに、彼女は言った。「きょうのお仕事はどうだったの？」

「きみの礼儀正しい世間話でぼくを退屈させるつもりか？」

「それなら、不作法で深刻な話のほうがいいかしら？」

「黙っていてくれるほうがいい」

そういうと彼は、席の背にもたれ、帽子を目深《まぶか》にかぶってしまった。ふたりはなにも話さずに目的地に到着し、簡素だがじゅうぶん立派な家の前に並んで立った。

「これもまた、ばかげた考えだ」彼は言い、彼女はノックした。「賢い女にしては、きみは本当にばかげた考えを思いつく」

「わたしは知る必要があるの。あなたはいっしょに来なくてもいいわ、もしいやだったら」

「もちろんぼくも行く」

カッサンドラはほほえみで安堵《あんど》を隠した。彼は遅かれ早かれ彼女を捨てるだろうけど、それはきょうではない。

ドアをあけたメイドはジョシュアを憶えていて、ふたりを清潔で家具の少ない居間に案内した。女の人が窓際で縫物をしていた。窓にかかっている籠《かご》には、美しい声でさえずる鳴き鳥が二羽入っていた。彼女はたぶん三十代半ばで、地味な茶色のハウスドレスを着ていた。レースのキャップから砂色の巻き毛がはみだし、その顔は痩せて顔色が悪く、ふたりを迎えるために縫物を脇に置いたとき、淡い青色の目が見えた。

自分がミセス・オデアの外見にがっかりしたことにぞっとした。恥ずかしいことに、カッサンドラは厚化粧の軽薄な女を期待していた。そうしたらパパは見た目に惹《ひ》かれたのだと思えるから。でもパパの元愛人は紳士の気まぐれを満足させる役割を演じる女優でもなんでもなかった。なぜかそれでパパの裏切りがよりひどいことに思えた。

ミセス・オデアはふたりを丁重に歓迎したが、カッサンドラを見る目は率直だった。

「チャールズはあなたのことをいとおしそうに話していました、ミセス・デウィット」彼女は言った。

カッサンドラが最後まですがっていた希望は煙のように消えてしまった。でも彼女にはまだ礼儀正しさと、一生分の感情を隠す訓練があった。

「そうですか、ミセス・オデア、わたしの父はあなたのことを一度も話してくれませんでした」

「それはそうです。子供たちが何歳になっても、親のことで知るべきではないことがあります」

「でもわたしはなにもかも知りたいと思っています」

ミセス・オデアはカッサンドラの目をまっすぐ見つめた。彼女はかつてのママの快活さとはかけ離れた生真面目な雰囲気があった。カッサンドラは彼女を、人好きのする紳士の愛人というより、牧師の妻のような雰囲気の人だと思った。

父の愛人！　ああどうしよう、いったいなにをしているの？　分別があってお行儀のいいカッサンドラがいつの間に、死んだ父の愛人を訪ねるような人間になったのだろう？

でもミセス・オデアが椅子を差して、なにか飲み物でもと言ったとき、カッサンドラは椅子に坐《すわ》り、お茶は礼儀正しく断った。ミセス・オデアも腰をおろし、ジョシュアは窓際に行って、鳥籠に指を差しいれていた。彼はほんの数ヤードしか離れていなかったけど、何マイルも遠くにいるように感じた。

「この会話はどうしても不作法なものになってしまうと思います」カッサンドラは言った。「押しかけてきたことをお詫びいたします。でもあなたの存在を知ったことはわたしにとって大きな驚きでした。ずっとパパはママに貞節だと思っていたんです」

ミセス・オデアは口元を引き締めたが、優雅に頭を傾けた。「彼は貞節でした。わたしとそうなるまでは。二十年以上、妻以外の女性を知らなかったと話してくれました」

「父があなたを愛していたという意味ではないでしょうね」

その言葉は思いやりがなかったし、カッサンドラはすぐに恥ずかしくなったが、ミセス・オデアは気にしていないようだった。

「彼にはわたしが必要だったんです」彼女は言った。「わたしたちが会ったのは、あなたのお母さまが彼を捨てたあとのことでした」

「母はそんなことしていません！」

窓際にいたジョシュアが鋭くふり向いたが、カッサンドラは彼を無視した。

「チャールズは、エマラインが彼を捨てたと言っていました」ミセス・オデアは明らかにとまどい、顔をしかめながら言った。

「なぜそんなことを？　ママはそんな……ああ。そんな」

ジョシュアの刺すような視線を感じたが、彼女はミセス・オデアの問いかけるようなまなざしを避けて、彼女の向こうの壁を見た。そこにはパパではない男の人の影絵の肖像画がかかっていた。

ある意味では、ママはパパを捨てたようなものだったのかもしれない。ママはみんなを捨てたのかも。カッサンドラは、父がそんなふうに感じていたなんて、まったく知らなかった。二週間前の彼女だったら、理解できなかっただろう。父を許せなかったに違いない。

でもいまの彼女は、愛する人がそばにいるのに手が届かない底知れないさみしさを知っている。

「チャーリーが死んでから」カッサンドラは言った。

「そうです」ミセス・オデアはスカートのひざのあたりをなでた。「彼はチャーリーのことを話したがっていました。それがきっかけだったんです」

「チャーリーをご存じなんですか？」

「わたしの夫がオックスフォードでのチャーリーを知っていました。夫は教授だったんです」ミセス・オデアはカッサンドラの視線の先の影絵の肖像画を見て、うなずいた。「夫はよく学生を自宅に招いて、みんなでいろいろなことを話しました。夜遅くまで。わたしたちはチャーリーを好きでした」

「チャーリーはだれにでも好かれました」カッサンドラは言った。

だがだれかが彼の肋骨《ろっこつ》のあいだにナイフを突き刺し、そしてパパは、ジョシュアと同じように、息子を亡くした。でもジョシュアとは違って、パパは怒ったり、世界とのあいだのドアに鍵をかけたりしなかった。いいえ。パパはほほえんでいた。ほほえんで、ほほえんで、ほほえみつづけていた。

カッサンドラがしているように。

「あなたのお父さまはチャーリーのことを話したくて、チャーリーの友人たちを訪問していました」ミセス・オデアは続けた。「だれも彼の話をしようとしないと言っていました。彼の友人は話題を変えようとしたり、彼を避けたりすると。だからわたしたちは話しました。最初は、ただ話をするだけでした。でもわたしもそのころ、夫を亡くしたばかりで、さみしかったんです」

小さな部屋が数十万もの頭痛でいっぱいになったように感じた。いったいどうしてやっていけるのだろう、この弱く、誇り高い人間たちは？　毎日、毎日。どうして起きられるのだろう？　ほかのことを考えたり、自分に嘘《うそ》をついたり、どこでも見つけられるところで愛やよろこびや慰めを見つけたりすることによって。

驚いたことに、ミセス・オデアがほほえみかけてきた。「彼はあなたの話もしていました、ミセス・デウィット。『ぼくのカッサンドラ』。あなたは彼の支えだと言っていました。でもあなたは若すぎるのにたくさんのものを背負いすぎていて、彼はあなたにそれ以上負担をかけたくなかったんです」

涙がこみあげてきた。「でも、それでも足りなかったのでしょう？　パパを救うことはできなかった」

いつの間にかジョシュアがすぐうしろにいて、両肩に手を置き、カッサンドラが彼に与えることは許さないものを彼女に与えてくれた。

「救う？　事故だったのでしょう」でもミセス・オデアは自信がなさそうだった。ひょっとしたら彼女はすでに真実を知っているのかもしれない。どこか心の奥深いところで。ひょっとしたら彼女はなぜパパがあんなことをしたのか、その鍵を握っているのかもしれない。

だからカッサンドラは言った。「パパは銃で自殺したんです」

その言葉が口から出た瞬間、ジョシュアが言った。「カッサンドラ、だめだ！」彼の手はしっかりと彼女の肩を抱いていたが、彼がミセス・オデアにかけた声はいつになく脅すような調子だった。「だれにも言わないように。だれにも知られるわけにはいかない」

ミセス・オデアはうなずいたが、彼女の心はどこかほかの場所にあり、その目は彼女にしか見えないものを見ていた。

「ロンドンの霧は経験しましたか?」彼女は訊いた。「チャールズは自分の頭のなかがそんな感じだと言っていました。濃く、冷たく、どんよりした霧が立ちこめ、彼の心臓と胃の腑《ふ》を詰まらせていると。まるでもう二度と、向こうを見通したり太陽の光を見たりできないのではないかと感じると」

つまりそれが、答えなのか。カッサンドラはまだ完全には理解したわけではないけれど、たぶんこれが、いちばん近い答えなのだろう。

チャーリーが死んで、パパとママはばらばらになった。それぞれが自分のやり方で。そして家族もばらばらになった。カッサンドラにできることは最初からなにもなかったのだ。

ジョシュアは彼なりのやり方で、警告しようとした。彼にはふたつ家族があったけど、どちらもばらばらになった。だから彼は三つ目の家族なんて欲しくないのだ。彼女のことを大事に思ってくれていても、彼もいずれ去っていくし、子供でさえふたりを結びつけておくことはできない。才気にあふれ、効率的なジョシュア。つなぎとめておけるものなんてなにもない、だから時間の無駄なのだとわかっていたのだ。

どうにもならない、むなしい試み。ずっとそうだった。カッサンドラは自分の生活に戻り、振り出しに戻る。

カッサンドラは立ちあがった。ジョシュアの手が離れた。彼女は礼儀正しさを鎧《よろい》のようにまとった。「おじゃまして申し訳ありませんでした、ミセス・オデア。あなたがわたしと父に示してくださったご親切に感謝いたします。もしなにかお困りなことがありましたら、どうぞ遠慮なく夫かわたしにご連絡ください」

ミセス・オデアも立ちあがって、代わる代わるふたりを見た。「少なくとも、ご夫婦になったおふたりにお会いできてよかった。あなたがたの結婚はチャールズを幸せにした唯一のことだったから」カッサンドラはとてもジョシュアを見られなかった。「彼も彼女を見ていないのを感じた。ミセス・オデアは気づかずにほほえんだ。「彼は言っていました。あなたがたは互いを幸せにして、本当に必要としているものを与えあうだろうって。せめてそれだけは実現したのを知ったら、チャールズはきっとよろこぶでしょう」

カッサンドラはそのことも間違っていた。パパが彼女にジョシュアと結婚するように頼んだとき、それは重荷ではなく贈り物のつもりだったのだ。パパは彼女に家族のために自分を犠牲にさせるつもりはなかった。カッサンドラが自分の幸せを見つけるようにと願っていたのだ。

ああ、パパ。カッサンドラは思った。愛しい、愛しいパパ。あなたはとても正しく、同時にとても間違っていた。

＊＊＊

馬車が動きだしたときも、ジョシュアは頭のなかでロード・チャールズがこの結婚にいだいた見当違いの希望のことをあれこれ考えていた。ミセス・オデアがこの火薬庫を爆発させてから初めて、彼はカッサンドラを見た。彼女はドレスを整えたところで、弱々しくほほえみかけた。

一日じゅうでも彼女のことを見ていられると言うべきだった。彼女は彼に幸せをもたらしていると。彼女は彼をより強く、より穏やかにしていると。彼はあらゆる種類の愚か者だと。

ロード・チャールズはよかれと思ってしたことだ。かわいそうに、打ちひしがれて、霧のなかで道に迷い、そのあいだもずっとほほえんでいた。

「本気でないなら、ぼくにほほえみかけるな」彼は怒ったように言った。「いまいましい笑顔の下になにもかも隠す必要はない」

ほほえみは消えた。「わたしがほほえむのは、あなたを見るとほほえんでしまうからよ。絞め殺したくなったりひっぱたきたくなったりキスしたくなったり、その全部を同時にしたくなるとき以外は。わたしはあなたにほほえみながら、ほかの人のことを怒っていることもできる。なぜならわたしは一度に複数の感情を感じることができるから。もしそれが難しすぎてあなたには理解できないのなら、言っておくけど、そんなの知ったことではないから」彼女は軍人のように、手袋を直して肩を張り、礼儀正しい顔で彼を責めさいなんだ。「まだ時間がありそうだから、食器を選ぶと言っていたレディ・モアカムのお供をすることにしたわ。デルフトとウェッジウッドのどちらにしようか迷っていたの。申し訳ないけどボンド・ストリートでおろしていただけるかしら？」

礼儀正しい世間話。それは残酷で独特な罰で、彼女はわかってやっていた。逆はなんだった？　不作法で深刻な話か。いいだろう。

「きみの母上のことを教えてくれ」ジョシュアは言った。「夫を捨てたのか、捨てなかったのか。具合が悪いのか、悪くないのか。きみにはほんとうに母親がいるのか？」

「いるとも言えるし、いないとも言えるわ」反論してみろと挑むような顔だったので、ジョシュアはなにも言わなかった。「チャーリーが死にそうだったとき、医師がママに眠りを助けるなにかを与えたのよ。それをずっと飲みつづけている。なにが現実なのかわかっていないときもあるの」

カッサンドラはあごをあげて窓のそとを見たが、その目がうるんでいた。ようやく、ジョシュアは理解した。レディ・チャールズはアヘン中毒者で、自分だけの世界に引きこもっているのだ。

「ずっとなのか？」彼は訊いた。

「よくなったり悪くなったり。なにかに集中していると薬の量が減るのがわかったの。ママは以前、ハーブと強心剤に興味をもっていたから、去年の秋、ミセス・グリーナウェイとわたしで醸造所を直して新しい機械とレシピブックを入れたの。このごろママは午前中はほぼ毎日そこで過ごし、新しい強壮剤をつくってはわたしたちに試飲させているわ。オレンジとセージのワインは……おもしろい味だったと言っておくわ。いまは、少なくとも一日の半分は現実世界にいる」

彼女はまるで伯母の食器の買い物のことしか頭にないように落ち着いて見える。だが彼女は懸命に家族を修復しようと努力しているのに、だれもそれに気づかないか、気にしていない。

なかでもジョシュアは最悪だ。なぜなら彼は気づいているし、気にしているのに、何度も彼女を傷つけている。だがなぜかやめられない。彼女といっしょにいるのが正しいことだと思うと、心のどこかで、それはとんでもない大きな間違いだと言い張る声がするからだ。

そのとき彼女の顔がやわらかく、優しくなった。いつも蠟燭《ろうそく》の光のなかで見ている顔だ。馬車の扉をあけてそとに飛びだしたいという衝動で脚がむずむずした。

「パパが望んだこと」彼女は静かに言った。「わたしたちふたりに」

「やめろ。きみの父親が望んだからというだけでロマンチックな考えをもつのは」

「わたしが言おうとしていたのは、わたしはパパの考えをなにも知らなかったということよ。わたしはただ、財産を確保するためにあなたと結婚するのだと思っていた」

「ぼくは彼に、二度と結婚したくない、形だけの結婚なら引き受けると言ったんだ」

「だからわたしたちは別々の生活に戻ることにしたんでしょう」

「そのとおりだ」彼はこれまでなかったほど彼女にいらだって、咬《か》みつくように言った。「ぼくたちのベッドでの営みがひじょうに満足度が高いこととは、なんの関係もない――」彼は口ごもった。「きみの満足度も高かった？」

「とくに不服はないけど、そんなことを話す必要はないわ。まったく、パパはいったいなにを考えていたの？　とんでもなく不適切なことを口に出す男の人とわたしを結婚させること？」

「自分の欲求の話をするより、適切かどうかを気にする女とぼくを結婚させることだ」

「自分の話をすることに熱心なあまり、ほかの人たちを不愉快にさせても気にしない男のことね」

「ほかの人たちを不愉快にさせないことを気にするあまり、みずから不幸になっている女のことだ」

「喪失から逃げだすことしか学ばなかった男のことね」

「自分のものを手に入れるために戦うのを学ぼうとしない男のことだ」

馬車が穴にはまり、ふたりはもう少しで鼻と鼻がぶつかるところだった。そのときふたりとも、馬車のなかで相手のほうに身を乗りだしていたことに気づいた。それでふたりとも、馬車の席の背にもたれた。

「あなたはまた、わけのわからないことを話している」彼女は言った。

「きみもだ。これがもうすぐ終わりでよかったよ。そうだろ？」

「ほんとね」

ジョシュアは彼女にしかめっ面をした。彼女はジョシュアをにらみつけた。彼は腕を組んだ。彼女をひざの上に抱きよせ、そのスカートを押しあげて彼にしがみつかせ、自分も彼女にしがみつくようなことにならないように。

「あなたはサンネ・パークに来ると言ったわ」カッサンドラが沈黙を破って言った。

「きみを身ごもらせるのにぼくが必要になったら？」

「あら、あなたにご迷惑をかけたくないわ。愛人をつくろうかしら。あなたの手間が減るように」

ぜったいにそんなことさせるか。「スタミナのあるやつを探したほうがいい。きみはベッドでは貪欲《どんよく》だからな。いったん礼儀正しさを忘れたら」

「それならあなたがつてを頼って適任者を雇ってくれると助かるわ。〝身勝手で忙しすぎるぼくの代わりに妻を身ごもらせる業務〟担当秘書という名前にするといいと思う」

「それはばかげた肩書だ」

「全部ばかげた肩書でしょう！」カッサンドラは叫んだ。

ジョシュアはひるみ、唖然《あぜん》とした。いったいぼくの秘書たちの肩書のなにがいけないんだ？　それにこれがなぜ、妻の子宮と関係があるんだ？　ふたりの友情はどこにいった？　なぜ彼女はぼくを求めないんだ？　なぜ息苦しい？

カッサンドラは感情を爆発させたあと、落ち着いた。

「ねえジョシュア、わたし、あなたのいないサンネ・パークの平穏な生活に戻ったら、きっとうれしいと思う」

「ぼくはバーミンガムに帰ってよかったと思うだろう。バーミンガムは地球上でいちばんうるさい都市だが、きみを我慢するよりもずっと静かだと感じられるはずだからな」

「わたしたちがお互いを我慢しなければいけないのも、あと三日だけよ。ルーシーが舞踏会でお祖母《ばあ》さまに気に入られれば、あちらに住むことになって、エミリーとわたしはここからいなくなる。あなたは舞踏会で礼儀正しくふるまうことで、その助けになる」カッサンドラは彼を辛辣《しんらつ》な目で見た。「わたしを追い払うことは、行儀よくするのにじゅうぶん過ぎる見返りになるでしょ」

「きみを追い払うことだけがぼくの望みだ」嘘だ。「ぼくのふるまいは非の打ちどころがないようにするよ」

24

カッサンドラは、ジョシュアと最初にとった朝食の席で自分が言ったことを、悲しい気持ちで思いだした。「こんなに大きなおうちなら、わたしたちは何日も顔を合わせないでいられるはずよ」

ふたりともなんて上手なの！　まさにそのとおり実行しているなんて！　馬車のなかで口喧嘩《げんか》したあの日から三日間、彼女はまったくジョシュアを見かけなかった。ときどき夜に、彼女が大きすぎるベッドに横たわり、睡眠による忘我に焦がれていると、彼が自分の寝室で動いている音が聞こえることはあった。一度は彼が召使を呼ぶ声が聞こえた。彼女の心臓は高鳴り、息が荒くなった――でもそのあと聞こえたのは、バタンとドアをしめる音だけだった。

ミスター・ニューウェルのおかげでようやく、ジョシュアが彼女とルーシーをお祖母さま主催の舞踏会に連れていってくれると確認できた。

舞踏会のために着替えながら、カッサンドラは侍女のルースがきびきびと手際よく働いてくれるのに感謝した。なぜなら彼女自身はまるで役に立たなかったからだ。恐怖と興奮でからだが過度に緊張して、何度も自分を叱った。これはたくさんある舞踏会のうちのひとつで、彼はたくさんいる男のうちのひとりにすぎない。彼女はそう自分に言い聞かせながら、ルースに階段のほうに押しだされた。彼女は大急ぎでルーシーを手伝いにいった。もともと終わるはずのものが、終わっただけよ。

でも階段を半分ほどおりたところで、休んで手すりにしがみつかなければならなかった。脚が動かない。広間に立っている長身で黒髪の男以外、世界がすべてからっぽになってしまったせいだ。

彼はもちろん行ったり来たりして、白いイヴニング用の手袋を太ももに打ちつけていた。黒いイヴニングコートはその広い肩をつつみ、彼女のさみしい手はその肩をなでて、胸を、太ももを滑り、彼の力と、シルク越しの彼の熱を感じたがっていた。

ジョシュアは彼女のほうに頭を向け、動きをとめた。一歩の途中で、手袋をはたく途中でとまり、黒い、読めない目で彼女を見つめていた。

カッサンドラはなんとか脚を動かし、一段一段に集中した。なぜなら彼女のひざが、なにをするべきか忘れてしまっていたからだ。まったく。まるで初恋真っ只中の軽薄なデビューしたての娘のようなふるまいだった。でもデビュタントは、うずく裸のからだを男に押しつけたいと思うほどの焼けつくような情熱を知らない。それに彼とふたりだけの秘密の世界に雲隠れしたいというむなしい切望も、ふたりのあいだにある、けっして越えることのできない見えない壁の恐怖も。

　カッサンドラは彼が恋しかった。彼の目の前に立っているのに、彼が恋しくてしかたがなかった。

「その頭にはいったいなにがついているんだ？」彼は言った。「どこかの哀れなピンク色の鳥が、半分羽をなくした姿でロンドンを飛びまわっているのか？」

「ここはあなたがわたしに、『きれいだよ』と言うところよ」

「なぜぼくが言わなきゃいけないんだ？　きみはいま自分で言ったじゃないか」

　このいたずらっぽい、からかうようなほほえみがいまでもカッサンドラをどきどきさせる。彼女もほほえみで応戦し、彼の首を絞めてしまわないように扇をぎゅっと握りしめた。なぜなら彼のクラヴァットはあまりにも凝った結び方がしてあって、めちゃくちゃにするのはもったいなかったから。彼はきれいにひげを剃《そ》っている。ああ、そのほおにほおずりして、彼の匂いを吸いこめたらどんなにいいだろう。イヤリングははずしてあり、そしてやっと、流行の見栄えのする髪型に髪を切ってきた。

「だいぶきれいになったわね」

「きみによろこんでほしくて」

「そんなわけないでしょ」

でも彼はたしかにカッサンドラをよろこばせた。すごく生き生きしていて、ハンサムで、力強くて。

まったく非の打ちどころがない。

「わたしを追い払うことは、行儀よくするのにじゅうぶん過ぎる見返りになるでしょ」彼女は口喧嘩のときにそう言った。

「きみを追い払うことだけがぼくの望みだ。ぼくのふるまいは非の打ちどころがないようにするよ」

彼女は心の痛みをのみこみ――勝利がつらいなんて、知らなかった――彼の顔に困惑のようなものがよぎるのを見た。ありがたいことに、従僕が彼女のイヴニング用マントを持ってきてくれたので、隠れる理由ができた。でもそのビロードのマントを彼女の肩にかけてくれて、その手で肩をなでたのはジョシュアだった。彼女の喉元で留め金を留めてくれたのもジョシュアだった。彼の手が肌をかすめ、カッサンドラは息をとめて、もうキスすることが許されないふっくらした唇を見つめた。

そのとき彼が目をあげて、すべてがとまった。彼女はコーヒー色の彼の目に魅入られ、彼の口があまりに近くにあってふたりの息が混じりあい、彼の胸は彼女の胸のすぐ近くにあった。蠟燭の光が揺れて、彼がとまどい、困って、なにかを探しているかのように見えた。震える心に希望が広がった。

でも彼はくるりと背を向け、手袋を取って、太ももに打ちつけるのを再開した。「舞踏会は本当に今夜なのか？」彼は言った。「それともミス・ルーシーが間にあうように、明日に延期されたのか？」

カッサンドラはマントとこんがらがった気持ちのしわを伸ばした。「登場のタイミングを計っているのよ」彼女はため息をついた。「お祖母さまの家で着替えられたら楽だったんだけど、お祖母さまはまだわたしを完全には許してくれなくて」

そのとき上で軽い足音がして、エミリーが階段を駆けおりてきた。興奮に顔を輝かせている。

「来るわよ、もうすぐ！」エミリーは階段の下で大声で言って、見あげた。召使たちもその辺に集まっているし、ミスター・ニューウェルとアイザックも、みんな階段に注目していた。みんなルーシーが大好きなのだ。カッサンドラ以外の人間には愛想がいいから。ルーシーが踊り場にあらわれて効果的に立ちどまり、階下からの静かな称賛を浴びたとき、カッサンドラはなにもかも忘れた。喧嘩も、腹立ちも、悲しみも、喪失も。見えるのはただ、かわいい妹が、白い舞踏会用のドレスで輝くばかりに美しく、つややかな黒髪に真珠を編みこんで、幸福に満ちあふれたほほえみを浮かべている姿だけだった。生気とウィットにあふれたルーシーが、階段を軽やかにおりてきて、彼らのいない新しい人生へと向かって進んでいる。

カッサンドラはなにもかも記憶に刻みこもうとした。今夜が終わればまたいつルーシーに会えるかわからない。彼女は涙をこらえて唇を引き結び、今夜の舞踏会がルーシーの幸福を見つけるスタートになることを願い、祈った。

「すごくきれいじゃない？」カッサンドラはささやいた。ジョシュアのほうを見ると、彼はルーシーではなく彼女を見ていた。彼女は甲高い、震える笑い声を洩《も》らしたが、どうしてかはわからなかった。「社交界は驚くでしょうね」

「社交界はもう立ち直れないよ」

ジョシュアが身を寄せてきて、その胸が彼女の肩にふれそうになり、その脚が彼女のスカートを揺らした。彼の近さがカッサンドラの肌の下に忍びこみ、渦を巻きながら全身をめぐり、彼にさわってほしいという欲望でからだを熱くさせた。彼の体温、彼の匂いが彼女をつつみこみ、ドレスがあまりにもきつくて、息ができるのが不思議だった。

「きれいだよ」彼は小さな声でささやいた。その息の愛撫《あいぶ》で背筋に震えが走った。カッサンドラは彼の手が腰をかすめたように感じたが、確信はなかった。

すぐそばでは召使たちとエミリーが大わらわでルーシーに世話を焼いていた。まるで王女にするように、マントや手袋や扇子を運んでやっている。カッサンドラはふり向き、肩越しにジョシュアを見て、なぜか泣きだしそうになってこらえた。ただの言葉だったし、なんの意味もないうえに遅すぎた。彼は親切にしてくれている——親切はカッサンドラが彼の好きなところのひとつだった——でも、いま彼女が彼から欲しいのは親切ではなかった。

「いままでわたしを褒めたことなかったわね」なんとかそう言った。

「なんだって？」彼は憤慨したように言った。演技。ふり。また彼女をからかっているのだ。「間違いなく、きみの髪やきみのドレスやきみの目についてたわ言を言ったことがあるはずだ」

彼女は半分ふり返った。おなじみのやりとりで少し落ち着いてきた。「あなたはきっと、わたしの目の色も知らないでしょう」

「もちろん知らないよ」彼は陽気に認めた。

そう。おなじみのやりとりだった。落ちこむ理由はない。気にするほどのものでもない。彼女の目の色なんてまったく重要ではないのだから。

「きみの目の色はどうしようもない」彼は言った。「緑色にもなるし、茶色にもなるし、緑色っぽい茶色にも、茶色っぽい緑色にもなる。太陽の光があたると黄金色にも見える。泣いているときは、緑色だ。欲情しているときは茶色になる。笑うと色が淡くなる。怒ると色濃くなる。そんなふうにころころ色が変わるのに、どうしてぼくがきみの目の色を知ることができる？」

そんな。嘘でしょう。おなじみのやりとりの地面が消えて、足の下にはなにもなくなり、彼女が思いつけたのは、「気づいていたの」という言葉だけだった。沈黙のなかで、彼自身は目を半ばつぶり、陰になっていた。カッサンドラには彼がなにを考えているのかわからなかったし、尋ねる勇気もなかった。

「お世辞を言わなくてもよかったのに」彼女は元気よく言って、手に持った扇をひっくりかえした。「わたしは自分の容姿に満足しているわ。昔から。姉や妹とくらべると心が揺れるけど」

「こういう比較はどうだ。ルーシーはダイアモンドのように美しい。きみは薔薇《ばら》のように美しい」ジョシュアは彼女のしゃれた頭飾りを見た。「頭からピンク色の羽根を突きだしている薔薇だ」

ようやく、彼女は笑った。彼がばかなことを言って、彼女は愚かなことを言ってしまったから。薔薇を好きなのは彼女だった。彼は薔薇なんてどうでもいい時間の無駄だと思っている。もし彼が、彼女は鉄鉱石のように美しいとか、工場のように美しいとか、仕事の山のように美しいと言ったら、彼女はよろこべただろう。でもいまは、これまでになかったほどさみしかった。

冷たい空気がみんなをつつんだ。従僕がドアをあけたからだ。カッサンドラはジョシュアと目を合わせて、自分はロンドンにやってきた目的を果たした、なにもかもあるべき姿におさまったと自分に言い聞かせた。ジョシュアは彼女になんの約束もしなかったし、嘘はひとつもつかなかった。

もしカッサンドラの心が張り裂けてしまいそうなら、それはだれでもなく彼女の自業自得だった。

「ごめんなさいね、おふたりさん」ルーシーが戸口から言った。「舞踏会は今夜なの？ それともあなたたちが心おきなくいちゃいちゃできるように、あしたに延期してもらいましょうか？」

＊＊＊

彼らが到着したとき、最初のダンスはもう始まっていた。カッサンドラはルーシーを公爵夫妻に任せると、ひとりでどこかに行ってしまった。もちろんそうするだろう。ジョシュアは人混みのなかでピンク色の羽根が揺れるのを見送りながら思った。ふたりはいまやこういう関係だ。ぎこちない、遅すぎる褒め言葉ではなにも変わらない。

ジョシュアは自分が自分でなくなったような奇妙な気分だった。クラヴァットのせい、コートのせい、ばかばかしい半ズボンのせいにしたかったが、それが原因ではないとわかっていた。彼はなにもかもへまをする才能を身につけたらしい。

彼は舞踏室をあてもなく歩きまわり、そのしかめっ面で人々に道をよけさせた。ときどき彼女の姿が目に入ってきた。ダマートン公爵が近づき、彼女がほほえむのも見えた。だれかが視界をさえぎり、見えるようになったとき、ダマートンは彼女のダンスカードに名前を書いていた。

くそったれダマートンが、彼の妻に思わせぶりに話しかけ、ダンスを申しこんでいる。ジョシュアは、カッサンドラがダンスを好きで、上手だということも知っていた。ダンスはずっと時間の無駄だと思っていたが、いまは習っておけばよかったと思っていた。彼女はきっとよろこんだだろう。いやそんなことはないか。ダンスでは子供はできない。

自分はなんてばかだったんだ。彼女を避けるなんて。サー・ゴードンがボルダーウッドの訴えを粉砕するまであと数日しかないのに。その時間をふてくされて無駄にするつもりか？　生花について彼女が言っていたことを思いだした。花はやがて枯れるけど、咲いているあいだは楽しめる。

ダンスが終わり、招待客たちはとつぜん音楽がなくなっておしゃべりが大きく響く舞踏室を動きまわっていた。

「ここでいったいなにをしているんだ？」肩のあたりで聞き慣れたうなり声がした。

ジョシュアはまた父親との喧嘩に飽き飽きして、うめき声をあげそうになった。

「こんばんは、父上」

「わたしたちに近づかないと約束しただろう」トレイフォードは言った。

「この舞踏会は妻の祖母の主催で、妻の妹のお披露目がおこなわれるんです。ぼくがここにいることがわかっていたんだから、父上が来なければよかったのに」

「そもそもおまえはロンドンにいるべきではない」

アイザックの言うとおりだ。トライフォードが彼を嫌っているのは、彼が自分の恥を思いださせるからだ。つまりこの空威張りの下で、こいつは自分を恥じている。

ジョシュアは答えようと口を開いたが、そのとき新たに興奮した静けさが人々のあいだに広まった。

シャーボーン公爵は、たしか七十歳近くだがかくしゃくとしており、だれもいないダンスフロアの真ん中でルーシーと手をつなぎ、彼女を横に従えていた。計り知れないほど優雅で言葉にならないほど美しい妙齢のレディの登場に、招待客のあいだに称賛が広がった。ジョシュアは思わず満面の笑みを浮かべ、そんな権利もないのに誇らしさで胸がいっぱいになった。彼はカッサンドラがどこにいるのか、人混みのなかを目で探した——これはルーシーと同じく、カッサンドラにとっても晴れ舞台だ——だが彼女は見つからなかった。ジョシュアのほほえみは消え、誇らしさはしぼんだが、まだ彼女を探しつづけた。なんて身勝手な愚か者だ。彼女の隣にいるべきだった。

公爵はルーシーの手を放し、両手をあげて人々に静粛を求め、それから経験豊富な雄弁家のみに可能なやり方で話しだした。

「満堂の紳士淑女のみなさま、ここでみなさまにわたしの孫娘、ミス・ルーシー・ライトウェルをご紹介できますことを、たいへん光栄に思っております」

人々は礼儀正しく拍手し、新入りに興味津々で互いにささやきあっていた。そこでオーケストラが豊かな調べのゆったりしたワルツを奏ではじめた。公爵はお辞儀し、ルーシーもひざを折ってお辞儀して、ふたりは踊りはじめた。

ジョシュアはふたたびカッサンドラを目で探したが、奇妙な恐怖が四肢を伝い、彼女を探しにいこうと思ったとき、トレイフォードが口を開いた。

「あれが例の娘か？」トレイフォードはルーシーを見つめて、物思いにふけり、遠くを見ているような顔をしていた。「少しスーザンに似ている」

レディ・スーザン・ライトウェル。シャーボーン公爵夫妻の末娘で、トレイフォードの最初の妻。ルーシーやカッサンドラの叔母にあたる。ひょっとしたらトレイフォードは三十数年前に戻っているのかもしれない。彼が十八歳で、レディ・スーザンが十六歳。ふたりは駆け落ちして——それから？

ジョシュアはそれ以上のことは知らなかった。なぜふたりが駆け落ちしたのか、なぜ別れたのか。プロテスタントの公爵令嬢であったレディ・スーザンがなぜ、アイルランドのカトリックの修道院で十六年間も暮らしていたのか。トレイフォードはジョシュアの母と結婚したとき、レディ・スーザンが死んだと本気で思っていたのかどうかも。ジョシュアが知らないのは、これまで訊いたことがなかったからだ。あまりにも怒っていて考えることがなかった。

カッサンドラは彼が怒っていると言って、彼は否定したが、彼女は正しかった。また。

ほかのカップルたちもワルツに加わり、ジョシュアはようやく妻を見つけた。誇りと悲しみの入り交じった表情でルーシーを見つめ、ときどき隣にいるあの尊大そうな友人、レディ・ハードバリーと言葉を交わしている。

まるで彼に呼ばれたかのように、カッサンドラがこちらをふり向いた。

ふたりの目が合った。

オーケストラの音量があがり、そしてじょじょに小さくなり、この部屋にいるのはカッサンドラだけになった。

だれかにぶつかられて、彼女は目をそらした。喧噪《けんそう》と、耳障りな音楽と、よどんだ空気と、クラヴァットのきつさが戻ってきた。

カッサンドラのところに行こう。ジョシュアは父親を見た。彼は過去から戻ってきて、いつものしかめっ面になっていた。いつもジョシュアの怒りをかきたててきたしかめっ面だ。いまも――

なんともない。

ジョシュアは父親の顔を、まるで初めて見るかのようにまじまじと見た――なんともない。怒りも、憤りも。あるのは無関心――嫌悪――実現しなかった過去への懐旧の情――無駄にした時間への焦燥。彼が父親に感じるのはそれだけだった。

ジョシュアはもう怒っていなかった。

「お詫びします、サー、ぼくがおかけした不要なご迷惑について」彼は言った。

公爵のしかめっ面が驚いた顔に変わった。「おまえがなんだと?」

「あなたがしたことを見逃したり赦《ゆる》したりするということではありません。ただ、ぼくはもう気にしていないということです」

トレイフォードはとまどった顔でジョシュアを見つめた。だがすぐに立ち直った。

「ろくな謝罪ではないな」

「あなたの謝罪よりはましでしょう」

「なんの謝罪だ?」

「ほら」ジョシュアは左手の手袋をひっぱり、印章指輪をひねりながらはずして、父親に差しだした。「これはあなたの跡継ぎのものでしょう」

彼の父親は目をしかめ、おそるおそる手を伸ばした。まるでこれがなにかの罠ではないかとおそれているように。ジョシュアはその手のひらに指輪を落とした。

指輪をはずした彼の手は無防備に感じられて、彼は指輪がなくなった場所をマッサージした。十二歳のころからずっとあの指輪をつけていた。成長するにしたがって指から指に動かして。そしていま、指輪はなくなった。あれはもともと彼のものではなかった。それに長くしがみつきすぎた。トレイフォードは指輪を手のなかで転がし、渋面でそれを確かめると、保管のために自分の小指にはめた。

ジョシュアはふたたび手袋をはめ、もう一度手を差しだした。今度は、トレイフォードはためらうことなくその手を握った。ジョシュアはお辞儀し、父親もお辞儀を返した。ジョシュアはふり返り、妻のところへと急いだ。

25

カッサンドラは最初、ルーシーだけを見つめていた。ダンスは完璧でふるまいは模範的、そしてダンスのステップが進むごとにカッサンドラの心配は溶けていった。聞こえてくるひそひそ声からすると、ロンドンはすでにめろめろだった。

そのあとカッサンドラは黒いコートを着た人々の海を見渡したが、だれにも目を留めることはなかった。なぜならその男の人たちは活気がなく、退屈だから。活動的で生き生きしていたのは、そのなかのひとりだけだった。そしてふたりの目が合ったとき、音楽は消え、彼が部屋のなかでただひとりの男になった。

そして心臓が一度――二度、三度――鼓動するあいだ、彼女がただひとりの女になった。

もしふたりが部屋で唯一のカップルだったら、きっと彼はフロアを横切ってきて彼女を抱きあげ、ふたりでワルツを踊る――

ワルツ？　ジョシュアが？　ありえない。それに彼女にワルツが必要だろうか？

坐《すわ》るべきとき、立つべきとき、内容はなにもないのになにを言うべきかを心得ている男が必要だろうか？

　そんなのは全部どうでもよかった。彼女に必要なのはこの男《ひと》だ。強くて正直で、優しくて傷つきやすい。独自の価値観で生き、みずからの感情に打ちのめされている。ものごとをいいほうに変革し、あふれるほどの愛をもっているのにそれをもて余し、隠そうとして正気をなくしそうになっている。

　カッサンドラは恋焦がれるあまり震えてしまいそうだった。彼に伝えることができたら。「あなた。あなただけなの。行かないで。あなたが必要なの」

　そうしたら彼は笑って言うだろう。「またブランデーを飲んだのか、ミセス・デウィット？」そして全速力で逃げていくだろう。

　だれかがぶつかってきた。カッサンドラはふり返り、目を戻したとき、カップルが目の前に立っていた。

「あの美貌なら、あなたの妹は家の醜聞も問題にならないかもしれないわね」狡猾《こうかつ》な女の声がカッサンドラの背筋を凍らせた。「でもやっぱり、愛人がいいところかもしれないわ」

　レディ・ボルダーウッド。

　信じられない思いで、カッサンドラは金髪の巻き毛、ひと目を引くドレス、意地悪そうな薄ら笑いを見つめた。レディ・ボルダーウッドが失礼なのは驚きではなかった。百歩譲って、この一週間互いにずっと無視してきたのに、レディ・ボルダーウッドから話しかけてきたのも驚きではなかった。

驚きなのは、この女が公爵夫人の舞踏会に参加していることだった。

ほかの人たちの目がある。カッサンドラはあごをあげて、ひと言も返さず、レディ・ボルダーウッドに背を向けた。無視だ。

観葉植物の三つ先に祖母がいるのを見つけて、つかつかと近寄っていった。

「あら、そこにいたの、カッサンドラ」公爵夫人は言った。「ルーシーは大成功だと言っていいかしらね？」

「なぜレディ・ボルダーウッドが来ているの？」カッサンドラは詰問した。

公爵夫人は片方の眉を吊りあげた。「招待状は、あなたたちのちょっとしたドラマがロンドンにやってくる何週間も前に送っていたのよ」

「お祖母《ばあ》さま、彼女の招待はとり消すべきだったわ。わたしの妹のデビューなのに！」

「わたしの主催の舞踏会よ。あなたの言いつけどおりにするために生きているわけじゃないわ」

「でも家族でしょう」カッサンドラは言った。「お祖母さまの支援を頼りにできると思っていたのに」

公爵夫人は唇をきつく結んだ。「あなたはわたしの助言を無視して、わたしの夫を操り、自分のためにわたしの趣味を棚上げにさせたうえに、わたしの舞踏会にやってきてそんな横柄な口を利くの？」

カッサンドラはその非難の重みになんとか耐えていた。そういうふうに言われると、自分はなんてひどい人間だろうと思えてくる。お祖母さまが怒るのも無理はない。

習慣で謝罪しそうになった。でも――いいえ、と彼女は思った。だれも操ったり無理強いしたりしていない。自分の意見や判断があってもいいはずだし、妹を支えることを恥じたことは一度もない。

でもそういうことを祖母に伝える前に、音楽がとまり、ワルツは万雷の拍手とともに終わった。人々はあたりをうろつき、オーケストラは明るくテンポの速いリールを演奏しはじめたが、あまりにもすぐだったので、また急に演奏をやめて、思いがけず沈黙が生まれ、レディ・ボルダーウッドの声が大きく響いた。

「……でも公爵夫人はまだまだお元気だから。少なくとも、サー・アーサー・ケニオンとはお盛んだそうよ。実際、午後はほとんど彼とお盛んだって聞いたわ」

＊　＊　＊

下品なあてこすりが沈黙のなかに響きわたり、まるで花火のように爆発した。驚いた人々がいっせいにこちらを向いた。公爵夫人は息をのんだ。喉に手をやり、そのほおには屈辱でまだらに赤みが差した。口をあけて、また閉じ、動かし、狼狽《ろうばい》して目を大きく瞠《みは》り、左右を見た。ささやき声が波紋のようにそとへ向かって広まり、誇り高い公爵夫人はいまにも失神しそうに見えた。

カッサンドラはすばやく祖母の前に出て、祖母の友人たちに壁をつくるのに協力してほしいと合図した。

「あらら」レディ・ボルダーウッドはくすくす笑った。「ちょっと声が大きすぎたかしら。でも、どうせみんなすでに知っていることだから」

ひどすぎる。カッサンドラは頭がくらくら、ひじはふわふわして、怒りはまるでブランデーのような効き目があるとぼんやりと思った。背が二倍も高くなったように感じ、頭はすっきり冴《さ》えていた。ゆっくりとふり返り、なんとなく人々の注目を感じ、ジョシュアが近づいてくるのが見えたが、それらをすべて無視した。いまのカッサンドラは獰猛な鷲《わし》で、彼女の獲物は狡猾な目をした鼠《ねずみ》だ。気がつくと脚が動いていて、話しはじめたとき、それは自分の声とは思えなかった。

「このけがらわしい、卑劣な蛇女！」カッサンドラはレディ・ボルダーウッドのにやついた顔に向かって言った。「なにもかも自分の薄汚れたレベルに落とさないと気が済まないの？」

レディ・ボルダーウッドはつんと頭をそらした。「あなたはほんとに世間知らずね、ミセス・デウィット」

「あなたとあなたの夫が寝室で嗜《たしな》むゲームのせいで考えがねじまがっているのね、レディ・ボルダーウッド、現実とそうでないものの区別がつかなくなっている」カッサンドラは前に出た。侯爵夫人が一歩さがったから、また前に出た。「よくも人をあざ笑ったり非難したりできるわね、邪悪な毒蛇のくせに。よくも自分の腐った考えでほかの人の名誉をけがしたわね。よくもわたしのお祖母さまを侮辱したわね！」

レディー・ボルダーウッドは顔をゆがめ、ハリーがあわててやってきた。カッサンドラは隣に力強い存在を感じた。ジョシュア。

「よくもわたしにそんな口を利いたわね」レディ・ボルダーウッドがうなるように言った。「わたしは侯爵夫人であなたの目上なのよ」

「わたしの目上？」カッサンドラは鼻で笑った。「あなたは泥のなかを這いずりまわっているもっとも卑しくもっともきたならしい虫よりも目下よ」

「さあさあ、そんなことを言わないで」ハリーが割って入った。「デウィット、妻をなんとかしろ」

ジョシュアはカッサンドラのウエストにしっかりと手を置いた。「まさか」彼は陽気に言った。「妻はたががはずれたときがすばらしいんだ」

「出てって」カッサンドラが言った。「あなたたちふたりとも。いますぐ」

「あなたなんてだれでもないくせに、ミセス・デウィット」毒蛇がせせら笑った。

「あなたがわたしたちを出ていかせることはできないわ」

「だがわたしにはできる」

シャーボーン公爵。

カッサンドラの祖父は長身ではなかったが、当世もっとも高位の人間のひとりとして、その必要もなかった。ハリーは、少なくとも、頭をさげて敬意をあらわす分別を見せた。

アラベラとロード・ハードバリー、ダマートン公爵、それに……トレイフォード伯爵も？　まさか。アラベラがカッサンドラの視線に気づき、ウインクした。デウィット陣営の前衛たちだった。

公爵は軽蔑の目でハリーを一瞥《いちべつ》した。「きみはこの家では歓迎されない、ボルダーウッド。何年も前、わたしはきみのカッサンドラへの仕打ちにたいして息子にきみと決闘するようにと言ったが、チャールズは流血を嫌い、きみがいなくなって娘が善良な男と結婚できることをよろこんでいた。わたしはいままで、息子がなにを考えていたのか、理解していなかった。きみにはうんざりだ」そして冷たく言い放った。「わたしが自分できみに決闘を申しこめないほど年寄りだとは思わないほうがいい」

「わたしもだ」トレイフォード伯爵が言った。びっくりした人々がふり返って見ている。「かつてはいい決闘を楽しんだものだ。早朝の火薬のにおいにはなにか、人を引きつけるものがある」

カッサンドラは、自分が頭を打って夢でも見ているのかと思いはじめた。

「どうか決闘はやめてください」ダマートン公爵がのんびりした口調で言った。「月曜日の裁判所の審理が終わったあとのボルダーウッドの顔のほうが見物です。彼がミスター・デウィットの私信を盗み、偽証するように証人を買収して、自分も偽証しようとしたことがすべて明らかになるはずですから。ミスター・デウィットから金をとろうという粗末なたくらみだ。なぜならハリーが、自分の借金も返せない能無しだからら」

ボルダーウッドはまるで追いつめられた狐《きつね》のようにあたりを見回し、彼に残った唯一の味方である妻に近づいた。ジョシュアを見て、食ってかかろうとしたが、ジョシュアが片眉を吊りあげると黙りこんだ。

だが貴族というものはけっして度を失うことはなく、その点ハリーも期待を裏切らなかった。

「行こう、フィリス」彼は言った。「この舞踏会にはもう飽き飽きしていたんだ。もっとおもしろい娯楽を見つけよう」

レディ・ボルダーウッドはカッサンドラのほうを鋭くにらみ、夫の腕をとると、ふたりは反対派の人々のあいだを通って出ていった。

カッサンドラは拍手するわけにはいかなかったが、ふり返って祖母の様子を確認して、一度だけ手を打ちあわせた。公爵夫人は背筋を伸ばして立ち、公爵と目を合わせて、四十年以上連れ添ってきた夫婦だけができる無言の会話をしていた。それから頭をさげ、さっと舞踏室から出ていって、友人ふたりと公爵があとに続いた。

騒ぎがおさまり、見物していた人々が散っていった。

ジョシュアはまだカッサンドラのウエストに腕を回していた。「上出来だ、ミセス・デウィット！　感心したよ」

笑いがこみあげてきた。「あなたのお父さまがわたしの名誉のために決闘すると申しでていたわ。いったいどうなっているの？」

「だれにも言ったらだめだよ、だがきみのお祖母さまはパンチになにか仕込んだと思う」

「それで今夜はなにもかも混乱しているのね。わたしたちが初めていっしょに出かけた夜とは正反対だわ」カッサンドラは彼にもたれかかり、そこで自分たちがどこにいるかを思いだした。「あなたがお父さまと口論になって、わたしがあなたをなだめようとした」

「きみが言ってるのは、きみがずっとあのこと、、、を考えていた夜会のことだろう、妻たちが口で――」

「考えていないわ！」カッサンドラは抗議した。「少なくとも、ずっとではなかった」

彼の笑い声はどんな火よりも彼女を暖めてくれて、カッサンドラの望みはもっと彼といることだけだった。ふたりの世界に引きこもって、ほかの人たちのことを忘れる。同じ部屋に大勢の人々がいて、ちらちらとこちらを見ている状況では、それは難しかった。

「今夜のルーシーはまるで天使のようだわ」彼女は言った。「いつあの子がなにかを燃やすのではないかと心配していたけど、家を出てからずっと完璧よ。みんなあの子に夢中だしこのままいけば大成功だけど……」彼女は不安そうにジョシュアの目を見た。「最後までもつと思う？」

「きみはもうあの子の心配をやめるべきだと思うよ。たまには自分で自分の心配をさせたほうがいい。ある賢い婦人が言っていた。人生は楽しめるうちに楽しむものだと」

カッサンドラは変な気分だった。口を開いたとき、自分のどこかに、なにもかもうまくいく正しい言葉があるはずだとわかったからだ。

それを見つけることができたら。

でもできなかった。なぜなら音楽が始まり、ふいにやんだから。

そして笑い声が聞こえた。

ルーシーの笑い声がまるで流星雨のように人々に降りそそいだ。人々の注目を集め、その魅力でものを考える人間を自動装置《オートマトン》に変えてしまう、計算しつくした声だ。

カッサンドラがよく知っている声。

「なんてこと」彼女は言った。「あの子、いったいなにをしでかしたの?」

＊＊＊

ふたりが人混みをかきわけて近くに行った。ジョシュアの見たところでは、ルーシーがしでかしたのは、従僕からシャンパングラスを載せた銀の盆を奪いとることのようだった。ほとんどが入っているグラスで、ふたつほど空になっていたが、ルーシーの顔色からそれは彼女の体内に流しこまれたと推測できた。彼女は、その一挙手一投足をうっとりと見つめる若い男たちの一団に囲まれていた。

ルーシーは盆からシャンパンの入ったグラスを選ぶと、乾杯するように高くあげた。

「このグラスをキャッチした人がだれでも、その人とワルツを踊るわ」

彼女はごくごくとシャンパンを飲み干し、グラスを放り投げた。争奪戦が始まり、男たちは高く跳びあがって、イートンやハロウでクリケットで鍛えた技術を披露した。グラスを手に入れた男は勝ち誇り、「やったぞ！」と叫んだ。ライヴァルたちは勝者の背中を叩《たた》き、また全員ルーシーのほうを向いた。まるで次に投げられる棒を待つ、熱心な子犬たちの群れのようだ。

「あの子を殺すわ」カッサンドラはつぶやいた。「今度こそ、本気よ」

いいだろう。ジョシュアでさえ、これがまずいということはわかった。彼は人混みを無理やりかき分けてルーシーに近づいていった。

ルーシーはまた別のグラスをあげた。「このグラスをキャッチした人がだれでも、その人にキスしてあげる」

歓声があがった。彼女は酒を飲み干し、グラスを空中に投げた。争奪戦でジョシュアは足止めされ、だれかがグラスを手に入れ、また歓声があがった。「キス！ キス！ キス！」

ルーシーが笑って、また別のシャンパンで満たされたグラスを手に取ると、手がぐらぐらしてシャンパンが縁からこぼれた。

「このグラスをつかまえた人がだれでも、その人と結婚するわ！」

子犬たちはいっせいに吠《ほ》えた。

ジョシュアは近づき、そのあいだもルーシーの手から目を離さなかった。彼女の手がグラスを持ちあげた。あのグラスを投げさせるわけにはいかない。ルーシーがグラスを唇に近づけた。もう少しで取りあげられる――そのときルーシーは視界の端でジョシュアに気づき、彼の意図を察した。

ルーシーは優雅にさっと腕を振り、まだシャンパンが入っているグラスを高々と放り投げた。

グラスは空中でくるくると回り、シャンパンのシャワーでレディたちには悲鳴を、紳士たちには歓声をあげさせた。グラスは伸ばされたたくさんの手の上を高い放物線を描いて飛び、大きなシャンデリアへと向かった。ジョシュアはグラスがシャンデリアの錬鉄の部分にぶつかって、人々の肌や目にガラスの欠片《かけら》を撒《ま》き散らすのではないかとぞっとした。だがルーシーの悪運のおかげで、グラスはふたつの枝のあいだに不安定な状態でとまった。蠟燭《ろうそく》が何本か消えた。シャンデリアが揺れている。グラスが滑り、人々は息をのんだが、またひっかかってとまった。

シャンデリアの下で若い男たちの押しあいへしあいになった。その中心に、長身で猛々しく幸福な既婚者のハルバリー侯爵がいて、周囲をにらみつけ、いまにも飛びかからんばかりなのを見て、ジョシュアは少し安心した。

だがひとりの若者が進取的なところを見せた。靴をぬいでシャンデリアめがけて投げつけたのだ。シャンデリアが揺れた。グラスが滑った。また靴が投げられ、グラスが枝から滑り落ちた。若い男たちは突進して手を伸ばし、その勢いでハードバリーにぶつかってよろけさせ、大勢で押しあいへしあいになり、突きあげた手で森ができた。グラスはどこかの手にぶつかって跳ね返り、また別の手にぶつかって跳ね返り、こうなったらせめて、床に落ちて割れてくれるようにとジョシュアは祈りはじめた。

ところが、一本の手がほかの多くの手をさしおいて、宙に浮いたグラスをさっとつかんだ。手袋をしたその手の持ち主は、黒いコートを着た長身で黒髪の紳士だった。次の瞬間、その手もグラスも人混みのなかに消えた。

だれもが固まった。沈黙が落ちた。ジョシュアからは男の顔が見えなかった。次の瞬間には、男そのものも見えなくなった。

「あの人！」ルーシーが大声で言い、指差した。「わたしはあの人と結婚するわ！脇に寄りなさい、ロンドン！　あの男はわたしのよ！」

ゆっくりと、従順に、あきれ顔の人々は道をあけた。ぼそぼそつぶやき、衣擦れの音をさせて、勝者はいったい誰かと首を伸ばし――

従僕。

全員が息をのんだ。

従僕は背が低かった。赤いお仕着せを着て、純粋な恐怖の表情を浮かべている。

「ち、違います」従僕はつかえながら言い、グラスがまるで毒物であるかのように、できるだけからだから離して持っていた。「どうかお許しください。わたしではありません」

「それならだれだったんだ？」だれかが叫んだ。

「たしかあの方は、ス、スコットランドからいらした紳士かと」

人々はきょろきょろしたが、すばやい指をもつスコットランド人は賢明にもとっくに姿を消していた。

「スコットランド人！」ルーシーは叫んだ。「わたしはスコットランド人と結婚するのよ！」

ほとんどのレディたちは当然ながらあきれ返っていた。ほとんどの紳士たちはかすかにとまどっている様子だった。だがルーシーの熱烈な崇拝者たち、若い牡鹿四人組は、手を叩いて歓声をあげた。

たぶんそれで気をよくしたルーシーは、腕を左右に広げて、頭をそらし、歌いはじめた。

「旧友を忘れて――」音程がはずれているし、歌うというよりわめいているだけだった。いつものルーシーはまるで天使のように歌える。だがいつもは酔っぱらっていない。「――思い起こすことがなくても」

まるでイタリア人ソプラノ歌手のように手を振りながら、なんとか最後の音まで歌いきったが、だんだん息が切れて、その声は病気の牝牛のようになっていた。歌が終わると、人々は次になにをしたらいいかわからず、黙りこんだ。

そこで若い牡鹿たちが互いに肩を組んでお返しに歌いはじめた。

「旧友を忘れて、昔懐かしい日々を忘れても良いのか」

ジョシュアはルーシーのひじをつかんだ。

「もう帰る時間だ」彼は言った。

「ちょっと失礼して――」

「きみが自分の部屋に鍵をかけて閉じこめられるまで、ぼくの視界のそとには出さない」

「楽しかった、ルーシー？」カッサンドラがやってきた。そのほおの赤みと、その声の震えをのぞけば、おそろしいほど落ち着いていた。よくない兆候だ。前に彼女がこうなったときは、椅子をひっくり返した。「じゅうぶん注目を集めた？　わたしたちの評判をじゅうぶん地に落としてくれた？　まだほかになにか考えがあるの？」

「ああ、ママ・カッサンドラ、楽しくない？」なぜかルーシーはまたシャンパンの入ったグラスを手にしていた。「姉さんももっと飲んだほうがいいわ」

彼女はグラスを唇に近づけ、天使のようにほほえみ、手首をさっと返して、グラスの中身をカッサンドラにかけた。

カッサンドラは息をのみ、一歩さがった。すばやい動きだったが、足りなかった。顔にはかからなかったが、シャンパンは彼女のドレスの胴衣にかかった。白いシルクのドレスの胴衣の薄い生地が濡れて、その下の肌と――

ジョシュアはコートをぬぐのにどこか捻挫《ねんざ》しそうになった。どこかの縫い目が裂ける音がたしかに聞こえた。ルーシーは笑って、ロンドン社交界の人々全員が見つめているなか、ジョシュアは妻を自分のコートでつつみ、彼女はそれをしっかり握りしめた。頭についたピンク色の羽根が揺れていたが、カッサンドラはおおむね冷静で堂々としていた。今度ばかりは、ルーシーは仕返しをおそれているのか、不安そうな顔になった。だがカッサンドラはほほえんだだけだった。「あなたの言うとおりよ。わたしはもっと飲んだほうがいいわ」彼女は言った。

片手でコートを押さえ、あいているほうの手で最後に残ったシャンパンのグラスを、ばかな従僕の盆から取った。

「わたしの愛する妹ルーシーに乾杯するわ。彼女の忘れがたいデビューに」

カッサンドラがひと口飲み、ルーシーは笑った。次の瞬間、カッサンドラは残りをルーシーの顔にぶっかけた。

26

ものすごい金切り声をあげて、ルーシーが飛びかかった。カッサンドラの頭からピンク色の羽根をむしり取り、勝ち誇ったようにそれを振った。片手でコートを、反対の手で髪を押さえていたカッサンドラには反撃のチャンスはなかったが、ジョシュアがルーシーを肩にかつぎあげて、いちばん近くのドアを目指した。

アラベラがカッサンドラの右腕をかかえ、ロード・ハルバリーが左手をかかえて、ふたりで彼女をそとに連れだし、自分たちの馬車に乗せて、数ブロック先の家に送り届けてくれた。彼女はジョシュアのコートに顔をうずめ、彼の匂いを吸いこみながら、めちゃくちゃになった舞踏会とそのあとに残された社交の瓦礫《がれき》のことを考えていた。

よろけながら玄関ドアをくぐったとき、ジョシュアもルーシーもどこにもいなかった。アラベラがいっしょにいようかと言ってくれたが、カッサンドラはひとりでいたかった。

その自分がどんな人間なのか、もうわからなかったけど。

心が麻痺《まひ》したようで、彼女は玄関に上着を置いて、階段をのぼり、自分の寝室に入って、階上の音に耳を澄ました。ドレスをぬぐのに侍女の助けが必要だったけど、呼ぶ気力がなかった。なにもする気力がなくて、腕を壁に押しつけ、額をその腕に乗せて、世界が終わるのを待った。

ジョシュアが入ってきて鍵をしめたのを、聞こえたというより感じた。彼女は動かなかったが、全身の感覚で彼の存在を追っていた。

彼女の心臓が踊るように三つ打ったところで、彼がそのすばらしい熱で彼女をつつみこんだ。力強い腕が彼女のウエストをしっかりと支え、彼の胸が安全でたしかな壁となり、彼女の背中を覆った。こんなふうに彼につつまれるのはなんてすてきなんだろう。もしだれかが彼女を攻撃したら、彼は盾になって守ってくれるだろう。もし彼女の脚が力尽きたら、倒れる前に彼が抱きとめてくれるだろう。

彼の唇が、カッサンドラのあごをかすめた。「きみは今夜、新境地に達したよ、マイスイート」彼はつぶやいた。

「笑っているの?」

「心のなかで」

彼はまた鼻を押しつけてきた。半分愛撫《あいぶ》で、半分くすぐり。彼女は頭をそらして誘った。彼の匂いが感覚を満たし、彼の抱擁が波紋を描き、まるで温かいお湯のように全身の肌を流れ落ちていく。

「ひと晩じゅう壁にもたれているつもりかい?」彼が訊《き》いた。

「残りの一生ずっと」

ああ、彼の笑い声が好きでたまらない。彼女だけに向けられ、ふたりのなまめかしいひとときだけのものだ。

ジョシュアがからだを離したとき、カッサンドラは壁を向いたまま残念に思ったが、彼は遠くには行かなかった。彼女の髪からピンを引き抜き、髪をぜんぶほどいた。彼は指で髪を梳《と》かし、持ちあげてみて、彼女の肩と背中に流れるようにおろした。まるで世界じゅうの時間があるかのように、彼女の巻き毛をもてあそぶよりしたいことはないかのように、たっぷりと時間をかけて。

「ルースはどこ?」カッサンドラはなんとか訊いた。

「ルーシーのところだ。今夜はぼくがきみの侍女になるよ」

彼はカッサンドラの髪を集めて片方の肩にかけ、機敏な指でボタンをはずしはじめた。彼女は彼が袖を肩からはずすあいだだけ、腕を下におろした。彼はドレスをぬがせながら指でそのあとを追い、その手はウエスト、腰、脚の上を滑り、床までおりた。彼の愛撫が彼女のからだに活力を注ぎこんでいく。まるで彼女が物語のなかの人形で、彼はそれに生命を与える魔術師であるかのように。人形のように、カッサンドラは左右の足を片方ずつあげて、彼がドレスを完全にぬがせるのに協力した。

カッサンドラはそれでもまだ、彼を見なかった。心のなかに希望がちらちらと光っていたが、それは、もし彼女が彼を見たらこの世界は終わり、彼はまた彼女を置いて出ていくのではないかという暗い恐怖と絡みあっていた。彼女は壁につけた手を入れ替え、また腕に額を乗せた。

彼のたくみな指が何度かひっぱり、コルセットも落ちた。

「ぼくは優秀な侍女だろう？」彼は言った。

ふたたび、彼につつまれた。その唇で喉をついばまれ、彼女のからだは新しい快感への誘いをよろこんで受けとった。

「わたしの侍女はこれはしてくれなかったわ」彼女はささやいた。

彼は両手で乳房をつつみ、親指で乳首を転がした。

彼女は頭をそらして彼にもたれかかった。「それもしてくれたことがないわ」

「もししてくれたら、どうした？」

「お給金を増やしていたわ、きっと」

またくすくすと笑い声。からだで彼の笑い声を感じるのが、たまらなく好きだった。

彼女は背中を弓なりにして、彼の肩に頭を乗せ、彼の誘惑を楽しんだ。

「次は寝間着を着せてくれるの？」彼女は訊いた。「わたしのシュミーズとナイトジャケットとナイトキャップも？」

「きみにナイトキャップだけかぶせて、ほかはなにも着せない」

「もう、ほんとにいたずらね」

「ぼくがいたずらだって？　ナイトキャップだけの姿で家じゅうを走りまわるのはきみだよ」

　欲望とよろこびが彼女のなかにらせんを描いていく。彼のからかい！　この瞬間が固い物質でできていて、切りとって永遠にとっておけたらいいのに。彼の欲望。彼の優しさ。それでじゅうぶんなのかは、わからなかった。でもいまこの瞬間、彼女は彼が欲しかった。そして彼はここにいるのだから、とりあえずはじゅうぶんだ。

「どこででも、あなたを感じたい」彼女はささやいた。「わたしの世界があなただけになってほしい」

　すぐに彼は愛撫をやめ、カッサンドラは思った。ほら。やってしまった。彼は出ていってしまう。でも彼はからだを引かなかった。震える息を深く吸いこみ、唇を彼女の肩につけた。

「ジョシュア？」

「ここにいるよ」

　今度はさっきほどのんびりしていなかった。彼はカッサンドラのシュミーズをひっぱりあげ、彼女も協力して頭をくぐらせた。戻ってきたとき、彼も服をぬいでいて、その熱い肌が彼女の肌と溶けあい、すてきに大きくなった昴《たかぶ》りが押しつけられた。内ももをぎゅっとつかまれて、彼女は切ない声をあげた。

「壁にしがみつくんだ、スイートハート」彼が耳元でうなった。「ぼくに任せて」

「ここでできるの？」

「きみの望むことならなんでもできる。言っただろう、独創的な問題解決の手腕の持ち主だって」

前触れもなく、いちばん欲しかった場所に彼の指があらわれた。壁に押しつけられて、彼女も押し返し、なんとかまっすぐ立っていようとしたけど、執拗《しつよう》な激しさで愛撫されて息をのみ、こぶしで壁を叩《たた》いた。腰を引かれ、いっきに奥まで突きたてられ、完全に満たされ、放してもらえなかった。感覚と愛情と彼と女と男と快感と希望、ほかになにもなくなった。強烈なよろこびが波のようにからだに広がり、彼女の四肢はとろけてしまったけど、力強い腕が彼女を支えて崩れさせなかった。ジョシュアは彼女をかかえて突きたてた。容赦なく激しく。躍動的で荒っぽく。カッサンドラはもちこたえ、もちこたえ、心のなかで、いつまでもちこたえて彼を放さないでいられたらと思った。

＊＊＊

カッサンドラをベッドに運ぶと、ジョシュアもその隣に横になった。なぜなら自分の半分がここにあるのに、どこかほかに行くなんてばかばかしいからだ。彼女がからだを寄せてきて、まるで彼を押さえつけるかのように、その手をジョシュアの胸に広げた。彼は充足感にひたった。

そのときカッサンドラが笑って温かな息を吐き、彼の肌に小さな円を描いた。

「なんだ？」彼が訊いた。

「レディ・Bの顔。ああ、わたしは人生であんなに怒ったことなかったわ」

「彼らのベッドでのゲームのことをどうして知っていたんだ？」

「わたしは以前ほど世間知らずではないのよ」

「ひと言も言わなかった」

「そういうことは口に出して言わないものなのよ」彼女は澄まして言った。

「いや言っているはずだ」彼は言い返した。「きみがひとりでその結論に達したわけがないだろ」

彼女は図星をさされて身をよじり、ジョシュアは彼女のやわらかさを堪能した。

「じつはアラベラと話しあったの。一度。でもそれはいいのよ」彼女はあわてて言った。「わたしたちは既婚婦人だから」

「まったく、きみたちは好きなようにルールを変えている」

彼女の指先が、彼の乳首のまわりに円を描いた。「もうボルダーウッド子爵夫妻はおしまいね」

「あいつらは自分を過大評価していた」

「それにルーシーも。あの子のシーズンは終わりよ」

「ひとついい面をあげれば、もしぼくたちがあのスコットランド人を探しだせたら、ルーシーをハイランドに送りつけられる。アメリカでないのが残念だが。ブラジルでもないし。ブラジルならじゅうぶん遠かったんだが」

「どうしたらいいのかわからない」彼女は言った。「わたしはどこで間違ったのかしら？」

ジョシュアは彼女の髪に唇をつけ、その匂いを吸いこんだ。「きみはできるだけのことをした。あの子は十九歳で、自分で選択できる年齢だ。どういうわけかはわからないが、彼女は自分を破滅させる選択をした」

「わたしたちはあしたサンネ・パークに帰ったほうがよさそうね」

ということは、これがふたりの最後の夜ということだ。ジョシュアはじっとしたまま、彼女の息遣いを聞いていた。彼女の指は動きをとめて、彼女もじっとしていた。

もう数日いっしょにいてもいいだろう。彼の生活はバーミンガムにあり、彼女の暮らしは領地にあるが、もう数日いっしょに夜を過ごすことはできる。

「ここにいるんだから」彼は切りだした。その声は緊張しているように聞こえた。

「急いで帰ることはないだろう。きみが人前に出られればの話だが」

「わたしはずっと目をとじているわ。だれにも見られないように」

ほんとうに、なんてかわいいんだろう！

「薬をじょじょにやめさせるのを専門にしている内科医の噂《うわさ》を聞いた」彼は静かに言った。「会ってみたらどうだろう」

彼女は顔をあげてジョシュアを見たが、暗くてその表情はわからなかった。

「きみの母上のことを相談してみては」彼はつけ足した。

彼女の指先が彼の胸に押しつけられ、唇がほおに押しあてられ、しばらくそこにいた。「ありがとう。そうするわ」彼女はまた彼の上に頭を乗せた。「もうすぐバーミンガムに戻るの？」

「もうすぐ。ぼくの生活はあそこにある」ジョシュアは指に彼女の髪を絡めた。心臓がどきどきいっている。彼女にも感じられるはずだ。わかってしまう。「いっしょの馬車で戻ることもできる」彼は言った。「ぼくがサンネ・パークに寄ってもいい。きみがいつも自慢している有名な豚たちに会って」

「それはいいわね」

彼の心臓は落ち着いた。沈黙と暗闇が彼女の存在と混ざりあい、充足感で彼をつつんだ。カッサンドラは彼からおりて、寝返りを打ち、今度はジョシュアが背中を丸めて彼女を抱きしめた。

家はほとんど寝静まり、自分の部屋へと向かうアイザックの不規則な足音以外は静まり返っていた。カッサンドラはやわらかく、彼女の息は規則的で、ジョシュアがつぶやいたのは彼女が眠っていると思っていたからだった。

「子供ができた？」彼は暗闇に尋ねた。

彼女がからだを動かした。訊くべきではなかった。「まだわからないわ」

「いつごろわかる？　知りたいんだ」

「焦らないで。もう少し待たないと」

ジョシュアは自分のからだが緊張しているのに気づき、意識して力を抜いた。「ぼくには非効率的なシステムに思える」

「でも子供はどんどん生まれてくる」

「それこそ人間の巧みな仕掛けだよ」

「ああ、あなたはそう呼ぶのね」

彼女も緊張しているような気がしたが、彼はもうなにが現実かわからなかった。

「はっきりするまで、きみといっしょにいてもいい。バーミンガムに帰るのはそれからでかまわない」彼は言った。「きみさえよければ」

カッサンドラはなにも言わなかった。なにも。そしてその空白が大きく重たくなって、彼を押し潰しそうになった。

わたしはあなたが欲しい。ジョシュアは彼女にそう言ってほしかった。子供がいてもいなくても、あなたが欲しい。でもそういうのは彼のつまらない意地、身勝手なのだろう。彼の生活はバーミンガムにあり、彼が望むものはすべてそこにある。ときどき混乱してしまうだけだ。カッサンドラがあまりにも気持ちがいいから。彼女を大切に思うのは恥じることではないから。ふたりは奇妙な夜を過ごしたから。それに彼女がやってきてからずっと、なにもかもめちゃくちゃだから。

だが彼はいま約束した。

「子供のことが、という意味だ」彼は説明した。

「ええ」

「じゃあそうしよう」

カッサンドラはじっとしていた。からだをこわばらせて。彼女は動かなかったが、ふたりのあいだには隔たりが生まれた。ジョシュアは自分がなにを間違ったのか、それともなにを誤解したのか、わからなかった。

だがそのとき、カッサンドラが彼の腕のなかでくるりとふり向き、彼の上にのしかかってきて、驚くほどの激しさと情熱で手と口を使い、彼に襲いかかった。ジョシュアは考える間もなかった。彼自身の欲望が燃えあがり、ほかのなにもかもを焼き尽くして灰にした。彼女はジョシュアにまたがり、彼は歓迎した。息を切らして、彼を使えと彼女をせきたて、自分も貪欲に、できるだけ彼女を求めていった。カッサンドラの情熱は子供が欲しいからだとわかっていた。それはわかっていたが、感覚だけに集中すれば、彼女の切望は自分を求めてのものだと信じられそうだった。なぜならもし彼女の切望がじゅうぶん強く、彼への愛がじゅうぶん強ければ、安心して信じられるかもしれないからだ。ふたりはけっしてばらばらにはならないと。

27

翌朝、カッサンドラがゆっくり目覚めると、ひとりだった。暖かいベッドで満たされた気分でからだを伸ばし、自分の人生がぼろぼろになったことを思いだした。朝食で妹たちと顔を合わせることを考えただけで気が遠くなりそうだった。ひょっとしたらジョシュアはそれを予想していたのかもしれない。お茶のポットとパウンドケーキがひと切れ、そして薔薇《ばら》が一輪、置かれていた。それは彼の思いつきだったのか、それとも彼はただ、彼女の好きなものを用意するようにとメイドに言ったのか、どちらだろうと思ったが、結局どちらでもいいと決めた。どちらにせよ、彼はいずれ行ってしまうのだから。

彼女はお茶とケーキを見て、彼の言葉を思いだし、むかむかした。これは後悔のせいだ。ルーシーとボルダーウッドの件が解決したらふたりの関係も終わりにすると同意したとき、自分を苦しめることになるとは思っていなかった。それを望んでさえいた。

彼の立場ははっきりしている。彼女が身ごもったと言えば、彼は離れていく。そして子供とかかわりをもたない。それはある意味では勝利だった。少なくとも子供は残る。そうだ、たしかに勝利だ。ずっと身ごもらなければいい、とさえ思ってしまいそうだった。そうすれば彼は離れていかない。

でもそういうことにはならない。いずれにせよ、彼は離れていく。だから手に入るもので満足するべきなのだ。

カッサンドラが頭のなかで手紙の文面を考えていると、客間から音楽が聞こえてきた。最初はそのまま耳を傾けていたが、やがて勇気を出して階下におりていった。

和やかな光景だった。ルーシーがピアノフォルテの前に坐《すわ》り、アイザックがそのそばにいて、エミリーは本をぱらぱらと眺め、あれこれコメントしている。ミスター・ニューウェルは新聞を読んでいた。

ひとり、またひとり、戸口にいるカッサンドラに気づいて、自分のしていることを中断し、ふり向いた。みんな彼女を見ていた。まるで、だれも次の台詞《せりふ》を知らない劇を演じている役者たちのように。みんなが待っていた。カッサンドラを。この小さな家族で次になにが起きるか、それは彼女次第だった。

カッサンドラはルーシーのほうを見た。部屋がとても大きくなったように感じた。たった四人ではなく、四千人の観客が息をのんで見つめる舞台に立っているような気がした。

「なにを弾いているの、ルーシー？」カッサンドラは愛想よく尋ねた。「知らない曲だわ」

みんながルーシーのほうを見た。次の台詞はルーシーの番だ。

ルーシーは鍵盤《けんばん》をなで、必要もないのに楽譜を直した。「アイザックがきのう、たくさん曲を買ってきたの。だから弾いてみてるのよ。これがいままでのところ、わたしのお気に入りね」

「まあ、アイザック」カッサンドラは陽気に感じよくしようとした。「それはいわゆる〝船乗りの歌〟ではないでしょうね」

彼は少しまごついたように見えた。「ぼくには問題なさそうに思えたんだが、正直言って、よくわからないんだ。たぶん品のいい人たちといっしょにいることで、そのうちわかるようになると思う」

「品のいい人たち？　それはこのへんでは見つからないわね」カッサンドラはぽつりと言った。

ふと、ルーシーと目が合い、彼女がわかっているとほほえんだような気がした。

「ミセス・デウィット？」ミスター・ニューウェルが手をひらひらさせた。「わたしが歌を全部確認しました。不適切な歌はひとつもないと保証します」

「ミスター・ニューウェル、あなたは天の賜物《たまもの》ね」

また間があった。目の前には数千の違う未来が存在した。

カッサンドラは言った。「いいわ、ルーシー。あなたの歌を聴かせて」

彼女はルーシーを見て、ルーシーは彼女を見て、ほかの三人はふたりを見た。ルーシーが言った。「これは『雲雀《ひばり》の夢』という曲よ」

ルーシーはきれいな曲を弾きはじめ、酔っぱらっていない、メゾアルトの声で、きれいな歌を歌いはじめた。アイザックが楽譜をめくり、ほかのふたりはそれぞれの読書に戻った。カッサンドラは書き物机を前に坐った。だれも次はどうなるのか訊《き》かなかったが、もし訊かれたら彼女は、あと数日ロンドンで過ごしてから、サンネ・パークに帰って、なにもなかったように元の生活に戻ると言っただろう。

＊＊＊

カッサンドラが祖母への手紙を七回目に書き直していたとき、執事がやってきて、レディ・ハードバリーの訪問を告げた。

アラベラが颯爽《さっそう》と入ってきた。青と白の散歩用ドレスを優雅に着こなしている。彼女は立ちどまり、つんと鼻をあげて居丈高に一同を眺めたが、口元をほころばせて自分でその効果を台無しにしていた。

「がっかりだわ」彼女はゆっくりと言った。「流血の事態を期待してきたのに。死体を隠すのを手伝おうとさえ思っていたのよ。ハードバリーとわたしはその死体がだれかで賭けをしたんだから」

「わたしたちは教養人なのよ」ルーシーが言った。「すてきな歌を歌って、すてきな会話をしているの」

「じゃあ、みんなすてきなドレスに着替えてハイドパークへ散歩に行きましょう」

「まあ、わたしも行っていいの？」エミリーが訴えるようにカッサンドラを見た。「散歩にはぴったりのいいお天気よね」

「社交界の人たちが全員集まっているところで散歩？」そう思っただけで気が遠くなりそうだった。「とても顔を合わせられないわ、アラベラ。きっと無視される」

「ばかなことを言わないの」アラベラは言った。「みんなびっくりして指差すのに忙しくてそんなことしないわ」

カッサンドラは思わず笑った。「それってわたしを元気づけようとして言ってるの？」

「変装していけばいいわ」エミリーが言った。

「心配しないで、カッサンドラ。それほどひどいことにはならないから」アラベラは言った。「これを聞いたらきっと気分がよくなるわ。ボルダーウッド子爵夫妻はきのうの夜、アメリカに夜逃げしたんですって。あの人たちは不名誉なふるまいをしたとみんな言っているわ。それにあなたは広く好かれているから、作法違反くらい見逃してもらえるはずよ。そしてなによりも――この点、わたしはとても誇らしく思っているのだけど――ハードバリーとダマートンとサー・ゴードン・ベルとわたしで、グラスを投げるのはウォリックシャーに伝わる幸運を願う古い伝統で、完璧に立派な人々がよくやっていることだという噂《うわさ》を流しておいたから。ねえ、考えられる？　ほとんどの人々がよろこんでそれを信じたし、なかには前から知っていたと言う人までいたのよ」彼女は軽く首を振った。「しかるべき人が言うだけで、ほかにどんなナンセンスを信じるんだろうと思って。ああそうそう、少なくとも六人の紳士がルーシーに求婚したがっているわ。彼らが迷っているのは、シャーボーン公爵のお許しを得るのか、それともミスター・デウィットのお許しが必要なのかということだけ」

「六人？」ルーシーは小さな声で言った。うれしくもなさそうだった。「まあ」

「そして今夜は、ハードバリーとわたしといっしょに、劇場に行くのよ。もっているなかでいちばん上等な宝石をつけて、人々にウインクしながら、シャンパンを飲むの」

「シャンパン？　きのうのきょうなのに？」カッサンドラは言った。「ルーシーとわたしはシャンパンを着ていたのよ」

「だからこそ、よ。そのほうがおもしろいし、わたしはおもしろいことが好きなの」

「ねえ、お願い、わたしも行っていいでしょ?」エミリーが言った。「でも姉さんはどうせ若すぎるからだめって言うんでしょ」

ふたたび、みんながカッサンドラに注目して、彼女の決断を待った。彼女が一家の長なのだ。その役目をこなせるかどうかはわからないけど。カッサンドラはどうするのが正しいことなのか、考えようとしたけど、答えは出なかったし、それに正しいことをするのに飽き飽きしていた。正しいことをしても、だれも幸せにならない。

「あなたは若すぎるわ。だから年上に見える装いをしないとね」カッサンドラは言った。「もしだれかに訊かれたら、あなたはヨークからやってきた十七歳のまたいとこ、ジョージアナだと言うのよ」

エミリーはうれしそうに手を叩《たた》いた。「ロザリンドはどう?　わたしはロザリンドのほうがいいわ。フランスからの亡命者のスパイで――」

「だめ」カッサンドラは片手をあげて黙らせた。「決まりを曲げるのはいいけど、反逆罪は許せないわ」

＊＊＊

日曜日の午後のハイドパークはとても混雑していた。つまり、何万人もの人にじろじろ見られるということだとカッサンドラは思い、また気が遠くなった。でもいっぽうで、混雑にまぎれやすいのはいいことだった。

アラベラは間違っていなかった。だれもカッサンドラを無視する人はいなかったが、駆け寄ってくる人もいなかった。ほかの人たちはどうするか、様子見をしているのだ。それでも会釈はしてくれたし、いろいろ想像しているような目でちらちらとこちらを見ていた。

ルーシー、エミリー。アイザックは少し離れて、でも見えるところにいた。ルーシーもちらちらと見られていた。とくに男の人たちから。でもアイザックのしかめっ面と脅すような杖《つえ》の持ち方で、だれも近づいてこなかった。

そしてカッサンドラとアラベラに近づいてきたレディたちも、みんなが友好的だったわけではなかった。ミセス・ピールという人は、もともとボルダーウッドの応援者で、ほとんど挑戦的だった。

「グラスを投げるのがウォリックシャーの伝統だというばかばかしい話はいったいなんなの？」ミセス・ピールは言った。「そんな話は聞いたこともないわ」

アラベラは冷静そのものだった。「それで？　伝統は何世紀も存在していて、あなたが知っているか認めているかは関係ないのよ」

「でもミス・ルーシーは、その男と結婚すると言ったのでしょう！」

「まったく！　教養があるという人たちの無知は底なしね」アラベラはつぶやいた。

「また説明しなければならないなんて」いらただしげなため息。「若い女性はグラスを投げて将来の願いごとをするのよ。でもグラスがキャッチされないと願いごとはかなわないの。ミス・ルーシーは結婚したいという願いごとをしただけで、特定の男の人と結婚すると言ったわけではないわ。まったく、ミセス・ピール、あなたの地元のハンプシャーはなんの伝統もない退屈な土地なの？　それとも伝統を理解できないあなたが退屈なのかしら」

「もちろんわたしだって伝統は理解できるわ」ミセス・ピールは腹立ちで震えていた。

「でもミス・ルーシーは……つまり……彼女って……」

アラベラは眉を吊りあげた。

「わたしが言おうとしてるのは、彼女は……」

アラベラはさらに眉を吊り上げた。

「みんな言ってるわ、彼女は……」

「きれいな子だと」アラベラが言った。「ミス・ルーシーは類まれな美人だと。そういう美しさの災難は、ある種の女たちに嫉妬《しっと》されて、意地の悪い噂話を流されることね。わたしはそういう女とつきあう気はないわ。あなたもそう思うでしょう、ミセス・ピール？」

そこでミセス・ピールはアラベラがだれかを思いだしたらしく、よく考えてみれば、心からそう思うと同意した。

「最低よね、つまらない嫉妬や意地の悪い噂話って」彼女は言った。「わたしはそんなことはしないわ！　ほんとに、このグラス投げの願いごとってすてきな伝統ね。うちもフランセスがデビューするときにやってみようかしら」

アラベラは目を瞠《みは》った。「それはすばらしいわ」

カッサンドラは、だれにも話を聞かれないところに行くまでなんとか口を閉じていた。「アラベラ、あなた邪悪だわ。こんなに巧妙に真実をねじまげるなんて」

アラベラはおもしろがって顔を輝かせた。「ハードバリーが印刷所を買ってくれたの。いたずらに使ってはいけないと言われたけど、まったくのナンセンスを集めた本をつくって、どれくらい人々が信じるかやってみたいわね」彼女は考えているように口をすぼめた。「どうしてそれがいけないのか、わからないわ。男はそういうことを何世紀も続けているのに。唯一の違いは、男はそれをナンセンスと認めないことよ」

「あなたが印刷所を所有するなんておそろしいわ」

「そうでしょ？」アラベラは満足げににっこりした。「ルーシーのことはどうするつもりなの？　千ポンドもたせてブラジル行きの船に乗せちゃう？」

「すごくそそられるけど、ジョシュアの言うとおり、あの子に自分で決めさせるべきだと思うの。あの子がなにを望んでいるのか、なぜ自分を破滅させようとするのか、わからないけど、わたしたちにできるのは、本当に危険なことになりそうなとき、とめに入るということだけかもしれない。とりあえず、あの子はエミリーとわたしといっしょにサンネ・パークに帰るわ」

「ミスター・デウィットは？」

「バーミンガムの自分の生活に戻るんでしょ」

カッサンドラは自分の投げやりな言い方に気づき、アラベラの視線を避けた。

「人々はこういう噂もしているのよ」しばらくの沈黙のあと、アラベラは言った。「ミスター・デウィット夫妻は互いを熱愛しているって」

「明らかにそんなことはないわ」カッサンドラはきっぱりと言った。「もしそうだとしても、わたしたちは遠く離れたところから互いを熱愛できるということね」彼女は立ちどまった。とつぜん脚が動かなくなり、肺の空気が足りなくなった。「まるで……これまで単純な五つの音の曲だったわたしの人生が、彼のおかげで交響曲になったみたいで。彼を知ったことでそうなり、もうほかのやり方で人生を経験するなんて考えられない。考えてみれば……」カッサンドラは周囲の立派な人々を見て、苦々しく首を振った。「数週間前、わたしたちがこの公園を散歩していたとき、わたしはここにいるような紳士のだれと結婚しても同じだと思っていた。でも――いまは彼以外のだれも欲しくない。それなのに彼はわたしたちが別れる日を指折り数えている」

「彼はあなたを大事に思っているわ、カッサンドラ」アラベラは彼女の腕に手を置いた。「ゆうべあなたたちを見た人で、それを疑う人はいない」

「彼は大事に思っているけど、わたしだけじゃないの」カッサンドラは静かに言った。「ジョシュアはだれのことも、なんでも、大事に思っている。あまりにも強く思いすぎて、自分がつらくなり、だから大事になんてしていないと否定して、それでひどく混乱しているのよ！　たとえばわたしが彼に、愛しているからいっしょにいてほしいと言えば、それは子供が欲しいから、わたしが妻の務めを果たそうとしているからだと言う。彼はひとりで生きていくと言い張っているけど、わたしが彼を愛しているのに、なぜ彼はひとりでなければいけないの？」

アラベラはため息をついた。「正直を好むというにしては、彼は自分にたくさんの嘘《うそ》をついているわね」

「もしかしたら嘘じゃないのかもしれない。彼がわたしを大事に思っていても、それでもひとりで生きることを選ぶのかも。なぜなら彼にはわたしよりも大事なものがたくさんあるからよ」カッサンドラはサーペンタイン池の茶色の水を見つめた。「わたしは前、さみしくて耐えがたいと思っていた。でも彼といっしょにいるのに、いっしょにはいないなんて——世界でいちばんさみしく、いちばん耐えがたいことだわ」

そよ風が水面に波紋をつくった。鴨《かも》が子鴨たちを引き連れて泳いでいった。カッサンドラがその数を数える前に、鴨たちは葦《あし》の茂みに入ってしまった。

「答えがあればいいんだけど」アラベラは言った。「でもわたしの経験上、人生でもっとも大切なことはだれかに教わることはできない。自分で学ぶしかないのよね」

「ときどきわたしは、正しい言葉があるんじゃないかと思うの。それを見つけることさえできたら。苦しみを分かちあえばそれは小さくなり、よろこびを分かちあえば大きくなるということを彼にわからせる言葉。でも彼はわかりたくないの。彼はわたしから去っていくんだわ。彼が去っていってしまうのに、わたしには引きとめる方法がわからない」

＊＊＊

カッサンドラはもっと不幸にひたっているところだったが、アラベラが優しく人々が見ていると思いださせてくれた。だから彼女は自分の気持ちをしまいこんで、ほほえみで蓋《ふた》をした。

さっと確認すると、ルーシーはアイザックとエミリーに警護されて、うしろからついてきていた。そしてなにより驚いたことに、彼女はまだ暴動も、決闘も、乱闘も起こしていなかった。

ふと見ると、シャーボーン公爵夫妻が腕を組んで散歩していた。そうすることで公爵は、自分が妻を信じていて、夜逃げした不愉快な女が言いだした悪意ある噂などなんとも思っていないということを世間に示している。

暗黙の了解で、カッサンドラとアラベラはそれとなく夫妻に近づき、気づかないふりをして、気がついてもらえるのを待った。社交の繊細なダンスだ。カッサンドラのほうから公爵夫人に近寄ることはできないから、公爵夫人のほうから近づいてくれるのを期待する。

無視される可能性もある。そうしたらカッサンドラは永遠に破滅だ。

公爵夫人はカッサンドラを見た。まっすぐに。彼女と目を合わせて、見つめた。

カッサンドラは評決を待つ被告人のように、忍耐強く待った。

公爵夫人は夫になにごとかささやき、公爵は妻の視線の先を見て、カッサンドラに鷹揚《おうよう》にうなずきかけ、妻の腕をはずした。公爵夫人はカッサンドラのほうに数歩歩いて、とまった。カッサンドラはアラベラから離れて、距離を詰めた。まるでこれから決闘するふたりと、立会人たちのように。

「よく眠れたようね、カッサンドラ」

「お祖母《ばあ》さまこそ、春の気候が合っているようですね」

「散歩は健康にいいわ」

「だからお祖母さまはいつまでもお若いのね」

じっさいには、祖母は疲れているように見えたし、自分もそうだとカッサンドラにはわかっていた。でもそれは問題ではない。

「お祖母さまにお詫びしないと」カッサンドラは言った。「朝からずっと、なんとお詫び申しあげたらいいのか悩んでいました。妹とわたしが……」

公爵夫人は口元をこわばらせた。そして遠くを眺めた。「わたしも謝らないといけないわ」彼女は静かな威厳をもって言った。「ボルダーウッド子爵夫妻を舞踏会に呼ぶべきではなかった。あのことだけではなく……わかるわね。でもあなたはわたしの弁護をしてくれた。あれは……勇気ある親切なおこないだったわ。だから……ありがとう」

公爵夫人は誇り高い人だ。その言葉の重みがカッサンドラにはわかった。

「わたしたちは家族ですもの」

「そうね」

祖母はため息をついた。ダマートン公爵と話している夫のほうをちらりと見て、またカッサンドラを見た。

「シャーボーンとわたしは結婚して四十年以上になるわ。これはめったにないことで、わたしは自分が恵まれていると思っています。きのうの夜、夫は、自分もそう思っていると言ってくれたの。あなたたち若い人は、わたしたちのように人生を共にするというのがどんなことか、想像できないでしょうね。他人の結婚の営みはけっして理解できないわ。自分の結婚の営みでさえ理解できないときがあるのだから」公爵夫人が歩きはじめ、カッサンドラは並んで歩いた。「シャーボーンから、わたしたちはあなたたちに背を向けるべきではないと言われたわ。あなたはわたしの名誉を守ろうとしてくれたのだから。ゆうべのできごとで、わたしたちは祖父母として介入する務めがあるとはっきりしたことだし。明らかにあなたは力不足だから。夫はルーシーにはいい助言と厳しい指導が必要で、わたしのほうがあなたより適任だろうと言うのよ。いますぐにあの子を引きとるわけにはいかないけど、秋になったらあの子をうちに住まわせることはできるわ。そのころにはわたしの手もすいているから」

「ありがとうございます、お祖母さま。ルーシーはけっして悪い子ではないんです。ただ……」ただ、なんだろう？　本当のことを言えば、カッサンドラにはルーシーがなにを考えているのか、さっぱりわからなかった。

「わたしのスーザンも活発だったわ」公爵夫人は言った。「トレイフォードと駆け落ちしたとき、あの子はまだ十六歳だった。そんなに悪い縁組というわけではなかったけど、わたしは……あの子に、もういっさいかかわり合いたくないと言い渡した。だからあの子は、帰ってきてまだ生きていると知らせることもしなかった。それにあなたの父親も……」鋭く息を吸いこんだ。「チャールズとわたしはよく言い合いになったわ。あの子はわたしの言うことを聞こうとしなかった。ひょっとしたらこれは人生の悲劇のひとつなのかもしれないわね。わたしたちはみな、どんな助言を受けても、失敗する運命だということ。そして今度は反対に、自分の愛する人が助言を無視して失敗するのを見ることになる。わたしにも後悔はあるのよ、カッサンドラ。この年になって後悔がないのはありえない。でも人生は続くし、わたしたちは前に進まないといけない」

「そう言えばお祖母さまの……ご趣味は？」

彼女は鋭い目で見た。「シャーボーンは、わたしがこれからもサー・アーサーの研究に協力するのを許してくれたわ、あなたが訊いているのがそういう意味なら」

「じつはレディ・ハードバリーが印刷所の権利を手に入れたんです」カッサンドラは言った。「さっき彼女は、サー・アーサーの大きな石にかんする論文、つまり、古代の神殿や彫像はかつて色が塗られていたという説を出版したいと言っていました」

それはでまかせだったが、アラベラにはこれくらいしてもいいだろう。

公爵夫人は目を輝かせた。「それはおおいに公共の利益になるわ。サー・アーサーにはわたしから耳に入れておくわね。彼がどのように理論を組み立てるか、いくつかわたしにアイディアがあるのよ」そう言うと、すばやく愛想のいいほほえみを浮かべ、カッサンドラと距離を置き、別れの挨拶代わりにうなずきかけた。「とにかく、カッサンドラ、これ以上あなたを引き留めることはしないわ。わたしはいろいろと予定があるし、あなたもきっとそうでしょう。あの子のことは手紙を書くわね」

祖母に聞こえないところまで離れるとすぐに、ルーシーがやってきた。

「なんて言ってた?」ルーシーが訊いた。「わたしはボタニー湾に送られるの?」

「それも考えたけど」カッサンドラは言った。「でもオーストラリアのマカリー総督は、最近ようやく植民地の秩序を回復したところだから、あなたを送ってまた別の反乱を起こすのはよくないんじゃないかと思って。お祖母さまは秋になったらあなたの面倒を見てくれるかもしれないわ。とりあえず今回のロンドンは失敗ね。あなたに夫を見つけることができなかったんだから」

「でも姉さんには見つかったじゃない」

一瞬、カッサンドラは、ルーシーがカッサンドラとジョシュアの縁結びをするために騒ぎを起こしたという可能性を考えてみて――そんなことはないと思い直した。ルーシーはそのときそのときの気分と、そのときどんな魔が差したかに従って生きていて、戦略とは無縁だ。

それに、もし本当にそれが目的だったとしても、失敗だった。カッサンドラもいっしょに。

「わたしはジョシュアが好きよ」ルーシーは言った。「エミリーも。彼はサンネ・パークで暮らすの？」

「彼はバーミンガムの生活に戻るのよ」

ルーシーはいかにも大げさに、口をあんぐりとあけてショックを表明した。「ママ・カッサンドラ、あなたなにひとつまともにできないの？」

そう言うと、アイザックとエミリーのほうに歩いていって、カッサンドラはひとりため息をついた。

「そうみたいね」彼女はだれにともなく言った。

そのとき、ようやく祖母の助言を理解し、ほほえみを浮かべて前に進んだ。

28

ジョシュアとカッサンドラが妹と猫を馬車に乗せて、アイザック、召使、ロンドンの店の商品半分とともに帰宅の途についたのは、それから二週間後のことだった。

その二週間、彼らは社交界を避けたので、ゴシップは消化不良に終わり、ルーシーの求婚者たちは失恋した。代わりに姉妹は、ロンドンのありとあらゆる名所を訪れた。カッサンドラはまた、妹たちにミス・サンプソンの指導のもとで孤児院の手伝いをさせて、それはジョシュアをよろこばせた。

すでに仕事をおろそかにしているにもかかわらず、ジョシュアはロンドン市内を回る姉妹に付き添った。その理由は、カッサンドラがそばにいないと変な感じがするから、ということだけではなかった。

「きみたちに付き添わないのは無責任だろう」彼は言った。「ロンドンでルーシーを野放しにしたら、気づいたときには、新しい大火か革命が起きることになる」

カッサンドラとジョシュアは、レディ・チャールズの治療について助言をくれた医師と夕食をともにした。そしてまた別の医師とも。その医師は、はやり病《やまい》は水によって運ばれると考えていて、都市の水道をきれいにすれば命が助かるという、まだあまり評価されていない新説を唱え、ジョシュアをおおいに感心させた。

ダスとその妻との夕食も、とても楽しかった。カッサンドラが、ジョシュアとダスは雇い主と使用人ではなく友人どうしだと言ったとき、彼には反対する理由は見つからなかった。その後、ダスはバーミンガムの本社に戻り、当面ジョシュアに代わって事業を見ることになった。ジョシュアはふと、秘書たちに別の肩書を考えてみてくれとダスに頼んだ。現在の肩書は〝ばかばかしい〟とだれかが言っていたからだ。ニューウェルはバーミンガムの家族のもとに帰り、そこで姉妹の家庭教師探しを続けることになった。

そして五月のよく晴れた日の午後、馬車の一団はサンネ・パークの門をくぐった。ロード・チャールズはいつも自分の領地について、誇りと愛情をもって話していた。カッサンドラもそうだ。そして馬車が車回しに入り、午後の日差しを浴びた大きな赤《あか》煉瓦《れんが》の邸宅を見て、ジョシュアはそのわけを理解した。

「どう?」彼の助けで馬車をおりたカッサンドラが腕にしがみついて、訊《き》いた。「見事でしょう?」

ジョシュアは「見事」というより「寄せ集め」と思った。その家の特徴は、さまざまな傾きでさまざまな形の切妻屋根ににょきにょきと突きだしている胡椒《こしょう》入れのような形の煙突と、縦仕切りのある窓だった。そのまわりには濠《ほり》――なんと濠！――がめぐらされ、果樹が植えられて、さまざまなピンク色や白い花が咲いていた。

趣たっぷりで活気があり、その大きさにもかかわらず、訪れる者を歓迎する雰囲気があった。ついわが家だと思ってしまいそうな家だった。暖かな春の空気につつまれて、ジョシュアは希望に似たなにかを感じた。

ナンセンスだ。日光と肺を満たすきれいな空気のせいに決まっている。空があまりにも明るく、いい香りの田舎の空気には生命が満ちている。そういうものは場所に夢心地な感じを与える。

それに彼は最近、混乱してばかりだ。

法律的には、自分がこの屋敷の所有者だと思うと不思議な気がした。自分で手に入れたものでもないのに。妻といっしょに彼に授けられた贈り物だった。自分の幸福の希望を失ったとき、ふたりに幸福になってほしいと願った紳士からの贈り物だ。ロード・チャールズ、なんてばかなことを。ジョシュアは思った。勇気ある試みだったが、あなたは思い違いをしていた。ここはぼくの家ではないし、ぼくはあなたが思った男ではない。

実際、たしかにここは美しいし牧歌的だが、そのいずれも長続きはしない。彼はバーミンガムで自分の人生を築いてきた。自分を築いてきた。そこで彼が築いたものは彼自身であり、なにがあっても、それは彼から離れていくことはない。ばらばらになることも。カッサンドラが期待をこめた目で見あげていた。彼によろこんでほしいと思っている。たしかによろこんでいた。ばかばかしいほど。だが同時に、これが本物だとは思えなかった。

「濠があるなんて！」ジョシュアは言った。「侵略軍団はいつやってくるんだ？」

彼女は笑って、彼をつれて橋を渡った。興奮で顔を輝かせている。

「防衛のためというより、水はけをよくするために掘られているのよ」カッサンドラは言った。「新しいお屋敷は代わりに装飾的な湖がつくられている。でももしあなたが釣りをするなら、魚はいっぱいいるから。それにルーシーを捨てたくなったときの場所があるといいでしょ」

入口の石造りのアーチ道で、ジョシュアは立ちどまり、碑文を読んだ。「一五三三年」と、「太陽《サンネ》は日々に新しい」。

「それはヘラクレイトスの言葉よ」

その名前はなんとなくイートンで耳にした記憶があった。毎日なにもせずに無為に過ごし、わかりきったことを述べたギリシア人たちのひとりで、彼らの目的はおそらく、二千年後にイギリスの男子校の生徒たちを苦しめることだった。

「こいつは太陽《サン》の綴《つづ》りを間違っているじゃないか。字が余計についている」

「この家はチューダー朝の時代に建てられたのよ。そのころは綴りなんてなかった。行きましょう」

ジョシュアは彼女に連れられて家に入り、執事と家政婦に迎えられた。ブーツの踵《かかと》が敷石を打つ音を聞いていると非現実味が増してきた。彼はカッサンドラと家政婦のミセス・グリーナウェイがレディ・チャールズのことや家事のことを話しているのを、上の空で聞きながら、つやつやした手すりつきの階段に飾られている絵や壁の羽目板を眺めていた。

手すり。子供たち。カッサンドラは言っていた。想像してみたの。わたしたちの子供たちがサンネ・パークを楽しそうに元気に走りまわり、手すりを滑りおりたり、薔《ば》薇《ら》園を駆けまわったり。黒髪の利発な子供たち。いまなら彼にも想像できた。彼は目をしばたたいてその想像を追い払い、心のなかでそういう想像はしないほうがいいとむなしい言葉をくり返した。カッサンドラは彼を、大広間、正餐《せいさん》室、しゃれた客間、そして本棚に囲まれた大きな部屋へと案内した。

来るべきではなかった。ぜったいに来るべきではなかった。

「ここはパパの書斎よ」カッサンドラは言った。

だがこの部屋は使われている感じがした。

「きみの父上の書斎？」

「わたしが使っているの。つまり、便利だったから。わたしが領地の経営を始めたときには。でもここはあなたの書斎よ、つまり、あなたの家なのだし。それに寝室のことを話しあわないと。ママはまだ主寝室に隣接した部屋を使っているから、あなたは——」

「まさか、よしてくれ。ぼくは母上とつながった部屋では眠れない。きみはどこで寝ているんだ？」

「子供のころから使っている部屋よ。もしパパの寝室でなければ、どこが……？」

「どこでもいいから選んでくれ。どうせすぐにバーミンガムに発つのだから」

「そうね」ふたりは書斎を見て、相手のことは見なかった。「どれくらい滞在できそう？」カッサンドラは、ドアノブを指でなでながら、ようやく尋ねた。

ああ、この質問は知っている。知人の紳士のカントリーハウスを訪問すると、一家の主婦がこの質問をする。そしてあとで夫婦で喧嘩《けんか》している声が聞こえてくる。つまりこれは、『あなたにはいてほしくない』の礼儀正しい言い方だ。彼はいままで、気にしたことはなかった。いつでも別に訪問先があったからだ。

だがこれはカッサンドラだし、彼女は彼が近くにいるのをいやがっているとは思えない。もしかしたら彼女は本当に、「あなたにいてほしい」と言っているのかもしれない。それか、食事の用意やらを考えて彼の予定を聞いておきたいだけなのかもしれない。それにしても、毎日ふたりで話しているのに、なぜ彼女の真意がわからなかったり、どうやって訊いたらいいのかわからないのだろう？

これだって、単純な問題だ。これまで彼は単純な質問に答えられないようなばかではなかったが、いまは黙りこむことしかできなかった。

だから彼女が代わりに答えた。「あなたは言ったわ、わたしが……身ごもるまでここにいてくれるって。ふたりでそう決めたでしょ」

「そうか。なるほど。そう決めたんだったら」その返事はいかにもそっけなく、羽目板や厚い絨毯《じゅうたん》にもかかわらず、大きく響いた。「つまりまだ早すぎてわからない？」

「そうよ」

「そうか。なるほど。ほかにぼくになにを見せてくれるんだ？」

カッサンドラは家の残りを案内してくれたが、二階には行かなかった。二階には子供部屋や勉強部屋があるはずだから、ジョシュアは行かなくてすんでほっとした。

＊＊＊

家の案内が終わると、カッサンドラは庭を案内すると言いだした。

「全部ではないけど」とあわててつけ足した。「でもわたしの東屋《あずまや》を見たいかしらと……」

ジョシュアは彼女の秘密の庭についての卑猥《ひわい》な冗談を言おうとしたが、彼女が急に恥ずかしそうな様子になったので、やめておいた。「いいね」

カッサンドラはまだ恥ずかしそうに、なにも言わず、都会人のジョシュアの目にも満開だとわかるほど花が咲きこぼれているいちばん大きな花園を急ぎ足で通り抜けた。花々は色とりどりに咲き誇り、蜜蜂や蝶《ちょう》や小鳥の羽音やさえずりでにぎやかだった。

そよ風がジョシュアの髪とシャツをなびかせ——もちろん彼はコートをぬいでクラヴァットをはずし、カッサンドラに服を着ていられないのかとからかわれた——彼は三、四回くしゃみした。

「これをみんなきみが？」

「一世紀前からつくられているのよ」彼女は言った。「わたしは少し足しただけ。それにわたしの指示で仕事をする庭師たちが何人もいるわ。あら、見て。山羊のひげ《ゴーツ・ベアード》が満開！」

「なんだって？」

彼女は長くとがった花びらをもつ紫色の花を指さした。「山羊のひげよ」

「いったいどんな花の名前なんだそれは？」

「完璧にぴったりの名前よ」彼女は言いきって、さらに先を急いだ。「そういう名前のついた花はいっぱいあるわ。鵞鳥の足《グース・フィート》、太った雌鶏《ファット・ヘン》、忙しい《ビジー》リジー、それから、悪魔の靴紐《デヴイルズ・シューストリング》、くしゃみ草《スニーズ・ウォート》、乳首草《ニップル・ウォート》――」

ジョシュアは吹きだした。カッサンドラは生垣を回って、広い応接間ほどの大きさの奥まった庭にジョシュアを導き、落ち着かない様子で両手の指を絡めあわせていた。

これは彼女にとって大事なものなのだと、彼は気がついた。だから真ん中まで進み、周囲をよく見た。高い生垣で囲まれていて、石畳の道が蛇行するように色どり豊かな花壇をいくつか通り抜け、刺繍《ししゆう》をほどこしたクッションが置かれている小さな東屋へと続いている。別の道は噴水へと向かっていた。噴水の中央に肉感的でほとんど裸の女の像が大きな貝殻の上に立ち、水差しから水が流れでていた。

「もちろん」彼女は言った。「小さな庭だし、ほかのところとくらべたら大したことないのだけど、でも……」

「どれくらいかかったんだ？」

「ママはわたしたちが子供のころ、それぞれの花壇をくれたんだけど、園芸が好きになったのはわたしだけだった」彼女は言った。「だからわたしがみんなの分をくっつけて、自分だけの秘密の庭にしたの。たしか始めたのは十歳のころで、それから少しずつ加えていったのよ」

ジョシュアは道をたどり、通りすぎる花の上に手をかざしてみたり、鳥のさえずりや噴水の水音に耳を澄ましてみた。花壇にはふんだんに花が植えられ、注意深く育てられて、あまりにも多くの種類と色であふれているので、ジョシュアは一日じゅうでも見てられると思った。生垣がそとの世界、それどころか時間さえもさえぎって、まるで世界にはふたりしかいないという錯覚に襲われそうになった。

「これはきみなのか？」彼は噴水の彫像を見ながら言った。「彼女はみだらだと思わないか？」

カッサンドラが彼の腹をぶった。「子供みたいなことを言わないで。彼女は美しいでしょ」手を水の下に入れて指をひらひらさせ、彼女は遠い目つきになった。「彼女はアレトゥーサを模しているのよ。泉になったニンフ。この彫像はママがレミントンスパーで買ってくれたの。いつもわたしだけ注目されないと文句を言ったら、ママが特別な旅行に連れていってくれたのよ。ママとわたしだけ。そしてこれを買ってくれたとき、ママは愛は尽きない泉のようなものだと教えてくれた。どんどんあふれてきて、けっして涸《か》れることはないと。どれほどたくさんの愛が必要になっても、かならずそれ以上湧きだしてくると」

その瞬間、ジョシュアは理解した。

カッサンドラの姉妹はものすごい美人揃《ぞろ》いだから、彼女はそれとくらべて自分のことを平凡で地味だと感じていた。こんなにかわいいし、機知に富んでいるし、みんなから好かれているのに。だから彼女は庭に自分だけの空間をつくりだした。そこでは競争しなくて済む。いまでも、彼女は事実上、一家の長なのに、自分のものを手に入れようとしていない。ここで、ここだけで、彼女は完全に自分自身でいられるのだ。

夢を見ているような感じは消えた。ジョシュアの思考は鋭く明確になり、彼はものすごく、来てよかったと思った。

「気に入った？」彼女が恥ずかしそうに訊いた。

ジョシュアは彼女を抱きよせた。「すごく。まさにきみみたいだ」

「家は？　あなたの家も気に入った？」

彼は〝あなたの〟は無視して、新しい目で庭を眺めた。「人を理解するのにはその人の住まいを見る必要があるのだろう」

「わたしもバーミンガムにあるあなたの家を見たら、あなたのことをもっと理解できるかもしれないわね。仕事への献身、金属への愛」

彼女が見るのは彼の〝住まい〟ではない。からっぽの家だ。寝て、着替えるだけの場所。彼の本当の〝住まい〟は仕事をしまってある頭のなかにある。だれも彼から仕事を奪うことはできない。

カッサンドラは自分の大切な部分を彼に見せてくれた。なにかお返しをしなくては。

「ぼくはもともと金属好きだったわけではなかった」彼は言った。「たまたまそれを仕事にすることになったというだけで。だがぼくは鍛冶屋が鉄を意のままの形にする、その錬金術のすばらしさに目覚めた。熱と圧力によって、物質の性質そのものを変えられるんだ。鉄鉱石の塊やくず鉄が、力強いもの、美しいものになる。強く、硬く、耐久性のあるものに。そういうところが気に入っているんだ」

「それがバーミンガムなのね」彼女は言った。

「そうだ」

カッサンドラは彼から離れて東屋に入り、シートに坐《すわ》って背にもたれた。ボンネットを取って脇に置き、目をとじて顔を太陽に向けた。午後の日差しが彼女のやわらかな肌と髪のなかの赤毛を照らした。ジョシュアはこの光景を永遠に見ていたいと思った。そのとき彼女が目をあけてにっこりほほえみ、彼もシートに坐った。

「ここは〝きみの〟家だ」

「あなたのよ」

「法律の話じゃない。きみは努力してこの家を自分のものにしたんだ」ふいに彼女の家族にたいする怒りが全身を巡《めぐ》った。「きみはこの家を愛している。この家を切り盛りしている。この家がちゃんと回るようにしている。きみの家族はそれをわかっていないが、きみを必要としている。それにきみ自身わかっていない。妹たちはきみを追ってロンドンに来たんだ」

「あの子たちは羽目をはずすためにロンドンに来たのよ」

「違う。きみなしではどうやって生活すればいいのか、わからなかったからだ。きみはこの家族の中心なんだよ。みんなをまとめる。きみが一家の長であり、この一家のかなめなんだ。この家はきみの家だよ。権利を主張しないと。自分の場所を譲るのはもうやめるんだ。自分のものを守るために戦え。母上をあの部屋から蹴りだし、あの書斎を自分の書斎にするべきだよ」

カッサンドラはびっくりした目をして彼を見つめ、なにか考えていた。苦悩しているように見えた。彼女を苦しめるつもりはまったくなかったのに。彼が手でカッサンドラのほおをなで、名前を呼ぶと、彼女が鋭く言った。「キスして」

ジョシュアは彼女にキスした。優しく、濃厚に。ふたりは互いの官能を探り、そうだ、彼女はやはり花のような味がするが、これでは彼女をじゅうぶんに味わいつくせない。だから彼女をひっぱりあげた。カッサンドラは彼にまたがり、彼の髪に手を入れて顔とあごに軽いキスの雨を降らせた。どちらが彼女のスカートをめくりあげて彼の前立てを開いたのかわからない。だがすぐに彼女のなかに入っていた。小鳥がさえずり、噴水では水が流れ、妻は彼の下唇を歯ではさんで、言った。「バーミンガムではこんなことはできないでしょ」

ジョシュアは息が切れて笑えなかったし、言葉を言うこともできなかったから、彼女から息を吸いこみ、深く突きあげた。彼女が幾度も深く腰を沈め、やがてジョシュアの肩に歯を食いこませて、ふたりは同時にいった。

そのあと、ジョシュアは彼女がわれに返った瞬間がわかった。身じろぎして、顔を彼の首にうずめたからだ。

「ごめんなさい」彼女は言った。「自分でもどうしてしまったのかわからない」

「蜜蜂と鳥だけだ。ぼくに謝る必要はない。庭園でのいいセックスは好きなんだ」

「わたしはとてもお行儀がよかったのに、それがいまは……あなたのせいよ」

ジョシュアはにやりと笑った。「ぼくはとても誇らしく思うよ」

身なりを整えたあとも、彼はけだるく暖かく満ち足りていた。だから彼女にもたれるように言って、目をとじた。

「もう行かないと」彼女は言った。だが動かなかった。「やることがあるのよ」

「まだいい。まだ暖かいし、きみとここにいると安らぐ。もう少しここにいよう」

彼にはやることがあった。山ほど。だが陽光は暖かく、蜜蜂はブンブンいっているし、彼女の重みが気持ちよくて、手足と目が重たくなってきた。とつぜんこれまでの人生でいちばん疲れを感じた。ほんのひととき、十四年目で初めて立ちどまって休んでも害はないだろう。

29

　仕事がたくさんあると言っているわりには、ジョシュアはなにもしていないように見える。カッサンドラはその後の数日、何度かそう思った。でも彼はいつも以上に活力にあふれてあちこちを飛びまわり、さまざまなアイディアを出し、小さなことにも興奮していた。毎日家のどこかで大騒ぎを起こし、それでもみんな彼を敬愛した。

　あるときは搾乳所に押しかけ、乳搾り娘をおびえさせた。だが彼はただ、なにをしているのか、どういう仕組みになっているのか、牛乳をバターやチーズにするにはどうするのかを知りたがっているだけだとわかった。洗濯日もそうだった。洗濯女中を質問責めにして、かわいそうな女中たちは顔を赤くしてくすくす笑いながら、とつとつと答え、そのあいだずっと、その子たちは彼の下着をつかんでいた。彼はある日は豚に興味をもち、また別の日は小作農に会いにいって相手が面食らうほどさまざまなことを尋ね、また別の日は小作農園のエンド・ファームのミスター・リドリーと、壊れそうな橋を新しい設計でかけなおす計画をたてた。ママの醸造所にまで入りこみ、ワインを飲みくらべて評価し、ママをよろこばせた。毎日バーミンガムから使いの人や手紙がやってきたし、ミスター・ダスが新しい秘書を派遣してきたが、ジョシュアは集中できないとぶつぶつ言った。でもカッサンドラにはわけがわからなかった。気が散るといっても、彼は自分で気を散らせているようなものなのに。

日々は過ぎていった。一週間。二週間。ジョシュアは家族とともに夕食をとり、食後も団らんの場で過ごし、夜はカッサンドラといっしょに寝た。ふたりは愛を交わし、静かに話をして、彼女は心に希望を感じて眠った。

でも目覚めるといつもひとりだった。

太陽は日々に新しい。ああ、その碑文は彼女をあざ笑っていた。彼女は以前、この文章は楽観的なメッセージだと思っていた——人はいつでも新しく始めることができるという——だがいま、これは徒労のメッセージだとわかった。一日が始まり、夫との距離が近づく。だが新しい太陽が昇ると、また一からやり直しで、彼を引きとめるという目標にまったく近づけない。

なぜなら彼はいつも去るつもりでいるから。

カッサンドラが勇気を出して、前よりも仕事しなくなったと言ってみると、ジョシュアは手を振って、こう答えた。「ダスがなんとかしている。バーミンガムに帰ったらやるよ」夏至のお祭りの話をしたら、こうだ。「そうか、でもそのころにはバーミンガムに帰っている」そして散歩のお供に犬を二匹飼うことを提案したときには、一瞬興味をもったものの、こう答えた。「なんの意味がある？　どうせバーミンガムには連れていけないのに」

バーミンガム、バーミンガム、バーミンガム。カッサンドラは本当にその名前が嫌いだった。彼女の夫を呼ぶ、うるさくて、きたなくて、せかせかした都市。いまでは彼女にもわかっていた。バーミンガムはジョシュアが自分の人生と自分自身をつくりあげた街なのだ。そこで彼は、望まれない非嫡出児の少年から裕福で有力な実業家になった。領地をもつ紳士になるのは彼自身を裏切ることなのだ。彼にとってバーミンガムは場所ではない。彼が何者であるかのよりどころであり、彼の心だった。

彼女といっしょにいてほしいと思うのは、太陽に昇ってほしくないと思うようなものだ。

だからカッサンドラは彼に嘘《うそ》をついた。

月のものが来ていないことについて、なにも言わなかった。吐き気や疲れやすさや胸の張りについても。彼は気がついていないようだった。これは嘘ではない、厳密には。まだはっきりとはわからない――自分にそう言い聞かせた。ママに話し、産婆にも話し、友人のひとりにも話してからも、ジョシュアにはなにも言わなかった。かつての自分は、子供ができたら夫なんてもういらないと思っていたなんて！　いまはうしろめたさと恐怖が混じり、言葉が出てこなかった。その言葉をつぶやいたらきっと、彼は跳ねるように立ちあがってこう言うだろう。「よかった。ここでのぼくの仕事は終わった」

でも彼は約束してくれたし、彼女は言わなければならない。なんて残酷なんだろう。切望していた子供ができたら、愛する夫を失ってしまうなんて。これまでの人生で、これほど心が引き裂かれる思いをしたことはなかった。

でももしかして、もしかしたら、いっしょにいてほしいと彼女が言ったら、もしかしたら、彼はそうしてくれるかもしれない。もしかしたら、この子がふたりをつなぎとめてくれるかもしれない。

もしぼくたちに子供ができたら、それはきみの子で、ぼくの子じゃない。ぼくはなんのかかわりももちたくない。

やっぱりだめかもしれない。

カッサンドラは悲観的になり、彼が去ってしまったほうが楽になると思うこともあった。少なくともそうすれば、この恐怖からは解放される。恐怖は吐き気や疲れよりおそろしかった。なぜなら恐怖は希望を奪い、彼女の心をかきむしるから。彼が行ってしまえば、彼女の心はひと思いに粉々に砕ける。いまのように、毎日少しずつひび割れていくのではなくて。

＊　＊　＊

よく晴れた朝、産婆と話をしてから一週間近くがたち、カッサンドラは一階の応接間の出窓に腰掛けて、秘密の縫物をしながら内心では葛藤《かっとう》していたとき、目をあげるとジョシュアが庭を横切って彼女のいる出窓のほうにやってくるのが見えた。コートを片方の肩にかけている。

彼女の全身が固まった。高鳴る心臓と震える手のほかは。きょうこそ。彼女は決意した。きょうこそ彼に話そう。

もちろん、彼女はここ数日というもの、毎朝この決意をするものの、夜に彼と会うと言葉が出てこないというくり返しだった。

でも言わないと。彼女は思った。彼の姿をじっと目で追った。これが最後になるのではないかというおそれで。もし彼をとどめておけないのなら、せめて彼の姿をとどめておこう。彼は顔を太陽に向け、口元をほころばせて、つむじ風のように活力をみなぎらせてゆったりした力強い歩みでこちらに歩いてくる。

とつぜん、彼女は耐えきれなくなった。でもそれを隠す前に、ジョシュアがすぐ目をあげたところにある大きな窓に坐《すわ》っている彼女に気づいた。

「やあ、お姫さま！」彼は立ちどまり、帽子を取った。「いま忙しいかい？」

「たいしたことはしていないわ」

カッサンドラはおぼつかない手つきで縫物を裁縫道具の籠《かご》に入れて、無理をしてほほえんだ。

「そこにいてくれ。いま行くから」

「どうしてドアまで行かなくてはいけないのかわからないわ」彼女は言った。「窓から入ったほうが効率的なのに」

彼はにやりと笑った。彼の笑顔を見られるのはこれが最後かもしれない。「ミセス・デウィット、きみは天才だ」

跳びあがって窓枠に乗り、からだのバランスをとった彼が、日光で縁どられた。男らしく力強いイメージ。彼がいなくなってしまっても、これを忘れないでいよう。

「まあ」カッサンドラは言った。

「感心したかい？　感心したと言ってくれ。ぼくはきみを感心させるのが好きなんだ」

「すごく感心したわ」

彼女は出窓の腰掛けからおりた。籠とテーブルの上に置いた紙が気になって、彼が窓枠から跳びおりてコートを椅子にかけるあいだ、ずっとそちらを見ていた。

「きょうはミスター・ライリーととてもおもしろい話をしたよ」彼はくるりとふり返って、カッサンドラを見た。「ふたりですばらしいことを思いついた。ぼくたちの橋はウォリックシャーの歴史上もっとも強く丈夫な橋になる。ああ、それと、ミセス・キングに会ったよ――彼女を知ってるかい？」

「産婆の」

「そうだ。彼女に、ロンドンでぼくたちが会った、病気は水を介して広まると考えている医師のことを話してみた。立派な医師たちがなんと言っているかは知らないが、それはじゅうぶんに考えられると彼女は言っていた。それに、立派な医師たちがよく知りもしないことを彼女に教えようとするのにはうんざりしている、とも言っていた。たとえば女のからだのこととか――まったく、顔が真っ赤になって困ったよ」

「そんなことないでしょ」

「だからあの医師を招いて、彼になにが必要なのか訊いてみようと思う。もし彼の考えが合っているなら、たくさんの人々の命が助かるんだ。どう思う？」

ジョシュアは彼女の手を取って、即興のでたらめなワルツを踊った。彼女は両腕を彼の首にかけて、しがみついた。本当のことを言う前に、もう一度愛を交わせるかもしれない。最後にもう一度だけ。

「あなたは世界をよくしていると思うわ」カッサンドラは言って、彼にキスした。

軽いキスのつもりだったが、彼はそれをもっと長びかせた。唇が離れたとき、彼女は息を切らしていた。ジョシュアは唇をつけて笑った。

「きみからキスしてくれるのが好きなんだ」

「あなたが窓から跳びこんでくるのが好きよ」

「きみがキスしてくれるなら、世界じゅうのどんな窓でも跳びこむよ」

カッサンドラも笑った。彼は本当に彼女を好きになっている。彼女のことを大事に思っているのだ。ここの暮らしを楽しんでいる。彼女のところに来てくれた。彼はサンネ・パークを自分の家だと、そして彼女を自分の妻だと認めはじめている。

心配のしすぎだった。きっとなにもかもうまくいくはず。

「わたしたちが最初に――というか、ハイドパークで――会った日のことを憶えている?」カッサンドラは言った。「わたしがあなたのことをどう思ったと思う?」

「ぼくが言語を絶するほど無礼で、ひげを剃《そ》る必要があると?」

「それも思ったわ。でもあなたは活力にあふれていた。まるで雷に打たれて、その雷がまだあなたのなかで跳ねまわっているのかと思ったくらい。最高なのは、あなたといっしょにいると、わたしのなかにもその雷が忍びこんでくるということ」

ジョシュアが動きをとめた。彼女は心臓がどきどきして、ようやく動いた彼は、彼女をかかえあげて自分のからだに押しつけた。「なんだ、カッサンドラ、もしぼくをなかに入れたいのなら……」

「もう！　あなたって人は！」

彼は無邪気を装った。「なんだい？　どうしてぼくが責められるんだ、衝撃的なことを言ったのはきみなのに？」

彼の手とからかいが彼女の欲望に火をつけた。その強烈さはわれながら驚きだった。もう身ごもっているかもしれないのに。でも同時に欲望はいらだたしかった。なぜなら彼がその陰に隠れているのをわかっていたから。

彼はもう逃げだそうとしている。

「あなたに見せたいものがあるの」カッサンドラはささやき、しぶしぶ彼の腕のなかから抜けだした。

「ミセス・デウィット！　まだ真っ昼間なのに」

「黙って！」

彼をテーブルのところに誘った。そこには家の見取り図が置いてあった。カッサンドラはおぼつかない手つきで図面を広げ、口のなかがからからになって、頭が混乱してきた。最初に会ったときは、彼がどう思おうとまったく気にならなかったから、なんでも口に出していたのに！

どうにかしてもつれた舌を動かし、話しはじめた。

「家族の変化に合わせていくつか家の改装を考えているの」彼女は指差し、彼がその震えに気づかないようにと祈った。「この翼《よく》は、あまり使っていない。ここのいくつかの部屋を改装して、ママ用の区画にしたらいいと思って。キッチンガーデンと醸造所からも近いから、ママがハーブを育てるのに自分だけの庭をもてる。この屋敷には寡婦用の住居がないけど、こうすればママは自分の空間をもてるし、わたしたちといっしょに住みつづけられる」

ジョシュアはなにも言わずに図面を見ていた。考えごとをしているように唇をすぼめている。

「そしてここは、わたしはもうあまり領地のことをしていないから、だからパパの書斎は――いいえ、メインの書斎は――使われていないの、つまり、あまり……だから……」

言う必要はなかった。彼は彼女が書いた字を読めるのだから。「ミスター・デウィットの書斎」、そしてその隣に「ミセス・デウィットの仕事部屋」。ふたりが隣りあった部屋で仕事するというのがよかった。

ちらりと彼を見てみた。

彼はなにも言わなかった。

カッサンドラはいちばん上の図面を滑らせ、二階の寝室の計画を見せた。

「ママが自分の区画に移ったら、わたしたちは主寝室を使えるようになる」

　彼女は手で図面を平らに伸ばした。「ミスター・デウィットの寝室」、そして隣に、「ミセス・デウィットの寝室」。いまは別々に寝るということはない。彼の寝室は入浴と着替えにのみ使っている。カッサンドラは手をスカートのひだのなかに隠した。まだ彼はなにも言わない。おそろしいほどじっとしている。

「もちろん、わたしたちの部屋にするために大規模に内装も変えるから、あなたはどんな色にしたいのか教えてくれないと。わたしが選んでもよければ……」

　彼が指をインクにふれて、カッサンドラの言葉は途切れた。

「なぜ？」彼は訊《き》いた。あまりにも小さな声で、かろうじて聞きとれたほどだった。

「なぜこんなことを？」

　その質問の意味がわからなかった。それに彼の横顔はなんの手掛かりにもならなかった。「あなたはわたしに、自分の場所を主張しろと言った。だからそうしているのよ。でも、あなたがなんと言おうと、わたしたちの結婚でこの家はあなたのものになったのだから、あなたにもくつろいでもらいたいの」

「それも妻の務めか」

「わたしは正しいことをしようとしているのよ」

　それにわたしたちは正しい。カッサンドラは叫びたかった。わたしたちは正しい。

ふたりだったら、ここでも、バーミンガムでも、どこでも、わたしはあなたを知ったおかげでより強くなって、幸福だし、あなたもわたしを知ったことでより落ち着いて幸福になった。

そのとき彼女は、ロンドンで彼が言った言葉を思いだした。彼は従順で礼儀正しい妻ではなく、正直になってほしいと言っていた。正直は難しかった。もし彼が、彼女が正直に言ったことを気に入らなかったら、もう隠れる場所がなくなってしまう。

それに、彼女はこれよりも大きな秘密をかかえている。

カッサンドラは待った。彼がなにか言ってくれるのを。「いや、ここはこうしたほうがいいな」とか、「ああ、これならいいだろう」と言いだして、バーミンガムを忘れてくれるのを。

でも、彼はなにも言わなかった。図面を手にとり、テーブルによりかかって、じっと見ていたが、彼がなにを見ているのか、彼女にはよくわからなかった。

「あなたにここにいてほしいの」カッサンドラは彼の横顔に向かって、震える声で言った。「あなたの生活がバーミンガムにあるのはわかっているし、あなたさえよければ、わたしはよろこんでバーミンガムに行く。でもここもあなたの家なのよ」

彼の全身はまるで切れる寸前のロープのように張りつめていた。彼女は息が苦しくなり、こわくなったけど、最後まで言わなければならなかった。

でもそのとき、彼が三枚目の図面を見た。彼女が見せる勇気がなかった一枚だ。それは子供部屋や勉強部屋がある二階の図面だった。図面の余白には、友人のジュノ・ベルが描いた動物や草花の小さな図案があった。壁に描くアイディアのスケッチだった。

ジョシュアは図面をおろし、部屋の向こうを見やった。なにも見ていないか、自分が跳びこんできた窓を見ているようだった。彼は察した。もちろんそうだろう。

カッサンドラは待った。手は汗ばみ、口のなかはからからだった。

彼が眉根を寄せ、彼の視線がなにかをとらえたのがわかった。彼女の裁縫道具の籠と、ごちゃごちゃの布地。彼のまなざしは厳しくなった。なにを感じているにしても、それはよろこびではなかった。

それはきみの子で、ぼくの子じゃない。彼はそう言った。ぼくはなんのかかわりももちたくない。

カッサンドラの心は落ちて、粉々に割れた。

彼は気づき、理解した。そして去っていく。

30

ジョシュアは自分が何時間も、なにも見ずに前方を見つめていたように感じた。カッサンドラの籠《かご》のなかでしわになっていた影が、形をとりはじめた。その形は彼の目の前で踊りはじめた。彼女が子供部屋の壁に描こうとしている動物たちのように。それにしても、いかにも最近の彼らしい。なにかを見ても、なにも見えていなかった。自分の目の前にあるものに気づかないことに、ここまで熟練するとは。

図面を脇に置いた。彼女が彼をこの家に迎えいれようと考えた図面だ。ひょっとしたら、彼女は子供の父親が欲しくなったのかもしれない。ひょっとしたら彼女は、自分が正しいと思うことをしているのかもしれない。心惹《ひ》かれるが、これは本物ではない。彼の生活はバーミンガムにある。

彼を嘲笑《ちょうしょう》する布地がのぞく籠までの床は、嵐に翻弄《ほんろう》される船の甲板のようにぐらぐらしていた。彼は最初の一枚をひっぱりだして、自分を笑ってやりたくなった。彼女のナイトキャップだった。ふたりで冗談にして笑ったこともあった。彼がからかい――

それはナイトキャップだったが、彼女のではなかった。彼は片手をこぶしにして、小さな帽子をかぶせてみた。ところどころに待ち針や縫い針が刺さったままだった。まだ完成していない。だがそれほどはかからないだろう。とても小さな帽子だから。「これはきみには小さすぎる」彼は言い、いつから自分はこんなにばかになったんだろうと思った。田舎の空気と家庭のよろこびが、脳を腐らせてしまった。愚鈍になって、決断をしなくてもいいことには一種の安らぎがある。

カッサンドラは反応しなかったが、背後にいる気配は感じられた。彼女の動きが空気をかき乱す。この部屋はあまりにも静かで、どんよりして、暖かい。

彼は窓腰掛けに小さな帽子を置いて、その黄色いリボンを蝶《ちょう》結びにした。サミュエルもこれとよく似たやつをもっていた。ピンク色の顔と黒いふわふわの髪をつつんでいた。顔をくしゃくしゃくしゃにして泣くと、フリルが大きく揺れた。

ジョシュアはふたたび裁縫道具の籠のなかに手を入れた。別の布地が。これも完成していない。白いドレスかペチコートかなにかだ。サミュエルはこれも着ていた。ぷくぷくした赤ん坊らしい脚を突きだして。四歳になると、レイチェルはサミュエルにスカートをはかせるのをやめて、初めて半ズボンをはかせた。あの子はすごくよろこんで、走りまわり、足を踏み鳴らし、跳んでいた。まるで新しく脚を発見したみたいに。

これも、ジョシュアは窓腰掛けに、ナイトキャップの下に置いた。これもまだ完成していない。カッサンドラはこれにたくさんの小花の刺繍《ししゅう》をほどこしていた。時間の無駄だよ。彼は言ってやりたかった。だがなぜ彼女がそんなことをするのか、彼にはわかっていた。待ちきれずに、こういうことで待つのが楽になるのだ。子供はきみを悲しませるだけだ。そうも言ってやりたかったが、彼女は聞く耳をもたないだろう。彼が見ようとしなかったのと同じくらい、彼女は聞こうとしない。

そして箱の奥に、今度はウールだ。別の帽子で、半分ほど編まれたところだった。計算してみると――レイチェルから必要なことは教わった――赤ん坊は冬に生まれることになる。だからたしかに、暖かい帽子が必要だ。そして暖かいウールの靴下も。その口の部分にはまだ輪針がついていた。小さな靴下。大切な小さな足を暖めるための。まだ一部しかできていない。赤ん坊といっしょだ。

ジョシュアはそれを、ドレスの下に置いた。

赤ん坊。まだ半分しかできていない、影の赤ん坊。カッサンドラはこのことを伝えようとしていたのだ。だがジョシュアは故意の愚かさの裏で、すでにわかっていた。カレンダーを見て、日数を数えてもよかった。この一か月間で彼女がひとりで寝ると一度も言いださなかったのはなぜか、考えてもよかった。またはなぜ彼女が最近は、午後になると休んでいるのか。ロンドンではそんなことはなかったのに。あるいはなぜ彼女は、おかしな時間になにか食べたり、なにも食べなかったりするのか。そういうことを疑問に思ってもよかったのに、彼は思わなかった。なぜなら知りたくなかったからだ。なんでも知りたがる彼が、これは知りたくなかった。

「男の子だったら、チャーリーはどうかしら」カッサンドラが言った。まったく彼女らしくない、か細い声で。「女の子だったら、シャーロットでもいいけど、ほかの名前でもいいわ。あなたさえよければ」

「たしかなのか？」

「まだ早いけれど、兆候はいくつか――」

「たしかなのか、そうじゃないのか、どっちなんだ？」その声は自分の耳にも険しく響いた。

「たしかよ」声にならない声で答えた。彼女はつばをのみこみ、咳《せき》をして、もう一度言った。「たしかよ」

彼のものだ。彼さえその気になれば、このすべてが彼のものになる。彼の胸をいっぱいにして、安らぎを与えてくれる愛らしい妻。この屋敷。この家族。すべてが――銀の皿に載せて、彼にうやうやしく差しだされている。受けとることも可能だ。愛することも可能だ。失うことも。

彼はただ受けとるだけでいい。ふり返り、三歩歩いて、彼女を抱きしめ、イエスと言う。

ジョシュアは動かなかった。

「きみは望みのものを手に入れた」彼は言った。

「わたしの望みは夫よ」彼女の声はいつもより硬く、いつもより鋭く、震えていた。ジョシュアはふり返って彼女を見た。彼はその夫になることもできる。ここにいて。彼女を抱きよせ、イエスと言うだけでいい。「完全な夫よ。いつもわたしから去っていこうとする夫ではなく」

でもジョシュアの足は動かなかった。腕も動かなかった。彼は口を開いて言おうとした。「ぼくがきみの夫だ」と。でも口から出てきたのは、「バーミンガムに行かないと」という言葉だった。

そしてジョシュアにはわかった。自分が彼女を失った瞬間が。

愛情深く、暖かくて、優しい、しっかり者のカッサンドラ。彼にふたたび心の使い方を教えてくれて、彼の日々によろこびを、彼の計画に希望を与えてくれた。そのカッサンドラが、彼の見ている前で、彼を見限った。自分のなかに引きこもり、離れていった。

これまでの彼女はまるで冬の暖炉のようだった。

そのつつみこむような暖かさが消えた。

「それならどうぞ」彼女は言った。「行ってもう帰ってこないで。わたしはもう引き留めないから」

彼女はジョシュアを押しのけて、窓腰掛けの上から影の赤ん坊をかき集め、乱暴でぎくしゃくした動きで布地を籠のなかに戻した。そして背筋を伸ばして彼を見たとき、そのよく色を変える目の向こうにいたのは他人だった。

「あなたの言うとおりよ。あなたはわたしの夫じゃない。わたしたちはたまたま結婚しているだけ。だから帰りたかったら、どうぞ。到着したときから片足をドアのそとに出しているようなものだったし」

ぼくを追い払おうとしている。もちろんそうだろう。もともと彼を求めていたわけではないのだから。子供が欲しかっただけだ。あの改装計画も――妻の務めだから。なんて偽善者だ。彼が離れていくことを非難するなんて。自分も彼から離れていくのに。子供が生まれたら彼に割く時間はなくなり、ふたりのあいだにあったものは崩れ去る。だが彼女が冷たいわけではなく、もとから彼のことを愛していなかったにすぎない。そしてそれは、彼の自業自得だ。こんなに愛するのが難しい人間だから。

もう関係ない。ふたりとも望みのものを手に入れた。ふたりで決めたことだ。別々の生活。彼にはバーミンガムでの仕事、彼女には子供。これはただのばかな幕間劇にすぎなかった。現実の生活が待っている。工場で五分間過ごし、彼がなにもないところから築いた人生に戻れば、ふたたびたしかな自分をとり戻し、こんなナンセンスは忘れるだろう。

「これ以上ぼくを必要としないと言うなら、マダム」彼は言った。

「わたしがあなたに求めるものは、あなたがけっして与えられないものよ。帰りなさいよ。バーミンガムの自分の家に」

カッサンドラはふり返った。その肩は張りつめ、冷たかった。ジョシュアは彼女に近寄り、両腕に抱きしめて、ふたたびふたりをひとつにすることもできた。だが彼はしなかった。

彼はコートを拾いあげて部屋をあとにした。そのまま一度もとまらず、バーミンガムの家に帰りついた。

＊　＊　＊

ジョシュアが前触れもなく帰宅すると、家政婦は腹を立てているようだった。それは埃《ほこり》よけのシートが家具にかかっていること、おもな部屋にものが散乱していることに関係がありそうだった。

「お帰りになるとは存じておりませんでした、ミスター・デウィット」家政婦のミセス・ホワイトが言った。「わたしたちは収納庫からなにもかも出して掃除し、被害がないかどうか、確認しました。鼠《ねずみ》ですよ。いまはもういません——駆除業者が来ましたから——でもちょうどいいから春の大掃除をしてしまおうと思っていたところだったんです」

鼠。妹より悪いものがあるとすれば、それは鼠だ。

行ってもう帰ってこないで。わたしはもう引き留めないから。

「やってくれ」彼は言った。「ぼくの部屋の準備をして食事の支度を頼む。今夜はひとりになりたい」

家政婦は呆然《ぼうぜん》とあたりを見回し、部屋が散らかっている以上に困惑した様子だった。よく見てみると、そのわけがわかった。

これらはジョシュアのものではなかった。

彼はレイチェルとサミュエルの服、レイチェルの本やサミュエルのおもちゃは処分させたが、捨てられないものもあった。レイチェルの時計のコレクション。十数個もあり、さいわい動いていなかった。ジョシュアは彼女が時計に熱中するのが理解できなかった。いつでもチクタク、チクタク、うるさいだけだと思っていた。そしてぞっとする虎のラグ。いったい全体、なぜこんなものを残しておいたのだろう？

がらくたが場所をとりすぎていて、落ち着かなかった。

あなたはわたしの夫じゃない。わたしたちはたまたま結婚しているだけ。

「またすぐご旅行ですか、サー？」ミセス・ホワイトが訊《き》いた。「スタッフはいまは全員いませんが、あすの朝には揃います」

彼は手を振った。彼が見ていたのは時計やがらくたではなく、秘密の庭だった。花が咲き乱れ、蜜蜂が飛び交い、噴水と女の彫像。

わたしがあなたに求めるものは、あなたがけっして与えられないものよ。帰りなさいよ。バーミンガムの自分の家に。

「ぼくは――」彼はなんとか言葉を切った。もし最後まで言っていたら、頭がおかしくなったと思われていただろう。なにしろ「バーミンガムに行かないと」と言うところだったのだから。あまりにも長いあいだくり返していたので、彼の脳はその言葉しか憶えていないようだった。

彼が探していたものはここにはない。なぜなら――

もちろんそうだ。この家は着替えと睡眠にしか使っていないのだから。

「いや、別にいい」彼は言った。「ぼくはそれほど多くのものを必要としない。ほとんど仕事でいないのだから」

＊　＊　＊

　通りに出て徒歩で工場へと向かった彼は、人々の歩く速度が速いことにびっくりした。もちろん速いに決まっている――ここはバーミンガムだ。彼が遅くなっただけだ。ジョシュアは足を速め、騒音、喧噪《けんそう》、努力と勝利と喪失の高まりにひたった。工場の排煙、運河の悪臭、運河で働く男たちの怒鳴り声、工場従業員の歌い声。そうだ、バーミンガムでは金が王で勤勉が王妃になる。

　本社に着くころには、彼はまたちゃんとした速さで歩いていたし、カンカン鳴る音にも慣れ、咳《せき》もほとんどとまっていた。そうだ、バーミンガムだ。街中で人々は働き、生産し、役に立たないものを役立つものに変えている。

　ダスはジョシュアを見てもあまり驚かず、席を立った。机には書類がきちんと重ねて置かれ、なにもかも整理されている様子だった。そしてダスに訊いてみると、すべて順調らしい。彼はダスの報告を聞きながら部屋を歩きまわり、なんとか関心をいだこうとしたが、ほとんどちんぷんかんぷんで、頭に入ってこなかった。それはおかしかった。ダスはいつも明瞭な話し方をするし、要点もしっかり言う。

　わたしの望みは夫よ。完全な夫よ。いつもわたしから去っていこうとする夫ではなく。

ダスの話だけでなく、あらゆるものに違和感を覚えた。バーミンガムに戻りさえすればなにもかも元どおりになるはずだったのに。だがダスがすべてうまくやっているし、秘書たちは自分で決断するようになり、それも正しい決断をしているようだ。だがそれはもう、秘書ではないのではないか？　彼らはマネージャーであり、ダスもその肩書を提案した。ジョシュアは不要な存在になった。彼らにはもう、ジョシュアは必要ない。

あなたにここにいてほしいの。ここもあなたの家なのよ。

いや、違う。彼の家はここ、バーミンガムだ。これが彼なのだ。ただ……忘れているだけで。

「さて、ぼくは復帰した」ジョシュアはダスの話をさえぎり、彼が眉を吊りあげたのを無視した。「すべて順調のようだ。だが変革が必要だ」

「もうひとつ、お話があります」ダスがすでにそろっている書類をさらにきれいにそろえた。「わたしがあなたを心から尊敬しているのはご存じだと思います、ミスター・デウィット、そしてあなたがくださったチャンスにも感謝しています」

嘘《うそ》だろ。くそっ。だめだ。

「わたしはここ数年で多くのことを学び、仕事を楽しんできました。会社の指揮を執ったこの数週間は自分にとって最高の経験でした」

だめだ。だめだ。ダスまでも。

「それによって自分の事業を経営したいという決意が固まりました。いつまでもあなたの秘書を続けるつもりはありません」

「いますぐ？　いますぐ行ってしまうのか？」

ダスは怪訝《けげん》そうな顔をした。「違います」彼はゆっくり言った。「でも変革を検討するなら、考えておいてください」

「そうか。変革だな。考えておく」

＊＊＊

ジョシュアはそのあとすぐに、本社をあとにした。彼なしでも、みんなしっかりやっている。サンネ・パークでもそうだったように。

彼が探しているものはここにもなかった。

ジョシュアは通りに出たが、自分がどこに向かっているのかよくわからなかった。これから何年間も、バーミンガムの街をうろつき回る自分の姿が目に浮かんだ。通りすがりの人を呼びとめては、「ぼくはバーミンガムに行かないと」と言うのだ。そして彼らが、ここがバーミンガムだと言っても理解できない。人々は彼を〝バーミンガムの迷える男〟と呼ぶだろう。「あの人もかつてはたいしたものだったが」ハイ・ストリートやムーア・ストリートやマーサー・ストリートなどの運河沿いの道をよろよろと歩き、自分がいる街への道を尋ねる彼のことを、人々は噂《うわさ》するだろう。「かつてはちょっとした人物だったが、妻に追いだされ、友人に去られ、事業もがたがたになって、なにもかもぼくは失ってしまったんだ」

ちくしょう。彼は正気を失いはじめている。

ジョシュアは奇妙な想像をふり払い、家に帰った。家はまだがらくたでいっぱいで、ベッドは整えられ、食事が用意されていたが、召使たちはもう帰ったあとだった。あなたの生活がバーミンガムにあるのはわかっているし、あなたさえよければ、わたしはよろこんでバーミンガムに行く。でもここもあなたの家なのよ。

彼はレイチェルの時計のひとつを手に取った。ある日彼が帰宅すると、大きなおなかをかかえて退屈しきっていたレイチェルは、食堂のテーブルの上で歯車やねじやなにかをいじって忙しくしていた。時計を三つ分解して、これから組み立てるところだった。

そしてサミュエルの虎皮のラグも、持ちあげてみた。大きく重たい頭と、黄ばみはじめた爪がついている。あの子は虎の頭をかかえて、それにお話を聞かせていた。そしてふと顔をあげてジョシュアを見ると、まじめなしかめっ面をして訊いた。「パパ、虎はダンスするの？」

ジョシュアは虎のガラスの目を見て、笑った。

笑いすぎて涙が出てきそうになったが、泣くわけにもいかず、さらに笑った。

ジョシュアは正しかった。彼はバーミンガムに帰ってくる必要があった。帰ってきて、自分の生活はもうここにはないのだということを確認するために。なにもかも変わって、もう以前の自分ではないのだと理解するために。カッサンドラが彼の生活を完全にかき乱して、彼の心を植民地化してしまったということを受けいれるために。

ああ、サミュエル、ぼくの息子。レイチェル、ぼくの友。バーミンガム、ぼくの過去。

カッサンドラ、ぼくの妻。

ジョシュアは過去を変えたいとは思わなかった。たとえいまのような結果になるとわかっていても、彼はサミュエルのいない過去なんて断固お断りだった。だが彼は喪失の痛みをさえぎろうとして、愛とよろこびまで拒絶してしまった。

カッサンドラは最初からずっと、そのことを彼に教えようとしていた。

バーミンガムで彼の答えが見つかるはずがなかった。サンネ・パークでも、ロンドンでも、地球上のどこでも。答えは金属や薔薇《ばら》や赤ん坊の帽子や虎皮のラグにもなかった。答えは彼女の、そして彼の、ふたりの秘密の世界のなかに眠っている。

賢い男にしては、彼はきわめて愚かだった。

ジョシュアは虎皮を落とし、昂《たかぶ》り――恐怖や怒りによる昂りではなく、よろこびと愛による昂り――で生まれた活力をみなぎらせて、家を出て、ダスを探しにいった。

やるべき仕事がある。

31

三日目になると、カッサンドラはジョシュアが帰ってこないということを受けいれた。

一日目は簡単だった。怒りによって腹が据わり、彼の出立でほっとさえした。

二日目はひどかった。あらゆる物音にびくっとして、彼ではないかと希望をもち、毎回それがはずれてつらい思いをした。

三日目の彼女は役立たずだった。からだがだるくてしかたがなかったし、心はずっと動揺していた。雨のせいにしたが、いままで雨が気になったことなんて一度もなかった。それに、ジョシュアがいなくなったことと、もうすぐ家庭教師が着任するとカッサンドラが言ったことで、ルーシーとエミリーは不機嫌になった。だから雨が小降りになると、カッサンドラは安らぎを求めて自分の庭に行った。

安らぎなんてなかった。ここには。彼女には。カッサンドラは傷心に屈するまいと決意していたが、傷心は身体的な痛みをともなっていた。手足は疲れ、おなかは重たくずきずきと痛み、きょうはさいわい吐き気はおさまっていたが、自分の心臓がある場所がうつろに感じられた。

また雨が降ってきた。しとしと雨だったが、カッサンドラは東屋に足止めされ、花と噴水を慰めにするしかなかった。

まあいいわ。どうせ動けないのだし。動かないことがとても大事なことに思えた。カッサンドラは目をつぶり、東屋の屋根にあたる優しい雨音に耳を傾けた。茂みのなかから、このお天気に怒っている小鳥のさえずりが聞こえてくる。この場所で、ジョシュアと愛を交わした。彼女には言葉が見つからなくて、からだで彼を引き留めようとした。

自分の場所を譲るのはもうやめるんだ。

ひょっとしたら彼女は、彼を引き留めるためにもっと必死に戦うべきだったのかもしれない。でも最初から見込みはなかった。

「カッサンドラ」

彼に名前を呼ばれるのが大好きだった。彼の険しい、かすれた声が、雨音のなかに響く。まるでリフレインを歌うように真ん中の音節がやわらかく弾むようだった。

「カッサンドラ」

まるで彼女が大切なもののように、声に心配が感じられた。まるで彼も彼女を愛しているかのように。まるでいまにも彼女を両腕ですくいあげて抱きしめ、もうけっして離さないと言うかのように。

「カッサンドラ?」

とまどいも感じられた。心配しているのかもしれない。彼に心配をかけたくなかった。夢のなかでも胸が痛み、だからカッサンドラは痛みを追い払おうと目をあけた。

夢ではなかった。

ジョシュアが東屋の入り口に立ち、そのうしろでは雨が降っていて、彼は熱いコーヒー色の目で彼女を見つめていた。彼女は彼をたっぷりと見た。活力あふれる全身を。彼女の、いえ、やはり彼女のではないジョシュア。本物のように見える。彼の髪とウールのコートにしずくがついている。そして彼の顔は優しく、なにも語っていなかった。

彼が帰ってきた!

彼が帰ってきたの?

あのひどい悪魔は彼女を捨てていったくせに、厚かましくも帰ってきたというの?彼女の心を引き裂くのがそんなに楽しくて、だからもう一度くり返すつもりなの?

「いいえ」彼女は言った。「あなたはもう行ってしまったんだから、帰ってこないで」

彼は一歩前に出た。二歩。カッサンドラのからだは動きたかったけど、動いたらいけなかった。それで彼女は震えた。

「お願いだ、カッサンドラ、きみに聞いてほしいことがたくさんある」カッサンドラは重たくずきずきするおなかをかかえた。「そうやって、あらわれたり消えたり、あらわれたり消えたり、わたしを翻弄《ほんろう》するのはもうやめて」

「最初にこのことは知ってほしい。ぼくはぼくたちの子供を愛している」彼は言った。「ぼくはこの子が欲しいし、この子を愛している」

「嘘《うそ》、嘘よ！」

あまりにも心がかき乱されて、だるさも痛みもあとまわしになった。彼女はいきなり立ちあがった。

脚のあいだに温かいものが流れた。おなかがさしこむように痛んだ。立っていられない。

倒れる前にジョシュアに抱きとめられた。

全身の筋肉が収縮して、彼女は彼にしがみついた。彼の顔は青ざめ、もう優しくなかった。彼の目が彼女をつなぎとめていた。そのまなざしの力で彼女を起こしていた。もし彼がいま目をそらしたら、ふたりで倒れてしまう。

「血が」彼が聞こえない声で言った。カッサンドラは彼の唇を読んだ。「きみのスカートに」

頭がどこかに漂っていく。腕も、胴も。どこかに漂い、雨で溶けていく。カッサンドラは自分がとても軽くなったように感じた。体重がなくなってしまったようだ。違う、彼の腕が重みをすべて負っているんだ。彼女の脚はもう役に立っていない。動けない。話せない。でも、息もできないのに、どうして動いたり話したりできるの？

ぼくはこの子が欲しいし、この子を愛している。彼はずっと子供を愛するのをおそれていた。でもいま彼女が子供を失ったら、彼はまたすごく傷ついて彼女に背を向け、彼女はまた彼を失うだろう。また同じことのくり返し。

彼女はふたりとも失う。なにもかも。そんなのいやだ。血をとめないと。時間をとめないと。太陽が沈むのも、雨が降るのも、草花が育つのも。

「とめられない」彼女は言った。

手が痛い。カッサンドラは自分の手を見て、不思議に思った。まっしろな鉤爪《かぎづめ》が彼の腕をつかんでいる。彼女を支えている腕。彼女に残されているのはこの腕しかないのに、この腕もきっと彼女から離れていく。

ジョシュアが彼女を両腕ですくいあげ、彼女がちゃんと考えられる前に雨のなかへ踏みだし、彼女の花と噴水と安らぎから遠ざかった。カッサンドラはからだを丸めて両手で彼のコートをつかんだが、それでも冷たい雨のしずくが首筋を伝った。

「雨が降ってるのよ」彼女は言った。「雨のなかを歩いてはいけないわ。濡れてしまう」

でもジョシュアがしたのは、彼女をもっときつく抱きしめ、足を速めることだけだった。まっすぐ前を見て。彼の髪を濡らした雨があごの線を伝う。カッサンドラはそういうことすべてを見なくて済むように、彼の首筋に顔をうずめた。

雨のなかを歩くのはよくない。濡れてしまう。彼が足を滑らせるかもしれないし、そうしたらふたりとも転ぶ。彼は風邪をひいてしまうかもしれない。彼に風邪をひいてほしくなかった。彼女の髪はぐちゃぐちゃだろう。今朝洗ったばかりだったのに。今朝は吐き気がしなかったから。雨のなかを歩きまわるなんてよくない。雨でドレスが濡れてしまう。

まあいいわ。どうせ血で汚れているのだから。

ジョシュアは彼女をすごく固く抱きしめている。すごく速く歩いている。カッサンドラは彼の顔をちらりと見てみた。険しく、こわばって、怒っている。彼女はまた彼の首に顔を押しつけた。こんなふうな彼を憶えていたくなかった。彼女が本当に彼を失った日の彼の顔なんて、憶えていたくなかった。彼も子供も、希望も愛も、なにもかも一度に失った日。また。

＊　＊　＊

ジョシュアは彼女を運んだ。腕がじんじんする。脚も。こんなに重くてこんなに大切な荷物は運んだことがなかった。こんなに長い道もなかった。

あまりにも遠い。こんなに遠かったはずがない。なぜこんなに遠くなったんだ？　つまりまた悪夢か。歩いても歩いても近づかない。彼のぐったりした妻は腕のなかでどんどん重くなって、彼にしがみついている。それなのに彼は無力で、どうしてやったらいいのか、どうしたら助けられるのかもわからず、ひたすら歩いている。

そのとき気づくと、彼はキッチンガーデンにいて、最寄りのドアを肩で押しあけ、厨房《ちゅうぼう》に入った。そこは暖かくいい匂いがして、いきなり静まり返った。

「医者を呼ぶんだ」彼は最初に見た顔に向かって怒鳴った。「いや、産婆だ。産婆を呼べ」彼は歩きつづけた。永遠に彼女を抱いていられる。「いや、医者も。産婆も。両方呼ぶんだ。だれでもみんな連れてこい」

そこに冷静で頼りになる家政婦のミセス・グリーナウェイがあらわれ、ジョシュアは立ちどまった。カッサンドラは彼のコートをつかみ、だれにも見られないように目をとじている。ミセス・グリーナウェイがカッサンドラのほおに軽くふれた。祝禱《しゅくとう》。この人はロード・チャールズのときも手伝った。彼女はカッサンドラがなにをしたか知っている。カッサンドラを知っている。どうしたらいいかも知っているはずだ。

「出血しているんだ」彼は言った。そして、「どうしたらいいのかわからない」彼の声は震えていたが、彼女はわかってくれた。〝産婆〟と〝出血〟で察した。

「彼女の部屋に運んでベッドに寝かせ、彼女についていてください」彼女は言った。「これは女の仕事です。わたしたちはどうすればいいか、わかっています」

彼はほっとして、ふり向き、また歩きはじめた。カッサンドラは必要な助けを受けられる。それは彼からではない。彼女を助けたかった。なにか。でもこれについて彼はなにを知っている？　どうしてこんな役立たずな人間になったんだ？

彼の背後で、落ち着いた、緊急の指示がつぎつぎ出されていた。「サリー、レディ・チャールズの風呂桶《おけ》からお湯をとってきてミス・カッサンドラのところに運んで。メアリ、きれいなリネンを用意して。ジョセフ、ミセス・キングを連れてきて」そしてほかにも。だがジョシュアにはもう聞こえなかった。階段へ急いでいたからだ。カッサンドラはまだ彼にしがみついていた。顔を首筋に押しつけ、まるで傷ついた獣のようなかすかな泣き声をあげていた。

彼女の心が張り裂ける音だった。

ジョシュアは肩で彼女の部屋のドアを押しあけ、彼女をベッドにおろした。血まみれのスカートのままで。彼女は目をあけない。彼はカッサンドラのハーフブーツをひっぱってぬがせ、手で足をつつんだ。もう血を無視することはできなかった。こういう出血についてはなにも知らなかった。彼女のあごに手を伸ばし、ペリーズのボタンをはずそうとしたが、カッサンドラはその手を払った。

「いいえ」彼女は言った。「あなたはだめ。あっちに行って。あなたはだめよ」

その言葉でジョシュアはまるで腹を蹴られたように息ができなくなった。あやうくくずおれそうになった。彼はふたりをこれほどひどく壊してしまった――こんなときでさえ、彼女は彼にいてほしくないと思っている。

それは気の毒だが、ジョシュアは彼女の夫で、離れるつもりはなかった。

「服をぬがないと」彼は言った。「血が……」

彼は声が出なかった。なんと言ったらいいのか、わからなかった。これは血ではないし、ふたりともそれはわかっていた。ジョシュアはまたペリーズのボタンをはずそうとしたが、ボタンは生地に食いこみ、あまりにも小さく滑りやすく、彼の震える指でははずせなかった。

またカッサンドラが彼の役立たずの手を押しのけた。今度は彼を見て、血走った目で彼を見つめた。

「いいえ」その声には力がこもっていた。彼女は頭をあげて、彼を押し戻そうとした。

「あなたはだめ。やめて、お願い、あっちに行って」

「カッサンドラ、ぼくはきみを助けたいんだ。なにをしたらいいか言ってくれ。ああ、なんでもいいから言ってくれ」

「ママを呼んできて」カッサンドラは目を閉じてまた横になった。とじたまぶたから大粒の涙がこぼれてほおを伝った。「ママにいてほしい」

彼は震える手で彼女の涙をぬぐい、額にキスをして、部屋を出た。三歩踏みだし、不安になって、立ちどまった。彼女をひとりにしておくのはよくない。ひとりでいたらいけない。だが彼女は、彼のことは必要としていない。彼女は母親を呼んでいる。

レディ・チャールズにも聞こえたようで、彼女がやってきた。

「カッサンドラが」ジョシュアは彼女に言った。レディ・チャールズはこちらにやってきて、立ちどまった。ためらっている。「出血しているんだ」彼は言った。なんてばかな言葉だ。出血は切り傷のときに使う言葉だ。「ぼくたちの子供が。子供が……」

「まあ、かわいそうに」

レディ・チャールズはカッサンドラの部屋のほうに駆け寄ろうとして、とまった。そしてためらった。ジョシュアには、彼女の恐怖がわかった。レディ・チャールズは息子を失った悲しみのあまり自分を見失い、夫と家族を捨てて、苦痛の存在しない自分だけの世界に閉じこもった。ジョシュアには彼女を責めることはできなかった。彼も別の方法で同じことをしたからだ。

だがもう二度としない。

自分の苦痛に背を向けることはカッサンドラに背を向けることだ。バーミンガムでそれがわかった。そして惨めで役立たずの存在でしかない彼がたしかに約束できるのは、もう二度と、カッサンドラに背を向けないということだ。

ジョシュアは両手で義理の母親の二の腕をつかんで、しっかりと支えて、その目をのぞきこんだ。意識はしっかりしている。だが彼女は戻りたそうな顔で自分の寝室のほうを見た。これまでおのれの失敗、羞恥《しゅうち》、罪悪感、悲しみから隠れてきた部屋のほうを。レディ・チャールズはなにが起きているのかわかっているが、それに耐えられないのだ。

いや、耐えてもらう。カッサンドラが耐えなければならないのなら、みんなで耐えるんだ。

「カッサンドラにはあなたが必要なんです」彼は言った。「彼女が呼んでいます」

レディ・チャールズには薬が必要なのかもしれない。隠れなければならないのかもしれない。ジョシュアには理解できた。でもいまはそれが解決策ではないということも、わかっていた。それは解決策に思えるが、違う。もし彼が愛する女のためになにもできなかったら、しっかりしてくださいたら、彼もそうしていただろう。

「数時間、しっかりしてください」彼は言った。腕を放して、手を握った。レディ・チャールズはまだ結婚指輪をしていた。「数時間でいい。あなたならできます。カッサンドラのために。なぜなら彼女があなたを必要としているから。ぼくたちは彼女を愛しているから」

「わたしはあの子をがっかりさせてしまった」

「それは関係ない。いま大事なのはカッサンドラがあなたを必要としているということです。母親を。ぼくも彼女をがっかりさせてしまった。でももうくり返さないようにしよう」

ジョシュアは待った。本当は怒鳴りつけたかった。あなたの娘がひとりで苦しんでいる。彼女はぼくをいやがっているが、ひとりで置いておけないんだ。だが辛抱だ。カッサンドラは彼に辛抱強くなってほしいと思っているはずだ。だからジョシュアは待った。レディ・チャールズが気持ちをしっかりもったのが、見ていてわかった。肩を張り、あごをあげた。唇を引き結んで、鋭くうなずいた。

「そうね」彼女は言った。「ほんとにそうだわ」

彼女はジョシュアの脇をすり抜けてカッサンドラの部屋に入っていった。カッサンドラはもうひとりじゃない。

「ママ?」という声が聞こえた。

「ここにいるわ、カッサンドラ。ここにいる」

ドアが閉まり、カチリという音がした。

ジョシュアは壁にもたれて、手のひらのつけ根を傷む目に押しあてた。衣擦れの音と足音がしても、手を放さなかった。すると一瞬、だれかに軽く腕をつかまれた。

「奥さまはだいじょうぶです」ミセス・グリーナウェイ。

ジョシュアは手をおろして、彼女の心配そうな顔を見た。彼女のうしろにはメイドの一団がいて、たらいとリネンとなんだかわからないものを運んでいた。

「こういうことはあるものです」ミセス・グリーナウェイはしっかりした、落ち着いた口調で言った。彼を安心させようとしている。それが必要なのは彼じゃないのに。

「あなたが考えているよりずっとよくあることです。ミス・カッサンドラはだいじょうぶですよ」

彼女はメイドたちのほうを向いて、リネンの束をつかむと小脇にかかえて、両手でお湯の入ったたらいを持った。「ここで待っていなさい」彼女はメイドたちに言った。

「あなたもです、ミスター・デウィット」

「彼女に伝えてくれ……」

ミセス・グリーナウェイは立ちどまった。彼はさっと前に出て彼女のためにドアをあけた。スカートが見えたが、ベッドの横に腰掛けているレディ・チャールズのからだにさえぎられて、カッサンドラの顔は見えなかった。ジョシュアは目をそらした。

「ぼくはここにいると伝えてくれ。どこにも行かないと」

あなたはだめ。カッサンドラはそう言った。あっちに行って。あなたはだめよ。

「伝えてくれ。約束してくれないか？」

「伝えます。わたしたちに任せてください」

32

サンネ・パークがこんなに静かだったなんて、ジョシュアは知らなかった。ミス・ルーシー、ミス・エミリー、アイザックは近所の人を訪問に出かけたと執事が教えてくれた。だから彼は、そちらに着替えを届けて、しばらくこちらには戻らないようにというメッセージを言づけた。ジョシュアはからっぽの家のなかをうろつき、召使たちはまるで幽霊になったように彼の前から姿を消した。ようやく、従僕がふたりやってきて、彼を書斎に案内した。暖炉に火が入っていて、食べ物と飲み物が用意されていた。カードひと組と本数冊も。ジョシュアは彼らが自分になにをさせたがっているのか理解して、そのとおりにして、自分の従順さに驚いた。

あなたはだめ。あっちに行って。あなたはだめよ。

なにも食べられなかった。酒を飲もうかと思ったが、カッサンドラが彼を必要としたときのために、頭をはっきりさせておきたかった。火のそばは熱すぎた。火から離れると寒すぎた。彼の脚はちゃんと動かなかったが、どの椅子も坐《すわ》ると間違っている感じがした。

部屋をうろついていて、机の上に見覚えのある図面を見つけた。カッサンドラが彼に見せた図面だ。彼女がジョシュアを追いだし、彼はよろこんで出ていったあの日。とはいえ、いい計画だったし、せっかくだから見てみることにした。そして計画では、この書斎は彼の書斎になるはずだった。ここだ――「Mr《ミスター》・デウィットの書斎」。だが違っていた。名前が変更されていた。少し違う色のインクで、少しずれた線で、「s」がつけ足されていた。

「Mrs《ミセス》・デウィットの書斎」

ひと筆でカッサンドラは自分の人生から彼を追いだした。

新しい紙も置かれていた。ニューウェル用と、自分用だ。調べること、買い物用のカタログの申し込み。ミス・サンプソンに孤児たちの教育について質問する手紙。

カッサンドラは忙しくしていた。

そして彼は正しかった。彼女には彼は必要ではなかった。彼を求めたのは義務感からだった。彼女はいつも正しいことをしようとするから。だが彼が退場してから、ようやく彼女は地位と場所と家を自分のものだと主張した。彼女自身の人生も。

彼を必要としない人生だ。

ジョシュアは彼女を誇らしく思った。同時に泣きたくなった。だが彼女はあんなに子供を望んでいたのに、その子供を失ってしまった。彼女は悲しむだろう。彼も悲しむように。そしていつか、悲しみは小さくなって、なくなるだろう。悲しみというのはそういうものだ。そして彼女はふたたび、彼に頼るだろう。少なくともひとつのことでは、彼を必要とする。そして彼女はふたたび、彼に頼るだろう。たとえそれが唯一のチャンスだとしても――たとえ種馬から始めなければならないとしても――ジョシュアはそのチャンスに賭けるつもりだ。どんなチャンスでもかまわなかった。

彼はさらに図面をめくった。寝室。彼女は女主人の寝室を自分のものにしている。彼の主寝室とつながっている部屋だ。いや、彼のではない。「ミスター・デウィットの寝室」という文字はしっかりした二重線で消されていた。その止めが強すぎて紙が破けていた。そして「空室」と書かれていた。

空室。からの空間。バーミンガムにある彼の家の空室と同じだ。彼女のうつろな子宮。夫のものであるはずの部屋。空室。彼女に追いだされたときのジョシュアの胸のなかのようだった。

からの空間。

だが、そうだ！　ハハ！　からの空間にはひとつたしかなことがある。からの空間は満たされなければならない。

ジョシュアはペンとインクを取って、自分の悪筆を呪った。彼は「空室」を二重線で消して自分の名前を書いた。そして書斎だ。あたりを見回してみた。広い部屋だった。ふたりで使えばいい。「ミスター&ミセス・デウィットの書斎」いやどうかな。もしかしたら彼女は一日じゅう彼といっしょにいたくないと思うかもしれない。カッサンドラに次は訊《き》いてみよう。「子供部屋」だ。彼はそれを、「子供たちの部屋」に直した。

ドアがノックされた。彼はインクを飛ばしながらペンを置いた。産婆のミセス・キングが部屋に入ってきた。

「彼女は?」彼は訊いた。

「奥さまは疲れているし悲しんでいますが、いずれ回復します」

「ぼくは置いていったんだ。三日前、彼女は元気で、ぼくは彼女を置いていった。もしかしてそれで気が動転して……そうだったのか?」

「ただの偶然です」彼女はきっぱりと言った。「奥さまにもそう言っておきました」

あなたはだめ。あっちに行って。あなたはだめよ。

「ぼくを責めているんだろうか?」

「ご自分を責めています。かわいそうに。でもあなたがたおふたりがなにをしても、これは変わらなかったでしょう。それが真実です。そうじゃないと言うばかな医者の言葉には耳を貸さないように。あたしは長いあいだ産婆をやっていますが、いいですか、もし赤ん坊が生まれたかったら、生まれます。親が悲しんでいても、戦争中でも、おかまいなしに。でもときどき、赤ん坊が生まれたくないということもあるんです。でもしばらくは奥さまから離れていてください」

「なんだって？」陰謀だ。「いやだ」

「ベッドから、という意味です。一か月ほどは。かわいそうな奥さまに回復する時間をあげてください」

「でもいっしょに寝るのはできるんだろう？」これもバーミンガムでわかったことだった。彼はひとりで寝るのが嫌いだと。

「ええ、寝るだけなら。いいでしょう。でもそれだけですよ」

「彼女に会えるか？」

あなたはだめ。あっちに行って。あなたはだめよ。

「眠っています。休ませてあげてください」

＊＊＊

ふたたびひとりになって、ジョシュアは窓際に行った。日が陰っていたが、まだ同じ日だった。同じ庭だ。カッサンドラは眠り、ひとりで目覚めるだろう。彼を探して手を伸ばすだろうか？　彼が彼女を探すように。

彼女が最初に帰ってきた彼を見た瞬間があった。あのとき彼女は彼を見てよろこんでいた。たしかに。

カッサンドラになにか贈り物をしよう。彼女が目覚めたときに、ひとりではないとわかるように。もう二度とひとりにはしない。いままで彼女に贈り物をしたことがあっただろうか？　ロンドンではなかった。それにダスとさまざまな手配を済ませてから急いでバーミンガムを発《た》ったので、贈り物のことなど考えもしなかった。夫は妻に贈り物をするものだろう？　なにか買って。彼女が気に入ってくれるものを。カッサンドラはなにが好きなんだろう？　いったいなにを言ってるんだ、こんなに愛しているのに、彼女が好きなものも知らないのか？

あなたが窓から跳びこんでくるのが好きよ。

ぼくのことを好きだと言っていた。たしかに。それから、花と音楽と豚と猫と彼とのベッドでの営みも好きだった。やわらかい生地といちごタルトと母親のつくるあのひどい味のハーブワインも。彼女は新しい人々と会ったり、カードで勝ったり、帳簿の収支を合わせたり、彼のひげにほおずりしたりするのが好きだった。彼がからかったり、彼女の髪にブラシをかけたり、乳房の下にキスをしたりするのが好きだった。

そして彼には、ほかに彼女がなにが好きなのかを知って、いつでも彼女にそれを贈れるようになるために一生分の時間がある。

改装計画！　これを見せるのも贈り物になる！　彼は図面をつかみ、ドアに駆け寄ろうとして、とまった。待て。だめだ。彼女はいま弱っている。計画や金や事業の長い話を彼から聞きたくないだろう。いまはだめだ。それは贈り物にならない。

それなら窓――花だ！

彼女に花を持っていこう。薔薇《ばら》や……ほかの花も。驢馬のひ、ひ、ひじとかそんな名前のやつだ。

ジョシュアは庭に走っていって、薔薇を摘もうとしたが、棘《とげ》に刺された。血が出た指をなめ、もう一度挑戦した。今度は袖が棘にひっかかって、はずそうとして、もう片方の袖までひっかかり、いまいましい薔薇を手折《たお》ることもできず、花は自分が思っているよりも複雑だとふと思った。

彼は家のなかに戻り――駆け足でだ。妻がいつ目覚めてひとりだと思うかわからないのに、花と喧嘩《けんか》している暇はない――ナイフを見つけた。切れ味のよさそうなペンナイフだ。そして庭に戻ると、もう薔薇は彼の敵ではなかった。ハハ！　薔薇の征服者を見よ！　ピンク色の薔薇一輪、そして別の薔薇も、そしてこの紫がかった青色の花、黄色っぽい花、この白い花も入れよう。もう少しピンク色がいるな。そして大きな花束ができた。屋敷に飾られている花のようにきれいでも左右対称でもなかった。

そういう花は彼女の有能な手によって調和されている。だがまあいいだろう、とジョシュアは思った。少なくともたくさんの花がある。次はこれを結ばないと。

彼は急いで「太陽は日々に新しい」の碑文の刻まれた入口をくぐった。この文は彼らがいかにものを知らないかを示している、と彼は思った。なぜなら毎日同じ太陽が昇っては沈んでいく。それはたしかなくり返しで果てしなく続いていくが、ときに人はそれを新しい目で見る必要がある。それはすばらしい考えで、彼はこれをカッサンドラに教えたいと思った。彼女に話したいことが山ほどある。だがまずは、時間を無駄にするわけにはいかない——紐《ひも》だ!

彼は家のなかに戻り、紐を見つける前にリボンを見つけた。なんて偶然だ！　きれいな緑色で、カッサンドラの目の色とも似ていた。彼女の目が緑色で茶色ではないときの目の色だ。このリボンは花束を縛るのにぴったりだとジョシュアは思った。あいにく、リボンにはボンネットがついていたが、ボンネットよりも彼のほうがこのリボンを必要としているという結論に達し、彼は便利なペンナイフでリボンをボンネットから切り離し、花束を結んだ。カッサンドラがつくる花束には遠く及ばないが、もう無駄にしている時間はなかった。だから階段を駆けあがった。妻の部屋のドアは閉まっていて、レディ・チャールズがちょうど出てきたところだった。

ジョシュアはなにか言おうと口を開いたが、レディ・チャールズは唇に指をあてた。

「静かに」彼女は小声で言った。「眠っているわ。いまは休ませないと」

「彼女に会いたいんです」

「眠っているのよ」

「彼女はぼくの妻だ」

レディ・チャールズは、彼の持っている情けない花束をちらっと見た。「でも起こさないようにね。まだ」

そして行ってしまった。

ジョシュアは猫のように足音を忍ばせてドアをくぐった。そとはまだ陽があるが、部屋は暗くなっていた。カッサンドラは安らかに眠っていた。例のナイトキャップをかぶり、口を少しあけて、ほおに少し赤みが差していた。できるだけ静かに部屋のなかに進み、ベッドの横のテーブルに花束を置いて、椅子に坐った。彼女にさわりたかったが、起こしてしまうのが心配だった。

「ぼくはきみの夫で、きみはぼくの妻で、ようやくその意味がわかったよ」彼はささやいた。「よいときも悪いときも、という意味だ。ぼくはこれからの一生を、きみの人生をよくするために捧げよう。きみが望むかどうかにかかわりなく」

そして彼は立ちあがり、部屋を出て、階段をおりて、ひと晩でも、何時間でも、彼女にまた会えるときを待つことにした。

33

カッサンドラは目覚めた。痛みはなくなっていた。血も。ランタンが灯《とも》っていた。真っ暗闇にしないでくれたのだろう。彼女はひとり、清潔なシュミーズを着て、清潔なナイトキャップをかぶり、清潔な寝具で寝ていた。ミスター・トウィットがベッドの足元で丸くなっている。なにも変わっていない。

まるで夢を見ていたかのようだった。振り出しに戻ったかのようだった。舞踏室でルーシーが歌い踊っていたのも夢だったかのように。ジョシュアと舞踏会とミセス・オデアとベッドでの営みと赤ちゃん。そういうものすべてが夢で、彼女はこれから起きだして、毎日を生きていく。これまでと同じように。彼女に与えられた人生を。なぜならそれは彼女が受けいれた人生だから。

花の匂いがした。匂いだけ。でも間違っている。もしこれが夢なら、菫《すみれ》の匂いがするはずだもの。ずっと前のあの朝、春の訪れがうれしくて彼女が摘んだ菫の匂い。

菫ではない。代わりに、彼女のベッドの横には、いままで見たこともないような不思議な花束が置いてあった。まったくちぐはぐであふれるほどごた交ぜの花々だった。ジョシュアが彼女のためにつくりそうな花束だった。もしも彼の頭がおかしくなって、花を摘みはじめたらということだけど。その花束はまるでほほえみのように、彼女の心をいっぱいにした。ジョシュアは帰ってきた。

子供のためで、彼女のためではない。ジョシュアは最初にそう言った。ようやく彼は子供を愛することを自分に許したのに。けっしてこの喪失から立ち直れないだろう。あの人はきっとまた逃げだす。ひょっとしたら、もう逃げたあとかもしれない。彼女になにができる？　行かせてあげるしかない。

カッサンドラは花束を手に取ってみた。リボンで束ねてある。エミリーのリボンだ。つまり、この花束はエミリーが摘んだということだろう。だいたい、ジョシュアが花なんて摘むはずがない。

でも彼はそれくらいするべきだ。それくらいしてもいい。いままでしなかったほうがおかしい。あの悪魔！

彼を行かせてあげる？

冗談でしょう！

カッサンドラはさっと花束を置いて、勢いよくベッドからおり、軽いめまいに襲われた。疲れているし、脚のあいだがひりひりしている。でもそれ以外はもうだいじょうぶだった。いいえ、だいじょうぶではない。赤ちゃんがいなくなって、心にぽっかり穴があいている。でもだいじょうぶになるはずだ。いつか。こういうこともあるのだと、みんな言っていた。赤ちゃんのなかには、まだ生まれる準備ができていない子もいるのだと。

　カッサンドラにできることは、悲しんで、自分の心とからだが癒《い》えるのを待つことだけだ。ほかの女の人たちの言葉に励まされて。でも彼は？　いいえ、だめよ、ミスター・デウィット。そんなの許さない。今度は。カッサンドラはいつも、人生が投げてくるものを受けいれてきた。それは勇気と忍耐だと、自分は思っていたのだろうか？　いいえ、あれは臆病だった。もうそんなことはしない。人生が投げてくるものを黙って受けいれることはしない。もう。戦わずに負けることはしない。めまいがおさまり、カッサンドラはミスター・トウィットをなでて、うなり声で文句を言われた。それからナイトキャップをはずし、ランタンを持って、暗くて静かな廊下に出た。

　彼の寝室はからっぽで、背筋がぞっとした。でも、脚に力が入らないのを無視して階段をおり、そっと書斎に入った。

　いた。暖炉の火のそばで石炭を見つめながら、寝ずの番をしている。彼女が昔、ひとりきりの夜によくしていたように。彼はふり向かなかった。彼女が入ってきたのに気づいていないようだった。

カッサンドラは彼をじっと見つめた。いとおしくいまいましいからだの隅々まで。この腹立たしく、魅力的な男は、彼女を裏返しにしてまったく新しい人間にしてしまった。

いいえ、まったく新しい人間じゃない。ずっと彼女のなかに存在していた人間に。それなのに、この男は彼女から離れようと思っているの？

ぜったいに許さない！

カッサンドラがランタンを置くと、小さくドン、と音がした。

「あなたはもう二度と逃がさない」彼女は言った。

彼はびくっとして立ちあがり、部屋を横切ってきた。両腕を差しだし、ずっと話している。「目が覚めたんだ。気分はどうだい？　まだ休んでいないと。なぜ休んでいないんだ？　二階に連れていってあげよう。すまなかった。だいじょうぶかい？」

「そんなことを言ってもだめよ。わたしは許さないから」

彼の顔に翳《かげ》がよぎった。彼は腕をおろした。立ちどまったが、彼のからだは彼女のほうに揺れていた。まるでヴァイオリンの弦のように張り詰めている。その目は優しく、黒く、食い入るように彼女の顔を見つめていた。

「お願いだ」彼はそっと言った。「説明させてくれ――」

「いいえ」彼は肩をびくっとしてたが、カッサンドラはそんなこと気にしていなかった。「わたしはこれまでずっと、行儀よく、礼儀正しくして、一度も問題を起こしたことはなかった。でももうやめたわ。受けいれるのは。こんなのは認めないし、あなたはもう二度と逃がさない」

「カッサンドラ――」

「黙って」彼女は手のひらを突きつけて、うなった。「わたしはもう行儀よくしないし、礼儀正しくもしないし、それに異議を唱える権利はあなたにはないから。なぜならわたしに無礼を教えたのはあなただからよ。あなたは臆病者の愚か者だけど、もう二度と逃げたらだめよ、いいわね？　つらいのはわかるわ。とてもつらいのも。でもそこで逃げずに耐えて、それを――女らしく――受けとめなきゃいけないのよ！　そうよ、あなたがすべきなのはそういうこと。わたしは夫が欲しくて、わたしの夫はあなただけだし、わたしが欲しいのもあなただけだから、だからあなたは……わたしの夫にならなきゃいけないのよ、くそったれ！」

「カッサンドラ――」

「悪態をつくななんて言わないでね。わたしがつきたかったらつくのよ！　もういい子でいるのはうんざり。わたしはあなたを困らせるから、覚悟して、ジョシュア・デウィット。それにあなたはわたしの夫よ。逃げようとしたら頭を殴って縛りつけるから。あなたに、『自分のものを守るために戦え』と言われたから、わたしは戦うことにしたのよ」

カッサンドラは前に出たが、くらくらして、ひざの力が抜けそうになった。ジョシュアが駆け寄り、彼女をすくいあげて、寝椅子まで運んだ。まるで彼女が世界でもっとも大切なものであるかのように、寝椅子に横たえ、自分は床におりて彼女の手を握った。

「だいじょうぶかい？」彼がささやいた。「なにか欲しいものは？　なんでも言ってくれ」

「だいじょうぶ、わたしは……」

めまいはどこかに行ってしまった。それとともに、彼女の正気も。いったい全体、なぜジョシュアが床にひざまずいているの？　大きくて温かくて力強い手で彼女の指をなで、まるで世界がもう終わりという顔で彼女を見つめているの？

「きみはぼくにいてほしいのか？」彼は言った。「本当に？」

明らかに、彼も正気を失っている。

「わたしが言ったことをひと言も聞いていなかったの？」

ジョシュアはずっと彼女と目を合わせたままで、彼女の指を唇にもっていった。彼の指は強くて確かで、彼女の全身と魂を抱擁した。そして彼の目はカッサンドラの骨を溶かせそうなほど、熱く、黒く、うるんでいる。

うるんでいる。

彼は目に涙を浮かべていた。

「きみはぼくにいてほしくなかった。押しやった」

「そんなことは……」

「きみは『あなたはだめ』と言った。ぼくはきみを助けたかった。だがきみは『あなたはだめ』と言ったんだ」

ジョシュアは唇を一文字にして、一瞬、ぎゅっと目を閉じた。カッサンドラの目にも涙が浮かんだ。彼女は自分も床におりて、片手を引き抜き、彼のほおをつつんだ。

「わたしが『あなたはだめ』と言ったのは、あのとき起きていたことを見せたくなかったからよ」彼女はそっと言った。「子供が流れてしまいそうで、あなたにそれを見せたくなかった。あなたがその苦痛に耐えられないと心配だったから」

「だがきみは耐えなければならなかった。それならぼくも耐えるべきだ。きみは強く勇敢だったが、ひとりで耐える必要はないんだ」ジョシュアは力強く言い、ふたたび彼女の両手を片手でつつんだ。「どんな苦痛でも、どんな重荷でも、いっしょに背負うよ」かすかに口元をほころばせた。「説明が必要かい、ミセス・デウィット、結婚とはどういうものか？」

「あなたはわたしを愛しているのね」カッサンドラは彼に言った。自分にも。単純な事実を単純に、単純な頭にわかるように言った。

「全身全霊で」

カッサンドラは自分と彼の言葉を聞いて、息を切らした涙声で笑って、自分の苦痛を解放した。

「もっと前に言うべきだった」彼は悔やんでいるように言った。「自分でわかるまで時間が必要だった」

「悲劇が必要だったのね」

「その前にわかっていた」

カッサンドラは首を振って、つないだふたりの手を見た。「いまはそう言うけど、あなたは出ていって、帰ってきたのは子供のため……」

その言葉は、彼女がジョシュアの手を見て、途切れた。具体的には、彼の左手だ。もっと具体的には、左手の薬指にはめられた金の指輪だった。カッサンドラは彼の左手を両手ではさんで、注意深く指輪を観察した。もちろん彼女の指輪より大きかったけど、同じ金色で、縁に沿って同じ模様が刻まれていた。

お揃《そろ》いの指輪だった。

「結婚指輪を見つけたのね」彼女は言った。

「なくしたわけじゃなかった。だがこの指輪はぼくにとってなんの意味もなかった。いまではぼくにとってすべてだ。きみへの貞節と献身のしるしだよ」

「どこにあったの？」

「バーミンガム」

「それなら……」カッサンドラは親指で指輪をなで、彼を見あげた。「前にはめたのね。帰ってくる前に。わたしが赤ちゃんをなくす前に」

新たに奇妙な安堵《あんど》が、彼女を満たした。あんなことがあったから、彼女を愛するようになったわけではなかった。彼は子供のためだけに戻ってきたのではなかった。彼女を愛していたから戻ってきた。カッサンドラはふたりの子供をなくした。夢だった子供を。でも彼までなくしたわけではなかった。

「ぼくはバーミンガムで、きみよりも大切なものはなにもないと気づいた。ぼくはきみと結婚しているんだと。それは二年前にぼくたちが述べた誓いの言葉のことじゃない。指輪や書類のことでもない。ぼくが言ってるのは、なにがあってもきみと離れることはできないということだよ。ぼくの心も魂もからだもきみと結婚しているから。そのきずなは鋼のように溶鉱炉で鍛造《たんぞう》された。しばらく前からそうなっていたのに、ぼくが自分でそれをわかるのにしばらくかかった」

ジョシュアは彼女の左手をあげて、その指にはまった金の指輪にキスした。

「状況が異なっていれば、いまここでぼくはひざまずき、きみへの不滅の愛を告白して結婚を申しこんでいただろう。だがすでにひざまずいているし、すでに結婚もしている」

カッサンドラは震える声で笑った。「あなたってほんとに効率的ね」

「きみを置いて出ていったことをすまないと思っている。何度もきみを傷つけたことも、本当に悪かったと思っている。いままでひどい夫で、反省している。だがこれからきっといい夫になる。そしてぼくがきみを心から、全身全霊で愛せば、いつかきみもぼくを愛するようになるかもしれない」

ジョシュアの目に浮かぶ苦悩にカッサンドラはびっくりした。「ジョシュア、ばかね、もちろんわたしはあなたを愛しているわ」

「でもきみはなんでも愛している。そしてきみにはぼくしかいないのだから、もちろん……つまり、ぼくが言ってる愛は……その……」彼は一瞬目をつぶって、またあけた。「きみは愛するのが得意だが、ぼくは愛するのが難しい人間だ」

「あなたを愛するのは世界でいちばん簡単よ、それにあなたを愛するように愛するものはほかにないわ」カッサンドラは手のひらを彼の心臓の上に広げて置き、よろこびで高鳴る拍動を感じた。「わたしのあなたへの愛は、呼吸する空気と同じくらい、わたしの一部になっている。つまりわたしが死ぬまでそれは変わらない。だからわたしはさっき、あなたを離さないと言ったのよ」

ジョシュアはまるで真実を探しているかのような目で彼女の目を見つめた。カッサンドラには彼が恐怖を手放し、愛されることを自分に許した瞬間がわかった。そのあとの彼の笑顔は、まるで日の出のようにゆっくりと彼の顔に広がり、満面の笑みになった。

ジョシュアはカッサンドラと額をくっつけた。「きみはぼくを縛ると言ってたが」

「本当に縛るかもよ」彼女は言った。

「ミセス・デウィット！　驚いたな！」

カッサンドラは思わず笑った。よろこびと安心で震える声で。そして彼もくすくす笑った。唇が合わさったとき、ふたりはまだ笑っていた。笑いながらキスするのは容易ではなく、解決策を見いだすまでにふたりは何度かやり直さなければならなかった。だがちゃんと解決策を見いだした。

彼が厚いラグにあおむけに横になり。彼女はからだを丸くして彼にくっついた。心は悲しんでいたが、全身はよろこびにひたっていた。彼の心臓が彼女の耳の下で鼓動している。彼女を抱きしめている腕とおなじくらい力強かった。

「きみを傷つけたのはこわかったからだ」ジョシュアはささやいた。「きみが離れていくのではないか、自分がだれかを愛したらまた愛を失うのではないかとおそれていた。つまりぼくは最初からきみを遠ざけておこうとしていた」

「わたしが離れていくかもしれないとおそれていたの？　まあなんておばかさんなの」カッサンドラは彼の胸に顔を押しつけた。「ジョシュア？」

「マイラヴ？」

「わたしはもうこわい思いはしたくない」

「ぼくの考えを言うよ。ぼくはきみにしがみつき、きみはぼくにしがみつく。その手を離したり、互いから目をそらしたりしない。たとえなにがあっても、どんなに大変になっても」ジョシュアは一瞬、彼女をぎゅっと抱きしめた。「悪いことが起きても。悪いことはかならず起きる」

「きょうも悪いことが起きたわ」

「そうだ」ジョシュアはカッサンドラのつむじにキスした。「だがいいことも起きる。それにぼくたちにはお互いがいる。よろこびを分かちあい、どちらかの心が張り裂けてしまったら、もうひとりが面倒を見る」

「心はそういうものね」カッサンドラは言った。「張り裂けたり、割れたり、癒《いや》されたりする。毎日、毎時、わたしたちは傷つき、癒されているのね」彼女はジョシュアの心臓の上に手を置いた。「わたしたちの心はいまは張り裂けている」

「きょうぼくたちがなくした子のために、なにかできないかな」カッサンドラが問いかけるような目で見あげた。「きみの庭に」彼は続けた。「小さな彫像はどうだろう」

カッサンドラのなかで愛があふれそうになった。悲しみの痛みをとおして、新しく異なる種類の平安がもたらされた。

「そうね」彼女は言った。「新しい花も植えて。わたしたちが与えた愛のしるしに」

「そして愛はいつでも、涸《か》れることなく湧《わ》いてくる」

＊　＊　＊

ジョシュアに休んだほうがいいと強く言われて、カッサンドラは同意した。彼はカッサンドラを抱きあげ、ふたたび階段をのぼってベッドに寝かせた。

「この花はあなたが？」枕にもたれかかり、彼が服をぬぐのを眺めながら彼女が訊いた。

「気に入ったかい？」

カッサンドラは生命力と活力であふれているでたらめの花束を見てほほえんだ。

「とても。どうしてエミリーのリボンで結んであるの？」

「ああ、それはエミリーのリボンか」

まさか。「そのリボンは、ボンネットについていたの？」

ジョシュアはにやりと笑った。彼は裸で立ち、カッサンドラはその眺めを堪能した。

「あの子には新しいのを買ってあげよう」彼は言った。「きみにも。ぼくはきみにたくさん贈り物をするつもりだ」

「わたしは贈り物はいらないわ。欲しいのは……」あることを思いだした。いままで忘れていた。「バーミンガムは？　あなたの家はバーミンガムでしょう」

「ぼくの家は、きみといっしょならどこでもそこが家だよ」

彼はベッドのなか、カッサンドラの横に入ってきて、ふたりの上に上掛けをかけた。

「でもあなたの仕事は」

「ダスとぼくですべて決めてきた。彼が共同経営者として会社の株を買い、これからは彼が経営する。ぼくもダスがへまをしないように多少は口を出すかもしれない。だがぼくはこれから、まだ実用化されていないが、その利益を考えたらリスクをとる価値のあるアイディアを支援していこうと思っている。たとえば電気とかきれいな水だ。それはきみといっしょに暮らしながらでもできる」

「でもバーミンガムを離れられるの？　バーミンガムはあなたが自分を築いたところだった。あの街はあなたそのものでしょう」

「あの街は過去のぼくそのものだ。きみがぼくを本当の自分にしてくれた。ぼくが愛し愛されても安全な世界を見せてくれたんだ」

カッサンドラは寝返りを打って、彼の顔をのぞきこんだ。「あなたはわたしに、自分の意志を表明して戦っても安全な場所を見せてくれた。つまり、いまやわたしはあなたを怒鳴れるってこと」

「怒鳴るきみはすてきだよ。それにきみがシャンパンや椅子を投げはじめたら?」彼はいかにもうれしそうに、身震いした。「激しい情熱と感情……」

カッサンドラは彼の胸に指を滑らせた。「あなたにそばにいてほしいけど、でも……ミセス・キングがわたしはからだを癒す必要があると言っていたわ。だから……妻の務めは果たせない」

「だがぼくの夫としての務めは、きみを癒すことだ。心もからだも。待ちきれないよ」ジョシュアが優しく彼女の髪をなでた。「ぼくは無限の忍耐力の持ち主なんだ」

「あなたはそんな人じゃないでしょ」

「だがぼくは独創的な問題解決の手腕の持ち主だよ。きみが癒えるあいだに、ぼくが互いにしたいことを全部リストにしておくから、きみもリストをつくってくれ。そしてきみの準備ができたら、リストを順番に試していくんだ。ぼくにはもういくつかアイディアがある」

「わたしもよ」

カッサンドラはふたたび寝返りを打ち、背中を彼の胸に押しつけた。ジョシュアが彼女のウエストに腕を回すと、その手に自分の手を重ねた。

「ぼくのアイディアのほうがいいよ」彼は言った。

「それはやってみないとわからないわ」

「たしかに、やってみないとわからない。ぼくは自分の創意工夫できみを驚かせるつもりだよ、ミセス・デウィット」

「あらお願いね、ミスター・デウィット、待ちきれないわ」

カッサンドラはふたりの愛につつまれて目を閉じた。生きていれば何度も心を打ち砕かれることがあるけれど、人生はよろこびでいっぱいにもなる、と思いながら。いつだって。

訳者あとがき

ミーア・ヴィンシー『不埒な夫に焦がれて（原題）*A Wicked Kind of Husband*』、おたのしみいただけましたでしょうか？　一九一〇年代の英国摂政時代を舞台に、便宜結婚をした正反対のふたりが主人公のリージェンシーロマンスです。

結婚式以来二年間、顔を会わせたこともなかったふたりがやむなく同居することになり、相手のことが気になりはじめて——。

便宜結婚（英語ではマリッジ・オブ・コンビニエンス）はロマンスでは人気のある筋立てで、ヒストリカルロマンスでもこれでたくさんの作品が書かれています。そこに仲間入りする本書は、主役ふたりの新鮮なキャラクター造形とウィットにとんだ会話がとてもたのしく、よくある設定に新しい魅力を加えたすばらしい作品に仕上がっています。便宜結婚のなかには、どちらか（またはふたりとも）がひそかに相手に思いを寄せているというパターンもありますが、本書のふたりは結婚式で初めて顔を合わせ、式の翌日からは完全に別居という、まるで他人のような夫婦から始まります。

ヒロインのカッサンドラは、四人姉妹の二番目（長女は他家に嫁いでいる）で、父親の領地を守るために、バーミンガムの実業家であるジョシュアと結婚しました。結婚式と初夜がすむと、カッサンドラは父とともに領地に戻り、バーミンガムに住むジョシュアとは二度と会うことはありませんでした。結婚後しばらくしてカッサンドラの父親が亡くなってからは、カッサンドラが領主夫人として領地を経営し、母親と妹たちの面倒を見ていました。

ところが年ごろの妹の社交界デビューのために、公爵夫人である祖母に力添えを頼む必要が出てきて、カッサンドラは――田舎から出ないようにという夫の言いつけにそむいて――ロンドンにやってきます。そこでロンドンにはいないと思っていた夫にばったり出会ってしまうのです。すぐに田舎に帰れと言われますが、礼儀正しくにこやかな外見の内に芯の強さを秘めたカッサンドラは、夫の言いなりにはなりません。

ヒーローのジョシュアは、カッサンドラの親友の言葉を借りれば「すごくハンサム」ですが、不作法でぶっきらぼうで仕事第一の実業家と、ヒストリカルロマンスのヒーローとしてはめずらしいタイプかもしれません。訳者のひいき目に見ても、登場した瞬間から魅力あふれるヒーローとは言いがたいです。でもほんとうはとても思いやり深く、誠実で、意地を張っているように見えるのも過去の傷からなかなか素直になれないせいだということがじょじょにわかってきます。

そんな魅力的なヒロインとヒーローの軽妙なやりとりや滑稽な人間関係といったリージェンシー・ロマンスらしいユーモアと、ふたりがひそかにかかえる心の傷や葛藤などの複雑で奥深い描写のバランスが絶妙です。脇を固める登場人物たちも個性的です。

本書『不埒な夫に焦がれて』は著者ミーア・ヴィンシーのデビュー作です。二〇一八年に発表されると、無名の新人作家の作品にもかかわらず、読んだ人々の口コミ効果ですぐに評判になりました。新人らしからぬ作品の完成度から、実績のある作家が別名で作品を発表したのではないかとうがった見方をしたファンもいたそうです。あるインタビューによると、ミーアはこの作品を並々ならぬ決意で書きあげたそうです。大学在学中に一度ロマンス小説を書いたことはあったものの、作家になるという夢に本気で挑戦しようと決意したのは、それから二十年後の四十歳のときでした。「いまやらなかったら一生やらない」と思った彼女は蓄えを計算し、一年間仕事をやめて執筆に専念することにしました。二年後、ミーアは完成した作品をセルフパブリッシングで発表し、その後はご存じのとおり。本作品で二〇一九年度ヒストリカルロマンス長編賞のＲＩＴＡ賞を受賞し、まさに夢を実現したのです。

本書『不埒な夫に焦がれて』は、ミーア・ヴィンシーの〈ロングホープ・アベー〉

シリーズ一作目です。二作目の『*A Beastly Kind of Earl*』も二〇一九年に出版され、一作目にまさるとも劣らないおもしろさでした。こちらもいずれご紹介できればと思っています。

〈*Longhope Abbey*〉シリーズ
A Wicked Kind of Husband（本書）
A Beastly Kind of Earl
A Dangerous Kind of Lady

◉訳者紹介　高里ひろ（たかさと　ひろ）
上智大学卒業。英米文学翻訳家。主な訳書に、トンプソン『極夜　カーモス』『凍氷』『白の迷路』『血の極点』（以上、集英社）、ジェイムズ『折れた翼』、シェリダン『世界で一番美しい声』（以上、扶桑社ロマンス）、ロロ『ジグソーマン』、クーン『インターンズ・ハンドブック』（扶桑社ミステリー）他。

不埒な夫に焦がれて

発行日　2020年2月10日　初版第1刷発行

著　者　ミーア・ヴィンシー
訳　者　高里ひろ

発行者　久保田榮一
発行所　株式会社 扶桑社
〒105-8070
東京都港区芝浦1-1-1　浜松町ビルディング
電話　03-6368-8870(編集)
　　　03-6368-8891(郵便室)
www.fusosha.co.jp

印刷・製本　図書印刷株式会社

ISBN978-4-594-08403-5 C0197